LES LIENS DU PASSÉ

MICHÈLE CATON

City
Poche

Retrouvez tous les titres City Editions :

www.city-editions.com

© City Editions 2022
Photo de couverture : © Sybille Sterk/Arcangel
ISBN : 978-2-8246-2271-2
Code Hachette : 77 8297 3

Collection dirigée par Christian English & Frédéric Thibaud.
Catalogue et manuscrits : city-editions.com

Dépôt légal : Septembre 2023

À ma grand-mère, Marcelle Simon,
malmenée par le vent des années folles.
À mes enfants, Aurore, Cynthia, Tristan,
mes trois rayons de soleil.

Le destin est ce qui nous arrive
au moment où on ne s'y attend pas.

Tahar Ben Jelloun

L'avenir est une porte,
le passé en est la clef.

Victor Hugo

1

Roland

Paris, 2011

Dans la file d'attente du comptoir Air France, il prenait son mal en patience en regardant ce qui se passait autour de lui. Son œil avide d'images insolites, harmonieuses, surprenantes, banales ne cessait de scanner le hall de l'aérogare sans même qu'il en soit totalement conscient. C'était comme une seconde nature chez lui, capturer des instants de vie pour nourrir sa conception du monde. Il aimait les gens, les choses et les animaux d'un amour déraisonnable et excessif. Il voulait voir et connaître leur vraie nature, il voulait s'approprier leur essence, puis, aussi vite, une autre scène, un autre objet requérait son attention, et il allait ainsi, de cliché en cliché, comme un enfant émerveillé qui arpente pour la première fois la plage et découvre à chaque pas un nouveau trésor. Cette faculté d'être constamment sous le charme du monde qui l'entourait lui conférait un air candide et avenant auquel les gens n'étaient pas insensibles.

Roland était photographe. Raisonnablement grand, raisonnablement bien bâti, les cheveux raisonnablement courts et bruns, il n'avait rien de particulièrement remarquable, n'était ce regard pétillant, indulgent et vif qu'il posait sur tout et sur tous.

L'hôtesse prit son billet et étira ses lèvres en un sourire professionnel et mécanique qui découvrit des dents d'une blancheur éclatante, mais une des incisives, remarqua Roland, était légèrement ébréchée. Souvenir d'une rencontre avec une coquille de noisette récalcitrante supputa-t-il. Du reste, cette petite imperfection donnait…

—Des bagages de cabine ?

La voix de l'hôtesse interrompit tout net l'examen dentaire en cours.

Il montra la sacoche de son Leïca, qui ne le quittait jamais.

—C'est tout ce que je garde avec moi.

—Voici, monsieur, embarquement hall 3, porte 2. Je vous souhaite un agréable voyage.

Il prit la carte d'embarquement qu'elle lui tendait et la gratifia de ce sourire éblouissant et chaleureux qui était, il le savait, son meilleur atout auprès des femmes. Il pétillait d'un charme auquel même Miss Air France ne pouvait résister et elle le suivit des yeux lorsqu'il s'éloigna, souple et nonchalant, l'œil aux aguets.

Son vol pour Bordeaux était prévu à 16 h 40 : il avait largement le temps de s'offrir un café.

Confortablement installé dans un fauteuil du bar italien qu'il avait choisi pour son atmosphère calme et feutrée, Roland buvait son café à petites gorgées, savourant en connaisseur la légère amertume et le goût intense de son expresso. Bientôt sa vie allait reprendre ; bientôt il n'aurait plus le temps de se poser des questions inutiles et de se lancer des défis insensés ; bientôt il oublierait cette folie qui s'était emparée de lui depuis quelques jours, il renouerait avec ses habitudes, ses reportages, ses rencontres brèves, intenses, avec des hommes, des femmes hors du commun. Bientôt aussi, songea-t-il avec un rire intérieur, il lui faudrait se colleter avec mamie Yvonne et lui faire admettre la nécessité d'un nouveau départ ! Bah ! C'était devenu un jeu entre eux. La vieille dame s'offusquait, prenait des poses outragées, tandis qu'il déambulait de long en large devant elle, gesticulant, expliquant son point de vue, jusqu'à ce qu'il se jette à genoux devant elle, l'entourant de ses bras, lui jurant que bien sûr il ne risquait rien, bien sûr, il allait revenir cette fois encore.

—Mamie, mamie, tu le sais bien que c'est ma vie, la photo, tu le sais bien que je ne peux pas être moi-même si je ne capture pas l'image des autres ? Dis, mamie, que tu le sais !

Alors, invariablement, elle passait tendrement sa main dans ses cheveux, tout en murmurant :

—Oui, bien sûr, mon grand, je sais, c'est comme ça, suis ta route.

Il ne voyait pas les fines paupières fripées s'abaisser sur un regard plein de crainte et de tourment : il n'entendait que le sourire dans sa voix, qui lui donnait la permission de l'abandonner à sa terreur de ne pas le voir revenir.

Plus que trois jours, et ce serait la délivrance ! Il soupira. De soulagement, de nostalgie anticipée ?

Il n'aurait su dire. Il n'était vraiment plus lui-même depuis quelque temps.

*

—Mais c'est pas vrai, merde, encore en travaux !

Il semblait à Roland que Bordeaux était un chantier perpétuel. Entre la rénovation des quais et les aménagements du tramway, il était impossible de circuler normalement dans cette ville, à quelque époque ou à quelque heure que ce fût ! Se faufilant avec adresse d'une voie à l'autre, au volant de sa petite voiture de location, il réussit à éviter les axes principaux congestionnés et emprunta un dédale de petites rues secondaires peu fréquentées, qui le mena bientôt au pied du bel immeuble cossu où vivait sa grand-mère. Levant les yeux sur la façade de pierres récemment rénovée, il se prit à regretter la couleur grisâtre qu'arboraient les murs durant son enfance. Ce beige soyeux, lumineux, pour esthétique qu'il fût, n'en était pas moins un intrus dans les souvenirs de Roland. Il se revoyait, gamin, rentrant de l'école par le cours Aristide-Briand, toujours solitaire, toujours en quête d'un spectacle insolite, un moineau se toilettant dans une flaque d'eau, un morceau de verre brisé renvoyant la lumière, un nuage en forme de cœur… Roland ne s'ennuyait jamais, il y avait tant et tant de choses à découvrir dans la ville !

Il pressa le bouton de l'interphone :

—Coucou madame Darzac, c'est votre petit-fils !

Un cri de joie lui répondit tandis que la porte se débloquait. Dédaignant l'ascenseur, il monta quatre à quatre les deux étages et arriva sur le palier où mamie Yvonne l'attendait, les bras tendus et le sourire aux lèvres. Serrant contre lui la petite dame frêle, emmitouflée dans son châle noir et dont les longs cheveux blancs étaient ramenés en chignon sur la nuque, Roland se sentit une fois de plus infiniment heureux et reconnaissant. Il respirait sa grand-mère, à petits coups de nez gourmands, son odeur de poudre Guerlain et d'eau de toilette à la rose, il frottait son menton râpeux sur la si douce, si fine peau du cou, puis se reculait, la tenant à bout de bras, et embrassait d'un regard le spectacle si réjouissant de mamie Yvonne, égale à elle-même, tout de noir vêtue, ses beaux yeux bleus pleins d'amour et de tendresse posés sur lui…

—Mon petit, viens, entre, il y a des courants d'air sur ce palier, tu vas m'attraper du mal.

Inquiète, elle le pressait à l'intérieur, refermait soigneusement la porte, sans oublier la chaîne de sûreté que Roland avait tenu à lui faire installer. Quoique, pensait Roland, il n'était pas encore né, celui qui pourrait faire prendre à Yvonne Darzac des vessies pour des lanternes et profiter de son grand âge pour l'escroquer. Car malgré ses quatre-vingt-douze ans, Yvonne gardait toute sa tête. Partie du principe que la mémoire et les compétences intellectuelles de base s'entretiennent comme un muscle, Yvonne s'adonnait aux mots croisés, faisait partie d'un comité de lecture et s'astreignait à poursuivre l'étude du portugais qu'elle avait entamée voici trente ans, à l'heure de sa retraite, ne négligeant pas pour autant de faire une petite promenade à pied dans le quartier dès que le temps le permettait, et quelques mouvements d'assouplissement tous les matins au réveil !

Une sacrée petite bonne femme, se disait-il, la détaillant avec affection. Et qui, pourtant, avait connu bien des épreuves. Née en 1919, dans le Médoc, fille d'un grand propriétaire viticole, Yvonne s'était « mésalliée » et avait épousé, par amour, le beau Pierre Darzac, gratte-papier sans le sou et surtout sans vignoble ! Crime impardonnable pour son père, qui ne lui donna son consentement que lorsqu'il la sut enceinte, et après l'avoir chassée de chez lui. En 1937, à l'âge de dix-huit ans, Yvonne accoucha d'une merveilleuse petite poupée qui la consola sans peine de tous ces maux. Elle la nomma Madeleine et entreprit de l'élever dans le respect des valeurs qu'elle avait faites siennes depuis qu'elle vivait avec Pierre : l'honnêteté, le travail, le respect dû à tout être vivant et surtout, surtout, aucune notion de caste. Fait assez rare pour l'époque, la petite Madeleine grandit, persuadée que sa maman était l'égale de son papa et qu'un bel avenir l'attendait, toute fille qu'elle fût, pourvu qu'elle s'en donnât la peine. Hélas, Pierre Darzac, mobilisé dès septembre 1939, ne revint jamais de la bataille d'Amiens, où il trouva la mort le 7 juin 1940. Yvonne ne se laissa point aller au désespoir : retroussant ses manches, elle réussit à son tour à se faire employer au service des postes où avait travaillé son mari. Refusant tout apitoiement sur elle-même, elle parvint à offrir à Madeleine une enfance pleine d'espoir, de gaieté et de générosité. Le peu qu'elles avaient, elles le partageaient bien volontiers autour d'elles, et les amis ne manquaient pas ! Pas une fois, cependant, Yvonne n'eut la tentation de renouer avec ses parents et la petite Madeleine ne sut jamais qu'elle était la petite-fille d'un des plus grands viticulteurs du Médoc !

Pendant qu'Yvonne s'affairait dans la cuisine, Roland s'approcha du cadre d'argent qui trônait sur la télévision. Un homme et une femme, jeunes et souriants, le regardaient avec bienveillance. Penché sur les visages figés depuis trente-cinq ans dans cet éternel sourire, Roland essayait de se rappeler une image, un souvenir, une sensation… En vain. Morts dans un accident de voiture en 1976, alors qu'il n'avait même pas un an, ses parents lui avaient à jamais laissé d'eux ces visages figés, ces postures raides, ces sourires contraints que l'on arbore devant l'objectif.

Yvonne avait cinquante-sept ans lorsque sa fille unique et son mari disparurent dans un grand froissement de tôles sur la meurtrière et redoutablement mal famée Nationale 10. Ils revenaient de Bayonne où ils s'étaient offert une petite escapade en amoureux. Avec la force d'âme qui la caractérisait, Yvonne ne se permit pas de sombrer. Quittant son petit appartement, elle s'installa chez sa fille et son gendre et entreprit d'élever Roland, sans occulter le souvenir de ses parents, mais sans le faire vivre non plus dans un mausolée.

Elle revenait dans le salon, à petits pas feutrés. Feignait de ne pas le voir penché sur ses parents.

—Mon grand, veux-tu m'aider pour le café ?

Roland rapporta le plateau dans le salon et retrouva tout naturellement sa place dans le confortable canapé de cuir fauve face à la photo de ses parents.

—Dis-moi mamie, il y a une question que j'ai toujours voulu te poser. Pourquoi suis-je arrivé si tard dans la vie de mes parents ? Parce que tout de même, si on fait le compte, maman avait trente-neuf ans et papa, quarante-neuf, quand je suis né ! Je sais bien que de nos jours, c'est monnaie courante pour une femme d'avoir un enfant à quarante ans, mais à l'époque, c'était plus rare, non ?

—Tes parents se sont mariés en 1961. Ils étaient tellement amoureux ! C'était une époque bénie tu sais. Ils avaient chacun un travail qu'ils aimaient, ta maman était fleuriste, elle adorait les fleurs, d'ailleurs, je me souviens que « fleur » est le premier mot qu'elle avait prononcé distinctement ; ton papa, Charles, était un passionné de voitures ; il avait un garage où il réparait parfois des véhicules de collection autour desquels il tournait, fasciné, émerveillé comme un gosse ! Oui, ils étaient heureux ! Pas de chômage, pas de sida, pas de crise ! La douceur de vivre du Sud-Ouest et l'amour en prime !

—Justement, puisqu'il n'y avait pas de difficulté, pourquoi ont-ils attendu quatorze ans pour m'avoir ?

—Dans les premiers temps, ils ont voulu profiter de la vie. Tu sais, le souvenir de la guerre était encore tout frais dans les esprits. Les gens voulaient s'amuser, déguster leur liberté. Je crois qu'au début, tout simplement, ils n'étaient pas prêts. Ensuite… eh bien, ensuite, on a découvert que ta maman souffrait d'endométriose, ce qui rendait une grossesse fort improbable. Oh ! Elle a tout essayé, la pauvre : les traitements, les guérisseurs, et même Lourdes ! Elle ne s'est jamais avouée vaincue. Et elle a eu raison, puisqu'un beau jour de juin 1975, alors qu'elle avait trente-huit ans, elle m'a annoncé qu'elle était enceinte de toi !

Ils étaient si heureux tous les deux, si heureux !

—Et le 31 janvier suivant, qui a montré le bout de son vilain nez ? Roland, le soleil de tes vieux jours !

Il lui souriait, ému par cette évocation d'un passé qui ne lui appartenait pas vraiment. Tout cela lui rappelait finalement les histoires de princes et de dragons qu'Yvonne lui racontait autrefois le soir pour l'endormir. C'était à la fois douloureusement proche, intime, tout prêt à se transformer en plaie béante ; et miséricordieusement lointain et étranger à tout ce qu'il vivait et ressentait.

—Oui, mon petit. Ce jour-là, je n'ai eu qu'à poser les yeux sur toi pour savoir que tu allais illuminer toute ma vie ! Mon garçon, mon Roland.

Elle le regardait, bénigne, rassurante, débordante d'amour et de compréhension. Une fois de plus, il mesura la chance qu'il avait eue, dans son malheur, d'être recueilli par cette femme exceptionnelle.

Puis il se leva, et, déambulant devant elle, commença à lui parler de son prochain voyage. Elle leva les bras au ciel, poussant une sorte de hululement. Dissimulant un sourire, qui aurait été prématuré à ce stade de la négociation, il poursuivit sa démonstration, moulinant des bras, tandis qu'elle cachait ses yeux sous sa main, en reniflant avec mépris. Allons ! La partie n'était pas gagnée d'avance ! Mamie Yvonne tenait encore une sacrée forme !

2

Marthe

Paris, 1925

Un rai de lumière insolent et bien inattendu pour une fraîche matinée d'octobre s'infiltra par les persiennes, fit danser quelques poussières en suspension dans la chambre, et vint se poser, comme par inadvertance, sur une joue veloutée, au bombé encore enfantin, qui dépassait de la courtepointe en piqué blanc. D'abord impavide, la dormeuse émit un grognement d'humeur et se retourna sur le côté, cherchant à retenir le rêve qui, déjà, s'enfuyait. Soudain, un hurlement strident retentit dans le couloir, suivi du martèlement d'une franche galopade. Lucie, sans doute, qui, une fois de plus, devait refuser de se plier aux diktats vestimentaires de sa bonne ! Allons ! C'en était fini de dormir ! Il allait falloir intervenir, car si l'on comptait sur Mère pour remettre de l'ordre…

Marthe bâilla, s'étira comme un petit chat, puis se leva d'un bond. Elle enfila le léger peignoir de soie suspendu à côté de son lit, chaussa ses mules, s'éclaircit la gorge afin d'être plus crédible, ouvrit sa porte à la volée, et, les sourcils froncés, les cheveux en bataille et l'air convenablement irrité, jeta un tonitruant :

—Mais que se passe-t-il ici, à la fin ?

La petite bonne qui trottinait derrière Lucie, serrant sur son cœur un vilain paletot verdâtre, balbutia, prise en faute.

—C'est mademoiselle Lucie qui refuse de mettre son paletot.

Comme je la comprends, se dit aussitôt Marthe, *a-t-on jamais rien vu d'aussi laid ?*

Rencognée contre la dernière porte du couloir, l'air buté, la jeune Lucie ne semblait guère prête à céder. Âgée de six ans, elle en paraissait facilement huit, en raison de sa grande taille. Ses beaux cheveux châtains, si semblables à ceux de Marthe, retombaient sur ses épaules en boucles lustrées et chatoyaient sous la lumière des appliques électriques. Dans son visage poupin qui gardait encore toutes les rondeurs veloutées de l'enfance, le regard brun, vif, sans complaisance qu'elle portait sur les êtres et les choses témoignait d'une maturité étonnante pour son âge. Une fois encore, Marthe s'en étonna. *On dirait que cette petite connaît tous les secrets du monde*, songea-t-elle.

—Eh bien, mademoiselle, la morigéna-t-elle, que signifie ? Une fois encore, vous refusez de vous habiller et allez réveiller toute la maisonnée ?

D'un bond, l'enfant se jeta dans les bras de sa sœur.

—Marthe ma Marthounette à moi, ne la laisse pas faire, je t'en prie, vois comme ce paletot est laid, toutes mes amies vont se moquer de moi !

—Le fait est, concéda Marthe, que l'on pourrait sans doute trouver un vêtement suffisamment chaud pour la saison mais plus seyant que celui-ci. Dites-moi, Sophie, n'avez-vous rien de mieux à proposer ?

—C'est que c'est madame, commença la petite bonne, embarrassée. Elle m'a dit que ce paletot devait finir la demi-saison et qu'il n'était pas question d'en commander un autre pour le moment.

Se penchant vers sa petite sœur, Marthe lui dit :

—Écoute, Lulu, je te propose un marché : je convaincs notre mère de te commander au plus vite un paletot digne de ce nom ; toi, tu mets celui-ci en attendant, et je te permets de m'emprunter une broche ou même, tiens, tu auras le droit de mettre un peu de N° 5 derrière tes oreilles, ça te va ?

Écarquillant les yeux devant tant de munificence, la petite acquiesça en silence. Profitant de sa docilité, Sophie lui enfila le paletot, puis les deux sœurs disparurent dans la chambre de Marthe.

Marthe sonna pour qu'on lui monte son déjeuner, puis elle ouvrit les persiennes. La lumière et la fraîcheur pénétrèrent à flots dans la chambre.

Sans hésitation, l'enfant se dirigea tout droit vers la table de toilette. Sur le plateau de marbre trônaient le pot et la cuvette de porcelaine, ornés de fleurs roses. S'approchant du porte-savon, l'enfant renifla avec délectation les effluves qui s'en dégageaient. Posant la main sur le bouton du tiroir, elle se retourna vers sa sœur qui la regardait avec indulgence :

—Je peux ?

—Mais oui, ma Lucie, je te l'ai dit.

Les doigts tremblants devant ce privilège inouï, l'enfant saisit le « coffre à trésors » de sa sœur. Si les bijoux de valeur de la famille étaient gardés au coffre par leur père, les colifichets, en revanche, que Marthe rapportait en abondance de chacune de ses incursions dans les grands magasins du boulevard Haussman étaient simplement rangés dans ce que l'enfant nommait « la boîte à trésors ». Lui aurait-on demandé de choisir entre un des sautoirs en cristal contenu dans la boîte et la bague en saphirs et brillants que Marthe avait reçue pour ses dix-huit ans, qu'elle n'aurait pas hésité une seconde ! De toute évidence le sautoir arrivait grand gagnant ! S'enhardissant, les petits doigts plongeaient dans le coffret, en ressortaient une broche noire brodée de paillettes et de plumes, une fleur en lamé argent, un sautoir triple rang aux perles irisées, des bagues et des bracelets en pâte de verre aux couleurs chatoyantes. Comment choisir parmi tant de merveilles ?

—Je peux prendre ce que je veux ? demanda Lucie

—Ce que tu veux, lui accorda sa sœur.

Alors, avec ce goût déjà très sûr et cette étonnante maturité qui la caractérisaient, l'enfant se saisit d'une petite broche en forme de papillon. Les ailes de fin tissu, rebrodées de fils d'argent, scintillaient. Au bout des fragiles antennes de fer-blanc, deux petites perles de cristal accrochaient la lumière.

—Tu as très bien choisi ma Lulu : voilà qui va transformer ce paletot de souillon en vêtement de reine !

Lucie éclata de rire, ravie, puis, pointant du doigt le flacon de parfum, demanda :

—Tu me le mets ? J'aurais trop peur de te le casser !

Marthe vaporisa avec parcimonie un peu de parfum dans le cou de sa sœur ; il s'agissait de ne pas transformer l'enfant en cocotte capiteuse tout de même ! Puis la fit pivoter et la conduisit devant la grande armoire à glace en macassar, dont les poignées de cuivre luisaient doucement au soleil.

—C'est bien, décréta la belligérante. Je peux aller à l'école maintenant !

Puis, se retournant, elle se jeta avec fougue dans les bras de Marthe.

—Oh ! Marthounette, t'es la meilleure des meilleures des meilleures !

L'entrée de Léonie, avec le plateau du petit déjeuner, interrompit les effusions.

—Allez, va vite, maintenant, et ne fais plus enrager Sophie !

—Promis !

Marthe se remit au lit, afin de profiter pleinement de son petit déjeuner. C'était son repas préféré dans la journée, et, elle le savait, un repas qu'il ne fallait pas négliger si l'on souhaitait avoir une alimentation équilibrée, indispensable à la santé. Toutefois, il ne s'agissait pas non plus de s'empiffrer, car comment, alors, rentrer dans les divines tuniques fluides, les sobres robes droites ou les petites jupes plissées, qui, glissant sur un corps délivré de corset, en révélaient les courbes sans concession ? Et aujourd'hui plus que jamais ! Aujourd'hui, 2 octobre 1925 ! Jour de la première de la Revue nègre, au théâtre des Champs-Élysées ! Avec Mlle Joséphine Baker ! Et Père et Mère avaient accepté de l'y escorter, pour la remercier d'avoir si brillamment obtenu son bachot ! Mordant avec appétit dans ses tartines, elle s'attaqua au problème du jour : que porter ce soir ? Il fallait être belle, mais sans ostentation ; paraître sûre de soi, mais pas blasée ; être à la fois fraîche, surprenante et rayonnante !

La robe Paul Poiret, indiscutablement : sans manches, découvrant à peine le genou, en tulle noir et Lurex noir et or, elle avait la sobriété, l'élégance infinie de ces créations dont les lignes pures suffisent à souligner la beauté. Un sautoir ? Non, il fallait plutôt habiller le cou. Le fin collier en or, qu'elle tenait de sa grand-mère, serait parfait. Des bas couleur chair, ses chaussures de soirée, avec la petite bride… Pour le maquillage… Père allait hurler, évidemment, mais pas question de sortir sans rouge à lèvres et sans Rimmel !

Restait le problème du manteau. Quel manteau pourrait faire l'affaire ? Contrariée, la jeune fille se mordait les lèvres, tartine en l'air, sans se rendre compte que la confiture dégoulinait à grosses gouttes sur la courtepointe. Soudain, ce fut l'illumination.

—Je sais, s'exclama-t-elle avec un geste du bras triomphant.

Pour le coup, c'est la tartine entière qui s'envola et vint atterrir dans un *sploch* poisseux sur l'oreiller brodé. La jeune fille ne s'en formalisa guère : rien, décidément, ne pourrait lui gâcher cette journée ! Et, tourbillonnant au son d'une valse imaginaire, elle gagna la salle de bains de l'étage, où, après les dix minutes de lutte habituelle, de coups et jurons divers, elle réussit à obtenir du chauffe-eau qu'il crachote poussivement un maigre filet d'eau chaude dans la baignoire.

Car aujourd'hui, Marthe n'allait pas se contenter d'une toilette dans la cuvette de sa coiffeuse ! Une telle occasion appelait l'extravagance d'un bain ! Et tant pis si Mère se fâchait, en prétendant qu'elle allait s'abîmer la peau ! Elle savait bien, elle, qu'il n'en était rien, et que, au contraire, une hygiène soigneuse contribuait au maintien d'un épiderme sain ! Ce n'était pas pour rien que Marthe Gaumain-Baucourt avait obtenu son baccalauréat avec les félicitations du jury !

*

La foule se pressait aux abords du théâtre, compacte, mouvante ; elle semblait une entité un peu effrayante, animée d'une vie propre. Marthe, les yeux écarquillés pour ne rien perdre du spectacle, se sentit légèrement oppressée. Il faudrait, pour accéder à l'entrée du théâtre, avoir les pouvoirs de Moïse séparant la mer Rouge ! Cependant, Père ne semblait guère inquiet. Se penchant vers l'avant, il donna quelques directives au chauffeur. Deux ou trois coups d'avertisseur suffirent pour que la Delage puisse introduire son museau dans la rue François-Ier, plus dégagée que l'avenue Montaigne ; le chauffeur se gara tant bien que mal et les passagers descendirent. Marthe calcula que ses délicates petites chaussures de satin pourraient supporter le trajet de quelques mètres jusqu'à l'entrée principale. Mère, terrifiée par la foule, semblait changée en statue de sel. Père l'empoigna d'une main ferme et s'employa à remorquer son petit monde jusqu'au portail, se frayant sans trop de difficulté un chemin jusqu'à l'entrée de la salle. Marthe, éblouie, tous les sens en alerte, croyait reconnaître Blaise Cendrars, admirait le plissé audacieux d'une jupe, ouvrait ses narines frémissantes sur un nuage de Shalimar et se trouvait enfin face à l'affiche tant décriée de Paul Colin, où Joséphine, à demi nue et l'air espiègle, semblait déjà se déhancher au rythme sauvage du charleston ! Bouche bée, elle ne songeait plus à avancer. En elle, le choc d'une éducation pudibonde soudain confrontée à une sensualité débridée le disputait à une fascination exaltée ! Quoi ! Une femme pouvait… pouvait être libre au point d'exhiber ainsi ses cuisses en souriant de toutes ses dents ?

—Mes chers amis ! Bonsoir, chère Augustine, vous êtes divine ce soir !

Et Père, en gentleman consommé, se penchait sur la patte sèche d'une douairière empesée, qui, aux yeux de Marthe, n'avait vraiment rien de divin.

—Et voilà le cher Fernand, bonsoir mon ami, comment allez-vous ? Permettez-moi de vous présenter mon épouse, Marie, et ma fille Marthe.

Un jeune homme brun, falot, dont le teint blême et la poitrine creuse trahissaient le manque de vigueur et la santé précaire, frôlait le dos de sa main d'une moustache soyeuse.

—Mes hommages, mademoiselle Marthe ! Je suis enchanté de faire enfin votre connaissance. Mais votre père est un menteur : il m'avait dit que vous étiez jolie ; vous êtes resplendissante !

Fier de sa galanterie, Fernand se redressait avec un sourire fat. Instinctivement, Marthe eut un mouvement de recul. Ce garçon lui déplaisait, elle ne savait trop pourquoi. Pourvu que Père ne se mette pas en tête de le faire asseoir à côté d'elle !

Enfin, ils entraient, dans le sillage des parfums rares et capiteux, le bruit des rires et des conversations, le bruissement soyeux des robes ; enfin, ils étaient assis, devant la scène tendue d'un rideau de velours pourpre et or. Et Fernand… eh bien, Fernand avait disparu, et c'était tant mieux !

Dès les premières mesures, Marthe fut transportée : les rythmes du jazz et du charleston résonnaient dans sa poitrine, dans son corps entier, comme un battement de cœur mille fois amplifié, une pulsation de vie intense, frénétique, débridée : elle avait envie de se lever, d'arracher sa robe, ses chaussures, et de danser, pieds nus, comme une diablesse ! Puis Joséphine fit son entrée. Gracile et gracieuse, ses petits seins fiers pointés, les hanches nues et mobiles sous un pagne de bananes, un immense sourire rouge faisant ressortir sa peau foncée et ses dents éclatantes, elle se mit à danser avec une furie suggestive, une sensualité, une liberté et une grâce telles que bientôt toute la salle fut debout, applaudissant à tout rompre ! Un homme hurla :

—C'est le triomphe de l'érotisme !

Et Marthe eut envie de pleurer d'émotion. Elle regarda ses parents ; Mère avait le visage pincé, de toute évidence, elle n'avait guère goûté cette « Danse sauvage ». Le visage de Père ne révélait rien, comme d'habitude ! La suite du spectacle passa comme un rêve éveillé : la beauté et la sensualité des tableaux, le rythme primitif, vital, de cette musique nouvelle, l'enthousiasme de cette foule disparate, où se côtoyaient les castes et les générations, tout concourait à faire de cette soirée un moment d'exception dont Marthe s'appliquait à savourer la moindre seconde.

Puis ce fut la fin ; les gens sortirent. Le regard enfiévré, le sourire aux lèvres, discutant avec véhémence, les plus jeunes ne dissimulaient pas leur enthousiasme. Les plus âgés étaient plus partagés, surtout les femmes. Beaucoup, comme la mère de Marthe, semblaient penser que cette Joséphine offensait par trop la décence. Augustine, que l'on retrouva à l'extérieur, tomba d'accord avec elle. Fernand ne dit rien, mais son regard trahissait une fiévreuse exaltation. *Trop veule pour s'exprimer*, songea Marthe avec dédain. Avec un sourire mutin, elle déclara :

—Eh bien, moi, j'ai adoré ce spectacle ! Et tout particulièrement la « Danse sauvage » de Joséphine ! Quel talent, quelle grâce, quelle souplesse extraordinaire ! Et ce corps de déesse, tout luisant de sueur ! Ces déhanchés somptueux !

Elle devenait lyrique ; son père lui pressa le bras, en signe d'avertissement, tandis qu'un silence outré de la douairière répondait à sa provocation. *Et toc*, songea Marthe, fort irrévérencieusement !

On décida de terminer la soirée au Bœuf sur le Toit ! Peut-être Marthe pourrait-elle y apercevoir ce peintre espagnol qui composait de si étranges toiles, Pablo Picasso ? Ou, mieux encore, le sulfureux Victor Margueritte ? Elle avait lu son roman, en cachette, bien sûr ! Mère aurait fait un infarctus si elle avait su qu'une telle abomination avait passé le seuil de la maison !

À cette pensée, elle étouffa un petit rire, vite ravalé lorsqu'il fut clair qu'Augustine et son fils Fernand devaient se joindre à eux ! Réprimant une grimace, elle prit place dans la voiture qui les conduisit au restaurant.

Une foule disparate se pressait au Bœuf sur le Toit ; assise entre Fernand et sa mère, Marthe se sentait piégée et spoliée de sa soirée. Prenant prétexte de l'exiguïté des lieux, l'odieux Fernand pressait sa cuisse contre la sienne de la façon la plus éhontée, tout en feignant de l'ignorer, et en discourant avec Père de la cotation des valeurs boursières. Mère et la douairière, après avoir éreinté le spectacle en quelques phrases bien senties, en étaient à présent au chapitre des enfants. Veuve depuis quelques années déjà, Augustine avait manœuvré afin que Fernand, ses études achevées, puisse reprendre la place de son père à la banque que dirigeait Jules Gaumain-Baucourt.

—Votre mari semble fort satisfait de lui, disait Augustine, et, certes, Fernand n'est pas un ingrat, ni un fainéant. Il sait fort bien ce qu'il doit à Jules, et fera tout pour s'en acquitter.

—Jules en est tout à fait conscient, je vous prie de le croire.

—Fernand lit beaucoup, lorsqu'il a un peu de temps libre ; et vous, mademoiselle Marthe, quelles sont vos distractions ?

—Je lis aussi, madame, j'aime beaucoup cela ; et puis je pratique le tennis, et j'aime beaucoup aller au cinéma avec mes amies !

—Fernand n'a guère de goût pour les activités sportives et je dois dire que je ne l'en blâme guère ! S'agiter dans le froid, transpirer, s'essouffler, épuiser son corps : quel plaisir, quel bien-être cela peut-il donc procurer ? Quant aux méfaits sur la santé, ils sont connus ! Vous devriez vous méfier, ma petite !

—Mais au contraire ! s'exclama Marthe. Le sport est sain et fortifie le corps ! Il permet d'augmenter la masse musculaire au détriment de la graisse, dangereuse pour notre cœur et nos artères, il améliore la capacité pulmonaire et…

Marthe s'interrompit, consciente que tous les regards étaient fixés sur elle.

—Que de science ! s'écria Augustine d'une voix aigre. Et d'où vous viennent toutes ces connaissances, ma chère petite ? Quelles sont donc vos lectures ?

—À vrai dire, je… j'ai toujours été intéressée par le fonctionnement du corps humain, et maintenant que j'ai mon baccalauréat ès sciences, eh bien, avec l'accord de mes parents, bien sûr, je compte m'inscrire à la faculté de médecine.

Un silence horrifié suivit ces paroles.

—Mais enfin, ce n'est pas la place d'une femme, vous n'aurez ni la force morale, ni les possibilités physiques d'accomplir votre tâche ! ne put retenir Fernand.

Marthe se tourna vers lui, les yeux étincelants de colère :

—Et où, exactement, je vous prie, jugez-vous que se trouve la place d'une femme, monsieur ?

—Mais… à la maison, bien entendu, où elle veille sur sa famille ! Du reste, personne n'accepterait de se faire soigner par une femme médecin et pas une seule n'est connue !

—De vous peut-être ; moi, je connais la réputation de Mme Madeleine Brès, la première française médecin ! Elle a été louée par tous ses chefs de service, qui, heureusement pour elle et pour les gens qu'elle a soignés, avaient l'esprit un peu plus ouvert que des ânes bâtés ! Et Marie Curie, qu'en faites-vous ? Certes elle n'était pas médecin mais elle fut la première femme à recevoir un prix Nobel !

—Elle était polonaise !

—Qu'est-ce que cela peut bien changer ?

—Ces gens-là sont des rustres, ils n'ont pas les mêmes valeurs que nous.

Bouillante de rage et d'exaspération, Marthe le considéra un instant avec le plus profond mépris. *Il est idiot en plus*, se dit-elle ; *irréfutablement, irrémédiablement idiot* !

Soudain, elle s'avisa que ni son père, ni sa mère n'avaient pris part à la discussion. C'était étrange, d'ordinaire, ils n'aimaient pas à la voir en difficulté. Et le visage de Père était sombre et fermé ! À son regard interrogateur, il répondit par un coup d'œil froid, plein de sévérité, qui la glaça. Que se passait-il tout à coup ? Il lui semblait, en quelques phrases, avoir basculé dans un autre univers, froid et hostile. Avec effarement, elle entrevoyait la vérité, mais refusait encore d'y croire

Non, ce n'est pas possible, il y a autre chose, autre chose que je ne comprends pas, ils ne peuvent pas refuser, c'est insensé, ils savent, ils savent que c'est toute ma vie, ce que je veux par-dessus tout, et ils m'aiment, ils m'aiment !

Soudain, Jules Gaumain-Baucourt se leva, et, avec un sourire crispé, s'adressa à Augustine et à son fils :

—Eh bien, chère Augustine, cher Fernand, merci pour cette excellente soirée en votre compagnie. Il se fait tard et nous allons devoir rentrer maintenant.

Les adieux furent froids et impersonnels.

À peine assise dans la voiture, Marthe voulut poursuivre la discussion :

—Père…

—Assez, Marthe, trancha-t-il d'une voix métallique. Il n'y a plus rien à dire sur le sujet.

3

Roland

Athènes, novembre 2011

Roland se frotta les tempes d'un geste las. Debout devant le tapis roulant, à l'aéroport d'Athènes, il attendait que son sac de voyage daigne faire son apparition. Il n'avait pu fermer l'œil de tout le voyage, et commençait à ressentir les effets de la fatigue. Il était déjà minuit et il devrait être à pied d'œuvre dès le matin pour le reportage dans les rues d'Athènes, à l'occasion de la grande manifestation prévue le lendemain. La situation était critique en Grèce. Le taux de chômage atteignait des records historiques ; de plus en plus de gens n'arrivaient plus à joindre les deux bouts ; manger, se loger devenaient des problèmes insurmontables pour une bonne partie de la population ; la prostitution flambait, le peuple se sentait étranglé de toutes parts ! Signe des temps, c'était un banquier qui venait de prendre les rênes du pays ! Saurait-il mieux s'y prendre que ce pauvre Papandréou qui s'était fait fustiger de tous côtés, jusqu'à devoir démissionner, lorsqu'il avait prétendu prendre l'avis du peuple par un référendum ? L'avis du peuple, vraiment ! C'était d'un ridicule achevé, en cette période de dictature économique et financière ! Il se tourna vers son coéquipier, Yannick, qui bâillait à s'en décrocher la mâchoire.

—Si tu as l'intention d'aller boire un verre quelque part avant d'aller à l'hôtel, ce sera sans moi mon vieux. Je suis rincé.

—Pareil ; j'ai passé la nuit précédente à essayer de convaincre Élisa que je n'allais pas me faire piétiner par une horde de Grecs prêts à prendre le Parlement et ce n'est pas cette misérable sieste de deux heures dans l'avion qui a pu me remettre d'aplomb ! Dodo, mon vieux, dodo !

À cette heure tardive, les taxis, plutôt rares, étaient pris d'assaut.

Un bus s'apprêtait à partir pour le centre-ville, les deux compères s'y engouffrèrent. Le bus s'élança en cahotant, ratant de peu un piéton qui traversait. Le chauffeur jura, puis se signa rapidement. Avisant un stop à quelques mètres, il décida d'améliorer sa visibilité en se mettant debout au volant, et put ainsi s'engager, sans ralentir le moins du monde, sur la route qui menait au centre. Bouche bée, Yannick et Roland n'en croyaient pas leurs yeux. Le pied pressé sur la pédale d'accélérateur, le chauffeur slalomait entre les véhicules et les scooters, fermement décidé à ne s'arrêter à aucun feu. Sans doute détenait-il quelque talent de prescience accordé par l'au-delà car les feux passaient mystérieusement – et miséricordieusement – au vert dès que le diabolique engin s'approchait en mugissant. Roland tâtonna, à la recherche d'une ceinture de sécurité. N'en trouva point, et décida de s'en remettre aux dieux de l'Olympe.

Dès qu'il était en Grèce, il se sentait devenir mystique !

Une bonne vingtaine de minutes plus tard, le bus s'arrêta à leur arrêt et leur chauffeur leur fit au revoir avec un radieux sourire. Roland, qui n'était plus très sûr que ses organes digestifs soient toujours à l'endroit qui leur était normalement assigné, descendit du car en titubant.

—Nom de Dieu ! s'exclama-t-il. Je n'ai jamais vu ça ! Je nous ai crus morts vingt fois !

—Et… tu as vu…, en plus, il… il… téléphonait !

Yannick hurlait de rire et son hilarité était contagieuse.

Ils s'avisèrent soudain qu'on les regardait bizarrement, se ressaisirent et gagnèrent l'hôtel.

—Bon, rendez-vous dans le hall demain à 7 h 30. OK ? Faut qu'on fasse le debriefing avec Valeria avant de partir.

—OK. Mais je te préviens ! Pas question d'y aller en bus !

Roland riait encore doucement lorsqu'il pénétra dans sa chambre. Quelconque, impersonnelle. Une de ces multiples chambres d'hôtel où il abandonnait un bout de sa vie, sachant qu'il ne reviendrait jamais ; de passage, comme partout. *Comme dans ma propre vie*, se prit-il à songer. Il s'assit sur le lit, et sortit de son portefeuille la photo sépia qui, depuis quelques jours, ne le quittait plus. Elle le regardait. Et dans ses grands yeux mélancoliques et doux, il lisait un appel. Un visage ovale, creusé d'une fossette à la joue ; un petit nez mutin, une bouche charnue, qui n'ébauchait pas le moindre sourire. Coiffée d'un chapeau cloche qui laissait à peine dépasser quelques mèches, elle regardait droit devant elle, avec sérieux, avec insistance. Elle le sommait de réagir. Une brise fraîche fit voleter les rideaux de la fenêtre. Une brise ou…

Et merde ! se dit Roland. *Cette fois, je suis bon pour le cabanon ! Comme si ça ne suffisait pas d'être obsédé par cette femme au point de regarder sa photo vingt fois par jour, maintenant, je sens des présences !*

Rageur, il remit la photo en place. Une bonne douche brûlante, voilà qui lui remettrait les idées d'aplomb !

Il glissa avec délectation son corps fourbu entre les draps frais, s'étira de tout son long et ferma les yeux. En quelques secondes, il s'endormit d'un sommeil pesant.

Il marchait, seul, sur une route noyée d'ombre. Il ne savait où il allait, mais il sentait qu'il lui fallait avancer à tout prix. Aux branches des arbres qui bordaient la route, étaient accrochées de multiples photos. Il aurait voulu s'arrêter pour mieux les voir, il aimait tant les photos ! Mais une force inconnue le poussait, l'obligeant à poursuivre sa route. De temps en temps, il reconnaissait un paysage, un visage, mais très vite la photo était remplacée par une autre, puis une autre et une autre encore, jusqu'à ce qu'elles forment un immense kaléidoscope tourbillonnant autour de lui, dans lequel il ne pouvait plus rien reconnaître.

—Assez ! hurla-t-il ! Assez !

Alors, en face de lui, apparut une jeune femme ; elle était vêtue d'une robe taille basse marron et d'un chapeau cloche assorti ; ses petites chaussures à bride la gênaient pour marcher, elle avançait doucement et elle le regardait. Lorsqu'elle fut tout près de lui, elle tendit les bras vers lui et lui dit :

—Je t'ai cherché, tu sais ; je t'ai tellement cherché !

—Qui êtes-vous ? demanda-t-il.

—Mais… Tu sais qui je suis !

« Qui je suis, qui je suis, qui je suis… » Tandis que l'écho répétait ces mots à l'infini, la silhouette de la jeune femme se déforma puis s'évanouit.

Roland s'éveilla en sursaut, un hurlement dans la gorge, étreint par le sentiment d'une perte irréparable. Il était 4 heures du matin. Il ne pouvait tout de même pas appeler Yvonne à cette heure pour savoir si elle allait bien. *Ressaisis-toi, mon vieux*, s'admonesta-t-il. Tout allait bien, ce n'était qu'un rêve, un fichu rêve.

Il se rendormit avec peine et malgré une douche écossaise vivifiante, se sentait encore complètement hébété lorsqu'il rejoignit Yannick dans le hall à l'heure convenue.

—Oh, oh ! Petite mine, commenta celui-ci peu charitablement. Est-ce que la belle Valeria va encore craquer pour toi, avec cette allure de zombie ?

Roland ne répondit que par un grognement peu amène, puis s'efforça de sourire car justement, Valeria arrivait. Elle était leur correspondante locale à Athènes et il avait toujours beaucoup aimé travailler avec elle. Et pas seulement travailler d'ailleurs, il fallait bien l'admettre. Elle se jeta dans ses bras en roucoulant son nom avec son délicieux accent grec. Malgré sa fatigue, son corps s'émut en sentant se presser contre lui le poids doux des seins de Valeria, qui bougeaient librement sous le pull léger dont elle était vêtue. Valeria n'aimait pas les soutiens-gorge ; sauf lorsqu'il s'agissait d'en faire une arme de séduction. Il avait le souvenir d'une soirée particulièrement torride… bref ; l'heure n'était pas aux rétrospectives coquines. Rejetant d'un mouvement gracieux sa lourde chevelure brune en arrière, Valeria leur exposa le programme de la journée. D'abord, quelques clichés, sur la place Syntagma, au Parlement ; ensuite, l'interview avec Lucas Papademos, le tout nouveau Premier ministre grec ; et enfin, dans la soirée, lorsque le plus gros des manifestations était prévu, interroger l'homme de la rue, saisir l'opportunité, faire le cliché qui compte. C'était cela que Roland aimait par-dessus tout. Traquer la bonne photo, sans jamais savoir d'où va surgir *la* scène qu'il ne faut surtout pas rater. Être aux aguets, avoir l'œil à tout, anticiper les mouvements et les réactions. Il était doué, il le savait. Certaines de ses photos avaient fait le tour du monde. Il savait donner aux êtres et aux lieux cet éclairage particulier qui permet de créer le lien. On ne pouvait pas rester indifférent devant une photo de Roland : elles avaient un petit supplément d'âme.

*

Valeria s'étira langoureusement dans le lit dévasté.

—C'est dommage que tu repartes demain ! J'aurais bien profité de tes talents un jour de plus, tu sais.

Roland lui sourit, et caressa doucement la peau satinée de son dos :

—Ça peut peut-être s'arranger ; je suis absolument crevé et j'ai vraiment besoin d'un petit break. J'appelle le journal pour savoir si je peux rentrer samedi, d'accord ? Après tout, on a bien travaillé aujourd'hui, on mérite bien une petite pause !

Elle battit des mains avec un sourire ravi et disparut dans la salle de bains.

Ainsi qu'il l'avait deviné, la direction du journal ne fit aucune difficulté pour lui accorder une journée de plus. Il était en train de compulser les dépliants de l'hôtel à la recherche d'un restaurant convenable lorsque Valeria revint.

—Tu cherches un resto ? Écoute, j'ai une idée, il y a une petite taverne super sympa qui vient d'ouvrir à Plaka. Avec de la vraie moussaka, des souvlakia à se damner et un petit ouzo ! Tu m'en diras des nouvelles !

*

La taverne de Valeria avait tenu ses promesses. Convenablement gavé, après trois ouzos et un pichet de retsina, Roland commençait à considérer que, finalement, s'installer en Grèce réglerait peut-être tous ses problèmes. Il épouserait Valeria et lui ferait l'amour tous les soirs ; et lorsqu'il aurait besoin de se détendre, il prendrait le bus ! Et au moins, cette fichue obsession disparaîtrait !

—Qu'y a-t-il ? interrogea doucement Valeria. Tu sembles préoccupé, presque triste tout à coup ! Tu as un problème ?

Roland hésita ; confier ce qui le tourmentait ? Elle allait le prendre pour un fou ! Mais à cet instant, le beau visage de Valeria levé vers le sien, ses yeux brillants à la lueur des bougies, le calme de cette douce nuit grecque, l'ambiance feutrée de la taverne : tout conspirait contre lui et le poussait à se confier à la jeune femme. Il lui sembla logique, intelligent et sain de se délivrer enfin de ce secret qu'il portait depuis plusieurs jours, et, qui sait, d'obtenir de l'aide.

—Commandons un autre pichet, je crois qu'on va en avoir besoin ! Je vais t'expliquer.

Il se versa un verre de retsina, et le fit pensivement tourner entre ses doigts. Avec un sourire gêné, il commença :

—Il y a deux ou trois semaines, je suis allé aider un copain à vider un appartement. Sa grand-mère venait de mourir et lui avait légué son appartement parisien. Elle avait cent quatre ans ! Depuis quelques années, elle vivait en maison de retraite médicalisée, mais l'appartement était resté intact. Tu imagines le bric-à-brac ! Cent ans de vie ! Tu me connais, j'étais fasciné. D'autant que la dame semblait grande amatrice de photos ! Il y avait des dizaines d'albums. Je crois avoir passé autant de temps à les compulser qu'à aider Damien à trier les affaires et à les emballer ! Peu à peu, je me suis, comment dire, attaché à cette femme. Une sorte de fascination irraisonnée, presque malsaine, s'était emparée de moi. J'ai demandé à Damien la permission de garder quelques photos, une surtout, dont je ne peux me défaire. Je l'ai toujours sur moi. Regarde !

Ouvrant son portefeuille, Roland en sortit la photo, qu'il tendit à Valeria. Celle-ci étudia la photographie un moment puis la rendit à Roland.

—Elle est belle ; mais elle a l'air si triste, dit-elle

—Oui, n'est-ce pas ? Et, tu vois, le pire, c'est que j'ai l'impression que je la connais ; j'ai l'impression qu'elle attend quelque chose de moi, je ne sais pas quoi, mais... ça me rend fou ! J'en rêve la nuit, il me semble parfois sentir sa présence autour de moi, j'y pense sans cesse, je ne sais plus quoi faire pour me délivrer de cette obsession. Je sais si peu de choses d'elle ! Elle s'appelait Marthe, elle vivait à Paris, elle a eu deux enfants et... elle hante ma vie ! Voilà, tu dois me trouver ridicule, non ?

Il vida son verre d'un trait.

—Tu sais, nous, les Grecs, on n'a jamais tout à fait cessé de croire que les dieux se mêlent de la vie des hommes. Peut-être que quelqu'un essaie de te faire comprendre quelque chose ?

—Non, non et non ! Nous, en France, on est cartésiens, et moi plus que tout autre ! Je n'ai jamais mis les pieds dans une église, et tous ces récits de phénomènes étranges et surnaturels qu'on voit à la télé me font doucement rigoler ! Tout ce que je veux, c'est être débarrassé !

—Fais confiance à ton intuition, Roland. Elle est souvent bien meilleure conseillère que la raison.

Tu ressens au fond de tes tripes que tu dois résoudre ce mystère ? Alors fonce ! Après tout, tu es reporter, tu sais où et comment dénicher des informations. Si tu cesses t'esquiver cet appel au nom de la logique, si tu t'y abandonnes, tu trouveras des réponses, crois-moi. Laisse-toi un peu porter par la magie !

Il saisit sa main et lui baisa le bout des doigts :

—Chaque fois que je suis avec toi, je me laisse porter par la magie, ma belle ! Je crois que tu as raison, le seul moyen de retrouver la quiétude, c'est essayer de comprendre qui était cette femme. (Il lui sourit :) Alors, mademoiselle Sikelianos, on rentre maintenant ? J'ai d'autres activités à te proposer, ça te dit ?

4

Roland

Paris, 2011

Colette Charvet regardait Roland avec indulgence. Vêtue d'une stricte robe noire éclairée d'un simple collier de perles, ses courts cheveux châtains ne laissant pas paraître la moindre racine blanche, elle se tenait, grave et droite devant lui, la tête un peu inclinée sur le côté comme pour l'inciter à parler. Et lui se sentait bête à pleurer tout à coup. De quel droit faisait-il intrusion dans le chagrin de cette femme qui venait de perdre sa mère ? Que faisait-il ici, lui, l'étranger, que cherchait-il ? Il ne le savait pas lui-même, et c'était bien là tout le problème.

À son retour de Grèce, il avait cherché à s'étourdir pour oublier. Oublier Marthe ; oublier que sa vie lui semblait désormais fade et inutile. Il avait multiplié les sorties, les conquêtes d'un soir, les dîners trop arrosés. Tout cela n'avait servi, semblait-il, qu'à exacerber davantage son besoin de pénétrer au cœur de la vie de Marthe. Il rêvait d'elle chaque nuit ou presque ; d'étranges rêves, à l'atmosphère pesante, engluée de désespoir ; il en sortait meurtri, effrayé et terriblement frustré ! Chaque fois, il lui semblait toucher enfin au but, comprendre un peu plus le sens de cette quête insensée ; et, dès le réveil, ce sens ténu lui échappait, comme un filet de brume qui se délite doucement, le laissant seul, les mains désespérément vides, la bouche ouverte sur des questions, des appels, à jamais sans réponse.

Embarrassé, il s'éclaircit la voix, puis s'avança vers Colette :

—Colette, je vous présente mes plus sincères condoléances ; je me doute bien qu'à tout âge, perdre sa maman reste aussi douloureux.

Les yeux pleins de larmes retenues, Colette le serra dans ses bras :

—Tu as bien raison, mon petit. Que ce soit pour toi qui n'as quasiment jamais connu la tienne, ou pour moi qui ai eu la chance de côtoyer la mienne pendant plus de soixante-dix ans, le manque d'une mère est une plaie à vif. Allons, asseyez-vous les garçons, et dites-moi donc pourquoi vous venez ainsi en délégation. Depuis que vous êtes adolescents, ces arrivées intempestives à deux ne sont jamais gratuites !

—Tu nous connais bien maman, intervint Damien dans un sourire. Voilà, figure-toi que Roland m'a aidé à vider l'appartement de mamie ; et… il aimerait que tu lui parles d'elle.

Colette les regarda d'un air surpris :

—Vous parler d'elle… oui, je veux bien, naturellement, mais… Pourquoi ?

Roland prit la parole.

—Colette, je sais que tout ça va vous paraître bizarre, mais je vous supplie de m'écouter sans m'interrompre, et puis, ensuite, si vous jugez ma requête trop déplacée, ce que je pourrais parfaitement comprendre, eh bien, il n'en sera plus question, d'accord ?

—Je t'écoute, répondit-elle simplement.

Assis sur le bord du fauteuil, le corps tout entier penché vers Colette, les doigts entrecroisés comme pour conjurer quelque sort funeste, Roland se lança.

—Vous savez qu'à part ma grand-mère, Yvonne, qui m'a élevé, je n'ai aucune famille. Mon père venait de l'assistance publique, ma mère était fille unique, bref je n'ai connu ma famille que par photos interposées. Ma mère est, pour moi, à jamais, un doux visage figé sur un rectangle de papier glacé. Petit, j'ai passé des heures à compulser les photos de ma grand-mère, essayant de reconstituer un puzzle dont il m'a toujours manqué la pièce essentielle : la vie. Mais j'ai contracté de ce passe-temps la faculté de savoir, mieux que quiconque, « déchiffrer » un visage sur une photo. Voyez-vous, Colette, j'ai l'impression que les photos me parlent ; et je ne me lasse jamais de cette communication avec des portraits. Lorsque j'ai aidé Damien, je suis tombé sur de nombreux albums photos, que votre mère avait, semble-t-il, accumulés au cours des années. Ne me prenez pas pour un doux lunatique si je vous dis qu'un dialogue s'est instauré entre Marthe et moi. J'ai découvert avec stupéfaction une magnifique jeune fille rieuse, pleine de vie, puis une femme, belle, austère, au regard dur, puis une dame d'âge mûr dont les yeux semblent toujours refléter une infinie tristesse ; et enfin une vieille dame inexpressive, au visage de pierre. Pourquoi ? Pourquoi toutes ces personnalités différentes ? J'ai commencé à m'interroger, et c'est alors que je me suis senti comme… je ne trouve pas de mot pour expliquer ce qui m'arrive ! Je rêve d'elle chaque nuit ou presque, Colette ; j'y pense continuellement ; j'ai au fond de moi, tout cartésien et impie que je sois, l'intime conviction qu'elle essaie de me dire quelque chose ou, plus précisément, qu'elle m'appelle à l'aide. Oh, Colette, je ne veux surtout pas vous bouleverser en vous racontant cela, mais je sais, je sens que j'ai une mission à mener, et j'ai besoin que vous m'aidiez à trouver laquelle.

Un silence interloqué suivit la déclaration de Roland.

—Mon Dieu, mon petit, ce que tu me dis là me surprend, bien sûr, je ne prétendrai pas le contraire. Mais enfin, je te connais assez pour savoir qu'il ne s'agit pas d'un caprice, et, ma foi, si je puis t'aider un peu, ce sera avec plaisir. Et puis ça me fera du bien de parler d'elle ; elle, telle que je l'ai connue il y a soixante-dix-sept ans ! Un sourire attendri joua sur les lèvres de Colette : elle était belle, maman, tu sais ! Elle était née en 1907, deuxième enfant de Jules et Marie Gaumain-Baucourt. Mon grand-père était un banquier prospère et ma grand-mère, une aristocrate désargentée. Une de ces alliances de raison comme il y en avait tant à l'époque ! Je n'ai pas connu mon grand-père, il est mort trois ans avant ma naissance, je ne sais trop de quoi d'ailleurs, maman était assez mystérieuse à ce sujet. Mais il y avait tant de choses dont elle ne voulait pas parler ! Mon oncle, Gilbert, est mort en 1930, de la tuberculose. Il avait été malade toute sa vie, le pauvre. Et puis maman avait une petite sœur, qu'elle adorait : c'est ma tante Lucie, qui est bien vieille maintenant, elle a quatre-vingt-douze ans ! Elle vit à Rambouillet, elle est en maison de retraite.

» Voyons, que te dire ? C'est vrai que maman était parfois assez dure. Nous vivions avec ma grand-mère, qui perdait doucement la tête, et cela impatientait fort maman, qui n'avait pour elle aucune indulgence ! Ma tante Lucie a vécu avec nous également, jusqu'à son mariage en 1942. Je n'ai guère connu mon père, Paul : il est mort au tout début de la guerre, en 1939. Il était médecin et il a laissé à maman une rente confortable, qui lui a permis de nous élever plus que convenablement, ma sœur Marcelle et moi. Marcelle a deux ans de plus que moi et nous étions si proches, si complices, lorsque nous étions enfants ! Maman travaillait à l'hôpital Tenon, elle était infirmière. C'est tante Lucie qui s'occupait de nous dans la journée. Mais elle était encore si jeune ! Nous en avons fait, des sottises, je vous prie de le croire !

Perdue dans ses souvenirs, Colette souriait doucement.

—Souvent maman s'absentait, lorsqu'elle avait des jours de congé ; elle partait pour deux ou trois jours, et il nous était interdit de l'interroger, pour savoir où elle allait, ou ce qu'elle faisait. « Ce sont des affaires de grande personne, nous répondait-elle sèchement, je n'ai pas à en parler avec vous. » Oh, sans aucun doute, ce n'étaient pas des vacances qu'elle prenait là ! Elle revenait épuisée, les yeux cernés, la bouche amère. Souvent, le soir de son retour, elle allait dans la chambre de tante Lucie, et restait à lui parler pendant des heures et des heures ! Je crois même l'avoir entendue pleurer parfois. Mais nous n'avons jamais rien su ! Et tante Lucie, qui, pourtant, nous refusait rarement quelque chose, n'a jamais rien voulu nous révéler à ce sujet !

» La mort de papa n'a guère affecté maman. Elle est juste devenue plus exigeante avec nous. « Nous vivons dans un monde d'hommes, mes filles, nous disait-elle souvent. Pour arriver aux mêmes résultats qu'eux, vous devrez fournir cinq fois plus d'efforts, et vous rencontrerez dix fois plus de difficultés. Et n'oubliez pas que vous avez cent fois moins de droits ! » Nous étions sans cesse poussées à faire nos preuves et à donner le meilleur de nous-mêmes. Lorsque Marcelle a soutenu sa thèse et est devenue docteur en médecine, maman a pleuré de joie ! Je ne comprenais guère leur fascination à toutes les deux pour tout ce qui touchait aux organes et aux maladies. Je me souviens que, lorsque maman faisait la cuisine, elle nous appelait, extasiée, pour nous montrer un cœur de canard et son aorte, ou de quelle manière s'articulaient les os d'une patte de lapin ! Je m'enfuyais en criant, le cœur au bord des lèvres, alors que Marcelle, fascinée, faisait fonctionner le minuscule fémur, un grand sourire aux lèvres !

» Cela ne veut pas dire que maman a favorisé Marcelle en quoi que ce soit ! Elle m'aimait tout autant que ma sœur et elle a été très fière de moi aussi quand j'ai décroché mon diplôme de comptable ! Puis Marcelle s'est mariée, moi aussi, et maman s'est retrouvée seule dans ce grand appartement. Sans doute est-ce là qu'elle a commencé cette collection de photos dont tu me parles, car jamais je n'ai vu ces albums chez nous du temps où j'y vivais. Il faut dire que maman semblait bien trop active pour avoir le temps de s'adonner à ce genre de passe-temps ! Elle conduisait, tu sais, c'était plutôt rare à l'époque ! Et elle militait, aussi, c'était une féministe convaincue ! Je me souviens, en 1975, lorsque Simone Weil a fait passer la loi sur l'avortement, elle était si émue qu'elle a dû s'aliter, elle qui ne se laissait jamais abattre par rien !

» Pour ces différentes personnalités dont tu me parles… rieuse et gaie, je dois dire que je ne l'ai guère vue ainsi ! Dure et amère, oui, et triste, si triste, surtout lorsqu'elle ne se savait pas observée. On aurait dit qu'elle avait une revanche à prendre sur la vie. Et puis inexpressive, à la fin de sa vie… oui, tu as raison. Le grand âge, sans doute… il semblait que plus rien ne pouvait l'atteindre !

» Voilà tout ce que je peux te dire, mon petit. Cela t'aide-t-il un peu ?

Roland se passa les mains sur le visage, comme un homme qui s'éveille.

—Oui, Colette, oui, je vous remercie. Ce que vous me dites correspond en grande partie à ce que j'ai ressenti. Mais pourquoi ce changement d'une nature gaie et primesautière à une austérité, une exigence hors normes ? La maturité, les responsabilités, la guerre même suffisent-elles à expliquer une telle métamorphose ? J'ai l'impression… oh ! vous allez me trouver bien indiscret, c'est sûr, mais… je crois que l'on comprendrait bien mieux Marthe si on pouvait savoir où elle se rendait lors de ses petits voyages.

—Mais cela, mon petit, nul ne l'a jamais su ! Elle a emporté son secret dans la tombe ! Car Lucie aurait peut-être pu t'éclairer un peu sur le sujet, mais malheureusement, elle souffre du même mal que ma grand-mère et n'a plus toute sa tête !

Voyant la mine déconfite de Roland, elle ne put réprimer un sourire.

—Allons, je vois bien que tout cela te tient à cœur, vraiment, et qu'il ne s'agit pas d'une curiosité déplacée. Essayez de vous renseigner auprès de l'équipe médicale des Cèdres à Rambouillet : Lucie a des éclairs de lucidité. Obtenez la permission de lui rendre visite et de la questionner !

Ému, Roland pressa entre les siennes les mains de Colette.

—Colette, je vous remercie infiniment. Cela doit vous coûter, car c'est un peu violer les volontés de votre maman qu'essayer de percer à tout prix ce secret. Mais je crois, je suis convaincu que les volontés de Marthe, morte, ne sont pas celles de Marthe, vivante. Je ne ferai rien qui puisse nuire à sa mémoire, vous le savez.

—Bien sûr, je le sais, mon petit. Et puis, depuis le temps que vous faites les quatre cents coups ensemble tous les deux, tu es un peu de la famille maintenant ! Allons, je vais vous donner l'adresse et le numéro de téléphone des Cèdres ; dites que vous appelez de ma part !

Roland se sentait libéré tout à coup : il était dans l'action, il allait découvrir le secret de Marthe, il allait…

quoi donc ? Elle était morte ! Quelle importance maintenant ! Mais au fond de lui, pressante, une voix murmurait, une petite voix douce et lointaine, la voix d'une jeune fille des années folles qui avait perdu son sourire et qui le suppliait de comprendre pourquoi. Et maintenant qu'il avait fait face à cette folie qui l'habitait, il était bien décidé à aller jusqu'au bout.

5

MARTHE

1925, Paris

Lorsque Marthe s'éveilla, le lendemain de la Revue nègre, elle ne ressentit pas l'habituel élan d'énergie et de bonheur anticipé qui la poussait ordinairement hors du lit dans l'expectative de la journée à venir. Le cœur lourd, un peu nauséeuse en raison d'une nuit agitée et entrecoupée de longues périodes d'insomnie, elle se sentait, pour la première fois de sa vie, impuissante et désarmée. Pourquoi Père avait-il réagi ainsi ? Elle n'avait à aucun moment fait mystère de son attirance pour les sciences, et pour la médecine en particulier ; il n'avait jamais semblé lui en tenir rigueur ! Et Mère ! Oh, bien sûr, on ne pouvait guère compter sur Mère en période de crise familiale ! Elle se drapait le plus souvent dans une dignité et un silence outragés, et attendait, en retrait, que les cris cessassent. Dans le monde de Marie de Montendre, les enfants n'avaient pas d'exigence, les maris vaquaient à leurs occupations et donnaient leurs directives sans que nul semblât en prendre ombrage ; et les épouses arboraient en toutes circonstances un maintien sobre et posé ne trahissant aucune émotion.

Marthe renifla avec dédain. Ah ! Bien ! On pouvait toujours compter sur elle pour afficher ce masque de sphinx ! *Plutôt mourir*, se dit-elle en bourrant son oreiller de coups de poing et en laissant enfin s'écouler les larmes qui lui bloquaient le cœur et la gorge depuis la veille au soir. Elle sanglotait, le nez dans l'oreiller, lorsqu'elle sentit une main douce et légère caresser ses cheveux. Tournant la tête, elle distingua dans un brouillard de larmes le petit visage inquiet de sa sœur. S'efforçant de la rassurer, Marthe grimaça un sourire, puis se poussa un peu pour laisser la petite grimper dans le lit, privilège dont l'enfant ne se lassait jamais. Là, nichée au creux des bras de sa grande sœur, elle se laissait aller à toutes les confidences, les interrogations ou les révoltes que pouvait connaître son petit cœur inquiet. Jamais Marthe ne refusait de répondre, d'écouter, de réconforter. La petite tirait une certaine satisfaction de pouvoir, à son tour, jouer les consolatrices. Il était si rare de voir pleurer Marthe ! Inquiète, l'enfant s'avisa soudain que sa sœur était peut-être gravement malade. Se redressant sur un coude, elle interrogea :

—Qu'as-tu, ma Marthounette ? Tu as mal ?

—Non, mon poussin, ne t'inquiète pas, je n'ai mal nulle part. Je suis juste triste, parce que… eh bien, parce que Père n'est pas d'accord avec moi sur un sujet qui me tient à cœur.

La petite sourit :

—Oh ! Si ce n'est que ça, tu vas bien réussir à le convaincre !

Les yeux de Lucie reflétaient tant d'innocente confiance que Marthe en fut comme galvanisée. *Saperlipopette* ! *On allait voir ce qu'on allait voir ! Marthe Gaumain-Baucourt ne se rendrait pas sans avoir combattu !* Il était temps de descendre dans l'arène et cette fois, elle n'accepterait aucune fin de non-recevoir ! Elle allait savoir pour quelle raison on voulait saborder son rêve !

Elle embrassa fougueusement Lucie :

—Tu as raison, ma Lulu ! Du diable si je me laisse faire comme ça !

En deux temps, trois mouvements, Marthe fut prête, et descendit l'escalier comme une furie. Elle se ressaisit toutefois avant de frapper à la porte du bureau. Il ne s'agissait pas de faire irruption et d'indisposer Père avant même que les négociations ne commencent ! S'efforçant de calmer les battements désordonnés de son cœur, elle frappa et entra dès qu'elle y fut invitée.

À quarante-huit ans, M. Gaumain-Baucourt était encore un fort bel homme. Grand et bien découplé, il avait ce port assuré que seules une certaine richesse et une position sociale élevée peuvent conférer. Ses cheveux, à peine grisonnants et encore abondants, encadraient un visage aux traits affirmés ; la mâchoire était forte et volontaire, la bouche charnue trahissait certains appétits ; mais les yeux d'un bleu de glacier, si semblables à ceux de Marthe, ne reflétaient pour l'heure aucune bienveillance.

Il posa le porte-plume avec lequel il était en train de parapher divers courriers et regarda sa fille sans aménité :

—Bonjour Marthe.

D'abord intimidée par cet accueil glacial, Marthe se reprit bien vite. Le menton levé, regardant son père droit dans les yeux, elle lança d'une voix assurée :

—Bonjour Père. Je souhaiterais comprendre les raisons de votre mécontentement d'hier soir.

Malgré lui, Jules Gaumain-Baucourt ébaucha un sourire. Quelle fière petite créature il avait enfantée ! Quel dommage qu'elle ne fût pas un garçon ! Cette pensée l'assombrit et c'est d'un ton sévère qu'il invita Marthe à s'asseoir.

—J'ai plusieurs choses à te dire, ma fille. Des choses qui me semblaient aller de soi, mais puisqu'il paraît qu'il faut te mettre les points sur les I… Tu ne t'inscriras pas en médecine. Je sais fort bien que tu caresses ce projet depuis longtemps. Ta mère et moi ne souhaitions pas t'en dissuader, de peur de te faire perdre ta motivation pour tes études, et parce que nous étions convaincus que tu comprendrais de toi-même l'inanité d'un tel projet, la maturité venant. Hélas, il semble qu'il n'en soit rien.

—Effectivement, Père. Rien ni personne ne saurait me faire renoncer à ce rêve !

—Et tu y renonceras cependant, lança Jules Gaumain-Baucourt d'une voix coupante. Je te rappelle que tu n'es pas majeure et que tu as besoin de mon autorisation pour t'inscrire à la faculté !

—Mais enfin, pourquoi ? Pourquoi ? Ne dirait-on pas que je me propose de devenir fille de joie ?

Jules Gaumain-Baucourt blêmit sous la crudité des mots et de l'image, choisis à dessein par Marthe.

—Cela ne vaut guère mieux ! cingla-t-il.

—Mais enfin Père, ne savez-vous pas que depuis cinquante ans maintenant, depuis que le ministre Victor Duruy et l'impératrice Eugénie les y ont autorisées, encouragées, des femmes s'inscrivent tous les ans à la faculté de médecine ? Et que plus de dix pour cent des étudiants en médecine sont actuellement des femmes ?

—Et parmi elles, combien de femmes honnêtes ?

Marthe se cabra :

—Qu'entendez-vous par là ?

—Crois-tu qu'une jeune fille bien née accepte sans honte de revêtir un tablier maculé de sang, de… de… de toucher les parties intimes de ses semblables, de baigner dans la sueur, la sanie, la gangrène à longueur de journée ? Crois-tu que lorsque tu porteras un enfant, tu pourras continuer à accomplir tes dégoûtants offices ? Et enfin, crois-tu qu'un homme sera assez sot pour accepter de se livrer à l'opprobre général en épousant une femme médecin ? Furieux, il ponctua son discours d'un coup de poing retentissant sur le bureau. Il suffit de voir la réaction de Fernand hier !

—Et depuis quand cet avorton pâlichon est-il supposé représenter dignement l'ensemble de la gent masculine ? Parlons-en, de votre Fernand : un imbécile patenté, un fat pétri de préjugés, qui croit tout savoir et ne sait rien !

Un silence inquiétant suivit cette déclaration. Marthe se mordit les joues. Était-elle allée trop loin ? Elle menait en général assez bien ces joutes verbales avec son père, sachant parfaitement jusqu'où elle pouvait pousser la provocation. Ce silence l'étonnait. M. Gaumain-Baucourt aurait déjà dû la régaler de quelque réplique cinglante. Or il paraissait… embarrassé ! Que se passait-il donc ?

Jules se leva et se planta devant la fenêtre, tournant le dos à sa fille. Il semblait perdu dans la contemplation de la rue, en bas. De plus en plus mal à l'aise, Marthe intervint :

—Père ?

Jules retourna s'asseoir et reprit d'une voix sourde :

—Il m'a demandé ta main ; et j'ai l'intention de la lui accorder.

Elle se dressa d'un bond :

—Père ! Vous ne pouvez pas… !

—Écoute-moi, s'il te plaît, reprit-il d'un ton las. Je ne vous ai parlé de rien jusqu'à présent pour ne pas vous inquiéter, mais la situation de la banque n'est guère florissante. J'ai pris des risques et j'ai engagé beaucoup d'actifs dans des affaires dont je ne suis plus très sûr. Tous les pays sont endettés, il y a trop de monnaie en circulation. Rappelle-toi le scandale des bilans falsifiés de la Banque de France, en avril dernier ! Bref, je crois que de grands bouleversements s'annoncent et qu'il faut d'urgence revenir à des valeurs sûres, comme l'or ou l'immobilier. Je n'entrerai pas dans les détails, mais sache que j'envisage de m'associer avec Fernand. Il va très bientôt disposer d'une jolie fortune que lui a léguée son père. J'ai besoin de lui, Marthe.

—Vous comptez donc me vendre !

—Non, Marthe, bien sûr que non, tu sais que je t'aime, mon enfant. Et si Fernand te déplaît à ce point, évidemment, je ne te contraindrai pas à l'épouser. Disons que cela aurait mis un terme à mes inquiétudes, voilà tout. Je te demande juste d'essayer de revoir ta position. Après tout, tu as fondé ton jugement sur une rencontre d'un soir ; peut-être ce jeune homme gagne-t-il à être connu ? Essaie de le voir, accepte quelques sorties, et puis nous en reparlerons, veux-tu ?

Marthe aurait eu moins de difficulté à refuser en tempêtant si son père avait tenté d'imposer ces entrevues. Mais devant son air abattu, elle ne put qu'acquiescer. En son for intérieur, elle se promit d'expédier l'importun après quelques rendez-vous, mais elle se sentait de taille à accepter ce contretemps.

—Soit, Père, je consens à faire plus ample connaissance avec lui. Mais, pour la médecine ?

—Je ne reviendrai pas sur ce que je t'ai dit, Marthe. Ces études sont inconvenantes et je t'interdis de t'y fourvoyer !

—Très bien, lança-t-elle, dans ces conditions, il ne me reste plus qu'à attendre ma majorité ! Alors, nul ne pourra m'empêcher de m'inscrire !

—À ta guise, ma fille ! Mais, de quoi vivras-tu ? Car il est bien entendu que tu ne pourras plus compter sur moi pour t'entretenir !

Marthe, qui s'était déjà levée et se dirigeait vers la porte, se retourna lentement vers son père. Il lui semblait que son corps pesait des tonnes et que cet homme implacable qui lui faisait face derrière son bureau était un parfait étranger.

—Et pourtant, vous savez, Père, n'est-ce pas ? Vous savez pour quelle raison, depuis que je suis tout enfant, j'ai voulu me diriger dans cette voie ?

Jules Gaumain-Baucourt cacha son visage dans ses mains :

—Tais-toi ; pour l'amour du ciel, tais-toi !

—C'est à cause de votre fils, Gilbert, ce pauvre infirme souffreteux qui ne quitte jamais le lit, qui ne connaît pas la joie de courir après une balle de tennis, de nager dans l'océan, de sortir au spectacle, au restaurant, de rencontrer des jeunes filles ! Votre fils, mon frère, qui tousse sa vie depuis tant d'années ! Mon frère avec qui j'aurais tant voulu jouer ! Mon frère que je rêvais de sauver ! Mon frère le tuberculeux ! (Les larmes inondaient le visage de Marthe sans qu'elle en ait conscience.) Vous n'aviez pas le droit, Père, pas le droit, dit-elle d'une voix étouffée.

Jules Gaumain-Baucourt la regardait. Tout déchiré qu'il fût, il ne pouvait consentir. Tous ses principes, les diktats de son éducation bourgeoise, se rebellaient à la pensée de sa fille exerçant un métier si avilissant.

Je suis en train de la perdre, songea-t-il. Et je n'y peux rien. Une boule s'était formée dans sa gorge et un poids étrange l'oppressait. Il reprit son porte-plume pour signifier à Marthe la fin de l'entretien.

En ouvrant la porte du bureau, elle surprit sa mère aux aguets :

— Tranquillisez-vous, Mère, il n'y aura plus de cris, lui dit-elle froidement.

Et elle regagna sa chambre à pas lents.

*

Marthe resta prostrée durant plusieurs jours. Enfermée dans sa chambre dont elle refusait que l'on ouvre les fenêtres, elle ne s'habilla point, ne se montra point et ne s'alimenta quasiment pas, touchant à peine aux plateaux que lui montait Léonie. Même la visite de son amie Jeanne ne put la tirer de sa torpeur. Elle la fit renvoyer sans même la saluer.

Fernand lui fit livrer des fleurs : elle les jeta rageusement dans l'escalier et déchira la carte en menus morceaux sans même la lire. Elle se sentait sombrer, dénuée d'envies, d'avenir, de projets. Indifférente à tout, il lui semblait être enveloppée d'un suaire gluant, grisâtre, qui laissait à peine filtrer la lumière et l'entravait dans tous ses mouvements ; même le simple fait de respirer lui coûtait. Bientôt elle ne se leva plus que pour satisfaire ses besoins naturels les plus pressants. Sa mère, son père vinrent en délégation la sommer de se ressaisir. Elle leur opposa un mur d'indifférence. Le docteur Galabert, appelé en consultation, ne put que constater une « humeur très mélancolique ». Il prescrivit des bains biquotidiens qu'elle refusa de prendre, et un élixir fortifiant dont on ne put lui faire absorber la moindre goutte.

Au matin du dixième jour, un bruit de sanglots étouffés la tira de son néant. Une pensée chemina jusqu'à son cerveau engourdi : Lucie ! C'était Lucie qui pleurait ! Elle espéra que quelqu'un pourrait régler le problème afin qu'elle n'ait pas à intervenir. C'était son premier désir depuis dix jours. Mais les pleurs continuaient, peu audibles, ce qui laissait supposer que l'enfant était dans sa chambre. Si elle s'était blessée ? Il n'était plus temps d'atermoyer, il fallait agir. Marthe sentit un élan vital, presque douloureux, parcourir son corps. *Je suis bien fatiguée, et bien faible*, pensa-t-elle. *Je ne crois pas pouvoir arriver sans aide jusqu'*à la chambre de Lucie. Il lui vint alors l'idée qu'elle pouvait sonner pour demander de l'aide. Son esprit était comme ralenti, ses facultés de raisonnement, diminuées ; mais de toute évidence, un instinct de protection plus fort que l'autodestruction qu'elle avait mise en place depuis plus d'une semaine la poussait à réintégrer son corps, à retrouver sa volonté, son intelligence, ses émotions. Elle sonna donc. Léonie accourut, craignant le pire, et fut heureusement surprise de trouver sa jeune maîtresse assise sur le lit, réclamant ses mules, son peignoir et de l'aide pour se rendre chez Lucie. Même le son de sa voix la surprit : cela faisait plus de huit jours qu'elle n'avait pas proféré une parole !

Devant la porte de Lucie, le doute ne fut plus permis : la petite pleurait à chaudes larmes. Sans prendre la peine de frapper, Marthe entra. L'enfant avait dressé un petit autel à sa façon au centre de sa chambre. La table à thé des poupées était recouverte d'un linge blanc. Lucie avait disposé deux bougies allumées autour d'une reproduction de *La Vierge à l'enfant* de Raphaël, qui ornait habituellement le mur du couloir. Un crucifix serré entre ses petites mains, à genoux devant la table, elle se balançait d'avant en arrière en murmurant d'incompréhensibles prières entrecoupées de sanglots.

—Lucie ! s'écria Marthe. Que t'arrive-t-il, ma chérie, qu'y a-t-il ?

L'enfant se retourna, les yeux agrandis d'une stupeur émerveillée. Quoi ? Se pouvait-il que le pouvoir de la prière fût si grand ? Et qu'elle fût exaucée, là, maintenant, sans même avoir à abandonner le doudou compagnon de ses nuits qu'elle s'était pourtant promis de sacrifier, dans un élan de piété, pour faire pencher la balance divine du bon côté !

—Oh ! Marthe, ma Marthounette, tu ne vas pas mourir alors ? J'ai cru que tu étais devenue comme Gilbert, et que tu allais me laisser et j'étais si malheureuse, si malheureuse !

Penser à cet immense chagrin, à cette peur abjecte qui l'avait envahie, déclencha une nouvelle crise de larmes chez Lucie.

—Ma Lulu, mon ange, mon trésor, ma chérie, ma petite perle de l'océan, mon rayon de soleil, ma plume de colombe, ma petite fée enchantée…

Marthe reprenait la douce litanie, qui, de tout temps, avait réussi à apaiser craintes, cauchemars ou gros chagrins. Et, de fait, lovée dans les bras de sa sœur, l'enfant se calmait, même si de gros hoquets soulevaient encore épisodiquement son petit corps.

—Ma chérie, je suis désolée de t'avoir fait si peur ! J'ai été un peu malade, c'est vrai mais je suis guérie maintenant. Ce n'est pas du tout la même chose que

Gilbert. N'aie pas peur, ma Lucie, n'aie pas peur, je ne te laisserai jamais.

L'enfant regarda sa sœur avec un sourire extasié : oui, sa Marthe était de retour, avec son grand sourire, ses douces caresses, ses paroles réconfortantes ! Se serrant davantage encore contre elle, elle inspira profondément, enfin soulagée. Puis se rejeta en arrière, son petit nez froncé : ah ! bien ! Voilà qui n'était pas habituel, vraiment !

Et chuchota dans l'oreille de sa sœur :

—Marthounette, je crois qu'il est temps maintenant que tu ailles prendre un bain !

Marthe suivit le sage conseil de Lucie. Il lui semblait que toute la noirceur qui l'avait engluée, paralysée pendant dix jours s'enfuyait par la bonde de la baignoire. Rafraîchie, coiffée et habillée, elle descendit l'escalier à pas prudents, étonnée de se sentir si peu sûre sur ses jambes. Dix jours de lit et de malnutrition avaient fait leur travail de sape.

Passant par la cuisine, elle demanda à Léonie de lui préparer un plateau avec du thé, un peu de viande froide et un fruit, puis se rendit dans le petit salon. Sa mère s'y trouvait, comme toujours occupée à quelque inutile travail de broderie. Les persiennes étaient simplement entrouvertes, car Mme Gaumain-Baucourt craignait le grand soleil. Il faut dire qu'il ne l'avantageait guère, et que sa face anguleuse, aux yeux sombres légèrement exorbités, à la bouche pincée et sinueuse, gagnait à n'être dévoilée que dans les atmosphères tamisées. Elle était vêtue d'une robe d'un vert sombre peu seyant, et sa silhouette massive, soudain ramassée en avant pour mieux interroger et observer Marthe, n'était pas sans évoquer quelque monstrueux batracien tout prêt à gober une pauvre mouche sans défense. Mais Marthe s'était ressaisie, et n'avait plus rien d'un insecte démuni. C'est avec une politesse glaciale qu'elle salua sa mère, avant de prendre place dans le sofa où Léonie vint lui porter sa collation.

—Eh bien, dit Mme Gaumain-Baucourt d'une voix aigre, te voilà debout tout de même !

—Je vous remercie de votre sollicitude, Mère, lui rétorqua ironiquement Marthe. Je me sens un peu mieux, il est vrai.

—Tu t'es rendue à la raison, j'espère, et ne comptes pas persister dans ce projet d'études ridicules ?

Marthe but une gorgée de thé brûlant, pour avaler l'affreuse boule qui se formait dans sa gorge. D'une voix qui ne trahissait rien de son chagrin ni de sa rage, elle répliqua calmement :

—Comment le pourrais-je ? On m'a clairement fait comprendre que ce bonheur-là m'était à jamais interdit, n'est-ce pas ? Et elle planta ses prunelles d'aigue-marine dans les yeux sombres de sa mère. Un échange silencieux s'ébaucha alors entre les deux femmes, la plus jeune reprochant à la plus âgée de ne jamais la soutenir et de ne pas jouer son rôle de consolatrice ; la plus âgée réfugiée comme à son habitude dans le carcan de ses principes, emmurée dans la détresse provoquée par la maladie de son fils, qui lui ferait à jamais considérer comme futile tout problème rencontré par un autre membre de la famille.

Mme Gaumain-Baucourt baissa les yeux la première. Reprenant sa broderie, elle lança néanmoins d'une voix perfide :

—Fernand a demandé quotidiennement de tes nouvelles. Quand comptes-tu le revoir ?

—Je crois qu'il me reste encore cette liberté-là, de ne pas épouser quelqu'un pour qui je n'éprouve que répulsion. Il vaut mieux, n'est-ce pas, que je m'abstienne d'une telle union, qui nous rendrait tous deux malheureux et ne me permettrait pas de donner à nos enfants tout l'amour qu'ils méritent. Qu'en pensez-vous ?

Mme Gaumain-Baucourt se réfugia alors dans son habituelle parade. Dédaignant de répondre, elle aborda le sujet sur lequel, elle le savait, Marthe n'oserait pas ironiser :

—Gilbert a passé une bien mauvaise nuit, pauvre enfant. Le docteur Galabert est venu ce matin. Hélas, il devient de plus en plus difficile de le soulager.

—Je passerai le voir, promit Marthe, puis je me rendrai chez Jeanne. J'ai besoin de sortir et de me changer un peu les idées.

Sentant la trêve, Mme Gaumain-Baucourt s'autorisa une phrase aimable :

—C'est une bonne idée, Marthe. Je suis sûre que cela te fera le plus grand bien.

Lorsqu'elle eut terminé son repas, Marthe rassembla son courage pour se rendre chez son frère. Non qu'elle n'aimât pas Gilbert, loin de là ! Elle se rappelait si bien ce complice de jeu, de trois ans son aîné, pour qui elle nourrissait un amour et une admiration sans bornes ! Nul ne savait, comme lui, organiser des parties de cache-cache échevelées, raconter de terrifiantes histoires de sauvages et de cannibales, cachés dans un placard à la nuit tombée, ou organiser un raid surprise sur les confitures de Léonie lorsqu'elle était occupée à sa lessive ! Mais le héros avait été terrassé. Ses pommettes rosissaient, il toussait de plus en plus ; se fatiguait vite, si vite ! Et puis ce jour affreux où ils jouaient à « attrape » et où il s'était arrêté, livide, crachant du sang dans son mouchoir, avant de se laisser glisser à terre, sans forces. Comme elle avait crié et pleuré ce jour-là ! Comme elle avait prié Dieu, ainsi que l'avait fait Lucie aujourd'hui ! Mais Dieu n'avait pas daigné exaucer sa prière, et son grand frère s'était alité, pour ne quasiment plus jamais se relever. Alors Marthe avait décidé de changer de Bible et s'était plongée dans les écrits de Pasteur et d'Albert Koch, emmagasinant des connaissances, cherchant, triant, recoupant, avec un espoir fou qui la portait ! Récemment, les études de Léopold Nègre et Alfred Boquet sur l'antigène méthylique avaient suscité de grandes espérances. On était aux portes d'une découverte capitale, elle se sentait ! Qu'il tienne, qu'il tienne encore un peu, et bientôt elle en saurait assez, elle trouverait le remède, elle le sauverait !

D'une main hésitante, elle frappa à sa porte. Elle craignait toujours de le déranger, de le fatiguer ! Mais il répondit d'une voix gaie, alors, plaquant un sourire sur ses traits crispés, elle entra. La chambre sentait la fièvre, la potion pour la toux, le bouillon de légumes ; la maladie en somme. Elle s'approcha du lit, et fit voler un baiser de ses doigts papillonnants vers le visage émacié de son frère. Depuis de nombreuses années maintenant, il leur était interdit d'embrasser Gilbert, par crainte de la contagion. Il lui sourit tendrement.

—Eh bien sœurette ? Pourquoi cette pauvre mine ? Et tu as perdu du poids en plus ! Ne me dis pas que c'est pour entrer dans une nouvelle création de M. Poiret ou Mlle Vionnet !

—Tu es bête ! Non, c'est juste que je n'ai pas eu beaucoup d'appétit ces derniers temps !

—Je suis malade, Marthe, mais je ne suis pas idiot ! Ça fait dix jours que je ne t'ai pas vue ! Alors, soit tu me caches une maladie grave, soit tu as un problème sérieux ; dans les deux cas, je vais m'inquiéter comme un fou tant que je ne saurai pas ce qu'il en est ! Dis-moi ce qui se passe !

À sa grande horreur, Marthe sentit que son menton commençait à trembler. Sa gorge serrée ne laissait plus passer les mots et sa vue se brouillait. Le visage de Gilbert se déforma, puis se mit à danser dans un brouillard de larmes.

—Allons, allons, sœurette, ça ne peut pas être si terrible, tout de même ? Si ?

Elle sentit l'inquiétude dans la voix de son frère et réussit à se ressaisir suffisamment pour lui confier ses malheurs. Au fur et à mesure qu'elle parlait, le visage de Gilbert se durcissait, se fermait. Il bouillonnait de rage.

—Nom de Dieu ! C'est pas possible, pas possible ! Quand on a la chance d'avoir une fille brillante, comme toi, et qui a une solide vocation, on ne lui met pas, au nom de je ne sais quelles stupides conventions, des bâtons dans les roues !

Il frappa du poing sur sa table de nuit, où verres et flacons s'entrechoquèrent violemment.

—Ne t'énerve pas Gilbert, s'il te plaît, tu vas te faire du mal ! Calme-toi !

—Je me ferai encore plus de mal en t'imaginant frustrée, privée de ce que tu désires par-dessus tout, alors que toi, tu es en pleine santé, que tu peux tout faire ! Mais se rendent-ils compte ? Se rendent-ils compte ?

Il s'essoufflait, son front devenait moite. Il resta silencieux quelques instants.

—Je vais parler à Père ; il ne peut pas rester braqué ainsi, ce n'est pas sérieux ! Quant à toi, pour le moment, tu vas jouer la soumission, afin de ne pas l'indisposer davantage. En revanche, tu as raison pour ce qui concerne ce Fernand : sois ferme et définitive ! On ne va pas, en plus, te faire épouser un fantoche qui te déplaît !

Ah ! Comme elle reconnaissait bien son Gilbert, toujours prompt à la soutenir, à la défendre ! Comme elle l'aimait, ce grand garçon décharné, qui la regardait de ses yeux fiévreux, bruns et doux comme ceux de Lucie, une mèche de cheveux en bataille au-dessus du front !

—Je n'y crois plus guère, tu sais ! Mais tu es gentil de vouloir essayer. Sait-on jamais ! Peut-être auras-tu plus de succès que moi ? Je vais te laisser te reposer maintenant, je reviendrai demain, c'est promis.

Elle lui sourit avec tendresse et lui envoya un nouveau baiser papillon. Il avait déjà fermé les yeux lorsqu'elle atteignit la porte.

Marthe se rendit ensuite dans le bureau où trônait l'imposant téléphone noir à cadran qui faisait la fierté de Mère. Marthe, elle, redoutait de manière assez incompréhensible cet appareil au demeurant extrêmement pratique : répugnant à s'en servir, elle haïssait davantage encore d'avoir à y répondre si nul n'était dans les parages pour s'en charger : il lui semblait alors être à la merci du correspondant qui faisait ainsi intrusion dans sa vie sans y être invité. La bienséance exigeait que l'on fît la conversation ; jamais Marthe ne se sentait aussi empruntée, artificielle, embarrassée que dans ces moments-là. Tandis qu'elle régalait son interlocuteur d'onomatopées syncopées, son regard affolé tournait en tous sens comme celui d'un animal pris au piège, cherchant l'âme providentielle qui allait enfin la délivrer du monstrueux engin. À peine Lucie ou Léonie paraissaient-elles dans la pièce que Marthe, sous quelque fallacieux prétexte, leur remettait en toute hâte le combiné où ses doigts serrés avaient laissé une trace moite, puis s'enfuyait à toutes jambes hors de la pièce. Immobile, elle demeura quelques instants face à l'appareil. Assis sur son socle de bakélite noire, le grand bras sombre du récepteur reposait nonchalamment sur le combiné, prêt à prendre la parole dès que Marthe le saisirait. Le cadran la narguait de tous ses yeux numérotés, la mettant au défi d'oser le faire tourner. Marthe lui lança un regard noir, puis se saisit fermement du combiné et composa le numéro de Jeanne.

Comme d'habitude, Marthe ne s'attarda pas en considérations oiseuses. Après avoir rassuré son amie sur son état de santé, elle lui demanda simplement si elle pouvait passer la voir et elles convinrent de se retrouver chez Jeanne une heure plus tard.

Contrairement à ses parents, qui trouvaient la promiscuité avec les gens du peuple par trop gênante, Marthe ne dédaignait pas de prendre le métro. C'est donc avec un certain plaisir qu'elle s'engouffra dans l'escalier qui menait à sa ligne. Elle aimait l'écho assourdi des rames qui partaient et arrivaient, cette chaleur si particulière, où se combinaient le souffle de la terre et celui des centaines de voyageurs qui allaient et venaient comme des petites fourmis pressées. Marthe aimait les gens, elle aimait les regarder, les deviner. *Celui-ci va retrouver sa maîtresse, il s'est parfumé et ne voit plus le monde autour de lui* ; *celle-ci est harassée de fatigue, la pauvre* ; *des mains rouges et rongées par l'acide des lessives* ; *elle a oublié ce que c'est de sourire, elle a trop à faire pour nourrir sa tribu et peut-être résister aux coups de son homme, car ce bleu, là, sur la joue*... Mais la femme partait vers son destin et Marthe se retrouvait face à une jolie jeune fille, vêtue à la dernière mode, d'une minceur distinguée, et qui la regardait avidement dans la vitre du wagon : elle se sourit mélancoliquement : *Et toi, ma pauvre amie, vers quoi cours-tu à présent ?*

C'est Jeanne elle-même qui vint ouvrir lorsque Marthe sonna à la porte du splendide hôtel particulier où demeurait son amie. D'architecture récente, puisqu'il datait des années 1890, situé avenue Malesherbes, l'édifice offrait d'abord aux passants sa façade immaculée de pierres ouvragées. Les multiples fenêtres, comme la porte d'entrée, étaient surmontées de mascarons barbus, nichés dans une profusion de feuilles de chêne artistiquement sculptées. L'ensemble, mêlant le bon goût à l'opulence, reflétait le caractère accueillant et enjoué des maîtres de céans. Marthe ne pouvait s'y rendre sans soupirer d'envie devant l'exquise décoration des lieux. D'épais tapis aux chaudes et chatoyantes nuances réchauffaient le magnifique parquet de chêne ; la lumière entrait à flots par les larges croisées, ouvertes en façade sur la rue, et sur un délicieux jardin à l'arrière. Baignés de soleil, les meubles anciens, à la patine lustrée, se moiraient d'ors et de roux somptueux. Des canapés profonds, des méridiennes aux tissus clairs invitaient au repos. *« Là, tout n'est qu'ordre et beauté, luxe, calme et volupté » : Comme le célèbre vers de Baudelaire correspond bien au lieu !* songea pour la énième fois Marthe, tandis que son amie la conduisait séance tenante au salon.

Jeanne s'assit en face de Marthe, prit entre les siennes les mains de son amie et l'interrogea avec douceur :

—Que se passe-t-il ma chérie ? Je n'y comprends rien ! D'abord tu restes dix jours cloîtrée, tes parents répondent à demi-mot lorsqu'on demande de tes nouvelles, on se demande si tu es à l'agonie ou sur le point d'être déshéritée !

Marthe esquissa un sourire devant la véhémence de son amie. Volubile et gaie, Jeanne avait toujours un avis sur tout et ne se privait en aucun cas de le donner. Son joli visage rond et animé était éclairé par deux grands yeux d'un vert noisette changeant que Marthe nommait ses yeux de bronze. Un petit nez retroussé, deux rangées parfaitement alignées de dents d'une blancheur de perle, un sourire qui creusait des fossettes dans ses joues rebondies, Jeanne ne manquait pas de charme et savait en user ! Ses cheveux démesurément longs, d'un acajou soyeux, étaient pour l'heure sagement torsadés en un lourd chignon sous lequel semblait ployer la nuque fragile, d'une blancheur laiteuse. Car quoique la mode, actuellement, fût aux peaux dorées et hâlées par le soleil, Jeanne tenait à protéger son teint pour ne pas se retrouver, disait-elle dans un grand rire, « piquetée de taches de rousseur comme un vieux couteau rouillé » !

Marthe soupira :

—Tu n'es pas loin de la vérité hélas.

Et elle entreprit de conter ses déboires à son amie. Lorsque Marthe eut terminé son récit, Jeanne demanda :

—Mais comment comptes-tu t'y prendre pour les faire changer d'avis ?

—Peuh ! Pour *le* faire changer d'avis, veux-tu dire ! Comme d'habitude, Mère est inexistante, et ne prend aucun parti !

D'une douce pression de la main, Jeanne s'efforça de réconforter son amie. Pauvre Marthe ! Si elle avait été orpheline de mère, cela n'aurait pas changé grand-chose pour elle ! Dévouée jusqu'à la soumission aux désirs de son époux, sa mère avait, semblait-il, utilisé tout le quota d'amour maternel dont le créateur l'avait pourvue, pour soigner, égayer, dorloter et surtout essayer de sauver son fils aîné, dont elle redoutait plus que tout la fin, pourtant inéluctable. Au regard de cette mission surhumaine dont elle se sentait investie, le destin de ses deux filles cadettes ne la préoccupait guère. C'était du reste la raison pour laquelle Marthe assumait si fréquemment un rôle de mère auprès de Lucie.

—Je ne sais plus quoi faire ! Il est inflexible ! Gilbert veut lui parler, mais je suis sûre qu'il n'arrivera à rien ! Il faudrait peut-être que je lui montre quels dangers bien plus grands ma réputation et moi pouvons courir si je ne suis pas inscrite à la faculté de médecine ! Que j'aille aux thés dansants de l'Apollo, par exemple ; où je pourrais rencontrer de vilains garçons qui abuseraient de ma naïveté et de mon innocence. Ou bien, je pourrais fréquenter une fumerie d'opium… pourquoi pas la plus sulfureuse de toutes, celle des Tribades ? Voilà qui serait autrement plus inquiétant que des études de médecine ? Tiens, ou bien encore, je deviens modèle nu pour les peintres de Montmartre ! Hein, qu'en dis-tu ?

Les larmes aux yeux, Jeanne ne savait comment apaiser le désarroi de son amie.

—Marthe, ma douce, écoute, il faut laisser passer un peu de temps. L'inscription ne se fera pas cette année, certes, mais il te reste douze mois pour convaincre ton père, continuer à te documenter en lisant les études et les traités qui t'intéressent. Arrange-toi pour ne pas perdre ton niveau et fais ce qu'il faut pour que ton père change d'avis ! Et puis en attendant, distrais-toi un peu ! Entre le baccalauréat et ce projet, ça fait des années que tu ne vis que pour les études ! Tu es jeune, tu es belle, profite un peu de la vie !

—Pas envie, rétorqua Marthe, boudeuse.

—Si ma grand-mère t'entendait, elle hurlerait de rage ! Elle qui ne cesse de me répéter que j'ai une chance inouïe de vivre à cette époque ! Sans corsets, sans jupes longues, au volant d'une voiture si je le souhaite, en jupe courte sur un court de tennis comme Suzanne Lenglen ! Ou mieux : en pantalon sur les pistes de ski !

—En pantalon ? Qu'est-ce que tu racontes ?

—Jean Patou vient de sortir un modèle de pantalon de ski pour femme ! Et je compte bien me le procurer ! Nous partons pour Noël à Chamonix, figure-toi ! Depuis le temps que j'ai envie de faire du ski !

—C'est merveilleux Jeanne !

Avec l'insouciance de ses dix-huit ans, Marthe se sentait vibrer d'envie. Un pantalon ! Porter un pantalon, privilège jusque-là réservé aux hommes ! S'élancer sur de longs patins de bois sur la neige et glisser, glisser, ivre de vent, de froid, de vitesse ! Quel rêve !

Cependant, son petit minois plissé par une intense réflexion, Jeanne regardait son amie en coin.

—Dites-moi donc mademoiselle Marthe, ce n'est pas vous qui me parliez, l'hiver dernier, lors des Jeux olympiques, de ce « sport fabuleux », de cet « entraînement intensif du corps et de l'esprit » ? Avec un indéniable enthousiasme ?

—Mais oui, mais oui ! Le ski est un sport complet, j'en suis convaincue ! L'effort physique au service d'une sorte d'engagement spirituel, qui te permet de communiquer avec la nature, les éléments ! Ça doit être magique !

—Avec un sourire de chat du Cheshire, Jeanne la regardait en silence.

—Eh bien, quoi ? Qu'y a-t-il ? Tu me trouves ridicule de m'emballer comme ça ?

—Certainement pas ! Et même, sais-tu ? Je me propose de demander à mes parents la permission de t'emmener ! Alors ?

Interloquée, Marthe ne savait plus si elle devait hurler de joie ou sangloter nerveusement. Finalement, elle souffla, émerveillée :

—Tu ferais ça ? Vrai ? Et… tu penses qu'ils seraient d'accord ?

—Ça ne fait aucun doute, répondit Jeanne avec l'aplomb de l'enfant qui se sait aimé. Aucun doute.

6

Marthe

Chamonix, Noël 1925

Assises dans le confortable compartiment du train qui les menait vers les Alpes, Jeanne et Marthe ne cessaient de babiller, de s'extasier, de chuchoter, sous l'œil attendri de M. et Mme Tellier, les parents de Jeanne. Comblés par cette fille unique qui leur était arrivée sur le tard, ils ne se lassaient ni de sa vivacité, ni de son exubérance, qui les ravissaient chaque jour un peu plus. Tendrement aimée, Jeanne, grâce à sa sensibilité et son intelligence vive, avait su ne jamais abuser de la bienveillance de ses parents à son égard et n'avait rien d'une péronnelle. Partageant avec Marthe, depuis l'enfance, une grande complicité, elle s'était toujours efforcée d'adoucir pour son amie ce qu'elle ressentait comme un manque cruel d'amour et de compréhension maternels. Ainsi qu'elle l'avait prévu, ses parents n'avaient fait aucune difficulté pour inviter Marthe à séjourner avec eux aux sports d'hiver. M. Gaumain-Baucourt, ravi d'apaiser ses remords à si bon compte, avait tout de suite donné son accord, et fourni une somme substantielle pour l'achat de l'indispensable équipement de la jeune skieuse.

Ses skis, longs patins de bois vernis aux spatules allongées, étaient munis de ces toutes nouvelles fixations métalliques qui garantissaient un bien meilleur maintien ! Les chaussures, de gros brodequins de cuir à lacets, au bout carré et aux bords parallèles, semblaient trop pesantes pour qu'on pût seulement faire un pas avec, mais sur la neige, il en irait autrement !

La neige ! Marthe en rêvait depuis deux mois ! Non pas cette neige sale et boueuse que l'on trouve à Paris, mais cet immense tapis de douceur et d'aérienne blancheur qui transforme le paysage alpin en gigantesque confiserie ! Et puis il y avait le pantalon ! Objet de tous les fantasmes des deux jeunes filles, il reposait, plié bien à plat dans la valise. En tricot blanc à grosses mailles, il s'arrêtait juste au-dessous du genou. Une bande bleu marine terminait le bas. Les guêtres et les grosses chaussettes permettaient de tenir les mollets et les pieds au chaud. Une veste d'épais lainage, à motif jacquard, un pull-over à col montant, un bonnet, une écharpe et des gants épais complétaient cet équipement divin. Marthe avait essayé l'ensemble, pour le bénéfice de Lucie, à Paris, et avait même posé pour que Père pût la prendre en photo, les skis à la main ! Pour la première fois, depuis deux mois, elle lui avait souri ; enfin, elle avait souri à l'objectif !

Et Jeanne n'était pas moins excitée que son amie. Il était convenu que les deux jeunes filles partageraient la même chambre à l'hôtel, et elles se réjouissaient par avance de cette intimité qui allait leur permettre d'échanger secrets et confidences de toutes sortes.

Marthe frotta de sa main gantée la vitre du compartiment, qui commençait à s'embuer. Le train avançait à bonne vitesse sur les rails, poursuivi par un épais panache de fumée blanche. Il était miraculeux de songer qu'on allait parcourir plusieurs centaines de kilomètres en quelques heures seulement ! Ce siècle était décidément précurseur et porteur d'innovations techniques sans précédent ! La voiture, le train – ne parlait-on pas d'électrifier les lignes et de mettre en service des locomotives qui pourraient atteindre la vertigineuse vitesse de 200 kilomètres à l'heure ? Pour ce qui était de la voiture, Marthe s'intéressait de près au sujet et souhaitait fort obtenir son certificat de capacité – comment disait-on maintenant ? Ah, oui, son permis de conduire ! –, véritable sésame vers la liberté !

Marthe n'avait pas renoncé à son projet d'étudier la médecine ; elle avait simplement demandé à Père de lui accorder une année de réflexion pour tâcher de trouver une voie différente, propre à les satisfaire tous les deux ; en son for intérieur, elle n'imaginait pas un instant pouvoir être attirée par une autre carrière, mais ainsi que l'avait conseillé Jeanne, la sage, l'irremplaçable Jeanne, il fallait temporiser. Car l'intervention de Gilbert s'était, malheureusement, soldée par un échec. Soupirant au souvenir des yeux las et abattus de son frère lorsqu'elle lui avait fait ses adieux, quelques heures plus tôt, Marthe s'avisa que le paysage avait déjà changé. Aux villages qui entouraient Paris, avaient succédé de mornes plaines grises, des champs boueux, s'étendant comme à l'infini sous un ciel bas et plombé. Il lui sembla, tout à coup, que ce train la menait vers quelque désastre lourd et pesant comme cette terre grasse qui moutonnait devant elle.

Mais un nouveau sujet agitait Jeanne, qui requérait son attention pleine et entière : comment dissimuler son imposant chignon sous le bonnet de laine ? Contrairement à Marthe qui avait sacrifié depuis un certain temps déjà ses longues boucles brunes au profit d'un carré souple à la garçonne, Jeanne n'avait pu se résoudre à se séparer de cette longue toison soyeuse et parfumée qui était pour elle le symbole même de sa féminité.

Elles discutèrent un instant l'épineux problème, enchaînèrent sur les bienfaits qu'elles comptaient tirer de ce séjour en montagne, bâillèrent, sortirent chacune un livre, en feuilletèrent quelques pages, l'esprit ailleurs. N'arriverait-on donc jamais ? Enfin, la locomotive fit entendre le mugissement tant attendu, annonciateur de l'entrée en gare ! On était à Saint-Gervais ! Bientôt Chamonix !

Un sourire plein d'expectative illuminait le visage des deux jeunes filles.

Dès la descente du train, à Chamonix, il fut clair que l'on avait changé de monde. Un froid sec et piquant tirait la peau des joues ; un paysage d'une beauté à couper le souffle déployait tous ses charmes dans un arc de cercle somptueux. Les sommets dentelés, d'une blancheur immaculée, se découpaient sur le ciel d'un bleu profond.

La montagne, pesante, massive, presque menaçante, défendait toutes les issues. On était encerclé. Le regard de Marthe, habitué aux lointains horizons des plaines parisiennes, butait sur ces pentes escarpées, et cherchait en vain à voir au-delà. De nouveau, un sentiment d'oppression l'étreignit. Rassemblant ses connaissances médicales, elle le mit sur le compte d'une raréfaction en oxygène due à l'altitude et, refusant de s'écouter plus longtemps, s'écria avec un sourire ravi :

—Là ! Regardez ! Je crois bien que c'est l'Aiguille du Midi ! Que c'est beau, mon Dieu que c'est beau ! Comment pourrai-je assez vous remercier de m'offrir cette chance ? dit-elle dans un sourire ému aux parents de Jeanne.

Spontanément, Mme Tellier la prit dans ses bras. Le nez enfoui dans l'imposant giron de la bonne dame, respirant à petits coups, Marthe découvrait avec bonheur les délices d'une étreinte maternelle.

Les Tellier, qui jouissaient d'une fortune confortable, avaient réservé deux chambres au Majestic Palace, le plus bel hôtel de Chamonix. Entièrement blanc, le magnifique édifice se fondait avec modestie dans le décor, pour mieux déployer des trésors de luxe, à peine l'entrée franchie. Le sol dallé de marbre, la profusion des éclairages électriques, des appliques et des lustres de cristal, le style Arts déco, moderne et de bon goût, les couleurs chaudes et vives, les bois laqués en faisaient un endroit à la fois prestigieux et accueillant.

Les filles poussèrent des cris de joie en découvrant leur chambre aux lits jumeaux d'acajou verni, recouverts de couvre-lits damassés d'un rouge profond et dont la salle de bains attenante comportait vasque, baignoire, et toilettes individuelles ! Une moquette épaisse recouvrait le sol, un lustre en verre dépoli diffusait une lumière chaleureuse sur l'ensemble et il y avait… une TSF ! Elles entamèrent aussitôt, pieds nus sur la douce moquette, une gigue effrénée qui les jeta bientôt, rieuses et essoufflées, sur le lit le plus proche. Elles décidèrent ensuite de prendre un bain parfumé à l'essence de rose que l'hôtel mettait gracieusement à la disposition de ses visiteurs !

Que ces deux semaines s'annoncent exaltantes ! songeait Marthe tandis que son amie se prélassait dans l'eau parfumée. Jeanne avait raison, il fallait aussi savoir profiter un peu de la vie !

*

Le lendemain matin, à 10 heures sonnantes, les jeunes filles, vêtues de leur nouvelle tenue et les skis à la main, se trouvaient à la gare du premier tronçon du téléphérique de l'Aiguille du Midi. Achevé un an plus tôt pour les Jeux olympiques d'hiver 1924, il desservait pour le moment le trajet Les Pélerins-La Para et conduisait dix-huit intrépides toutes les quinze minutes jusqu'à 1 690 mètres d'altitude. L'impressionnante mécanique déroulait ses câbles dans un grondement d'enfer. La voiture, qui ne pesait pas moins de quatre tonnes, sortait en se balançant nonchalamment de la gare et s'élançait à l'assaut des cimes. M. Tellier, suçotant sa pipe, supputait la force de traction du câble ; son épouse, la main sur la poitrine, tentait de discipliner les battements désordonnés de son cœur qui s'emballait furieusement à l'idée de devoir confier sa destinée à une sorte d'énorme boîte de conserve suspendue dans les airs ! Quant aux filles, elles trépignaient d'impatience en attendant l'arrivée de leur guide moniteur, qui allait avoir le privilège, pendant ces prochains jours, de leur enseigner les rudiments du ski alpin. Car il fallait de la griserie à ces jeunes filles ! Point de ski de fond pour ces férues de vitesse ! Elles n'auraient pas hésité à tenter le bobsleigh ou le saut à ski, si seulement la chose avait été possible !

Enfin, le moniteur de ski arriva. Il se présenta dans un grand sourire : Lucien Monneret, guide de Chamonix, au service de ces demoiselles. Grand et mince, il avait cette démarche souple des hommes habitués à entraîner régulièrement et intensivement leur corps. Derrière la longue frange de ses cils baissés sous l'assaut du soleil, Marthe examinait sans vergogne ce jeune homme de… voyons, quel âge, pouvait-il bien avoir ? Pour quelqu'un habitué à la fade pâleur des citadins, cette peau hâlée était pour le moins surprenante. La vie au grand air avait buriné son visage, mais l'éclat espiègle des yeux bleu foncé trahissait sa jeunesse. Des traits réguliers, énergiques, une bouche bien dessinée, un sourire… assez dévastateur, ma foi ! Un nez un peu long, qui apportait à l'ensemble assez d'irrégularité pour qu'il ne fût pas simplement joli. Diable ! Cet homme ne manquait pas de charme ! Marthe sentit s'émouvoir en elle un désir inattendu et déplacé de poser sa tête au creux de cette épaule, de passer sa main sur cette joue hâlée. Lucien l'observait d'un air un peu goguenard, conscient de son trouble. Faisait-il cet effet-là à toutes les jeunes filles ? Sans doute ! Le prestige de l'uniforme en quelque sorte ! Allons ! Elle n'allait pas se conduire comme la première oie blanche venue ! Se ressaisissant, elle affecta soudain un grand intérêt pour la voiture qui sortait de la gare.

Cependant Lucien leur tendait à chacun un billet, qui leur permettrait de faire le trajet jusqu'à la gare de La Para. Il y avait bien quelques pentes fort douces aux Pèlerins, mais encombrées de ants, elles n'étaient pas suffisamment sûres au gré de Lucien. Et puis, il tenait à leur faire découvrir la beauté du paysage, là-haut. On trouvait à la gare de La Para un petit restaurant d'où M. et Mme Tellier pourraient commodément admirer les progrès des jeunes filles, à moins qu'ils ne préfèrent une petite randonnée dans la neige, alentour.

Ils montèrent dans la cabine. Divisée en trois compartiments étagés, celle-ci était pourvue de douze sièges et il y avait encore de la place pour six personnes debout. Livide, Mme Tellier respirait avec difficulté. Elle avait empoigné la main de son mari et la serrait de toutes ses forces. Lucien s'employa à la rassurer, lui vantant les qualités techniques de l'ensemble. Enfin la cabine s'ébranla, et dans un feulement, s'élança dans les airs. Tout intrépides qu'elles fussent, les jeunes filles elles-mêmes en eurent le souffle coupé : c'était autre chose que le funiculaire de Montmartre ! Déjà le monstrueux engin grignotait du câble et progressait vers le pylône suivant. À chaque passage de pylône, la benne tanguait en grondant et l'espace vide, sous eux, devenait de plus en plus conséquent. Puis Marthe oublia les bruits, les câbles et le vide ; car elle venait d'aviser, en bas, de petites traces de pattes dans la neige vierge ! Les mélèzes, tout poudrés de blanc, luisaient au soleil ; la réverbération intense faisait pleurer ses yeux et allumait un arc-en-ciel au bout de ses cils. Il y avait tant de beauté, tant de force tranquille dans cette nature préservée qui s'offrait à leurs yeux sous ses plus beaux atours ! Marthe se sentit remplie d'une exaltation insensée ; elle eut envie de rendre grâce ; mais à qui ? à quoi ? Comme ce monde était parfait ! Les quinze minutes de trajet passèrent comme un éclair. Chacun se repaissait de la vue ; Mme Tellier, éblouie, ne songeait plus à sa peur. Bientôt, se profila au loin la gare de La Para. Un balancement impérieux, accompagné d'un impressionnant cliquetis métallique, avertit les occupants d'une arrivée imminente. Enfin, dans un souffle rauque, l'engin s'immobilisa et tout le monde descendit.

*

Cette première matinée d'apprentissage fut épuisante, mais fructueuse. Lucien les avait conduites au sommet d'un petit monticule en pente douce. Là, avec beaucoup de patience et de pédagogie, il avait commencé à leur exposer les rudiments de la technique du ski. Skis face à la pente : on glisse ; skis perpendiculaires à la pente : on ne bouge plus. Cela semblait d'une simplicité enfantine ! Il crut bon de rajouter qu'il convenait, malgré un instinct contraire, de rester toujours penchée vers l'avant, les genoux fléchis et les jambes souples, de veiller à ne blesser personne avec les bâtons ; enfin il les rassura quant à l'arrêt ; au terme de la descente, la pente remontait légèrement, ce qui les stopperait tout en douceur.

On chaussa les skis. Se sentant perdre l'équilibre, instinctivement, Jeanne se raccrocha à Marthe. Et la première descente s'effectua dans un joyeux mélange de skis et de bâtons, au milieu des cris et des rires. Skis sur l'épaule, il fallut remonter, rechausser – non ! Pas en face de la pente ! La leçon commençait à rentrer ! Jeanne avait résolu le problème chignon et bonnet en se débarrassant purement et simplement de ce dernier. Aussi bien, croûté d'une neige qui commençait à fondre doucement au soleil, il n'offrait plus grande protection. Essoufflées, les joues rouges, les jeunes filles s'élancèrent pour leur première descente. Marthe se sentit prendre de la vitesse ; elle tangua, tout son instinct lui criant de lever les pieds et de se rejeter en arrière. Mais elle se souvint des paroles de Lucien, et, téméraire, se pencha vers la pente ; elle avait trouvé son centre de gravité ; et elle glissait, glissait, ivre de joie et de liberté ! L'arrivée la surprit ; quoi ? déjà ? Mais cela avait été trop court ! Pressée de recommencer, elle voulut se retourner, pour remonter immédiatement ; perdant l'équilibre, elle moulina désespérément avec les bras, puis tomba dans un grand éclat de rire ! Rien n'aurait su ternir sa bonne humeur ! Elle avait réussi !

Cependant Jeanne avait eu moins de chance. Empêtrée dans son équipement au beau milieu de la pente, elle se relevait pour retomber aussi vite, perdait un ski, le rattrapait en catastrophe, suait, soufflait, tempêtait. Lucien la prit en pitié, et en trois virages impeccables, descendit jusqu'à elle. Le voyant se pencher dans un sourire au-dessus de Jeanne, lui prendre la main pour l'aider à se redresser, Marthe éprouva un pincement de jalousie. *Tiens, j'aurais dû tomber moi aussi* ! Rageusement, elle entreprit une nouvelle ascension de la pente. Lorsqu'elle arriva à son niveau, Lucien lui sourit et balaya sa silhouette d'un regard appréciateur :

—Bravo Marthe ! Vous vous en tirez fort bien, pour une première fois ! Nous allons bientôt pouvoir passer aux choses sérieuses avec vous !

Que veut-il dire par là ? se demanda Marthe. *Se pourrait-il, que de son côté... Non ! Stop ! Tu es ici pour skier*, se morigéna-t-elle. *Pas pour te lancer dans une amourette sans lendemain !*

La matinée passa bien vite, d'éclats de rire en cris d'effroi. Assez timorée au début, Jeanne s'était bien reprise, galvanisée par l'exemple de Marthe, qui descendait comme une flèche, cheveux au vent, en poussant des cris de joie. Après deux heures d'effort, les jeunes filles arrivaient à chausser sans tomber, à descendre la douce pente, et commençaient à maîtriser l'art de l'arrêt en chasse-neige !

Posté en haut de la pente, Lucien criait ses ordres :

—Écartez un talon ; l'autre maintenant ; rapprochez les spatules ; ne vous penchez pas en arrière !

Docile et appliquée, Marthe suivait à la lettre les indications données. Elle se sentait absurdement fière d'elle, absurdement heureuse et absurdement attirée par ce grand garçon blond qui lui jetait au visage son irrésistible sourire !

À midi, il fallut songer à nourrir les troupes. Les estomacs criaient famine, les jambes commençaient à trembler. M. et Mme Tellier avaient réservé une table au restaurant d'altitude et l'on déjeuna de solides nourritures savoyardes, tandis que Lucien faisait l'historique de la région. Natif de Chamonix, ou plutôt de Chamonix-Mont-Blanc, comme il fallait dire maintenant, il était intarissable sur la vie de la station et surtout sur ses montagnes. Avec révérence, il parlait du Mont-Blanc, des aiguilles du Grépon et des Grands-Charmoz, dont il avait fait l'ascension, cet été, avec son ami Frison-Roche ; s'enthousiasmait sur la construction du deuxième tronçon du téléphérique, qui permettrait d'emmener les skieurs aux Glaciers, à 2 404 mètres d'altitude ; s'émouvait en évoquant la montagne l'été, le spectacle des marmottes sortant au soleil, les fleurs d'altitude, fragiles et délicates, seules touches de couleur dans le gris de la pierre et le vert sombre des arbres. Et il détaillait la commune campanule, la timide saxifrage et la gentiane rutilante, puis, d'une voix basse, chargée d'émotion, disait son désir de rencontrer, comme certains, la célèbre renoncule des glaciers à plus de 3 000 mètres d'altitude. Marthe, l'écoutait, subjuguée. Ce garçon n'était pas sot. Il maîtrisait aussi bien les subtilités d'un câble de frein que le cycle de vie du mélèze !

L'air de rien, Jeanne observait son amie, ravie. Allons, ce garçon était parfait, il allait changer les idées de Marthe, lui redonner sa gaieté et sa joie de vivre !

*

Une routine plaisante s'installa bientôt. À 10 heures, on partait skier ; après déjeuner, on paressait un peu au soleil sur la terrasse du restaurant ; on reprenait les leçons, de 14 heures à 17 heures. Puis, on rentrait à l'hôtel, on délassait son corps fourbu dans un bain délicieusement chaud et parfumé et on se retrouvait dans un des bars de la station, pour déguster une boisson chaude au son d'un jazz léger. Le soir, après un bon dîner, on discutait les progrès de la journée, ou bien on faisait une partie de trictrac, et on ne tardait pas à se coucher, pour être en forme le lendemain matin.

Ce rythme intensif avait permis aux jeunes filles de progresser de manière significative ; à son grand plaisir, Jeanne avait vu fondre quelques rondeurs superflues qui la désolaient, et, encouragée par ce résultat rapide, ne ménageait pas ses efforts afin d'améliorer encore son allure générale. Les yeux de Marthe, dans son visage bronzé, semblaient deux lacs d'eau transparente et lui conféraient une beauté saisissante. Mme Tellier se lamentait sur ces nouveaux diktats de la mode, qui exigeaient des jeunes filles qu'elles se brûlent la peau ou torturent leur corps ! Mais, tout à la joie de leurs progrès, les deux amies n'en avaient cure !

Noël approchait : les rues, les chalets, les hôtels étaient décorés d'une profusion de guirlandes de houx et de bouquets de gui. Un gigantesque sapin avait été dressé dans le hall de l'hôtel. Somptueusement décoré de cheveux d'ange argentés, de petits angelots en bois peint, de boules de verre multicolores, une brillante étoile d'or fichée au sommet, il scintillait des mille couleurs qu'une guirlande électrique allumait dans ses branches ! Enfin, objet suprême de convoitise pour tous les enfants présents dans l'hôtel, de multiples friandises étaient suspendues à ses branches, attendant le moment opportun pour être distribuées aux petits gourmands qui faisaient cercle, tous les soirs, autour de l'arbre majestueux.

Les plus grands préféraient déambuler dans les rues du village, à la recherche d'un cadeau de dernière minute, fureter dans les échoppes du marché de Noël, proposant toutes sortes de produits d'artisanat locaux, se réconfortant ensuite d'un bon vin chaud parfumé dans un des bars du village.

Ce soir du 23 décembre, Marthe et Jeanne étaient sorties dès 18 heures, pour quelques emplettes urgentes de dernière minute. Marthe voulait absolument trouver un cadeau original et plaisant pour Mme Tellier, à qui elle s'attachait de plus en plus. Jeanne voulait un nouveau bonnet, plus large que le précédent. Fouinant aux étals des marchands, et devisant gaiement, les jeunes filles finirent par débusquer un bonnet en très grosses mailles lâches, d'un rouge profond, qui mettait merveilleusement en valeur le visage de Jeanne. Enfin, un lot de personnages savoyards sculptés enchanta Marthe dès qu'elle le vit. Le marchand, surpris, dut se résoudre à vendre au prix demandé, sans pouvoir s'octroyer le plaisir de négocier âprement avec la « Parisienne », tant elle était ravie de son achat. Les traditions se perdaient !

Une telle réussite se devait d'être célébrée convenablement. Les deux jeunes filles décidèrent de s'arrêter un moment aux Gentianes pour y boire un cocktail en écoutant de la musique. Comme d'habitude, l'endroit était bondé ; elles étaient sur le point de renoncer lorsqu'un bras levé attira leur attention. Lucien les hélait depuis la table où il était assis, avec un couple d'amis. Il vint à leur rencontre.

—Bonsoir Jeanne, bonsoir Marthe. Voulez-vous partager notre table ? Je crains que sinon, il vous faille renoncer au meilleur vin chaud à la cannelle de tout Chamonix !

—Merci infiniment ! lança Jeanne avec un grand sourire. Décidément, vous nous tirez de toutes les situations épineuses !

Lucien les présenta à ses amis, un couple de Grenoble, venu passer Noël en famille à Chamonix. Bientôt, l'orchestre attaqua les premières mesures d'un tango. Avec un léger sourire, Lucien tendit la main à Marthe :

—Voulez-vous bien ?

Elle se leva sans répondre ; son cœur battait à tout rompre et ses jambes lui semblaient en coton. Il l'enlaça souplement et pressa ses cuisses contre ses jambes. Elle se dit qu'elle allait trébucher, sans doute, ou peut-être même tomber. La musique semblait lui arriver par bribes ; sourde, étouffée, dénuée de rythme, noyée sous l'assourdissant bourdonnement du sang dans ses oreilles. La bouche sèche, elle leva les yeux sur lui. Il la regardait gravement ; l'éternel sourire un peu railleur avait enfin disparu.

—Vous vous débrouillez presque aussi bien sur une piste de ski que sur une piste de danse, savez-vous ? lui dit-il à l'oreille. Si vous êtes intéressée, j'aimerais pouvoir vous emmener bientôt en randonnée ; nous pourrions monter jusqu'aux Glaciers. De là-haut, la vue est grandiose ; la descente présente quelques difficultés, mais je pense que vous êtes capable de vous en tirer. Qu'en dites-vous ?

—Eh bien, oui, j'aimerais beaucoup, mais il faut en parler à Jeanne aussi.

—Jeanne se débrouille moins bien que vous ; elle ne pourra pas faire la descente. (Se penchant vers son visage, il ajouta :) C'est vous seule que je pensais emmener.

Son regard se planta dans celui de Marthe. Pour la première fois, elle lut du désir dans les yeux d'un homme. L'écho de cet appel silencieux sembla soudain voyager dans son corps entier, son ventre se tordit doucement, voluptueusement.

Elle souffla : « Oui, cela me plairait beaucoup », puis s'abandonna à la magie de ces bras qui la soutenaient, de ce corps qui la ployait, la faisait tourner, avancer, reculer, sans qu'elle fût plus maîtresse de rien. Elle ferma les yeux sous cette douce sensation de vertige ; très doucement, il caressa sa main avec son pouce. La musique s'éteignit sur un dernier accord sensuel de guitare, et ils se séparèrent à regret.

Jeanne, debout, faisait signe à son amie qu'il était temps de rentrer.

—Je dois m'en aller. Au revoir Lucien.

—Au revoir, Marthe. N'oubliez pas, je compte sur vous !

Devant la porte, Marthe se retourna ; debout, au bord de la piste de danse, il la regardait ; de nouveau cette étrange et agréable crispation irradia en elle. Elle se détourna et plongea dans le froid.

7

Roland, Sonia

Paris, 2011

La boîte de vitesses de la voiture émit un violent grincement de protestation lorsque Sonia passa la marche arrière. Sébastien allait encore l'accuser de malmener le véhicule ! Mais la malmener, elle, ne lui posait pas de problème, apparemment, se dit-elle amèrement. Elle sortit du pavillon comme une furie et s'engagea sur la départementale à vive allure. Se faire happer, couper en deux par un camion ; une fin rapide ; c'était peut-être ça, la solution ? Les mâchoires serrées, le cœur lourd, elle ressassait leur énième dispute. Elle n'en pouvait plus de cette vie de conflits, de hurlements, de phrases qui blessent ; elle n'en pouvait plus de partir au travail en se demandant comment diable elle allait arriver à donner le change devant les enfants ; elle n'en pouvait plus de retenir ses larmes en public, de se torturer à chercher pourquoi elle acceptait tout cela et de continuer et continuer encore.

Une fois de plus, tout était parti d'un rien. Cela faisait déjà deux ou trois jours qu'elle sentait que la belle harmonie apportée par leur dernière réconciliation torride était en train de se fissurer. Il rentrait, le visage fermé ; plus rien ne le faisait sourire ; une mouche l'impatientait ! Il l'abreuvait de discours pessimistes et véhéments sur la corruption du monde ; les abrutis malsains avec lesquels il travaillait s'étaient encore ligués contre lui ; peu importait, il allait réussir à contourner leurs manœuvres, et puis, de toute façon, lui seul était capable de faire tourner ce service correctement. Jouait-il vraiment de malchance ? À l'en croire, il n'avait jamais travaillé qu'avec des gens pervers, manipulateurs, égocentriques, décidés à l'enfoncer. Elle soupira profondément. À l'en croire aussi, elle était une mégère, qui tentait continuellement d'imposer ses vues et lui rendait la vie impossible.

Elle ne savait plus où elle en était. Elle l'avait aimé, follement, et maintenant il lui semblait qu'elle le haïssait, à la mesure de cette passion qui l'avait enchaînée à lui autrefois. Pour lui, elle avait tout quitté : mari, situation confortable, famille… Mais les s idylliques avaient vite fait place à une succession de scènes de plus en plus violentes. Au début, elle refusait les passes d'armes : pour elle, ce qui était dit était pensé, et elle ne pouvait se résoudre à renvoyer horreur pour horreur. Et puis, il y avait Audrey, sa fille, sa beauté, son ange, à qui elle avait déjà fait tant de mal en quittant son papa pour ce… pour ce… gros con de merde !

Elle frappa rageusement le volant du plat de la main, ce qui déclencha le klaxon ! Elle se ressaisit.

Complètement idiote, la théorie de l'accident. Audrey, Audrey, penser à Audrey. Ne pas chambouler sa vie une deuxième fois. Et Célia, et Léo, ses deux petits lutins, les enfants qu'elle avait eus avec Sébastien ? Elle sentit monter les larmes et sut qu'elle serait impuissante à endiguer le désastre. Une fois de plus elle, allait se présenter devant ses élèves avec le nez rouge, les cils poissés de larmes et de mascara et l'œil brillant. Quelle vie de merde ! Heureusement, elle n'avait que trois heures de cours ce matin, et elle s'était bien avancée dans ses préparations. Elle irait voir sa grand-mère cet après-midi. Ses visites à la vieille dame l'apaisaient toujours ; dans ce petit salon feutré où le temps semblait miséricordieusement s'être arrêté, Sonia pouvait se confier, se libérer en toute quiétude : son fardeau n'accablerait pas la vieille dame ! Compatissante, celle-ci hochait la tête, prenait les mains de la jeune femme entre les siennes et lui caressait la joue d'une main tendre. Mais que comprenait-elle ? Nul ne le savait au juste. Une chose était certaine, en tout cas, elle aurait tout oublié dès que Sonia aurait tourné les talons ! C'était réconfortant d'une certaine manière. Comment sa grand-mère aurait-elle pu la juger ? Pour elle, elle était toujours à l'aube de sa relation avec Sébastien !

*

Le GPS est décidément une belle invention ! se dit Roland. Pour lui qui n'avait aucun sens de l'orientation, les performances réalisées par ce petit appareil tenaient du miracle ! Depuis une heure qu'ils avaient quitté Paris, l'engin les avait guidés, d'autoroute en nationale jusqu'à ce petit chemin qui serpentait en bordure de la forêt. Quoique nul bâtiment ne soit en vue, il annonçait avec certitude, de sa voix désincarnée une « arrivée imminente ». Où donc vivait Lucie ? Une vieille comptine de son enfance revint à Roland : « Elle habite un champignon, un champignon, comme le nain Potiron » ; cela le fit sourire. Damien, qui était assis à côté de lui, tendit la main.

—Là, regarde, « Les Cèdres », c'est indiqué.

Roland s'engagea dans une allée recouverte de sable blond. Un grand parc boisé s'étendait de part et d'autre du chemin. Au fond se dressait une élégante bâtisse, datant probablement du XIXe siècle, aux toits chapeautés d'ardoise et aux murs clairs. Roland se gara dans le parking réservé aux visiteurs, à l'écart, et ils se dirigèrent vers l'entrée. Des vieillards de tous âges les dévisageaient, avides de nouveauté. Roland fut frappé par leur fragilité et par leurs mines mélancoliques. En fait de personne âgées, il ne fréquentait que mamie Yvonne, toujours alerte, toujours gaie, et surtout tellement autonome ! Ici, ceux qui n'avaient pas de canne étaient en fauteuil ; et tous arboraient cet air un peu triste et perdu des enfants que l'on amène pour la première fois à l'école. Qui viendrait les chercher à 16 heures ? Le cœur serré, Roland et Damien s'empressèrent de gravir les marches du perron.

La secrétaire les prévint : il leur faudrait d'abord rencontrer l'infirmière avant de pouvoir se rendre à l'appartement de Mme Vauban. Celle-ci les reçut dans un petit bureau gris et impersonnel ; décidément, l'atmosphère du lieu ne portait pas à la liesse, se dit Roland.

Damien prit la parole :

—De quelle pathologie souffre ma grand-tante, exactement ?

—Mme Vauban souffre de la maladie d'Alzheimer, maladie qui a emporté votre arrière-grand-mère, je crois ?

—Oui, c'est exact.

—Le diagnostic a été posé il y a deux ans, et depuis, Mme Vauban est suivie et traitée pour cette maladie, ce qui permet d'en atténuer et d'en retarder les effets. Actuellement, elle souffre d'amnésie quasi permanente ; il lui est arrivé de se perdre dans la résidence, ou de confondre le jour et la nuit ; elle a parfois des hallucinations et croit voir les fantômes de son passé ; enfin elle a déjà fait deux tentatives de fugue pour « rentrer chez elle ». Si ce n'est… qu'elle n'a plus de chez elle, comme vous le savez. C'est ici qu'elle vit depuis bientôt cinq ans.

—Pouvons-nous lui poser des questions ? Des questions sur son passé ?

—Vous pouvez toujours essayer. Les souvenirs de sa vie passée sont plus clairs à sa mémoire que le dîner d'hier soir ! Mais ne la fatiguez pas ! Et si vous voyez qu'elle commence à délirer un peu, il faudra arrêter. De toute façon, son auxiliaire de vie sera là ; elle saura vous indiquer s'il faut changer de sujet ou la laisser se reposer. Voilà, je vous laisse y aller, c'est l'appartement 208, au deuxième étage.

Ils se levèrent dans un bel ensemble, pressés de quitter ce bureau étouffant. Il régnait dans toute la résidence une chaleur insoutenable. Et pourtant les pensionnaires étaient tous vêtus chaudement, de pantalons ou jupes de flanelle et de tricots épais. Certaines petites mamies s'envelop-paient même frileusement dans des châles ou des étoles. Roland, lui, mourait d'envie d'arracher son pull et de se promener torse nu ! Voilà qui aurait mis de l'animation !

Devant la porte du 208, une étrange émotion étreignit Roland. Il allait enfin en savoir un peu plus sur cette morte qui le hantait ! Comme d'habitude, il lui semblait qu'un fil ténu le reliait à Marthe, et que c'était elle qui, d'une certaine façon, l'avait conduit jusqu'ici. Il ressen-tait un étrange sentiment de satisfaction, mêlé d'une émotion… une émotion bizarre ; il avait presque les larmes aux yeux ; il lui semblait qu'il allait enfin revoir quelqu'un qu'il avait beaucoup aimé. *Allons,* ça recom-mence, se dit-il. *décidément je yoyote de la crinière !* Généralement, cette expression, empruntée à un dessin animé, le mettait en joie ; mais il n'en ressentit qu'une très vague satisfaction.

Ils frappèrent, et l'auxiliaire de vie, Annie, vint leur ouvrir la porte. Ils pénétrèrent dans un minuscule appartement. Un petit couloir menait à un salon qui s'ouvrait sur le parc par une grande baie vitrée ; une porte communiquait avec la chambre ; une autre avec une minuscule kitchenette. Les murs étaient tendus d'un papier peint lilas à rayures gris perle, assorti à la moquette et aux rideaux.

Une table de noyer ciré, entourée de deux chaises, un petit secrétaire, une bibliothèque aux rayons chargés de livres constituaient tout l'ameublement. Près de la fenêtre, dans un profond fauteuil tendu de soie crème à gros bouquets de fleurs violettes, disparaissait une frêle petite dame à la tête couronnée de cheveux blancs, ramenés en chignon. Elle était vêtue d'une robe grise très simple, mais d'une grande élégance. Ses mains aux grosses veines noueuses, rassemblées sur ses genoux, tremblaient légèrement. Elle fixait sur Roland et Damien le regard candide d'une enfant qui n'a rien à craindre de la vie. Soudain, un sourire illumina ses traits :

—Félix ! murmura-t-elle. Alors, tu es venu, finalement ?

Interdits, Roland et Damien se tournèrent vers Annie, qui les apaisa d'un geste de la main. D'une voix forte, elle présenta les visiteurs :

—Lucie, c'est votre petit-neveu, Damien, le fils de Colette. Et voici son ami, Roland, qui souhaitait vous rencontrer

—Ah ! Oui, oui ! Damien, Roland. Asseyez-vous, asseyez-vous, je vous en prie.

On voyait que les noms n'évoquaient rien pour la vieille dame. Cela n'augurait rien de bon.

—Voulez-vous que je prépare un peu de thé, Lucie ? proposa Annie.

Soudain le visage de la vieille dame s'anima. On aurait dit qu'une éponge magique venait de chasser la brume qui obscurcissait son esprit.

—Mon Dieu ! Tu es le petit-fils de Marthe, n'est-ce pas ?

—Oui, oui, tout à fait répondit Damien dans un grand sourire.

Mais Lucie le regarda d'un air surpris :

—Qui êtes-vous jeune homme ?

Un soupir découragé leur échappa. Patiemment, Damien reprit :

—Tante Lucie, je suis Damien, le fils de Colette ; Colette, vous savez, votre nièce, la fille de votre sœur Marthe.

—Marthe, oh Marthe ! Où est-elle ? Pourquoi ne vient-elle pas me sortir de cet horrible endroit ?

—Allons, allons, Lucie, intervint Annie, vous êtes très bien ici, choyée comme une reine, ne dites pas de sottises !

La vieille dame se tut, pinçant les lèvres d'un air matois. Dès qu'Annie eut disparu dans la cuisine pour préparer le thé, elle reprit, à voix basse, d'un ton de conspiratrice :

—Je pense que les Allemands l'ont placée ici pour m'espionner. Mais elle n'aura pas l'adresse du réseau, c'est moi qui vous le dis !

Avec un sourire contraint, Roland décida d'entrer dans le vif du sujet :

—Chère Lucie, je voudrais que vous me parliez de votre sœur, s'il vous plaît. Je souhaite écrire un livre sur la famille de mon ami Damien, et il me manque beaucoup d'informations concernant Marthe.

—Voilà qui n'est guère étonnant ! s'écria la vieille dame. Marthe et moi avons toujours su garder les secrets !

—Justement, au sujet de ce secret… Colette nous a parlé des voyages que faisait votre sœur, régulièrement, et dont elle revenait bouleversée. Pouvez-vous nous en dire plus ?

—Bien sûr ! répondit Lucie dans un grand sourire, bien sûr, avec plaisir, cher monsieur !

Damien et Roland, dans l'expectative, penchés vers la vieille dame, attendaient qu'elle parle. Cependant, buvant son thé à petites gorgées gourmandes, elle se taisait. Damien s'éclaircit la gorge :

—Alors, ma tante, vous alliez nous dire, pour ces voyages ?

—Certainement ! Les voyages forment la jeunesse, n'est-ce pas ? Allez-y donc, n'hésitez pas, c'est un endroit merveilleux !

Les deux amis se regardèrent d'un air las. De toute évidence, l'entrevue ne mènerait à rien. Ils burent quelques gorgées de thé en silence.

—C'est Jeanne qui pourrait vous aider, dit soudain Lucie. Elle était la meilleure amie de Marthe, et savait tout de sa vie. Sans Jeanne, je crois que Marthe n'aurait jamais pu supporter…

Un coup frappé à la porte l'interrompit. Une jeune femme entra ; petite et menue, elle avait de longs cheveux auburn, souplement bouclés ; ses yeux d'un brun chaud se posaient avec une curiosité bienveillante sur ce qui l'entourait ; la bouche, d'un rose tendre, s'ouvrait sur un sourire étincelant de vie, de charme, de fraîcheur. Elle était emmitouflée dans une grosse doudoune et une immense écharpe, qui devait bien faire trois fois le tour de son cou. Subjugué, Roland la regardait se défaire de sa chrysalide et émerger, mince et droite, de sa panoplie anti-froid.

—Bouh ! Mamie ! Il fait une chaleur de fou ici ! Damien, comment vas-tu ? Ça fait bien longtemps qu'on ne s'est vus !

Sonia s'approcha de sa grand-mère et de son cousin et les embrassa. Damien lui présenta Roland, et, d'un geste naturel, elle lui tendit sa joue en lui disant :

—Bonjour, enchantée de faire votre connaissance.

Roland eut le temps d'aspirer une bouffée d'un léger parfum de fleurs. Déjà, elle reculait, pour mieux contempler sa grand-mère.

—Bon, mamie, je te trouve bonne mine, ça te fait du bien, hein, les visites ?

Elle avait une voix mélodieuse, très douce. Des bottes à talons la grandissaient de plusieurs centimètres ; elle était vêtue simplement d'un jean et d'un pull qui moulait ses formes voluptueuses. Roland avala sa salive ; pour le coup, Marthe lui était sortie de l'esprit ! Il se sentait étreint d'une émotion presque douloureuse. Il la contemplait, gracieuse, virevoltante, se servant une tasse de thé, qu'elle serrait à deux mains comme un petit enfant, et il avait envie de la prendre dans ses bras pour la réchauffer. Il se rendit compte qu'il était en train de la dévisager, et baissa les yeux, gêné. La jeune femme s'adressa à Damien :

—Tu passais dans le coin ?

—Non, en fait, c'est une affaire un peu bizarre qui nous amène.

Alléchée, la jeune femme leva les sourcils d'un air interrogateur et, une fois de plus, au risque de paraître totalement ridicule aux yeux de la belle, Roland dut se résoudre à conter son histoire.

—Waouh ! C'est impressionnant ! dit-elle, sans la moindre trace de moquerie, lorsqu'il eut terminé. Et c'est passionnant ! Accepteriez-vous que je vous aide ? Je rends visite à mamie au moins une fois par semaine ; ce serait bien le diable si elle n'arrivait pas, de temps à autre, à retrouver assez de lucidité pour me mettre un peu sur la voie !

Roland souriait béatement, n'osant croire à sa chance ! La merveilleuse créature se proposait de l'aider ! Il pourrait la revoir !

—C'est vraiment très gentil à vous, réussit-il à articuler. Vous habitez Rambouillet ?

—Non, je vis à Élancourt, mais je travaille ici. Je suis professeur au collège Jean-Racine.

—Et vous enseignez ?

—L'anglais ! Et vous, que faites-vous dans la vie ?

Médusé, Damien assistait à cet échange entre son ami et sa cousine, sans être tout à fait sûr de ce qu'il croyait comprendre. Il n'avait jamais vu Roland comme ça ! Oh ! Il avait déjà assisté à de nombreux numéros de charme, menés tambour battant par le jeune photographe. Mais là, c'était autre chose. On aurait dit une chorégraphie, aérienne, très très ancienne, menée depuis la nuit des temps par quelques élus, qui savent se reconnaître au premier coup d'œil. Car c'était tout leur corps qui s'exprimait au travers des phrases banales. Roland plantait ses yeux bleus aux pupilles dilatées dans les prunelles de Sonia, qui agitait ses cheveux, penchait la tête de côté, et faisait de charmantes petites moues en parlant. Lucie les contemplait en souriant avec attendrissement. Elle aussi, dans son brouillard, arrivait à percevoir ce que l'instant avait de magique, d'exceptionnel, de sacré, presque, se dit Damien.

Annie rompit le charme :

—Je ne voudrais pas vous chasser, mais il n'est pas bon que Lucie reçoive trop de monde à la fois, cela la fatigue.

—Bien sûr, bien sûr, nous allons nous retirer. Si vous voulez bien me donner vos coordonnées ? demanda Roland à Sonia. Je pourrais vous appeler, pour savoir si vous avez du nouveau ?

Ils échangèrent leurs numéros de portable, puis Roland et Damien firent leurs adieux aux trois femmes. Lorsqu'il embrassa Sonia, Roland tenta de graver cet instant dans sa mémoire, pour pouvoir le ressortir, comme un petit trésor, une fête des cinq sens, les soirs de cafard : le velouté de sa joue sous ses lèvres ; le son mélodieux de son « au revoir Roland » ; la beauté de son regard chaud, qui se posait sur lui avec… gourmandise ? Oui, oui, vraiment, on aurait dit de la gourmandise ! Et le parfum de fleurs et d'herbe fraîchement coupées…

Dans le couloir, la voix goguenarde de Damien le tira de sa rêverie :

—Tu crois que tu vas t'en remettre ?

—Ne te fous pas de moi, tu veux ? Je crois vraiment que je viens de faire une rencontre déterminante.

—Je suis d'accord. Ma tante Lucie est extraordinaire et va sûrement…

—Mais quel abruti ! s'exclama Roland en lui donnant une bourrade. Bon, et maintenant, en voiture. C'est toi qui conduis, moi, j'ai trop de questions à te poser, je ne pourrai pas me concentrer.

— Veux-tu que je te raconte sa varicelle ? Ou nos vacances en Normandie, quand elle avait six ans ?

— Je veux que tu me racontes tout. Tout, tu entends ! Je dois tout savoir !

8

Sonia

Rambouillet, décembre 2011

Debout à la porte de la salle 107, Sonia, la mine sévère, attendait que ses élèves se rangent en silence dans le couloir. Une horde hurlante défilait dans les deux sens, les plus grands agitant leur bonnet de Père Noël avec une mine réjouie ; des cris aigus de filles bousculées se mêlaient aux sortes de jappements rauques que les garçons de troisième aimaient à produire dans les couloirs pour exhiber leur voix grave. Une odeur de pieds, de transpiration, de chien mouillé, imbibait l'atmosphère. Ils revenaient de récréation, les cheveux dégoulinants, les joues rouges de froid, la goutte au nez. Mais tous les visages rayonnaient de l'allégresse du bagnard qui sait que dans une heure il sera libre ! C'était la dernière heure de cours de l'année. De toute évidence, ils étaient fermement décidés à ne pas travailler. Sonia s'y était préparée. Elle terminait avec cette classe de sixième dont elle était le professeur principal, ce qui lui avait permis de nouer avec eux un lien un peu particulier. Elle adorait travailler avec des sixièmes. Ils n'étaient pas encore empêtrés dans toutes les inhibitions qui freinent les adolescents un peu plus âgés et leur enthousiasme, leur fraîcheur, la réconciliaient régulièrement avec ce métier plus éreintant qu'il n'y paraissait.

Ayant obtenu un silence relatif, elle les invita à entrer. Chacun la saluait en passant devant elle :

—*Hello ! Good afternoon ! How are you ?*

Elle profitait de ce moment pour observer chaque petit visage et tenter de déceler un éventuel problème. Une fois qu'ils étaient noyés dans l'anonymat de la classe, il était beaucoup plus difficile de repérer quoi que ce soit. Elle referma la porte sur le vacarme du couloir et autorisa ses élèves à s'asseoir.

—Bien, les enfants, aujourd'hui, nous n'allons pas faire un cours tout à fait normal. Je vais vous projeter une petite vidéo de Noël, et puis, si nous avons le temps, nous chanterons une chanson. Mais avant…

Sonia récupéra dans son sac une boîte de bonbons au chocolat. Les frimousses s'éclairèrent ! Manger des bonbons en classe ! En regardant un film ! C'était l'extase !

—*I wish you a merry Christmas and a happy new year !*

—*Thank you !* hurlèrent-ils en chœur.

Pendant qu'ils visionnaient les aventures de Rodolphe le petit renne au nez rouge, Sonia laissa ses pensées vagabonder. C'était Noël, la fête des enfants ! Il fallait à tout prix rétablir l'harmonie familiale, se réconcilier avec Sébastien, préparer le réveillon dans la joie ; d'autant que cette année, elle n'aurait pas Audrey, qui partait chez son papa. Cette pensée l'assombrit. Les Noël sans Audrey avaient un goût amer. Elle avait alors doublement besoin de Sébastien et des deux enfants. Elle soupira, et une fois encore, se demanda si elle avait eu raison de divorcer. Et une fois encore, se répondit que oui, mille fois oui, puisque c'était ce divorce qui avait permis la venue au monde de Célia et Léo !

Une sonnerie de clairon l'alerta, elle jeta un coup d'œil à l'écran : le Père Noël décorait Rodolphe, qui rougissait de la tête aux pieds, la vidéo allait se terminer ! Elle distribua les paroles de la chanson du petit renne : ils devaient, en écoutant la chanson, retrouver les mots manquants. Puis tout le monde entonna le chant ; Sonia, portée par l'allégresse générale, chantait à pleine voix en marquant la mesure. L'enthousiasme était tel que la sonnerie passa inaperçue ! C'est le vacarme du couloir qui les alerta. Alors, poussant un hurlement sauvage, les enfants se ruèrent sur leurs cartables, lui souhaitèrent de bonnes vacances et disparurent, happés dans le couloir par un vent de folie.

Restée seule, Sonia ressentit une vague de mélancolie. Il fallait quitter le refuge de la salle, du collège, des amis, pour quinze journées en famille. Sébastien n'avait qu'une semaine de congé, la première. Elle le déplorait et s'en réjouissait à la fois ; cette première semaine allait être tendue, elle le savait ; au moins aurait-elle le temps de retrouver sa sérénité auprès des enfants lors des jours suivants. Elle boucla son cartable, éteignit les lumières et balaya la salle d'un coup d'œil.

Eh bien, au revoir, toi, et à l'année prochaine, pensa-t-elle. *Pourvu que 2012 soit un peu plus paisible que 2011*, espéra-t-elle. Elle avait eu tant de conflits, cette année, avec Sébastien.

Elle échangea de joyeux au revoir avec ses collègues et sortit. Le ciel était gris, plombé ; peut-être allait-il neiger ? Voilà qui ferait plaisir aux enfants ! Au moment où elle s'installait dans sa voiture, son portable sonna. C'était Sébastien ! Le cœur battant de joie, elle prit l'appel.

—Bonjour, c'est gentil de m'appeler ! Ça me fait plaisir tu sais ! Tu vas bien ?

—Très bien, je te remercie.

Le ton était froid, coupant ; un étau se resserra dans sa poitrine et sa respiration se fit difficile

—Qu'y a-t-il ?

—Eh bien, dans la mesure où tu ne sembles pas disposée à faire quelque effort que ce soit, j'ai décidé de m'absenter une semaine. Je pars chez ma sœur, j'y passerai Noël, dans la paix et dans la joie. Je ne peux plus supporter que tu me traites avec ce mépris et que tu imposes continuellement tes vues ; j'ai essayé, mais franchement, je n'y arrive plus. J'ai besoin d'un peu de calme et de sérénité, et les enfants aussi, je crois. C'est pourquoi je les emmène.

—Quoi ? Non ! Tu ne peux pas ; tu n'as pas le droit de faire ça ! Tout ce que tu es en train de me reprocher, là, c'est ce que tu me fais, toi ! Arrête d'inverser les rôles ! Tu es d'une mauvaise foi effrayante !

—Écoute-moi bien, Sonia, je ne t'ai pas appelée pour devoir, une fois de plus, me justifier de je ne sais quel crime que je n'ai commis que dans ton imagination. Je voulais simplement te prévenir que je pars. Maintenant. Les enfants sont déjà dans la voiture.

—Mais… mais, ce n'est pas possible ! Je ne les ai pas vus ! Je veux les embrasser ! Et Audrey ? Tu vas la laisser seule ?

—Audrey a dix ans, elle peut très bien rester seule une vingtaine de minutes ! Si nous t'attendons, les enfants seront bouleversés, je ne veux pas les voir pleurer, moi, figure-toi !

—Mais moi non plus, la question n'est pas là, oh, je t'en prie, je t'en prie, attends-moi, nous allons parler, nous allons trouver une solution, je te promets d'essayer d'être plus facile à vivre, de faire des efforts, Sébastien, je t'en supplie !

—Il aurait fallu y penser avant, ma chère ! Je t'appellerai lorsque nous serons chez Sophie ! Ah ! Au fait ! Bonnes vacances !

—Sébastien !

Mais seul un *bip bip* indifférent répondit à son cri de désespoir. Stupide, elle regardait ce petit appareil rectangulaire, au creux de sa main, qui venait, en quelques secondes, de dévaster sa vie. Un hurlement monta dans sa poitrine, une houle la souleva et la jeta, haletante, sur le volant. Une eau brûlante et salée coulait sur ses joues, sa respiration s'embarrassait, elle ouvrait la bouche pour aspirer l'air qui la fuyait et se sentait glisser, glisser inexorablement au fond d'un gouffre nauséeux. Elle pensa : *Une crise de tétanie*, puis s'abandonna à la paralysie qui gagnait ses membres. Les doigts de ses mains se joignirent, les pouces repliés ; il lui semblait qu'elle allait mourir. Des élèves passaient le long de sa voiture et regardaient avec curiosité la prof, ruisselante de larmes, couchée sur son volant. Audrey ! Audrey était seule à la maison, il fallait rentrer au plus vite ! Elle s'efforça au calme, disciplina sa respiration, comme on lui avait appris à le faire. Bientôt, les fourmillements familiers se firent sentir dans les mains et dans les pieds. La crise passait. Dans quelques minutes, elle aurait recouvré l'usage de ses membres, et seule une immense fatigue subsisterait.

Les larmes avaient délayé son mascara en longues traînées noires sur ses joues, son visage était livide : les piétons s'écartaient sur le passage de cette créature échevelée, au regard fixe, qui menait sa voiture à un train d'enfer dans les rues de Rambouillet. Elle arriva chez elle en à peine plus d'un quart d'heure. Saisie d'un fol espoir, elle se répétait qu'il n'avait pu mettre ce projet ignoble à exécution, il avait juste voulu l'effrayer, et lorsqu'elle arriverait, elle verrait la voiture de Sébastien dans l'allée. Elle s'engouffra chez elle, regardant avidement de tous côtés. Ne rencontra qu'un vide pitoyable. Mais peut-être… peut-être avait-il menti, peut-être étaient-ils tous chez Nounou, et Sébastien, encore au travail ?

S'élançant hors de la voiture, elle monta en courant les marches du perron, priant pour trouver la porte fermée. Mais la poignée tourna sans difficulté sous ses doigts. Debout au fond du couloir, son petit visage blême et crispé, Audrey l'attendait. Sonia voulut lui sourire, la rassurer ; elle ouvrit la bouche pour lui dire bonjour, et ce fut un long gémissement de bête qui s'en échappa.

Elle sentit ses jambes fléchir sous elle et se retrouva assise sur le carrelage froid. Audrey venait à elle, dans un brouillard de larmes. Elle la serrait dans ses bras, et la berçait, doucement, comme elle avait vu Sonia le faire dans les moments de grand chagrin. Et elle psalmodiait :

—Je suis là, maman, je suis là, ça va s'arranger, tu verras, je te le promets.

*

Assise dans le noir sur le canapé, Sonia attendait le coup de téléphone de Sébastien. Avant de se tuer, elle voulait être sûre qu'ils étaient arrivés, et elle voulait parler une dernière fois à ses petits. Elle regarda les somnifères et la bouteille de vodka sur la table basse devant elle. Porteurs d'oubli, de paix et du bonheur de ne plus être. Le téléphone émit une sonnerie brève : un message de Sébastien :

> Nous sommes bien arrivés ; il est préférable que tu n'appelles pas, les enfants sont fatigués.

Son sang ne fit qu'un tour, une louve en elle s'éveillait, dure, exigeante. Saisissant le téléphone d'une main ferme, elle appela directement Sophie, certaine que Sébastien ne répondrait pas à ses appels. Après les politesses d'usage, elle demanda à parler à Célia ; ce fut Sébastien qui répondit, excédé :

—Décidément, on ne peut rien te demander, même dans l'intérêt des enfants.

—Écoute-moi bien, espèce de pourriture : tu me passes ma fille sinon je porte plainte contre toi pour abandon du domicile conjugal et enlèvement d'enfants !

—Ma pauvre fille ! Tu n'obtiendras rien avec ça, ils ne t'écouteront même pas !

—Crois-tu ? Même si j'arrive avec un certificat médical attestant de coups et blessures nécessitant un arrêt de travail de plus de huit jours ?

—Blessures que tu n'as pas !

—Mais que je vais me faire moi-même ! Et avec délectation, en pensant à la merde dans laquelle je vais te mettre !

—Ce sera ta parole contre celle d'un conseiller municipal ! Tu n'as aucune chance !

—J'aurai au moins la chance de t'embarrasser et de te causer de graves problèmes, car j'irai au commissariat de Rambouillet où personne ne te connaît !

—Salope !

—Passe-moi Célia !

Au bout de quelques instants, la petite voix de Célia se fit entendre dans l'appareil :

—Allô ? C'est toi maman ? Pourquoi t'as pas voulu venir avec nous ?

Le dilemme habituel agita Sonia : protéger le père ? Non ! Ça suffisait !

—Parce que papa n'a pas voulu, ma chérie. Nous sommes un peu fâchés, lui et moi, en ce moment, alors il a préféré passer Noël juste avec vous. Mais on va se revoir très vite mon amour et on fera plein de choses super extra quand vous reviendrez !

—Mais le Père Noël, il va savoir où il doit mettre les jouets ? Parce qu'on l'a pas prévenu !

—Ne t'inquiète pas mon ange ; c'est un futé, le Père Noël, tu sais bien qu'il voit tout avec sa longue-vue ; je suis sûre qu'il y aura des cadeaux chez tatie Sophie et des cadeaux chez nous !

—Mais toi, ma pauvre maman, tu vas être toute seule alors ! Audrey est partie !

Une grosse pierre empêchait soudain Sonia d'avaler sa salive. *Ne pas pleurer*, s'admonesta-t-elle *; ne pas pleurer*.

—Eh bien, j'irai voir pépé et petite mamie à Rambouillet ! Et puis je ferai tous mes cours et je corrigerai toutes mes copies, comme ça, j'aurai tout mon temps pour vous quand vous reviendrez ! Léo va bien ?

—Oui, ça va, mais je peux pas te le passer, il dort !

—Tu l'embrasseras pour moi, d'accord ma chérie ? N'oublie jamais que je vous aime, toi, Léo et Audrey, plus que tout au monde. Vous êtes mes petits trésors d'amour. Je t'embrasse très fort ma chérie, à bientôt.

—Bisous bisous bisous maman chérie, je t'aime. Au revoir !

—Au revoir, réussit à articuler Sonia avant de s'effondrer sur le canapé. Elle regarda les somnifères d'un œil morne. Comment avait-elle pu ? Ils avaient trop besoin d'elle. Elle ne les laisserait pas à la merci de ce déséquilibré. Elle rangea les somnifères, mais garda la vodka et alla chercher du jus d'orange.

Elle s'organisa un lit de fortune sur le canapé, prévoyant qu'elle aurait sans doute des difficultés pour monter jusqu'à sa chambre. Alluma une petite lumière tamisée, et la télévision. Et, assise en tailleur sous sa couverture polaire, entreprit de se soûler méthodiquement à la vodka orange.

9

Marthe

Chamonix, 1925

Penchée en avant, la respiration haletante, Marthe s'appliquait à laisser ses skis dans les traces de ceux de Lucien. Munies de peaux de phoques, les longues planches, d'ordinaire traîtreusement glissantes, s'avéraient étonnamment stables. À l'écart de toute civilisation, ils imprimaient leur sillon dans une neige poudreuse, légère comme un souffle, irradiant la lumière de mille cristaux minuscules. Le ciel d'un bleu de cobalt était vierge de tout nuage ; l'air était d'une pureté cristalline. Marthe se gorgeait de sensations, respirait goulûment l'odeur résineuse des mélèzes, sentait l'air piquant de froid se réchauffer dans son corps, voyait une stalactite glacée s'illuminer des mille couleurs chatoyantes du prisme sous l'éclat du soleil. Puis reposait son regard sur le large dos d'homme qui oscillait devant elle, au rythme de la montée. *Je suis heureuse*, se dit-elle, un peu étonnée. *Je suis véritablement heureuse ; vivante, si vivante, et si heureuse de l'être !* Il lui semblait communier avec la nature tout entière. Une force de vie entrait en elle, l'habitait d'une sève énergisante, qui circulait dans son corps et lui donnait une sensation de puissance et de plénitude. *Me voilà devenue panthéiste*, pensa-t-elle. *Si un Dieu existe, c'est là qu'il se trouve, dans cette brise légère qui rafraîchit mes joues, dans ces lumières, ces couleurs, ces odeurs que nous offre généreusement la montagne.*

Elle leva les yeux sur les pics enneigés qui se dressaient fièrement en face d'elle : quelle sublime beauté ! Inconsciemment, elle s'était arrêtée, pour mieux admirer. Lucien s'en rendit compte immédiatement. Se retournant, il l'observa un moment sans qu'elle s'en aperçoive. Appuyée sur ses bâtons, sa veste nouée autour des reins, la bouche, légèrement entrouverte sur un sourire ravi, elle levait des yeux éblouis sur le paysage alentour. Il fut ému de cet hommage silencieux qu'elle rendait à la beauté de son pays natal. Exécutant une impeccable conversion, il descendit rapidement jusqu'à elle. Elle le regarda venir sans bouger. Il se rangea tout près d'elle, et planta ses yeux bleus, assombris par le désir, dans ceux de Marthe. De nouveau, le choc délicieux ondoya au creux de Marthe. Le visage de Lucien grandissait, il occupait tout l'espace, il s'approchait. Marthe ferma les yeux et s'apprêta à recevoir un chaste baiser, comme elle en avait déjà échangé quelques-uns lors de soirées parisiennes. Mais la bouche qui s'empara de la sienne n'avait rien de chaste ni de timide. Ses lèvres furent goûtées, froissées, puis doucement ouvertes et une langue audacieuse vint effleurer son palais. Elle tressaillit sous la douceur inattendue de la caresse.

Mais bientôt la bouche se fit plus exigeante. Avide, elle fouillait, s'emparait sans retenue, habitait la bouche de Marthe de mouvements vifs et délicieux.

Un gémissement s'éleva dans l'air glacé, puis Marthe, à bout de souffle, posa ses mains sur les épaules de Lucien et le repoussa doucement. Il enleva ses gants, et caressa sa joue d'une main douce et chaude, puis, prenant son visage dans ses mains, reprit sa bouche avec une lenteur savante qui la fit défaillir. Qui était cet homme qui faisait naître en elle de si étranges sensations ? Le corps de Lucien se plaquait contre le sien, ses mains se posaient sur ses seins, sur ses hanches, et elle n'en éprouvait aucune honte, elle désirait juste qu'il continue, encore et encore, d'explorer sa bouche et de la caresser doucement, ses cuisses dures imprimées dans les siennes. Brusquement, ce fut lui qui se détacha d'elle.

—Marthe, Marthe, vous me faites perdre la tête !

—Vous êtes Ouréa, le dieu des montagnes, n'est-ce pas ? dit-elle d'une voix rêveuse.

—Marthe, laissez-moi vous emmener chez moi, nous parlerons, nous ferons plus ample connaissance, j'ai envie de savoir qui vous êtes !

—Chez vous ? demanda Marthe. Je ne sais pas… C'est un peu… enfin, je veux dire…

Embarrassée par ce qu'elle sous-entendait, elle fixait la pointe de ses spatules en rougissant. Il lui releva le menton d'une main tendre, et l'embrassant légèrement, lui dit :

—Viens ; tu n'as rien à craindre de moi.

À la fois choquée et séduite par ce soudain tutoiement, elle le laissa la débarrasser des peaux de phoque, écouta ses instructions pour la descente et s'élança derrière lui sur la pente vierge. Grisée par la vitesse, elle suivit Lucien sans appréhension, imitant ses mouvements, souple, rapide, légère. Rien ne pouvait lui résister, les mélèzes défilaient sur sa droite, ses spatules parfois se soulevaient, puis retombaient sur la neige avec un bruit mat, et elle glissait, glissait, ivre de légèreté, se coulant dans l'air frais comme une anguille. La gravité n'existait plus, elle survolait la pente neigeuse, libre et invincible. Les premières maisons du hameau apparurent. Lucien l'emmena pour déchausser à l'écart de la cohue. Puis, les skis sur l'épaule, ils prirent la direction de son appartement. Il louait une petite chambre dans une maison du village.

Petit à petit, l'exaltation de Marthe retombait. Que faisait-elle, dans les rues, avec ce garçon qu'elle ne connaissait quasiment pas ? Alors que M. et Mme Tellier la croyaient, en toute confiance, en randonnée sportive. Elle baissa la tête, de peur d'être reconnue. Que pourrait-elle dire si elle les croisait ? Non, décidément, elle n'avait plus très envie d'aller chez Lucien. Mais déjà, on arrivait. Se hâtant pour le rattraper, elle posa une main sur son épaule :

—Lucien, pardonnez-moi, je crois que j'ai accepté trop vite, je préfère que nous nous rencontrions sur les pistes. Je ne peux pas aller chez vous.

Il la regardait, une expression indéchiffrable sur le visage. Il haussa les épaules ; il avait l'air déçu et contrarié, et cela la peina.

—Ne me raccompagnez pas, c'est inutile ; je dirai aux parents de Jeanne que j'ai présumé de mes forces et que cette randonnée était trop difficile pour moi. Je suis désolée, Lucien. Au revoir.

—Au revoir Marthe. C'est dommage. À demain, pour la leçon !

Elle reprit le chemin de l'hôtel, à la fois soulagée et mécontente d'elle-même. Ce garçon était séduisant, certes. Mais de là à tomber dans ses bras dès les premiers baisers ! Ils ne pouvaient rien construire ensemble, ils n'étaient pas du même monde, leur rencontre était vouée à être éphémère. C'était sans doute pour cela que tout prenait une intensité si particulière : il y avait, dans cette relation, un zeste d'interdit et un soupçon d'impossible, qui la rendaient d'autant plus attrayante. Mais rien de bon n'en sortirait, ce ne serait qu'un problème de plus à gérer, elle n'avait pas besoin de ça !

Elle entra dans l'hôtel, satisfaite de sa décision. Après s'être rafraîchie, elle rejoignit Jeanne et ses parents sur la terrasse. Nul ne lui demanda pourquoi elle revenait si vite ; ils avaient une nouvelle fabuleuse à lui apprendre ! Ses parents avaient téléphoné ; ils arrivaient ce soir même, pour le réveillon, avec son fiancé, Fernand ! Mais pourquoi leur avait-elle caché cette heureuse nouvelle ? Et pour quand était le mariage ? Blême, Marthe se taisait et trouvait dans le regard compatissant de Jeanne la confirmation de l'affreuse nouvelle. Malgré ses promesses, son père l'avait bel et bien promise à ce fat souffreteux ! Une vague de colère la souleva ! Ah ! Bien ! On allait voir ! Tournant les talons sans un mot d'explication, elle partit en courant dans les rues de Chamonix. Très vite, elle retrouva l'endroit où Lucien et elle s'étaient séparés quelques minutes plus tôt.

Timidement, elle toqua au carreau. Une vieille femme ouvrit la fenêtre.

—M. Lucien Monneret, s'il vous plaît ? C'est pour des leçons, crut-elle bon d'ajouter.

—Au fond du couloir, porte de droite, grommela la vieille.

Marthe entra et frappa à la porte. Lucien ouvrit et la regarda, surpris.

—Marthe ? Que se passe-t-il ? Vous avez changé d'avis ?

Refermant la porte d'un coup de pied, elle s'avança vers lui.

*

Allongée, raide et crispée, près de Lucien, Marthe ne savait quelle attitude adopter. Se lever, nue, devant cet homme, et s'habiller sous ses yeux ? Impensable. Attraper ses sous-vêtements, les enfiler sous le drap, puis se lever ? Ridicule. À ses côtés, satisfait, repu, Lucien fumait une cigarette en faisant des ronds de fumée qu'il regardait évoluer vers le plafond. Cependant, la lumière était devenue tout à fait crépusculaire, il fallait qu'elle rentre ! Elle s'éclaircit la voix, puis demanda :

—Lucien ? Pouvez-vous vous retourner pendant que je m'habille s'il vous plaît ?

Il éclata de rire !

—Eh bien ! Tu ne nous trouves pas sur un pied d'intimité suffisant pour permettre le tutoiement ?

Passant un bras autour de sa taille, il l'attira vers lui et recommença à l'embrasser. Mais ce qui avait été si agréable et plaisant dans la neige, sous la barrière protectrice des vêtements, était devenu un horrible calvaire pour Marthe. Ce menton râpeux qui frottait la peau irritée de ses joues, cette haleine empestant le tabac, ces jambes poilues contre les siennes, et oh ! mon Dieu ! non ! voilà que l'arrogant pénis se redressait, chaud et vibrant contre son ventre, prêt à la transpercer de nouveau ! Une vague de dégoût la souleva. Tant pis pour la pudeur ! Prestement, elle s'écarta, bondit hors du lit, et, rassemblant ses vêtements à la hâte, commença à s'habiller.

—Je dois m'en aller, Lucien, vraiment, je suis déjà terriblement en retard, mes parents doivent arriver ce soir, peut-être même sont-ils déjà là.

Le pantalon, le pull-over ! Ouf ! Elle était décente ! Se retournant vers lui, plus assurée, elle réclama un peigne pour remettre un peu d'ordre dans sa chevelure, se chaussa, puis resta un moment, les bras ballants, devant le lit d'où dépassait une jambe nue. Que devait-elle dire ? Elle n'allait tout de même pas le remercier ! Mais comment prendre congé ? Sans doute s'attendait-il à un baiser ? Allons ! Ce serait le dernier !

—Bon, eh bien, je m'en vais Lucien, au revoir !

Se penchant sur le lit, elle déposa un rapide baiser sur ses lèvres, puis ouvrit la porte et s'enfuit dans la nuit, sans écouter ce qu'il répondait. Tandis qu'elle marchait d'un bon pas dans l'obscurité naissante, elle sentit un écoulement suspect le long de ses cuisses. Soudain terrifiée, elle s'arrêta pour reprendre sa respiration. Ses notions médicales étaient suffisamment précises pour lui permettre de savoir que la seule méthode sûre pour éviter une grossesse était le coït interrompu. Lucien avait promis de faire attention et elle lui avait fait confiance. Trop peu expérimentée, elle n'était pas vraiment sûre qu'il ait réellement pris les précautions nécessaires. Mais il pouvait tout aussi bien s'agir d'un écoulement sanguin dû à la rupture de l'hymen. Elle avait hâte de s'en assurer. Pressant le pas, elle arriva enfin en vue de l'hôtel. Personne en vue. Elle se faufila discrètement jusqu'à sa chambre où l'attendait Jeanne, feuilletant nerveusement un journal illustré.

—Enfin te voilà ! Où étais-tu passée ? Nous étions morts d'inquiétude !

—Mes parents sont-ils là ?

—Non, pas encore, ils arriveront vers 19 h 30 je crois. Marthe, ça va ? Où étais-tu ?

—Jeanne, s'il te plaît, laisse-moi prendre un bain, j'en ai vraiment, vraiment besoin. ! Pendant ce temps, va dire à tes parents que je suis rentrée ; explique-leur que je suis partie marcher dans la montagne pour me calmer, parce que je ne veux pas épouser Fernand. Et puis reviens me voir, et je te raconterai tout, je te le promets !

*

Marthe se déshabilla et regarda sa culotte : une épaisse substance blanchâtre mêlée de sang en poissait le fond. Du sperme ! Il n'avait donc pas tenu parole ! Les mains tremblantes, elle s'enfonça doucement dans l'eau. Tout son corps lui semblait endolori. Ce qui aurait dû être un merveilleux instant d'amour partagé n'avait été qu'une étreinte bestiale répugnante. Lorsqu'elle s'était jetée à son cou en arrivant chez lui, il en avait immédiatement conclu qu'il avait affaire à une jeune femme hardie et expérimentée. Ses baisers, ses caresses s'étaient faits de plus en plus précis. Tendue, crispée, elle s'était dit qu'elle devait jouer le jeu, et lui donner ce qu'il était en droit d'attendre d'elle, puisqu'elle était revenue frapper chez lui. Elle avait décidé qu'elle n'apparaîtrait pas en jeune vierge irréprochable devant son père et devant Fernand. Ce serait sa vengeance à elle ! Mais, contre ce que sa tête lui avait ordonné de faire, son corps et ses pudeurs de jeune fille s'étaient rebellés. Elle avait dû se faire violence pour rendre à Lucien ses baisers, et oser quelques caresses timides dans ses cheveux. Mais cela n'avait pas semblé perturber le jeune homme, et bientôt elle s'était retrouvée, nue contre la peau nue de Lucien, dans un état de panique silencieuse indescriptible. Il avait dû sentir que quelque chose n'allait pas, car c'est à cet instant, que, de lui-même, il avait murmuré dans ses cheveux :

—Ne t'inquiète pas, ma chérie, je ferai attention.

Puis, écrasant sa bouche sous un baiser mouillé, il avait saisi son pénis dans sa main droite et s'était introduit en elle. Ne sentait-il donc pas que c'était impossible ? N'allait-il donc jamais cesser de pousser, toujours plus fort ? La bouche grande ouverte dans un hurlement silencieux, Marthe subissait la torture de ce morceau de chair qui s'enfonçait en elle, la déchirant dans une intense brûlure, se retirant, puis la pénétrant de nouveau, de plus en plus fort, de plus en plus vite. Lucien haletait, ses yeux étaient fermés, le plaisir déformait ses traits.

Elle regardait ce pantin ridicule qui s'échinait sur elle, la blessant un peu plus à chaque poussée, et réussit à retenir ses larmes en pensant à son père et à Fernand. Le rythme de Lucien s'accélérait encore ; il l'avait saisie aux hanches à présent et la pénétrait plus profondément. Mon Dieu, mais quand cette torture allait-elle cesser ? Soudain, un spasme avait crispé son corps, il avait gémi, fait encore quelques va-et-vient, puis s'était effondré sur elle, une main sur son sein, l'écrasant sous son poids.

Révulsée par ces souvenirs, elle se laissa glisser dans l'eau, et s'immergea totalement. Il lui semblait qu'elle ne serait plus jamais propre. Elle retint sa respiration jusqu'au malaise, puis, haletante, sortit la tête de l'eau. Allons ! Elle n'avait eu que ce qu'elle avait cherché. Maintenant, il fallait assumer ! Se savonnant avec vigueur, elle fit de son mieux pour effacer la souillure de son corps meurtri. Des larmes coulaient sur son visage, sans même qu'elle en ait conscience. C'est ainsi que Jeanne la trouva lorsqu'elle revint dans la chambre. Prenant son amie dans ses bras, elle la berça doucement, en lui murmurant des mots tendres, jusqu'à ce que les larmes se tarissent, et que Marthe soit en mesure de lui conter son horrible expérience.

—Maintenant, tu t'en veux ma chérie, avait dit Jeanne de sa voix douce et posée. Mais sur le moment, cela t'a paru la seule chose sensée à faire. Tu avais sans doute besoin de te prouver à toi-même que tu t'appartenais encore, que tu pouvais disposer de ton corps à ta guise et que tu n'étais pas un jouet entre les mains de ton père. Eh bien, tu dois continuer dans cette voie, Marthe ! Il ne faut pas que tu aies vécu tout cela en vain ! Tu dois t'opposer à ton père et refuser d'épouser Fernand ! Il ne peut t'y contraindre ! Cette époque-là, Dieu merci, est révolue ! Tu ne t'es créé ces souvenirs que parce qu'ils t'y ont poussée ! Alors puise de la force dans ce dégoût qui t'envahit maintenant et refuse ! Refuse !

—Oh ! Jeanne ! Tu es merveilleuse ! Tu sais toujours ce qu'il faut dire, hein ma Jeanne ! Tu as raison, je ne vais pas me laisser faire comme une blanche brebis… que je ne suis plus !

Une lueur combative venait de reparaître dans les yeux de Marthe. Galvanisée par le discours de son amie, elle renifla bruyamment une dernière fois, se passa le visage sous l'eau fraîche, puis se maquilla avec soin, pour faire disparaître les dernières traces de larmes. Se saisissant de son petit sac du soir, assorti à la robe bleu paon qui mettait merveilleusement en valeur son teint bronzé, elle saisit le bras de son amie, et lui sourit vaillamment.

—Et maintenant, ma Jeanne, à l'attaque !

*

Lorsque Marthe et Jeanne pénétrèrent dans le salon de réception, où tous les clients de l'hôtel étaient rassemblés pour un apéritif festif de réveillon, des regards appréciateurs se posèrent sur elles. Vêtues de robes de soirée semées de jais et de paillettes scintillantes, chaussées de salomés à petits talons, elles couvrirent d'un pas assuré la distance les séparant de la table où les attendaient leurs parents. Une aigrette se balançait triomphalement dans le chignon de Jeanne. Marthe, quant à elle, arborait un de ces bandeaux ceignant le front qui faisaient fureur dans les soirées parisiennes. Brodé de fils d'or et d'argent, il accrochait la lumière des lustres d'opaline et nimbait de mille feux la chevelure lustrée, coiffée en carré à la garçonne. M. et Mme Tellier la couvaient d'un regard à la fois inquiet et attendri : elle leur sourit pour les rassurer, puis s'approchant de ses parents, leur tendit une joue froide et indifférente à embrasser. Quant à Fernand, elle ne le regarda ni ne le salua. Jules Gaumain-Baucourt lança aussitôt l'assaut :

—Eh bien, Marthe, ne reconnais-tu pas notre ami Fernand ?

Marthe considéra froidement l'« ami Fernand », puis rétorqua posément :

—Non, Père, je ne reconnais là aucun ami à moi ; tout au plus une de vos connaissances professionnelles, je crois ?

Fernand émit un rire contraint puis répliqua :

—Auriez-vous déjà oublié la Revue nègre, où j'ai eu le bonheur de vous rencontrer ?

—La Revue nègre, non. Mais vous, oui, hélas !

Rougissant sous l'affront, Fernand ne trouva rien à répondre. Toisant sa fille d'un regard glacial, Jules Gaumain-Baucourt lui lança :

—Ta petite comédie n'amuse que toi, Marthe. Assieds-toi, je te prie, et cesse de mettre tout le monde mal à l'aise.

Marthe obtempéra et prit place dans un fauteuil. Jugeant cette victoire suffisante pour le moment, M. Gaumain-Baucourt lança la conversation sur la station de Chamonix, les bienfaits des séjours aux sports d'hiver et les progrès des jeunes filles en matière de ski. Taciturne, Marthe ne disait pas grand-chose. Fernand essayait de briller en parlant des stations suisses et autrichiennes, à côté desquelles, à l'en croire, Chamonix faisait figure de village médiéval. Soudain, n'y tenant plus, Marthe lança :

—Mais dites-moi, Père, trêve de mondanités, à quoi devons-nous précisément le bonheur de cette visite ?

—Eh bien, Marthe, nous sommes venus te voir pour passer Noël avec toi, cela me paraît tout naturel !

—Où sont Lucie et Gilbert ?

—Ils sont restés à Paris, bien entendu : Gilbert est trop faible et Lucie, trop jeune pour un tel déplacement.

L'évocation de sa petite sœur, toute seule pour la veillée de Noël, décupla la rage de Marthe.

—Et que fait monsieur ici ? demanda-t-elle avec un geste dédaigneux de la main en direction de Fernand.

—Marthe, Fernand nous a fait le grand honneur de nous demander ta main, que je lui ai, déjà, officieusement accordée, répondit Jules Gaumain-Baucourt dans un sourire. Nous sommes ici tous ensemble pour officialiser vos fiançailles !

Un silence pesant s'abattit sur la petite assemblée. M. et Mme Tellier, embarrassés, regardaient attentivement la décoration de la salle. Les yeux de Jeanne, plantés dans ceux de Marthe, lui envoyaient un urgent message de rébellion. Fernand, les bras croisés, un sourire fat sur le visage, attendait la reddition de l'effrontée. Marthe releva le menton et considéra son père avec aplomb :

—Quel dommage, vraiment, d'avoir fait tout ce trajet pour rien ! Ainsi que je m'en étais déjà ouverte à vous,

Père, je ne souhaite en aucun cas épouser monsieur. Il n'y a donc rien à officialiser.

—Je pense, Marthe, que tu n'es guère en position de refuser. Mais cessons donc d'importuner nos hôtes avec nos dissensions, nous discuterons tout cela un peu plus tard, veux-tu ?

Marthe ravala la réplique cinglante qui lui montait aux lèvres. Il était vrai que ce n'était ni le lieu ni l'heure de se livrer aux disputes familiales. Les Tellier, si généreux, si affectueux, méritaient un réveillon de Noël un peu plus serein et joyeux !

—Je suis tout à fait d'accord avec vous, Père. Avez-vous vu le sapin dans le hall ? N'est-il pas magnifique ?

Mme Tellier la remercia d'un chaud sourire et Jeanne lui pressa discrètement la main sous la table. Ces témoignages d'affection émurent Marthe, et la confirmèrent dans son intention de ne pas céder d'un pouce.

S'appliquant délibérément à ignorer la présence de Fernand, elle se montra gaie et agréable, but du champagne, mangea avec appétit, dansa, et se révéla, pour tout dire, de charmante compagnie. Lorsque minuit sonna, on échangea les cadeaux. Enfin, arriva l'heure de se séparer et d'aller se coucher.

Il semblait à Marthe que le sourire contraint dont elle avait régalé l'assemblée toute la soirée était encore plaqué comme un masque sur ses joues. Elle se sentait lourde et épuisée, elle avait l'impression d'avoir cent ans !

Une fois qu'elle fut couchée, le sommeil la fuit. Évoquant son expérience de l'après-midi, elle frissonna de dégoût en imaginant Fernand couché sur elle ! Pouah !

L'abomination ! Plutôt mourir ! Père avait-il les moyens de la forcer à épouser ce niais ? Légalement, il ne pouvait l'y contraindre, mais il existait bien des moyens de coercition ! Elle était encore mineure ! Il pouvait lui refuser d'entreprendre des études, la cloîtrer à la maison, ou, pire encore, l'expédier en Charente, dans le château délabré de ses grands-parents maternels qu'elle ne connaissait quasiment pas ! Dieu sait ce qu'il était capable d'imaginer ! Jules Gaumain-Baucourt s'était toujours montré un père aimant, tant que son autorité n'avait pas été mise en cause. Elle sentait, au plus profond d'elle-même, qu'il en irait différemment cette fois. Il ne tolérerait pas sans réagir l'affront qu'elle lui faisait en refusant d'épouser son « poulain ». Et puis il y avait autre chose ; depuis quelque temps, elle le sentait inquiet, perturbé par la situation internationale. Sans doute ses affaires n'étaient-elles plus aussi florissantes ; il craignait un gros déséquilibre sur les places financières, il le lui avait dit l'autre jour. La fortune personnelle de Fernand lui aurait permis de se sentir plus à l'aise pour naviguer parmi tous les écueils de la spéculation mondiale. Mais, saperlipopette, elle n'allait tout de même pas se laisser vendre comme une pouliche, pour sauver une banque ! Mieux valait encore le château de Jonzac et ses habitants surannés dont le mode de vie n'avait pas évolué depuis le Second Empire ! Mon Dieu ! Posant un regard sur Jeanne, qui dormait paisiblement à côté, Marthe se demanda si celle-ci mesurait la chance qu'elle avait.

Se retournant sur le côté droit, elle chercha une position plus propice au sommeil. Lorsqu'elle ferma les yeux, le visage de Lucien s'en vint la narguer derrière ses paupières closes. Elle se raidit, saisie d'angoisse, repoussant l'impensable de toutes ses forces. Il ne manquerait plus que cela ! Après tout, elle n'était pas dans une période particulièrement faste en ce moment. Elle avait beau ne pas croire à toutes ces fadaises d'astrologie, de séries noires et compagnie, il n'en restait pas moins que les sujets d'inquiétude tendaient actuellement à s'accumuler dans sa vie. Enfin, il ne servait à rien de se miner par avance. Il fallait gérer les obstacles l'un après l'autre, et ne pas tenter de franchir deux barrières à la fois ! Elle soupira et se tourna du côté gauche. Et Lucie, pauvre petite chérie, seule avec Gilbert dans la grande maison, pour le soir de Noël ! Ses parents n'avaient vraiment pas de cœur ! Quelle était donc l'urgence d'amener ce fat à Chamonix ? Ne pouvaient-ils donc pas attendre qu'elle revînt à Paris ? Elle donna un coup de pied dans les draps. Allons, il fallait dormir, la bataille allait sans doute être rude, et elle aurait besoin de toutes ses forces pour la mener. Elle s'appliqua à calquer sa respiration sur le rythme lent et profond de celle de Jeanne, et commença à s'apaiser. Le sommeil la cueillit alors qu'elle s'appliquait à vider ses alvéoles pulmonaires.

Elle rêva qu'elle épousait Fernand ; son ventre, déformé par la grossesse tendait la soie blanche de sa robe de mariée. Elle accouchait en catastrophe, l'enfant était un garçon. Il avait des skis aux pieds et ressemblait trait pour trait à Lucien ! Fernand et son père, penchés sur lui, lui expliquaient les mystères des actions en bourse. Elle gémit dans son sommeil.

*

Il était convenu que Marthe repartirait dès le 25 décembre à Paris, avec ses parents. Elle n'eut donc pas le loisir de revoir Lucien et de lui reprocher son inconséquence. À quoi bon, de toute façon !

Elle fit des adieux émus à la famille Tellier. Jeanne la supplia de ne pas se laisser fléchir, et de persister dans son refus. Mme Tellier l'embrassa avec tendresse et lui rappela que sa maison lui était toujours ouverte. Marthe embrassa d'un dernier regard les cimes poudrées de blanc : elle avait été heureuse ici. De façon un peu inexplicable, il lui semblait que la montagne enneigée lui transmettait sa force, son énergie, sa pureté, son intransigeance. Elle releva le menton et monta en voiture.

Le trajet fut morne et silencieux. Marthe dormit la plupart du temps. Lorsqu'ils furent enfin arrivés à Paris, M. Gaumain-Baucourt pria Fernand à dîner. Celui-ci eut la décence de refuser. À la maison, Marthe se jeta sur Lucie, la couvrit de baisers, de cadeaux rapportés de Chamonix, et lui conta ses progrès à ski. Elles rendirent visite à Gilbert mais ne s'attardèrent pas car il se sentait bien faible. Enfin, Marthe reçut l'ordre de se rendre dans le bureau de son père.

Assis l'un à côté de l'autre, derrière le bureau, ses parents, le visage fermé, lui faisaient face comme deux juges.

—Assieds-toi Marthe, lui dit son père froidement. Je n'irai pas par quatre chemins. La situation de la banque est compromise. J'ai besoin de capitaux immédiatement disponibles pour la relancer. Fernand m'apporte sur un plateau cet argent si nous nous associons. Mais la banque doit rester dans la famille. Donc, il faut, m'entends-tu, martela-t-il, *il faut* que tu épouses Fernand et cela ne peut souffrir la discussion. Il y va de l'avenir de notre famille et de notre patrimoine.

—Avant tout, Père, il y va de ma vie !

—D'autres ont fait, avant toi, des mariages de raison, et ne s'en sont pas si mal trouvés que ça, me semble-t-il !

—Vous pensez à Mère et vous, je présume ?

—Il suffit, Marthe. Lorsque les circonstances l'exigent, il faut savoir se soumettre, pour le bien du plus grand nombre !

—Eh bien, Père, je suis au regret de vous faire savoir que je ne compte pas me soumettre de cette manière-là. Vous ne pouvez, légalement, me contraindre à ce mariage. Je n'épouserai pas Fernand.

Pour la première fois, sa mère intervint :

—Ne sois pas égoïste, Marthe. Tu sais que les soins de Gilbert coûtent fort cher ; et pourquoi Lucie ne serait-elle pas élevée dans le même luxe que celui auquel tu as eu droit ?

—Voilà qui est bien bas de votre part, Mère ! Vous ne reculerez donc devant rien pour me faire fléchir ! Oser douter de l'amour que je porte à mon frère et à ma sœur ! Mais eux aussi m'aiment, voyez-vous ! Et ils seraient les premiers à m'interdire de me vendre pour eux !

—Que de grands mots, intervint M. Gaumain-Baucourt. Te vendre ! Tout au plus s'agit-il d'une association, dans laquelle tu ne seras pas perdante financièrement, je te le garantis ! Quoi qu'il en soit, Marthe, tu es trop jeune encore pour nous dicter tes conditions. Les fiançailles seront célébrées à la fin du mois de janvier et le mariage aura lieu en avril. C'est ainsi.

Fulminants, le père et la fille se dévisagèrent quelques secondes. On lisait dans leurs yeux la même volonté, la même intransigeance. Puis, Marthe articula :

—Non.

—Ne me pousse pas à bout, Marthe. Si tu refuses ce mariage, j'exigerai de toi que tu participes à tes frais d'entretien, jusqu'à ce que tu trouves un époux. Cela signifie que tu ne pourras pas faire d'études, que tu devras aller travailler comme ouvrière pour un salaire de gueuse, salaire que tu devras ensuite intégralement me remettre. Évidemment, il ne suffira pas à couvrir tes dépenses habituelles : plus de sorties, plus de vêtements de grands couturiers, plus de coiffeur.

—Vous pourrez également couper le chauffage dans ma chambre si vous le jugez bon, et m'expédier à l'étage des domestiques !

—C'est une excellente idée, ma foi !

—Peu m'importe, Père, tant que ce répugnant avorton ne pose pas les mains sur moi !

—Eh bien, ma fille, mets-toi dès maintenant en quête d'un emploi. La vie de château, c'est terminé ! cria Jules Gaumain-Baucourt. Sors d'ici ! Je ne veux plus te voir, hurla-t-il en frappant le bureau de son poing. Dehors ! Dehors !

10

Sonia

Élancourt, 2011

Un miaulement insistant, long, modulé, pour tout dire outragé, tira Sonia du sommeil profond dans lequel la vodka l'avait plongée. D'un bond souple, mais déterminé, Freluquet, le chat de la maison, se propulsa sur sa maîtresse. Il était bientôt 11 heures, et toujours pas la moindre croquette en vue ! De toute évidence, l'animal avait bon appétit : ses formes replètes, son poil soyeux et lustré témoignaient d'une alimentation régulière ; et il n'entendait pas se laisser déposséder plus longtemps du droit à sa pitance matinale. Sonia l'examina d'un œil vitreux : un marteau-piqueur lui vrillait le crâne, sa bouche était sèche et pâteuse et son cœur battait à un rythme anormalement rapide.

— Fous-moi la paix, Freluquet, geignit-elle ; va chasser !

Mais Freluquet ne l'entendait pas de cette oreille ! Progressant lentement le long du corps de Sonia, il vint se poster sur son ventre, où il s'assit, la contemplant d'un air hautain. Soudain, il bâilla, exhibant une petite langue râpeuse, d'un rose tendre de guimauve. Inexplicablement, cette vision révulsa Sonia : une violente nausée lui tordit l'estomac et elle eut tout juste le temps de se précipiter aux toilettes dans lesquelles elle restitua la majeure partie de sa vodka de la veille. Assis sur le canapé, royal, Freluquet attendait que sa maîtresse cesse ses borborygmes et daigne enfin s'occuper de lui. À peine eut-elle tiré la chasse d'eau qu'il se précipita sur elle, enroulant souplement son corps d'une jambe à l'autre, tout en ronronnant à pleine puissance. Sonia, en proie à la gueule de bois la plus abjecte qu'elle ait jamais eue, n'hésita pas longtemps. Si elle ne cédait pas, il la harcèlerait pendant des heures. Titubant jusqu'à la cuisine, elle remplit d'une main tremblante la gamelle de l'animal, tandis qu'il continuait à tourner autour de ses chevilles, en poussant, cette fois, des miaulements déchirants. L'odeur des croquettes lui souleva le cœur et la jeta, haletante, au-dessus de l'évier. Les larmes se mêlaient aux vomissures ; la honte, le dégoût d'elle-même l'envahissaient. Quelle déchéance, quelle monstrueuse, ignoble déchéance ! L'alcool n'était pas, ne serait jamais pour elle une solution ! Tout juste un problème de plus à gérer, avec son cortège de malaises physiques, et surtout, les souvenirs qu'il évoquait.

Elle était en licence, à la fac d'anglais ; elle avait tout juste vingt ans. Son père, cadre supérieur aux PTT, venait d'être muté à Pau, pour l'avancement de sa carrière. Sa mère, secrétaire médicale à Suresnes, avait dû démissionner. Sonia, étudiante en troisième année d'anglais, avait souhaité les suivre. Pour son jeune frère, Stéphane, encore lycéen, la question ne s'était même pas posée. Âgée de cinquante-cinq ans, Annie, la mère de Sonia, n'essaya même pas de retrouver un emploi. En 1997, déjà, la conjoncture était rien moins que favorable aux seniors ! Seule à la maison, dans une ville qu'elle ne connaissait pas, où elle n'avait aucun ami, Annie s'était mise à déprimer. Lorsqu'elle était à la maison, Sonia l'incitait à sortir, l'emmenait en ville, discutait avec elle pendant des heures. Elle l'avait même aidée à rédiger une lettre de candidature pour faire partie des écoutants de SOS amitié. Cela avait marché, et Annie avait été acceptée dans l'équipe.

Mais le mal qui la rongeait prenait ses racines au plus profond et avait déjà trop bien entamé son travail de sape. Annie avait trop de temps pour penser. Et cela la ramenait invariablement à ce jour maudit, vingt-deux ans plus tôt, où elle avait, pour la dernière fois, embrassé la joue toute froide de son enfant. Sa petite Sandrine, la petite fille dont elle avait tant rêvé, celle qui lui avait permis de croire de nouveau en la vie, après une jeunesse éprouvante. Sa petite merveille, âgée de neuf mois, qui souriait, babillait, tendait les bras vers elle dès qu'elle arrivait ! Une encéphalite vaccinale foudroyante l'avait emportée, en trois jours. Et en trois jours, Annie était passée d'un bonheur béat à l'horreur la plus absolue. Ne sachant plus distinguer le jour de la nuit, les entrailles labourées par une souffrance insoutenable, elle s'était abrutie de calmants et de somnifères et avait sombré dans la dépression. Son mari l'avait soutenue, portée, accompagnée, l'avait conduite, de rage en déni, à travers l'obscur marécage du deuil, jusqu'à l'idée que, peut-être, un nouvel avenir était possible. Avec un nouvel enfant.

Sonia naquit deux ans après le drame. Adorée, adulée, vénérée et surprotégée, elle s'éveilla à la vie avec une conscience prégnante de la mort. Elle avait toujours su que l'on naissait pour mourir ; elle avait toujours su que seul l'amour immense que lui portait sa mère pouvait la maintenir en vie, et la protéger de tous les pièges et chausse-trappes que l'existence réserve ordinairement aux enfants. Elle en conçut pour Annie une adoration sans bornes et développa avec elle une relation totalement fusionnelle, où chacune se nourrissait de l'autre pour sa survie. Sonia réalisait tous les rêves de sa mère ; Sonia la vengeait de tous les malheurs qu'elle avait subis ; Sonia était toujours d'accord, toujours aimante, faisait toujours ce que l'on attendait d'elle. Sonia ne pouvait pas décevoir. Certes, Sonia faisait d'horribles cauchemars ; mais elle était heureuse, n'est-ce pas ?

Et puis Sonia avait eu des amies, et ensuite les petits copains étaient venus à la maison. Annie s'ingérait à outrance dans ces amourettes, tentant, une fois de plus, et avec une grande maladresse, d'épargner toute souffrance à sa benjamine. Mais la vie, la toute-puissante force de vie, poussait Sonia. Elle échappait de plus en plus au contrôle d'Annie. Après qu'Annie eut jeté dehors le premier grand amour de Sonia, au prétexte qu'il était venu lui rendre visite main dans la main avec sa petite amie du moment, Sonia prit la décision, douloureuse, mais nécessaire, de garder pour elle certains secrets. Cela se fit insensiblement ; mais cela se fit. Et Annie en souffrit. On la dépouillait, elle ne pouvait plus jouer son rôle de vigile, tout était de nouveau possible, le pire, peut-être, allait encore se produire ! Sonia sentait ces craintes, elle les vivait de l'intérieur, elle en était habitée, continuellement. Et elle menait sa vie avec retenue, cherchant par tous les moyens à éviter le danger… et à trouver l'amour. Un amour aussi fort, aussi puissant que celui de sa mère ; qui, à la fois, la libérerait de cette pesante emprise et lui permettrait d'assurer sa survie. Car, n'est-ce pas, si l'on n'est pas aimé à la folie, on meurt ? Elle faisait de plus en plus de cauchemars. Mais elle réussissait fort bien ses études ! Et elle s'était déjà fiancée, à dix-neuf ans ! Cérémonie officielle à l'appui, grand repas familial, robe de princesse et diamant au doigt ! On la disait radieuse. Elle se sentait éteinte. Où étaient cette fièvre, cette exaltation qui auraient dû la porter, confiante, assurée, vers un avenir nécessairement souriant ? S'aimaient-ils vraiment ? Elle en doutait de plus en plus. Mais comment rompre après un tel déploiement d'apparat ? Que dirait la famille ?

Les cauchemars empiraient. Outre le rêve des vagues qui l'engloutissaient sur la grève, elle se voyait très souvent possédée par quelque démoniaque esprit : son visage diaboliquement déformé inspirait la crainte à tous ; elle tentait de les rassurer, mais seuls des borborygmes gutturaux et incompréhensibles – le langage de Belzébuth ? – sortaient de sa bouche. Elle se retrouvait seule, terrifiée et haïe de tous. Ou bien, elle errait dans une immense maison, dont certaines pièces recelaient de maléfiques secrets ; elle savait qu'il ne fallait sous aucun prétexte y pénétrer, mais ne pouvait s'en empêcher. Souvent, elle y trouvait sa sœur, qui avait dans le regard une inquiétante et satanique lueur. Elle s'éveillait alors, épouvantée, persuadée qu'elle était entourée d'esprits malins, et ne recouvrait son calme qu'après de longues minutes de halètements terrifiés.

Le départ pour Pau fut vécu comme une délivrance. Elle quittait le fiancé, contrainte et forcée ! Youpi ! L'allégresse fut de courte durée. Il devint bientôt évident qu'Annie allait de plus en plus mal. Elle avait l'habitude de boire, le dimanche, un whisky avant le dîner. Elle étendit bientôt le rituel à tous les jours de la semaine. Puis au déjeuner. Puis elle doubla la dose. Enfin, elle cessa de compter. L'alcool la rendait gaie d'abord, mais bien vite, elle ressassait ses malheurs, et ses griefs contre son mari. Elle fumait, à la chaîne, d'écœurantes cigarettes blondes, les laissant parfois se consumer dans plusieurs cendriers à la fois. L'atmosphère de la maison était perpétuellement embrumée. Annie préparait des repas rapides et peu variés : la cuisine lui faisait horreur. Bientôt, elle négligea aussi ménage, repassage et soins d'hygiène personnelle. Sonia rentrait de la fac et trouvait sa mère, la cigarette à la main, en train de se tirer les cartes devant un verre de whisky où tintaient joyeusement deux glaçons. Des discours pâteux, incohérents, parfois méchants, sortaient de la bouche tant aimée. Lorsqu'on se risquait à faire reproche à Annie de sa consommation d'alcool, elle rétorquait qu'elle n'était pas alcoolique, puisqu'elle ne buvait jamais de vin ! Et, sa susceptibilité légendaire mise à mal, elle n'hésitait pas à faire payer à l'insolent ses propos déplacés en ne lui adressant plus la parole pendant plusieurs jours. André, le père de Sonia, préférait l'aveuglement. Il n'avait jamais voulu voir à quel point la relation instaurée par Annie avec sa fille pouvait être malsaine ; il lui déplaisait tout autant de faire face à cette nouvelle et dérangeante vérité. Il préféra s'en accommoder.

La situation se dégrada. Stéphane, lui aussi, se mit à boire plus que de raison ; il s'engagea chez les parachutistes. Une crainte de plus pour Annie, qui se vit dans l'obligation d'augmenter sa dose quotidienne pour mieux s'embrumer l'esprit. Pour la première fois, Sonia entra en rébellion. Abandonnant ses études d'anglais dès sa licence passée, elle suivit quelques cours de secrétariat, dénicha rapidement un travail de secrétaire bilingue, et prit un appartement. Annie fut dévastée. Sonia, ivre de liberté, multiplia les sorties et les aventures sans lendemain. Elle n'osait jamais dire non, de peur de décevoir, de n'être pas aimée. Et se retrouvait le matin suivant, raide et glacée d'effroi, à côté d'un inconnu couché à ses côtés dans le plus simple appareil. Elle se sentait salie, avilie, mais ne trouvait que rarement le courage de repousser quiconque la voulait.

Puis elle *le* rencontra. Il lui semblait qu'avec lui, elle se purifiait de toutes ces souillures passées. Il la rendait à elle-même, il la réinventait, neuve, propre, innocente. Il était volontaire, têtu, intelligent. Il était amoureux aussi. Et il vivait en Angleterre ! Quelques mois d'idylle, de rendez-vous passionnés à Paris, et la décision fut prise. Ils se marièrent, et elle partit vivre en Angleterre. Les cauchemars avaient cessé ; Annie s'enfonçait dans son marasme, mais Sonia ne le voyait pas, ne le savait pas, ne voulait pas le savoir. Encore quelques mois, et, au comble de la joie, elle se découvrit enceinte ! Elle écrivit à Annie une très belle et touchante lettre sur l'amour maternel. Annie la rangea dans son sac à main, d'où elle la ressortait régulièrement, pour la relire en pleurant. Un jour, la toux se mêla aux larmes. Puis Annie cracha du sang. Les examens révélèrent un cancer du poumon à petites cellules, un des plus agressifs et des plus foudroyants qui existent. André ne comprit pas ou ne voulut pas comprendre l'extrême gravité de la maladie d'Annie et laissa croire aux enfants qu'il s'agissait d'une maladie de Hodgkin, cancer dont on guérit assez facilement.

Ce n'est que deux jours avant sa mort que Sonia et Stéphane apprirent, grâce à leur tante, qu'Annie était condamnée. Sonia se rendit immédiatement à son chevet. Annie était, en quelques mois, devenue une petite vieille dame émaciée, livide. La peau, tendue sur les os du visage, dessinait déjà le masque de la mort. La respiration, sifflante, malaisée, soulevait à peine le drap. Les yeux, immenses, tragiques, d'un bleu brillant, se posaient avec l'espoir ingénu des tout-petits sur ceux qui l'entouraient. Qui donc allait lui porter secours ? Le cœur étreint d'un immense sentiment de perte, Sonia serrait dans les siennes les mains de sa mère et tentait de lui transmettre un peu de force, et son amour. Annie s'éteignit dans la nuit et Sonia, à sa grande surprise, ne parvint pas à pleurer. Une seule pensée l'habitait : il lui fallait à tout prix préserver le précieux petit être que son corps abritait. Ne pas se laisser submerger par l'émotion. Elle veilla sa mère, elle assista à la crémation, elle dispersa les cendres, dans un état second. En elle, une insurmontable douleur le disputait à la vindicte : pourquoi ? Pourquoi s'était-elle ainsi suicidée à l'alcool et au tabac ? Et ce père, toujours lointain, toujours absent, ce père qui avait toujours laissé à la mère le soin de les élever et de les aimer, pourquoi n'avait-il rien fait pour empêcher cela ? Pourquoi était-il encore là, lui, alors qu'elle était partie ? S'y mêlait aussi, honteusement, un certain soulagement : elle était libre maintenant, véritablement, totalement libre ; pour la première fois de sa vie, elle s'appartenait. Et cela lui procurait une sorte de jouissance terrifiante, un peu comme lorsqu'on est sur le point d'entamer une vertigineuse descente dans un grand huit.

Sonia fit couler de l'eau froide dans l'évier, et s'aspergea le visage. Non, elle n'était pas comme elle ! Elle ne sombrerait pas dans l'alcool et la déprime, elle allait se battre, récupérer ses petits et fuir loin de ce vampire qui aspirait sa substantifique moelle, son énergie, sa joie de vivre. Elle ne pouvait continuer à gaspiller ainsi sa vie, elle voulait être heureuse, elle en avait le droit, nom de Dieu, oui, le *droit !* Tremblant d'une rage contenue, Sonia, goba un anti-nauséeux et un paracétamol. Luttant contre les pensées déprimantes qui l'assaillaient, elle ferma les yeux et tenta d'envisager un avenir riant, où les enfants et elle, libres de toute contrainte, pouvaient s'adonner au bonheur de vivre, d'aimer et d'être aimé. En toute simplicité. Elle aurait une petite maison, simple et accueillante, où les amis des enfants seraient toujours les bienvenus. Elle organiserait de grands goûters, des crêpes parties ! Et puis elle aurait un chien. Depuis le temps que les filles en voulaient un ! Voilà, elle allait avantageusement remplacer Sébastien par un chien ! Un sourire joua sur ses lèvres. Elle s'endormit doucement, bercée par le ronron de Freluquet, qui, heureux et le ventre plein, s'était lové contre elle au creux de la couverture et se toilettait soigneusement les pattes arrière.

Quelques heures plus tard, ressuscitée par un sommeil réparateur, une douche brûlante et plusieurs tasses de bon café, Sonia garait sa voiture sur le parking des Cèdres. La tête basse, elle traça son chemin au milieu des détresses silencieuses qui hantaient le jardin. Était-ce vraiment une bonne idée de venir ici lorsqu'on était un peu déprimée ? Bah ! C'était toujours mieux que rester seule à la maison, à ressasser le manque. La seule évocation des enfants amena tout de suite une énorme boule dans sa gorge. S'appliquant à respirer calmement, elle s'efforça de penser à autre chose. Tiens ! Elle allait essayer d'interroger mamie sur cette fameuse Jeanne, l'amie de Marthe. C'était incroyable tout de même cette histoire. Cet homme, si posé, qui se sentait hanté par le fantôme de sa grand-tante ! Aussi ridicule que cela pût paraître, elle n'avait aucune envie d'en rire. Il avait semblé si troublé, désemparé, et en même temps si sûr de lui, de sa force, de ses convictions. Il n'hésitait pas à se jeter dans cette quête insensée, sans crainte du ridicule, simplement parce qu'à ce moment-là de sa vie, il lui semblait que c'était ce qu'il devait faire, et tant pis pour les fâcheux et les moqueurs ! Il fallait tout de même une sacrée force de caractère pour suivre ainsi une impulsion si contraire à ses propres principes, et si propice aux quolibets ! Pas de doute, cet homme savait ce qu'il voulait et avait la force d'assumer ses choix. C'était… intéressant, oui, très intéressant.

Elle toqua doucement à la porte de sa grand-mère, puis entra sans y être invitée. Les mains sagement croisées sur ses genoux, assise dans son fauteuil, Lucie somnolait. Débarrassé du voile d'inquiétude qui brouillait habituellement ses traits, son visage à la peau douce semblait miraculeusement rajeuni et apaisé. Sa poitrine soulevait doucement la laine grise du châle qui l'enveloppait ; une veine bleue, saillante, battait rythmiquement à son cou. Que se passait-il derrière ces paupières closes ? Quelle enfant, quelle jeune fille, vivait encore sous ce front ridé ? Sans faire de bruit, Sonia se débarrassa de son manteau et s'assit près de sa grand-mère. Très vite, quelque mystérieux instinct avertit Lucie qu'elle n'était plus seule. Ouvrant les yeux, elle posa un regard pour une fois lucide sur sa petite-fille.

—Te voilà, ma douce. Tu as du chagrin, ma puce ?

À son grand désarroi, Sonia sentit le sourire brave qu'elle s'apprêtait à afficher se transformer en rictus larmoyant, et sa peine creva à gros sanglots.

—Mamie ! Oh ! Mamie, si tu savais, si tu savais ce qu'il a fait, il est parti, avec les petits, je n'aurai pas mes enfants pour Noël, ça fait mal, mon Dieu que ça fait mal, j'ai même eu envie de mourir, tu sais, je ne sais pas comment tenir une semaine entière sans eux, oh ! mamie, je crois que je le hais maintenant, oui, vraiment je le hais !

Les mots se bousculaient, au milieu des larmes et des reniflements. Silencieuse, Lucie se contentait de caresser doucement les cheveux de Sonia. Surprise, celle-ci prit conscience que pour la première fois, une immense, une fulgurante et brûlante haine s'était emparée d'elle.

Cette fois-ci, il avait frappé trop fort, et même son si servile amour n'y pourrait survivre. Cette immense douleur allait lui permettre, enfin, de se libérer !

—Mamie, cette fois, c'est trop. Je crois… je crois que je vais le quitter.

Une fois prononcés, les mots sacrilèges semblèrent se tenir là, réprobateurs, devant elle. Vêtus de noir comme des croque-morts, ils dardaient sur elle un regard plein de fureur.

—Eh bien oui ! cria-t-elle, oui, oui, oui, je vais le quitter, parce que je suis en train de mourir à petit feu avec lui. Et toutes les raisons que j'ai pu invoquer pour ne pas le faire n'étaient que des excuses à ma lâcheté !

Les croque-morts rapetissèrent, se fripèrent et disparurent sans un mot. Lucie caressait toujours les cheveux de Sonia, d'une main tendre et absente. Mais Sonia savait fort bien le discours que sa grand-mère lui aurait tenu si elle l'avait pu ! Elle croyait l'entendre, sentir ses mains presser les siennes avec force, tandis qu'elle l'admonestait :

—Sonia, ma toute petite, je crois qu'il est grand temps, effectivement, que tu reprennes ta vie en main. Je te vois t'étioler de crise en crise ; tu ne t'autorises pas à être heureuse, ma chérie, mais ce que tu subis n'a rien de normal, ni d'acceptable. Fuis, mon enfant, fuis cet homme. Il te détruira ! Tu es libre, Sonia, indépendante ! As-tu conscience de la chance que tu as ? Tu peux demander le divorce, tu peux subvenir à tes besoins et à ceux de tes enfants, tu n'as pas besoin de lui pour vivre ! Et ce que tu as pris pour de l'amour s'est transformé en une relation malsaine, nocive, qui t'empêche d'exister. Vis, mon enfant, vis ! Puisque tu le peux ! Ne serait-ce qu'en souvenir de toutes ces femmes qui auraient tant voulu…

Reniflant misérablement, Sonia s'essuya les yeux d'un revers de main. Non, Lucie ne prononcerait pas ces mots, Lucie habitait un autre monde et rien ne semblait plus l'atteindre.

—Mamie, mamie chérie, chantonna-t-elle d'une voix douce. Tu m'as parlé de Jeanne l'autre jour, tu te souviens ? Mamie, c'est qui, cette Jeanne ?

—Jeanne ? Ah, oui Jeanne ! Où est ma Marthounette ?

Les yeux pleins de larmes, Lucie tournait la tête de tous côtés comme un oiseau pris au piège, affolée.

—Elle va venir mamie, elle va arriver, ne t'inquiète pas.

Déçue, Sonia, soupira, puis se releva. Allons, il était illusoire d'espérer obtenir des informations de Lucie, et puis elle s'en voulait de l'avoir bouleversée ainsi.

Une petite voix chevrotante interrompit ses pensées :

—Regarde, ma chérie, regarde dans le secrétaire. Là, oui, ouvre le deuxième tiroir, il y a des cartes de vœux, tu les vois ?

Sonia saisit un paquet de cartes joyeusement colorées. Elle reconnut son écriture d'enfant, et celle de Stéphane. D'autres, plus formelles, étaient couvertes d'une élégante écriture, d'un bleu passé.

—Celles-ci, mamie ? demanda Sonia, brandissant les cartes.

—Mamie ?

L'œil vague et la bouche entrouverte, Lucie semblait regarder à travers Sonia. Ses sourcils se froncèrent soudain et ses mains se crispèrent sur l'accoudoir du fauteuil, tandis qu'elle se penchait en avant, l'air inquiet.

—Les entends-tu, Marthe ? Les entends-tu ? Je suis sûre qu'ils me cherchent, quelqu'un m'aura dénoncée, saloperie de collabos !

Découragée, Sonia laissa retomber son bras. Sa grand-mère était repartie en 1940.

Gentiment, elle se rapprocha de Lucie :

—Tout va bien, mamie, ne t'inquiète pas, tout va bien. Je vais te faire du thé.

Sonia commença à lire les cartes. Que pouvait-il y avoir d'intéressant là-dedans ? Certes, la plupart étaient signées Jeanne, mais dépourvues de tout renseignement intéressant. Vœux de santé, de bonheur, année après année ; quelques nouvelles, des prénoms inconnus… Cependant, Sonia s'astreignit à toutes les lire, l'une après l'autre, afin d'être sûre de ne rien laisser échapper. Il n'en restait plus que quatre sur ses genoux lorsqu'elle trouva enfin !

Chère Lucie,

C'est avec un peu de retard que je m'en viens vous présenter mes meilleurs vœux de bonheur, de santé et de prospérité pour cette nouvelle année ! En effet, nous venons de déménager, et j'avoue avoir pris un retard considérable dans la correspondance. Mais je connais votre générosité, et je sais que vous ne m'en tiendrez pas rigueur. J'espère que toute votre petite famille se porte bien. Aurons-nous le plaisir de nous rencontrer cette année, peut-être chez Marthe ?

En tout cas, je vous donne ma nouvelle adresse, si vous venez à Paris, passez me voir, cela me fera grand plaisir !
Avec mes meilleures pensées, et de doux baisers
Jeanne

Madame Jeanne Dufau
12, avenue de Wagram
75008 Paris
Tél. : 227 06 10

Sonia n'en croyait pas ses yeux ! Là, noir sur blanc, l'adresse qu'il lui fallait ! Encore que… le numéro de téléphone semblait dater. Quand était-on passé à la numérotation à dix chiffres ? Elle n'en savait fichtre rien ! Aucune indication de date sur la carte ; Jeanne ne spécifiait pas de quelle nouvelle année il s'agissait. Allons ! Ce ne devait pas être si vieux, puisque mamie lui avait expressément dit de chercher là ! Saisissant son calepin, elle recopia fébrilement l'adresse et le numéro de téléphone de Jeanne. Par acquit de conscience, elle lut quand même les quatre dernières cartes, qui ne révélèrent rien de plus.

D'une main fébrile, elle saisit son téléphone et chercha le numéro de Roland dans le répertoire. Son cœur battait à grands coups jusque dans sa gorge, ses paumes étaient moites et sa bouche, sèche. L'excitation de la découverte ? Ou plutôt l'angoisse diffuse de sentir qu'elle était en train de s'aventurer en terrain glissant ? Une fois le numéro composé, il serait trop tard pour faire machine arrière, elle en était bien consciente. Un index hésitant vint survoler l'écran du portable. Sonia ferma les yeux. Les images des jours heureux défilèrent derrière ses paupières closes : la naissance de Léo ; leur premier baiser ; une promenade en forêt de Fontainebleau. Allait-elle, une fois encore, se laisser attendrir par le souvenir de ces instants privilégiés et effacer les cris, les mots blessants, les actes malfaisants ? Il lui avait pris ses petits, nom de Dieu ! Elle aspira une brusque goulée d'air et ouvrit grand les yeux. C'est d'un doigt déterminé qu'elle composa les dix chiffres du numéro de Roland.

Une voix chaude répondit à la troisième sonnerie. Il ne parvenait pas à déguiser le plaisir dans sa voix.

—Sonia ! Quel bonheur de vous avoir ! Comment allez-vous ?

—Très bien, je vous remercie, mentit-elle avec aplomb. Voilà, Roland, je vous appelle parce que j'ai du nouveau concernant votre recherche, j'ai…

—Déjà ! la coupa-t-il, enchanté. Mais vous êtes merveilleuse, Sonia ! Merveilleuse et terriblement efficace ! Non, ne me dites rien au téléphone. Pouvez-vous vous libérer pour dîner ? Je connais un charmant petit restaurant, si cela ne vous gêne pas de venir jusqu'à Paris.

—Oui, répondit-elle d'une voix amère, oui, je peux sans aucun problème me libérer… quand vous voudrez.

Roland, avec l'intuition des amoureux, avait perçu le changement de ton.

—Sonia, vous êtes sûre que ça va ? Je ne voudrais surtout pas vous mettre dans une position embarrassante…

—Ne vous inquiétez pas Roland, il n'y a aucun souci.

—Eh bien alors, disons ce soir vers 20 heures, cela vous va ? Puis-je venir vous chercher ?

—C'est inutile Roland, je vous remercie, je vais venir. Où puis-je vous retrouver ?

—Le restaurant se trouve à Montmartre, il s'appelle Le Chat qui Fume, il faut prendre…

—Je trouverai, ne vous inquiétez pas. Alors, à ce soir ?

—Oui, à ce soir Sonia. J'ai hâte de vous voir ajouta-t-il d'une voix douce. Faites attention à vous.

Elle raccrocha en souriant. Dieu ! Que cela faisait donc du bien de se sentir attendue, désirée, entourée de prévenance !

Mais, pas de précipitation, s'admonesta-t-elle. *Tu ne vas pas commencer à te monter la tête, à imaginer je ne sais quoi, tu vas juste oublier un peu tes malheurs, en faisant un bon dîner, avec un garçon charmant, dans un endroit charmant, mais tu resteras sereine, un peu lointaine et détachée. Pas d'emballement intempestif, ma fille ! Et ne regarde pas ta montre ! Tu ne vas pas commencer à te pomponner quatre heures avant de partir, que diable ! Un bermuda et une paire de Pataugas feront parfaitement l'affaire*, se dit-elle en pouffant. Délicieuse réplique de dessin animé qui faisait sa joie !

Mamie était toujours perdue dans son autre monde. Se penchant sur elle, elle l'embrassa tendrement. La vieille dame ne réagit pas. Coiffée d'un béret, chaussée de socquettes blanches, elle pédalait sur des sentiers de traverse, serrant sur son cœur un courrier qui ne devait en aucun cas tomber entre les mains des Allemands.

*

Sonia saisit son sac d'une main nerveuse et s'inspecta sans complaisance dans la glace. Il y avait bien longtemps qu'elle ne s'était pas rendue à un rendez-vous et il lui semblait qu'elle ignorait tout des codes actuellement en vigueur. Devait-on se vêtir élégamment ? Ou, au contraire, fallait-il rester aussi naturelle et décontractée que possible, style « c'est vraiment pas une grande occasion mon vieux, des dîners comme ça, j'en ai six par mois » ? Fébrile, elle s'était lancée dans une recherche désespérée sur le Net pour connaître au moins le genre du restaurant : « un cadre intime et chaleureux ; une cuisine simple mais goûteuse, des produits de qualité », disait l'article. Elle avait décidé d'appliquer les mêmes critères au choix de sa tenue. Un jean bien coupé, qui mettait ses courbes en valeur, ses bottes à talons, et un haut plus romantique, un chemisier incrusté de dentelles, agrémenté d'un long sautoir aux perles ambrées et acajou assorti à ses cheveux. Cheveux dont les boucles soyeuses retombaient librement sur ses épaules.

Malgré les diktats de la mode, Sonia ne se résolvait que rarement à l'épreuve du lisseur. D'abord, elle n'avait souvent pas le temps. Et puis, il ne lui déplaisait pas de se démarquer un peu du troupeau des trentenaires à l'œil *smoky*, comme disaient les magazines, et aux cheveux lisses, raides, tombant comme un rideau devant une joue boudeuse. Elle était petite, elle avait des formes, elle avait des boucles, et ces différences, qu'elle avait longtemps considérées comme d'horribles tares, lui étaient, la maturité arrivant, devenues chères. Elle enfila sa veste de cuir, inspecta son maquillage d'un œil critique : trop léger pour tenir jusqu'à Paris ? Puis haussa les épaules devant tant de futilité, saisit ses clés et s'engouffra dans la voiture avant de décider *in extremis* de changer de tenue, ou pire, d'annuler le rendez-vous. La bouche sèche, elle enclencha la marche arrière et sortit de la maison. Elle avait soif, mais si elle buvait maintenant, elle se connaissait, la première chose qu'elle ferait en arrivant serait de se précipiter aux toilettes. Pas très glamour ! Elle allait s'engager sur la route, la voix étant libre, lorsqu'elle pila brusquement. La voiture hoqueta, fit un bond de protestation puis cala. Sonia en sortit comme une bombe et se précipita à l'intérieur. Sur la console de l'entrée, bien en évidence, reposait la carte où elle avait noté l'adresse de Jeanne.

Partie avec une demi-heure d'avance pour « assurer », Sonia trouva une place non loin du restaurant. Premier miracle. Elle réussit son créneau en une seule manœuvre. La chose était totalement inhabituelle et méritait, elle aussi, d'être rangée parmi les augures positifs. Levant les bras, elle huma l'air à petits coups : le parfum frais de son déodorant lui parvint. *Dieu du Ciel*, pensa-t-elle, *tant de bonté de ta part finit par devenir louche. Que mijotes-tu ?*

Elle retoucha son rouge à lèvres, puis décida d'attendre patiemment. Il était hors de question d'arriver la première et d'affronter, seule, tous ces regards posés sur elle, supputant son âge, les raisons de sa présence, ou l'identité de celui ou celle qui allait venir lui tenir compagnie. S'installant plus confortablement dans son siège, elle poussa un soupir et ferma les yeux. Immédiatement, les visages d'Audrey, Célia et Léo apparurent derrière ses paupières closes. *Mes poussins, mes amours, je vous aime tant*, murmura-t-elle. Refoulant ses larmes, elle décida de se ressaisir et de faire quelques pas à l'extérieur. Au moment où elle ouvrait sa portière, elle avisa une silhouette masculine, faisant les cent pas, nerveusement, sous l'enseigne du restaurant. Roland ! Il était là, il l'attendait ! Son cœur bondit de gratitude ! L'inconfortable entrée, seule, dans un restaurant, allait donc lui être épargnée ! Souriante et détendue, elle s'avança vers lui.

*

Le serveur, affable, les avait installés à une petite table pour deux. Le décor était sobre, des nappes écrues toutes simples, de belles tommettes rouges au sol, un mobilier de bois rustique, des éclairages savamment disposés grâce auxquels les produits étaient mis en valeur. Dans de grands paniers d'osier tressé, les agrumes de saison présentaient leur peau rutilante, le jaune et le vert vif des citrons se mariant avec bonheur à l'écorce délicatement rosée des pamplemousses et au zeste éclatant des oranges. Plus loin, des tresses d'ail et d'oignon, suspendues aux solives du plafond répandaient leurs puissants effluves au-dessus d'un comptoir sur lequel s'alignaient des planches à découper. Celles-ci étaient recouvertes de rustiques et odorantes charcuteries, de fromage de brebis, compact, à la mince croûte brune, et de tranches de pain de campagne subtilement grillées, à la mie aérée, un peu grise, et au délicat parfum de levain.

Les papilles de Sonia s'affolèrent. Soudain, elle prit conscience qu'elle n'avait pas mangé depuis… depuis quand ? Trop longtemps en tout cas. Elle mourait d'envie de planter ses dents dans ce jambon rouge foncé aux reflets de rubis, de mordre au pain d'une bouche vorace, et de faire descendre le tout avec une bonne rasade d'une de ces bouteilles de vin rouge, sagement couchées dans les casiers du fond de la salle, ne laissant apparaître à la convoitise des dîneurs que leur goulot chastement encapuchonné.

Roland la regardait avec une tendresse amusée.

—Laissez-moi deviner… vous n'avez pas mangé depuis trois jours en prévision des agapes de Noël et vous êtes prête à craquer ?

—C'est presque ça, figurez-vous ! Tout a l'air tellement appétissant ici !

—On va très vite commander un apéritif, avec une de ces planches garnies, ça vous dit ? Que voulez-vous boire ?

—J'aimerais bien un peu de vin rouge, s'il n'est pas trop fort ? Il faut que je conduise !

Roland leva la main, et un serveur se matérialisa à leurs côtés. Roland passa commande, puis, les mains croisées sous le menton, l'œil pétillant, interrogea Sonia :

—Alors, cette découverte que vous avez faite ?

Sonia prit un petit air modeste et annonça posément :

—Eh bien, j'ai l'adresse de Jeanne.

Interloqué, Roland la contemplait. La surprise, en lui, le disputait au ravissement. Cette fille était décidément extraordinaire.

—Mais… comment ? Comment as-tu fait ?

Le tutoiement, entre eux, s'installa tout naturellement, comme une évidence.

Sonia lui raconta comment elle avait obtenu l'adresse, puis lui demanda de ne pas trop s'emballer.

—Le numéro de téléphone indiqué sur la carte ne comporte que sept chiffres. Je ne sais plus au juste quand nous sommes passés à la numérotation à dix chiffres en France, mais ça ne date pas d'hier. Il est possible que Jeanne ait déménagé depuis, ou qu'elle ne soit plus de ce monde.

—Eh bien, nous allons vérifier ça immédiatement, répondit Roland d'un ton décidé. Fais-moi voir le numéro.

Sonia lui tendit la petite carte et leurs mains s'effleurèrent. Petit vol de papillons au creux de l'estomac suivi d'une gorgée de vin, pour se donner une contenance.

—Que comptes-tu faire ?

—Je vais appeler, en rajoutant les préfixes pour Paris, c'est-à-dire 01 et 4, ce qui nous donne, voyons, 01 42 27 06 10. 20 h 15 : il n'est pas encore trop tard, même pour une vieille dame, je tente ma chance.

Et il composa le numéro d'un index décidé. Après trois sonneries, une voix féminine, un peu hésitante émit un timide « Allô ? ». Roland enclencha le haut-parleur.

—Bonsoir madame, pardonnez-moi de vous déranger à cette heure un peu tardive, je suis Roland Simon, un… ami de Mme Lucie Vauban. C'est elle qui m'a donné votre numéro… je suis à la recherche de Mme Jeanne Dufau.

—Bonsoir monsieur, hélas, ma mère est décédée, voilà bientôt quinze ans.

—Je suis désolé, madame, pardonnez-moi…

—Non, non, ne vous excusez pas, vous ne pouviez pas savoir, il y a bien longtemps qu'elles ne s'étaient vues, toutes les deux ! En quoi puis-je vous être utile ?

—Abuserais-je de votre temps et de votre gentillesse en vous demandant de me recevoir ? C'est une affaire un peu délicate et trop complexe pour être expliquée au téléphone.

—Si vous êtes libre, passez donc demain, prendre un café avec moi. Cela me fera plaisir de recevoir une visite. Elles se font si rares à présent !

—Je vous remercie infiniment madame. À demain donc, et bonne soirée.

Roland raccrocha, puis leva un regard triomphant sur Sonia. Celle-ci le regardait, un léger sourire aux lèvres.

—Tu es un vrai charmeur, toi ! Aucune vieille dame ne peut te résister !

—Mais ce ne sont pas les vieilles dames que j'ambitionne de séduire, dit-il doucement, son regard planté dans celui de Sonia.

Celle-ci sentit ses orteils se recroqueviller dans ses bottes. Danger, danger, clignotait son petit gyrophare personnel, celui qui se mettait en route lorsqu'une parade mâle se faisait trop pressante. Elle débrancha le gyrophare d'un geste décidé et sourit à Roland avant de déclarer :

—Bon, je crois qu'il faut que je te parle un peu de moi, parce que la situation n'est peut-être pas aussi simple qu'il y paraît.

—Je t'écoute, mais avant que tu ne commences, je veux que tu saches que j'ai été bouleversé par notre première rencontre. J'ai trente-six ans, j'ai déjà pas mal roulé ma bosse, mais je n'ai jamais ressenti une telle émotion en face d'une femme. J'ai l'impression diffuse de te connaître, de te comprendre, de t'avoir attendue toute ma vie. Je ne veux pas t'effrayer, te paraître trop exalté, insensé, mais ce qui m'arrive avec toi est un peu du même ordre que ce que j'ai ressenti avec les photos de Marthe. C'est une rencontre inéluctable, décisive pour moi. Je ne sais pas pourquoi, je ne sais pas comment, mais les faits sont là, je t'en supplie, ne me prends pas pour un fou, mais il faut que tu saches…

—Chut, murmura Sonia en mettant sa main sur les lèvres de Roland. Il est encore trop tôt pour ça. Mais je ne te prends pas pour un fou.

Roland posa un baiser léger sur la paume de sa main. Les papillons se déchaînèrent.

*

Le lendemain matin, Sonia s'éveilla, partagée entre le plaisir de sa soirée de la veille et un cafard monumental dû à la date : on était le 24 décembre, et ce soir, il n'y aurait pas de bon repas, de rires et de cris excités autour de la table, pas de petits chaussons au pied du sapin… Mais au fait, et les cadeaux ? Qu'avait-il fait des cadeaux ? Il n'avait pas tout emporté au moins ? Oh ! Mon Dieu ! La petite cuisine pour Célia, elle s'était fait tant de joie de l'imaginer écarquillant les yeux devant la diversité des ustensiles ménagers, le four dont la porte s'ouvrait, le robinet qui coulait vraiment ! Et l'énorme boa en peluche de Léo ! Il avait tout pris, tout, sauf les jouets d'Audrey ! Il ne savait même pas ce qu'il y avait dans les paquets ! Comme d'habitude, il n'avait participé à rien, ni aux achats, ni aux discussions enfiévrées sur la commande, ni à la confection des paquets ! Il n'avait eu qu'à la piller, en regardant les étiquettes nominatives qu'elle avait collées sur chaque cadeau. Une nouvelle crise de larmes la jeta, hoquetante, sur le plancher, devant le placard vidé de ses trésors. On était le 24, et on était dimanche, inutile d'espérer acheter quoi que ce soit, de toute façon les magasins étaient dévalisés et puis financièrement, elle ne pouvait pas non plus se permettre de doubler la somme allouée aux cadeaux !

Appeler son père à l'aide ? Il lui donnerait royalement vingt euros, après s'être lamenté sur le fait qu'elle était une mauvaise fille et ne voulait pas prendre chez elle son pauvre père, veuf, qui s'ennuyait tant ! Et mamie, la pauvre, elle n'imaginait pas une seconde dépouiller mamie si elle n'avait pas toute sa tête ! Cela dit, il se pouvait qu'elle soit lucide, et dans ce cas, Sonia le savait, elle n'hésiterait pas une seconde à lui venir en aide. Mais ensuite, acheter quoi ? Tous les cadeaux dont ils avaient vraiment envie étaient dans le coffre de Sébastien. Il lui vint l'envie irrépressible d'appeler Roland. Lui saurait quoi faire, il la conseillerait, la consolerait. Hier soir, après sa confession, au restaurant, il n'avait émis aucun jugement. Il avait simplement passé sa main sur sa joue, doucement, et murmuré :

—Que tu es courageuse, Sonia ! Le bonheur t'attend, j'en suis sûr, et tu sauras en goûter le prix, toi qui as tant bataillé.

À son tour, elle avait posé ses lèvres sur son poignet, doucement et avait senti une onde de désir brusque, animal, la parcourir. Mais Roland avait su ne pas abuser de son trouble. Il l'avait reconduite jusqu'à sa voiture, l'avait chastement embrassée sur les deux joues, et l'avait regardée partir, les mains dans les poches de sa veste, avec l'air tranquille et assuré de celui qui a trouvé son chemin, et n'en déviera pas.

Cher, cher Roland ! Oui, lui parler, ne serait-ce que lui parler, lui ferait tant de bien !

Roland décrocha à la première sonnerie. Sonia sentit le plaisir, le sourire dans sa voix :

—Hello, Miss, comment vas-tu ?

—J'irais très bien, si je ne venais pas de m'apercevoir d'un truc abominable. Sébastien est parti avec tous les cadeaux des enfants, lorsqu'ils rentreront, ils ne trouveront rien au pied du sapin, je ne sais pas quoi faire, on est dimanche, et puis de toute façon je n'ai pas d'argent, il faudrait que j'aille en demander à mamie, mais après, tu vois, ils ont déjà tout ce qu'ils voulaient, alors…

—Hop, hop, hop, respire, tout problème a sa solution, et je crois en entrevoir une. Laisse-moi le temps de passer un ou deux coups de fil, je te rappelle !

Un peu calmée, Sonia monta se faire couler un bain. Ce nouveau coup bas de Sébastien la confirmait dans cette décision qu'elle mûrissait depuis longtemps déjà. Jamais il n'avait poussé si loin la bassesse, cela lui faisait mal, certes, mais c'était le seul moyen d'avancer vers l'inéluctable issue de la séparation. Elle s'en sortirait. Sébastien l'aiderait, comme le faisait Michaël, le père d'Audrey, il lui verserait une pension pour les enfants. Ils vendraient la maison, rembourseraient leur prêt et se partageraient la soulte. Il y aurait bien de quoi acheter un petit pavillon ! Et puis sinon, eh bien tant pis, elle louerait ! C'était la crise, les temps étaient durs, mais il y avait plus malheureux qu'elle ! La sonnerie du téléphone interrompit sa réflexion ;

—Sonia, c'est Roland. J'ai une bonne nouvelle pour toi ! Un super cadeau pour tous les enfants, et qui ne te coûtera pas un sou !

Roland jubilait.

—À mon tour de dire hop, hop, hop. Il est hors de question que tu dépenses un centime pour un cadeau à…

—T'ai-je dit que j'avais acheté quelque chose ? ricana Roland. Que nenni ma belle, que nenni ! Mais j'avoue être assez content de moi.

—Dis-moi, allez, dis-moi !

—Je vais te faire languir un peu ; pas par sadisme, par pur égoïsme ! J'ai envie de voir briller tes yeux quand je t'annoncerai la chose. Alors à tout à l'heure, comme prévu, à 14 heures au café Le Wagram ?

—D'accord. Roland… Quoi que ce soit, merci d'avance et merci pour ton soutien. J'étais vraiment dans le trente-sixième dessous.

—*My pleasure, sweetheart* !

—Eh ! Mais dis donc, tu parles super bien anglais ! Je saurai où m'adresser quand j'aurai la flemme de corriger mes copies !

Sonia raccrocha en souriant et s'enfonça voluptueusement dans l'eau mousseuse. Que c'était donc agréable, quelqu'un qui ne critiquait pas, qui comprenait, qui s'efforçait d'aider, qui était gai et charmant ! Mais qu'avait-il donc imaginé pour les enfants ?

Perplexe, elle saisit son flacon de gommage et entreprit la chasse aux cellules mortes. Après tout, il était permis de se faire une peau toute douce et toute lisse le jour de Noël, non ?

*

Sonia entra, tout essoufflée, dans le petit bar où l'attendait Roland. Ses yeux pétillaient d'impatience et ses joues, fouettées par le vent glacial de décembre, étaient roses de froid : elle était ravissante. Roland lui fit signe et elle se dirigea vers lui, inconsciente des regards admiratifs qui la suivaient. Elle se pencha pour l'embrasser et Roland huma, à pleines narines, ce parfum fleuri qu'il avait, déjà, appris à aimer.

—Alors ? demanda-t-elle, dis-moi, dis-moi vite !

Il passa un doigt léger sur les sourcils de la jeune femme :

—Ils brillent déjà, tes yeux, dit-il d'une voix tendre.

Puis il poursuivit :

—Alors voilà ; vu l'âge de tes Mistigris, je me suis dit que, peut-être, un week-end VIP à Disneyland, avec nuit à l'hôtel de la Belle au Bois Dormant, pass express VIP pour toutes les attractions et spectacles, déjeuner et dîner dans les restaurants du parc et rencontre individuelle avec le personnage de leur choix… ça pouvait le faire, non ? Et pour qu'ils ne trouvent pas seulement un petit billet d'entrée au pied du sapin, on va aller écumer les boutiques du parc : peluches, panoplies, mugs, taille-crayons, que sais-je encore, tu fais ton choix avant d'y aller, ça leur donnera un avant-goût de la fête qui les attend !

Bouche bée, Sonia le contemplait.

—Roland, c'est très gentil et c'est une super idée, mais…

—Ah ! J'oubliais ! Naturellement, tout ça est intégralement gratuit pour ton photographe préféré qui, jusqu'alors, n'a jamais profité de tous ces avantages qui lui sont proposés par le parc !

Sonia se mordit les lèvres et sentit monter les larmes. Larmes de joie, de reconnaissance, de soulagement, toutes sortes d'émotions se mêlaient en elle, tandis qu'elle regardait cet homme assis près d'elle, bien droit, si fier, si heureux de lui apporter tout ce bonheur.

—Roland, je… je ne sais pas quoi dire, vraiment, c'est merveilleux, tu es merveilleux, c'est le plus beau cadeau qu'on m'ait jamais fait que tu m'offres là, et oh, mon Dieu, ils vont être si contents, si contents !

—Chut, ma puce, chut. Ne dis plus rien.

Il prit le visage de Sonia en coupe dans ses mains et la regarda avec tendresse.

—Je voudrais être celui qui t'apportera tous les bonheurs, désormais, lui dit-il d'une voix douce.

Voyant les yeux de Sonia s'embuer, il reprit d'un ton alerte :

—Et maintenant, au boulot ! C'est pas tout ça, on a une vieille dame à interroger, un parc à dévaster et un dîner à préparer !

Sonia sourit : « On est partis ! »

À l'adresse indiquée sur la carte se dressait un bel immeuble Haussmannien de sept étages. Roland avait pris soin de rappeler la fille de Jeanne pour confirmer l'heure de leur venue et lui demander le code d'entrée. Ils pénétrèrent donc sans difficulté dans un très beau hall, carrelé à l'ancienne. L'ascenseur, hélas, avait sacrifié à la modernité et au lieu de l'ancienne porte de bois, doublée d'une grille en fer forgé, c'était une paroi de l'acier le plus lisse et le plus froid qui se dressait devant eux. Au cinquième étage, une veille petite dame, à l'impeccable mise en plis d'un blanc neigeux, les attendait, appuyée sur une canne.

—Monsieur Simon, madame Eychebelle ? Je suis si heureuse de vous rencontrer ! Permettez-moi de vous embrasser ! Je suis Geneviève Champommier, la fille de Jeanne. Elle m'a tellement parlé de Lucie et de Marthe ! Elles étaient si proches, toutes les trois ! Comment va Lucie ? Mais entrez, entrez vite, ne restez pas au courant d'air !

Roland se fit la réflexion que le courant d'air semblait être l'ennemi numéro un des vieilles dames. Cette dame Geneviève lui rappelait sa mamie Yvonne !

Ils pénétrèrent dans un petit salon, meublé d'inconfortables fauteuils crapaud tendus de tissu mordoré et d'un canapé en velours de Gênes. Le tapis, usé jusqu'à la trame, avait dû être très beau quelques décennies plus tôt. Un piano, flanqué d'une paire de candélabres, occupait le mur de gauche ; une console juponnée, surchargée de cadres photos en argent, faisait face à une bibliothèque bien garnie. Un argentier aux portes vitrées, dans lequel étaient exposées de très jolies porcelaines, un petit bureau Empire et une horloge au balancier de cuivre ouvragé complétaient l'ameublement.

—Asseyez-vous, asseyez-vous, leur enjoignit Geneviève, je vais chercher le café, j'arrive tout de suite !

Roland et Sonia se perchèrent sur le canapé, un peu mal à l'aise. L'atmosphère calfeutrée, la pénombre, le décor suranné, un peu surchargé les plongeaient soudain dans le passé. Roland eut une intuition fulgurante : *C'est ici que je vais trouver ce que je cherche !*

Geneviève revenait, poussant une petite desserte sur laquelle trônait une magnifique cafetière en argent. Le café fut servi, les petits fours avancés, les banalités d'usage proférées, et enfin on en vint au sujet tant attendu :

—Alors, mes enfants, que puis-je faire pour vous ?

—Eh bien voilà, commença Roland, même si vous devez me prendre pour un original, je préfère tout vous raconter.

Et, une fois de plus, Roland se lança dans le récit de son invraisemblable quête, expliquant ce lien invisible et pourtant si fort qu'il sentait entre Marthe et lui, sa rencontre avec Lucie, puis avec Sonia, et pour finir ces indications selon lesquelles seule Jeanne aurait pu les aider à comprendre ce mystère qui entourait Marthe. Lorsqu'il eut terminé, Geneviève hocha doucement la tête.

—Oh ! Non, mon jeune ami, je ne vous prends pas pour un original. J'ai vu des choses bien plus étonnantes que ça dans ma vie, et je suis toute disposée à croire, que depuis l'au-delà où elle se trouve maintenant,

Marthe vous demande de poursuivre ses recherches, ses vaines recherches… (Geneviève soupira.) Et malheureusement, je ne puis guère vous aider ! Certes, j'étais la fille de sa meilleure amie, et maman et elle se voyaient souvent. Mais vous savez, à cette époque, l'enfant roi n'existait pas. De nos jours, l'enfant est le cœur de la maison, n'est-ce pas ? Tout passe par lui. Lorsque j'étais petite, il n'était pas question que j'assiste aux conversations des grandes personnes, surtout si elles revêtaient un caractère un peu intime. On m'envoyait jouer dans ma chambre, après les embrassades d'usage. Je me doutais bien, parfois, qu'il se passait des choses bizarres, souvent j'ai entendu pleurer Marthe, mais je n'ai jamais su de quoi il retournait exactement.

—Et votre mère n'a laissé aucun document, lettre, ou photo, qui puisse nous donner quelques indices ?

—Oui, il y avait quelques lettres, que j'ai jetées à sa mort, mais aucune ne présentait le moindre intérêt, je vous assure.

Geneviève fit une pause.

—Il y a bien quelque chose…

—Oui ? demandèrent ensemble Roland et Sonia.

—Maman tenait un journal ; souvent le soir, lorsque j'entrais dans sa chambre pour lui souhaiter bonne nuit, je la trouvais en train d'écrire dans un de ces gros cahiers d'écolier à la tranche de tissu noir. Elle le refermait toujours d'un coup sec quand j'entrais, et m'avait défendu d'y mettre le nez !

Geneviève eut un petit sourire triste :

—D'ailleurs, c'était un des rares sujets de discorde entre mon père et elle. Il lui reprochait souvent de le tenir à l'écart de ses pensées les plus secrètes, il disait qu'un cahier ne pouvait pas donner d'amour ! Et maman répondait que ce cahier était dépositaire de sa vie, mais aussi de celles des personnes qui lui étaient chères, et qu'il ne lui appartenait pas d'en divulguer quoi que ce soit. C'est peut-être là-dedans que se trouve votre secret !

Roland, bouleversé, retenait son souffle. Oui, Geneviève avait raison, il le sentait, ce cahier était la clé de tout ! C'est Sonia, qui, n'y tenant plus, demanda à la vieille dame où se trouvait le fameux cahier.

— Vous pensez bien qu'il n'y en a pas qu'un ! Maman écrivait quasiment tous les soirs, parfois juste une ligne ou deux, parfois une page entière ! J'avoue avoir eu quelques scrupules à les lire, alors qu'elle me l'avait toujours interdit ! Quelque part au fond de soi, on reste toujours un petit enfant assujetti à l'autorité de ses parents, n'est-ce pas ? Alors, j'ai simplement survolé, une page par-ci, une page par-là. Je ne sais pas trop ce que je m'attendais à trouver ! Quelles révélations croustillantes pouvait receler le journal intime d'une vieille dame qui ne sortait plus guère, recevait encore parfois pour le thé, et vivait seule avec son chat ? Alors, ma foi, après quelques pages, j'ai abandonné. Mais votre histoire m'émeut, venez, jeune homme, et vous aussi mademoiselle, les cahiers se trouvent dans le placard de ma chambre, sur la dernière étagère, je ne suis plus assez agile pour les attraper moi-même !

Roland n'osait croire à sa chance. Là, à portée de main, se trouvait sans doute la clé du secret. Il touchait au but ! Il se leva, les jambes cotonneuses ; il ressentait un peu cette même impression d'irréalité que dans ses rêves. Une sorte de force le poussait, contre laquelle il ne pouvait rien.

Ils pénétrèrent dans la chambre de la vieille dame. Le placard, intégré dans le mur, était composé d'une partie penderie et d'une partie étagères, dont les dernières atteignaient presque le plafond. Roland alla chercher un tabouret à la cuisine, et, sur les indications de la vieille dame, retira quelques cartons pour dénicher une vieille valise de carton brunâtre, bosselée, qui, de toute évidence, avait connu des jours meilleurs. Les mains tremblantes, il s'en empara, et soupira d'aise en la soupesant. Il était clair qu'elle était bien remplie ! Il descendit du tabouret, son précieux fardeau dans les bras. À cet instant, il croisa le regard de Sonia, illuminé de joie. Une émotion indicible s'empara de lui, avec la certitude que cet instant resterait à jamais gravé dans sa mémoire. Il savait, il sentait qu'il était en train de vivre un des moments les plus significatifs de son existence ; le sens qui avait toujours manqué à sa vie était en train de se construire. Un fil ténu le reliait à ces deux femmes, Marthe et Sonia, et il était, enfin, en train de… en train de s'amarrer, oui, voilà, c'était cela qu'il ressentait. Après avoir bourlingué en pleine mer pendant trente-six ans sans boussole, il s'amarrait.

La valise serrée sur son cœur, Roland n'osait demander à la vieille dame la permission de l'emprunter. Et pourtant, il n'imaginait pas une seconde pouvoir s'asseoir dans cet appartement étranger pour compulser le précieux trésor.

Sonia lui vint en aide :

—Geneviève, je sais que c'est beaucoup vous demander, après tout, vous ne nous connaissez pas, mais… serait-il possible de vous emprunter les cahiers pour les consulter tranquillement, en prenant tout notre temps ?

Et elle adressa à Geneviève son plus éblouissant sourire.

—Bien sûr, mon enfant, bien sûr ! Je ne vous connais guère, c'est vrai, mais votre grand-tante était comme une sœur pour ma mère. Je sais que ses souvenirs seront en de bonnes mains. Je vous demanderai seulement de bien vouloir me rapporter l'intégralité des cahiers lorsque vous aurez terminé, ainsi que la valise : j'y tiens, voyez-vous, à ma vieille valise ! Elle représente pour moi des souvenirs heureux de séjours au ski, à Chamonix, avec mes grands-parents !

—Cela va de soi, lui répondit Sonia. Nous prendrons le plus grand soin de tout, et vous rendrons l'ensemble le plus vite possible.

D'un mouvement impulsif, elle serra Geneviève sur son cœur :

—Merci, Geneviève, merci ! Vous n'imaginez pas tout ce que cela représente !

Hébété, Roland ne bougeait pas. Geneviève le tira de sa torpeur :

—Eh bien, jeune homme, comptez-vous rester planté sur ma descente de lit longtemps encore ? Ou allez-vous vous décider à prendre la poudre d'escampette pour aller faire un peu de lecture ?

Ému, Roland embrassa la vieille dame et la remercia abondamment. Alors qu'il la serrait dans ses bras, les voilages de la fenêtre se soulevèrent doucement ; et une fois de plus, Roland eut la sensation d'une présence, tout près de lui. Il tourna la tête vers Sonia et lui sourit : cette fois, il n'avait pas peur.

*

Roland tassa Pongo et Perdita à coups de poing peu amènes à l'intérieur du coffre de la Twingo, puis referma rapidement ce dernier avant que l'échafaudage de paquets ne s'effondre, réduisant ses efforts à néant. Tout près de lui, les mains dans les poches de son manteau, le nez rouge et la mine réjouie, Sonia sautillait sur place pour se réchauffer. Elle avait dévalisé les boutiques du parc sans scrupule, tout à la joie de pouvoir gâter sans compter ses Mistigris, comme disait Roland. Elle ne voulait pas penser aux questions que ne manquerait pas de poser Sébastien, elle voulait juste savourer la perfection de cet instant magique, regarder cet homme lutter contre d'énormes peluches en jurant entre ses dents, sentir son cœur se gonfler de gratitude et de bonheur anticipé à la pensée de la surprise des enfants. Mon Dieu, c'était trop bon ! Elle ferma les yeux et offrit son visage à la lumière douce de la lune. Il était 20 heures déjà, sa voiture, garée devant chez Roland, était chargée, il ne restait plus qu'à réveillonner !

Roland se retourna, triomphant :

—Je les ai eus ! Tu feras attention en ouvrant ton coffre, il est possible que deux ou trois trucs te tombent sur les pieds !

—*No problem, Sir !* répondit-elle dans un sourire. T'ai-je remercié ?

—Environ 92 fois déjà ! Il est temps de passer aux choses sérieuses, maintenant ! Aide-moi à monter les provisions et on se met *illico* aux fourneaux !

L'appartement de Roland, un petit deux-pièces situé dans le 20e arrondissement, était fonctionnel, pratique, mais peu chaleureux. On sentait bien qu'il s'agissait avant tout d'un pied à terre où l'homme venait se reposer, faire une ou deux lessives, avant de repartir vers d'autres horizons. La cuisine, étincelante, semblait tout droit sortie d'un magazine Ikea. Une rampe halogène répandait un éclairage cru sur les ustensiles ultramodernes en inox ; le four luisait ; le réfrigérateur ronronnait doucement, exhibant fièrement une porte vierge de toute trace de doigt. Sonia se surprit à sourire en évoquant sa propre cuisine où torchons roulés en boule voisinaient avec cuillères pleines de Nutella, verres de jus d'orange à demi-pleins, et où l'on pouvait, après le repas, suivre le trajet de Léo aux traces laissées sur les meubles par les petits doigts poisseux, si l'on n'avait pas eu la présence d'esprit de lui nettoyer les mains *avant* la descente de la chaise haute !

—Qu'est-ce qui t'amuse ? lui demanda Roland

—J'imaginais simplement le bazar que mes Mistigris mettraient dans ton bel environnement ! En moins d'une demi-heure, tu ne reconnaîtrais plus ta cuisine !

Roland sourit.

—Viens, je vais te faire visiter mon palace, lui dit-il.

—Alors, ici, à gauche, placard, tiens, donne-moi ton manteau, on va l'accrocher. Droit devant, la chambre, qu'il faut traverser pour se rendre à la salle de bains, que voici ! Je te prierai d'admirer la douche avec les cris ébahis qui s'imposent : hydromassante, multijets, et avec chromothérapie ! C'est la seule chose qui me manque quand je suis en voyage ! Et enfin, le salon, où tu vas t'asseoir, pendant que je vais te chercher un verre !

—Ah, mais il n'en est pas question ! Je ne vais pas me faire servir comme une princesse, je tiens à t'aider à préparer le dîner, figure-toi !

—Rassure-toi, rassure-toi, je compte bien te mettre à contribution ! Mais je suppose, vu l'heure, que tu dois avoir envie d'appeler tes bouts de chou, non ? Alors pendant que je range et prépare un peu, tu vas t'asseoir ici, avec un bon verre de cette excellente bouteille que nous avons achetée, et tu vas téléphoner. Ça te va ?

Sonia le considéra avec étonnement. Comment ce célibataire endurci avait-il pu deviner que rien n'aurait de saveur tant qu'elle n'aurait pas entendu ses petits piailler, surexcités, dans le téléphone ? Elle posa ses doigts sur ses lèvres et lui envoya un baiser papillonnant, puis s'empara sans attendre de son téléphone.

Dans la cuisine, Roland s'activait, ouvrait la bouteille de meursault, mettait le champagne au frais, faisait préchauffer le four avant d'y introduire les cassolettes de coquilles Saint-Jacques, tout en chantonnant *Someone Like You*, accompagné par la chaude voix d'Adèle à la radio. Il se sentait heureux, et surtout, vivant. Pour la première fois, il avait l'impression d'être à sa place, dans cet appartement, dans cette ville. Dans sa vie. Dès demain, il partirait à Bordeaux, pour passer la journée de Noël avec mamie Yvonne. Mais ce soir… Ce soir était un joyau de Noël. Un moment hors du temps, hors de la raison. Un de ces instants magiques où la vie bascule en prenant des couleurs chatoyantes. Un de ces instants de rêve où désir et réalité se rejoignent. Il n'y a plus de raison, de devoir, de contrainte. Il n'y a plus qu'une immense pulsion de vie qui balaye tout sur son passage, et vous emporte au pays de tous les possibles. Roland ferma les yeux et goûta intensément l'instant. De loin, il entendait la voix de Sonia :

—C'est pas vrai ! Alors ça, c'est incroyable ma chérie ! Tu me referas la même à la maison, dis, ma puce ?

Il supposa, au ton détendu de sa voix, qu'elle était en ligne avec Audrey et n'avait pas encore appelé son mari.

Il lui apporta son verre de vin et elle le remercia d'un sourire, tout en raccrochant.

—Audrey a fait une bûche avec sa grand-mère ! Elle est toute fière !

—Toi aussi, je vois ! dit-il tendrement. Allez, ma belle, trinquons ! À notre premier réveillon ensemble !

—À notre réveillon ! répondit Sonia doucement.

Ils burent une gorgée sans se quitter des yeux. Roland sentait son cœur battre à un rythme effréné dans sa poitrine, il mourait d'envie de se jeter sur elle et de la couvrir de baisers. Il réussit à se reprendre et lança, faussement enjoué :

—Bon, eh bien je vais appeler ma grand-mère et ensuite nous dresserons la table tous les deux, d'accord ?

Sonia acquiesça, but une deuxième gorgée de vin pour se donner du courage, puis composa le numéro de Sébastien. Il décrocha dès la première sonnerie.

—Ah ! Tout de même ! Je me demandais si tu allais daigner nous appeler !

—Tu sais bien que je n'aurais pas supporté de ne pas leur parler, Sébastien. Comment vont-ils ?

—Rassure-toi, aussi bien que possible. Ce n'est pas parce que tu n'es pas là qu'ils dépérissent, je sais m'en occuper !

—Peux-tu me passer Célia ?

—Ah, bon ! Tu n'as rien à me dire, à moi ?

—Que veux-tu que je te dise ? Que je te souhaite un joyeux réveillon ?

—Oui, pourquoi pas ? Ça pourrait être sympathique. Ces deux jours m'ont permis de réfléchir. Je crois qu'une fois encore, nous nous sommes laissé emporter par la colère, mais… tu me manques, Sonia.

Et voilà, se dit Sonia*, c'est reparti. Je te fais bien mal, et puis après, je m'applique à recoller les morceaux, en partageant les torts au passage.* « Non ! hurla une voix à l'intérieur d'elle-même. *Nooon !* Plus de ce schéma destructeur ! Plus jamais ! »

D'une voix aussi ferme que possible, elle répondit :

—Je pense que cette fois tu es allé trop loin pour que le scénario habituel puisse fonctionner Sébastien. J'appelle simplement pour parler à mes enfants.

Il prit sa voix d'homme brisé :

—Ce n'est pas possible Sonia, tu ne peux pas me laisser, là, au bord de la route, alors que je tends la main vers toi ! Je représente donc si peu pour toi ? Notre couple représente si peu ?

—Sébastien, ce n'est ni le lieu ni l'heure, passe-moi Célia !

Elle avait été plus sèche qu'elle ne l'avait escompté ; surpris, Sébastien marqua un temps d'arrêt, avant de reprendre d'une voix sifflante :

—Et si je refusais de te les passer, hum ? Il se passerait quoi ? Veux-tu que je te dise tout fort ce que je pense de ton attitude, alors que les enfants sont là, tout près de moi, et qu'ils attendent pour te parler ?

Elle sentit, quoiqu'il lui en coûtât, qu'il fallait se montrer conciliante sous peine de déclencher une scène traumatisante pour les enfants.

—Je sais très bien que tu es un trop bon père pour faire quoi que ce soit qui puisse les choquer le soir du réveillon, parvint-elle à articuler, les mains tremblantes. Écoute, je te promets que nous reparlerons de tout ça et que j'essaierai d'aborder les choses de manière positive, mais pas maintenant, pas au téléphone ; j'ai besoin de te voir pour te parler.

Il marqua sa réprobation par un long silence. La main de Sonia, moite d'angoisse, glissait sur le téléphone. Enfin, il se décida :

—Célia, Léo, c'est maman qui veut vous parler ! À vous, mais pas à moi, ajouta-t-il perfidement, avant de lui passer les enfants.

—Maman, maman, hurlèrent-ils en chœur !

—Mes chéris !

Roland avait suivi l'échange de loin. Il admirait le sang-froid dont Sonia avait fait preuve, et se demandait combien d'autres compromissions elle avait dû accepter pour ménager au mieux ses enfants. Comment un homme pouvait-il se comporter ainsi avec la mère de ses enfants, et devant eux, qui plus est ? En entendant rire Sonia, rassuré, il se dit qu'il pouvait maintenant appeler mamie Yvonne et lui confirmer son arrivée pour demain. Il aurait bien aimé lui dire qu'il arriverait accompagné ! Voilà qui n'aurait pas manqué de réjouir la vieille dame ! Mais on en n'était pas encore là !

Lorsqu'ils eurent tous deux, terminé leur conversation téléphonique, Roland et Sonia plantèrent le décor de leur réveillon. Encore émue et bouleversée par l'absence de ses enfants, Sonia avait du mal à partager la joie de Roland. Il n'en prit nullement ombrage, et se promit simplement, à force de tendresse, de gentillesse, d'attentions, de l'amener à profiter de la soirée.

Le morceau d'Adèle à la radio, lui avait donné envie d'en écouter davantage. Il inséra son dernier album dans la chaîne et la voix chaude et sensuelle de la chanteuse s'éleva.

—Oh ! Tu aimes ? demanda Sonia. Moi aussi, j'adore ce qu'elle fait !

—Tu danses ? proposa Roland.

Avec un sourire, elle se lova dans ses bras. Leurs pas s'accordaient et pourtant ce n'était plus la musique qu'ils entendaient, mais les battements assourdis de leurs deux cœurs affolés. Roland resserra légèrement son étreinte et Sonia s'alanguit dans ses bras. Il passa sa main sous la lourde masse de boucles, enserra la nuque de la jeune femme, s'émerveilla un instant de la douceur de sa peau, puis s'empara de sa bouche avec passion. Les yeux clos, elle se donnait tout entière à cette vague de sensations qui l'emportait, loin, toujours plus loin, dans un endroit secret et féerique où les peurs d'enfant disparaissent, où des parenthèses magiques s'ouvrent, traçant un sentier nouveau, où l'on n'est plus que sens, plaisir, bonheur, un nuage, une note de musique étincelante, parfaite, unique, poésie et divine essence. Les mains de Roland parcouraient son corps, et elle n'en éprouvait aucune gêne, c'était écrit, c'était inscrit en elle, cet homme était fait pour elle, comme elle était faite pour lui.

Roland s'écarta un peu et souffla d'une voix rauque :

—Je comprendrais très bien que tu ne veuilles pas aller plus loin…

Sonia l'interrompit :

—J'ai toujours pensé qu'il était tout aussi stupide de faire l'amour sans sentiments, qu'avoir des sentiments et s'interdire de faire l'amour. Je crois bien être dans le deuxième cas.

—Moi aussi, oh, moi aussi ma chérie, Sonia…

—Chut… embrasse-moi.

*

Les peaux s'embrasent, se reconnaissent, s'unissent ; les bouches s'ouvrent, les corps se tendent. Les mains osent, tremblantes ; découvrent, s'enhardissent, s'attardent. Les souffles se mêlent, les yeux se ferment, on veut se fondre, on s'abolit, on s'anéantit, on se rejoint, au creux du plaisir ; on se regarde, émerveillés du miracle qui est en train de s'accomplir ; et puis on n'est plus de ce monde.

*

Une odeur somme toute assez déplaisante de poisson carbonisé tira Sonia et Roland de leur bienheureuse torpeur.

—Nom de Dieu ! s'écria Roland ! Les cassolettes de Saint-Jacques !

—À mon avis, c'est fichu, pronostiqua Sonia. On va se faire des tartines de brie et manger la bûche, ça sera parfait !

—Au lit ?

—*Where else ?* Et, tu sais quoi ? On va attaquer le premier journal de Jeanne, tu veux bien ? Je ne sais pas si on aura le temps de tout lire, ça m'étonnerait, mais j'ai vraiment très envie de commencer, pas toi ?

—Oui… à condition de faire… comment dire… des entractes… tu vois… trop de lecture d'un seul coup peut nuire, tu sais… il faut entrecouper ? Qu'en dis-tu ?

Éclatant de rire, Sonia lui lança l'oreiller :

—Va chercher le brie ! Je m'occupe du pain et de la bûche !

11

Sonia, Roland

Paris, Noël 2011

Jeanne, Marthe

1925, 1926

Une fois confortablement installés, tartines de fromage, gâteau et vin rouge à portée de main, ils ouvrirent religieusement le premier cahier. Sur la page de garde, on pouvait lire : *Journal de Jeanne Tellier.* La jeune fille écrivait à la plume, et l'encre avait pris une couleur grise un peu passée, qui rendait la lecture assez malaisée. Toutefois, la date apparaissait clairement, et c'est avec émotion que les deux tourtereaux prirent connaissance de la première entrée.

Paris, 1er septembre 1925

Eh bien voilà, les vacances à Biarritz sont terminées, nous voici de retour à Paris, où j'ai retrouvé ma chère Marthe. Nous avons fait une expédition dans les grands magasins du boulevard Haussman, afin de trouver de quoi éblouir nos commensaux à la prochaine rentrée universitaire ! Marthe partira en médecine, c'est sa passion depuis toujours, et moi en droit, car je n'ai pas l'esprit suffisamment rigoureux et scientifique pour assumer les mêmes études que Marthe. Mais, ma foi, le droit ne me déplaît pas, et puis cela me permettra d'aider Père, plus tard, dans son étude. J'ai décidé de commencer un journal, car maintenant que nous devenons étudiantes, la vie sérieuse commence. C'est sans doute sur les bancs de l'université que nous trouverons un mari et je tiens à me souvenir pour toujours et à jamais de mes premiers émois, de mes premières impressions lorsque je rencontrerai l'ÉLU !

Demain, nous avons prévu de faire une partie de tennis. Ne négligeons pas le tennis : au club aussi, il y a plein de jolis garçons !

—Eh bien, intervint Roland. Les prudes jeunes filles de 1925 cachaient bien leur jeu ! Voyons la suite, hum, dîner avec les grands-parents, inscription à la faculté de droit, rencontre avec un certain Armand… elle ne parle plus de Marthe !

—Ne t'impatiente pas, elles ne se voyaient peut-être pas tous les jours, quand même ! Tiens, regarde, ça y est, elle parle d'elle :

Paris, 3 octobre 1925

Je suis inquiète au sujet de Marthe. Elle qui était si heureuse d'aller voir la Revue nègre, hier, je ne comprends pas qu'elle ne m'ait pas appelée ou qu'elle ne soit pas venue. C'est très bizarre.

Paris, 4 octobre 1925

Je suis allée chez Marthe, hier, et j'ai demandé à la voir, on m'a dit qu'elle était souffrante et ne pouvait recevoir personne. J'espère qu'elle n'a rien de grave ! Ils avaient tous des mines d'enterrement dans cette maison !

Paris 6 octobre 1925

Toujours aucune nouvelle de Marthe, et lorsque j'appelle, on refuse de me la passer, et on me dit que son état est stationnaire. Je ne sais même pas de quoi elle souffre ! Je suis inquiète.

— Crois-tu que nous tenions déjà la solution de l'énigme ? demanda Sonia.

—Ça m'étonnerait, répondit Roland, dubitatif. En 1925, Marthe avait… voyons, elle est née en 1907… elle avait dix-huit ans. Les photos où elle semble hantée par un mal secret montrent plutôt une femme de vingt-cinq ou trente ans. Non, je pense qu'il s'agit plutôt d'une maladie. Lisons encore !

Paris, 13 octobre 1925

Marthe m'a rendu visite aujourd'hui. Ma pauvre chérie ! Elle était si amaigrie, les joues creuses, l'œil terne ! Je ne l'ai jamais vue comme ça. C'est à cause de son père, qui refuse qu'elle fasse médecine ! A-t-on jamais vu personne d'aussi borné ? Marthe est si brillante et si passionnée par tout ce qui a trait au corps humain et aux maladies ! Son rêve de toujours était de découvrir une cure pour la tuberculose, afin de sauver son frère, Gilbert. Mon Dieu ! Cet homme n'a pas de cœur. Quand je pense qu'en plus, il voudrait lui faire épouser un freluquet dont il s'est entiché à la banque, sous prétexte qu'il va bientôt hériter, pour ses vingt et un ans de la fortune de son père ! Et Mme Gaumain-Baucourt qui, bien sûr, ne dit rien, comme d'habitude ! Une chaise de bureau est plus accueillante et plus maternelle qu'elle. Tout ça me fait bouillir de rage ! Enfin, j'ai réussi à dérider un peu Marthe en lui proposant de venir avec nous à Chamonix, pour les vacances de Noël. Ça lui changera un peu les idées !

Les entrées suivantes ne parlaient guère de Marthe. Il y était surtout question de la faculté de droit, et du bel Armand, qui, décidément, tenait une place de plus en plus importante dans la vie de Jeanne. Jusqu'au moment de Noël.

Chamonix, 24 décembre 1925

Mon Dieu, mon Dieu, je suis tellement inquiète ! Marthe a disparu depuis des heures, elle est partie comme une furie quand elle a appris que ses parents arrivaient ce soir, avec l'hor-

rible Fernand. (Il paraît que ses chaussettes tire-bouchonnent, qu'il a une haleine de poisson avarié, que ses dents sont jaunes et qu'il est boutonneux ! Quel tableau !) J'espère qu'elle n'a pas fait une bêtise ! Non, c'est stupide, Marthe aime trop la vie pour se suicider. Et mes parents qui ne cessent de demander où elle est !

Chamonix, 25 décembre 1925

Marthe est partie, une semaine plus tôt que prévu. J'en suis bien triste ! Triste d'avoir perdu ma compagne de vacances, mais surtout triste pour elle, quand je revois la petite mine qu'elle avait dans cette voiture, à l'heure du départ !
M. Gaumain-Baucourt se conduit en patriarche tout-puissant et se moque complètement du mal qu'il fait à Marthe. Je le hais ! Quand je pense à ce qu'elle a fait hier, à cause de lui ! Je ne sais même pas si je peux écrire ça. Si jamais quelqu'un tombe sur ce journal... Mais je vais le cacher mieux, car je suis obligée d'en parler, ça m'étouffe.
Voilà, eh bien... Marthe l'a fait !!! Et avec le moniteur, Lucien !!! Et bien sûr, comme elle ne l'a fait que par défi, et qu'elle ne l'aime pas, ça ne s'est pas bien passé du tout ! Elle m'a tout raconté, hier, dans son bain, avant de descendre dîner. Comme elle a pleuré la pauvre ! Elle m'a dit qu'elle avait eu mal et que c'était probablement très bien quand on était amoureux, mais que c'était la pire expérience du monde avec un quasi-inconnu ! Et en plus, il a...

enfin, il s'est laissé aller en elle, et maintenant elle a peur d'être enceinte ! J'ai peur aussi ! Je voudrais que nous soyons encore l'année dernière, au cours de Mlle Amélie, et que notre seule préoccupation soit d'avoir notre bachot !

Paris, 1er janvier 1926

Quel triste début d'année ! Nous nous sommes rendus en famille chez les Gaumain-Baucourt, pour présenter nos vœux. Quelle atmosphère de plomb ! M. Gaumain-Baucourt avait le visage fermé, la mine sévère. Il a passé son temps à pianoter d'une main nerveuse sur le guéridon placé à ses côtés. Madame Mère était vêtue de vert bouteille, comme à son habitude, ce qui ne l'avantage guère, et ne nous a pas souri une fois pendant cet entretien guindé, que seules commandaient les convenances ! Je sentais Père et Mère aussi mal à l'aise que moi, et si Marthe n'avait pas paru aussi heureuse de nous voir, je crois bien que nous aurions pris au plus vite la poudre d'escampette. Le pauvre Gilbert était, une fois encore, trop faible pour descendre au salon. Quant à la petite Lucie, elle erre comme une ombre dans cette grande maison, cherchant vainement quelque occasion de rire, ou s'accroche aux basques de Marthe comme si sa vie en dépendait ! Père et M. Gaumain-Baucourt ont commencé à parler de la situation politique, du président Doumergue qui souhaite rester très ferme vis-à-vis

de l'Allemagne et du scandale de la participation de Camélinat aux élections présidentielles en 1924. C'est alors que Marthe est intervenue, d'une voix coupante, regardant son père droit dans les yeux : « Au moins, si ce diable de communiste avait pris le pouvoir, peut-être aurait-on accordé plus d'attention aux essais sur la vaccination antitétanique en octobre dernier ! Au lieu de quoi, on fait valser les présidents du conseil et on ne s'intéresse qu'à une chose : la dévaluation de notre précieux franc ! Savez-vous, monsieur Tellier, a-t-elle poursuivi, penchée vers mon père, savez-vous que certains pères de famille, redoutant que bientôt la livre sterling ne se négocie plus à 100 francs mais à 200, se montrent prêts à vendre leur fille pour sauvegarder leurs finances ? »
Un silence pesant a suivi cette déclaration. Tout à coup, M. Gaumain-Baucourt s'est levé, il nous a remerciés de notre visite, a prétexté un travail urgent en retard et nous a reconduits, fort peu poliment, il faut bien le dire, jusqu'à la sortie.
J'étais sidérée. Jamais je ne l'avais vu se conduire ainsi ! Mère était scandalisée par ce manque de bonnes manières, mais elle n'a pas manqué de remarquer ce que l'intervention de Marthe avait d'étrange. Se peut-il qu'elle ait voulu parler d'elle-même ? Va-t-il la forcer à épouser Fernand ? Mon Dieu, quelle horreur ! Être obligée de passer sa vie aux côtés d'un être qui vous révulse, mais comment, comment peut-il imposer ça à sa propre fille ? Il faut absolument que j'arrive à voir Marthe seule !

Paris, 2 janvier 1926

J'ai reçu une carte de vœux d'Armand ! Oh ! Très sage, très « comme il faut », mais enfin il m'a écrit, il pense à moi, il me souhaite « tout le bonheur du monde » ! J'ai voulu partager ma joie avec Marthe, mais on a refusé de me la passer au téléphone. Alors, je me suis rendue chez elle, et là, on m'a dit que mademoiselle ne recevait pas. Je me doute bien qu'elle est consignée chez elle ; ce sont des méthodes d'un autre âge, je suis scandalisée ! Mais que faire, que faire ?

Paris, 4 janvier 1926

J'ai reçu une longue lettre de Marthe, très tendre, très douce. Elle me dit qu'elle sait que j'ai cherché à la joindre, mais que son père lui interdit tout contact avec l'extérieur tant qu'elle ne se sera pas rendue à la raison. Je connais ma Marthe, il va s'y épuiser avant elle ! Elle se dit déterminée et prête à « combattre pour sa liberté de femme » ! Je l'admire, je ne sais pas, si, à sa place, j'aurais autant de cran ! Mais elle me manque, j'aurais tant de choses à lui confier !

— Tu te rends compte, c'est invraisemblable quand même !

Outré, Roland se tourna vers Sonia. Elle tenait toujours le journal d'une main mais, la tête renversée sur l'oreiller, dormait profondément, un léger sourire aux lèvres.

—Dors, mon amour, ma fée, ma princesse, chuchota Roland en remontant la couette sur ses épaules.

La contemplant en silence il se promit de tout faire pour que ce joli petit sourire ne quitte plus ses lèvres puis, cédant à l'appel de Marthe, replongea dans sa lecture.

12

Marthe

Paris, 1926

D'une main tremblante, Marthe repoussa ses cheveux en arrière, et, prenant appui sur le lavabo, se releva doucement. Considérant d'un œil morne les glaires qui surnageaient dans la cuvette des toilettes, elle tira la chasse, ouvrit le robinet d'eau froide et rinça son visage et ses mains à plusieurs reprises. Des larmes se mêlaient à l'eau qui ruisselait entre ses doigts, sans même qu'elle en ait conscience. Inlassablement, elle reprit son calcul, essayant une fois encore de trouver la formule magique qui lui permettrait de transformer un mois en un jour. Mais la petite voix claire, posée, précise, qui depuis toujours présidait à tous les raisonnements dans le scientifique cerveau de Marthe ne s'en laissait pas conter. Dernières règles le 11 décembre, donc ovulation probable autour du 25 décembre. Rapport sexuel le 24 décembre ; durée de survie des spermatozoïdes dans le vagin : 24 à 48 heures. Aménorrhée :

59 jours. Nausées matinales ; seins gonflés et douloureux ; assoupissements fréquents ; appétit décuplé.

Félicitations, ma chère Marthe, te voilà enceinte d'un mois et demi. Un beau bébé pour le mois de septembre ! Un gémissement lui échappa. Non ! Ce n'était pas possible ! Pourquoi le sort s'acharnait-il ainsi sur elle ? Pourquoi, mais pourquoi s'était-elle montrée tellement inconséquente, ce maudit 24 décembre ? Et que faire maintenant ? Alerter le père ? Un rire amer lui échappa. Il ne se souviendrait probablement plus d'elle. Rechercher l'appui de ses parents ? Quel atout maître dans les mains de Père ! Il n'aurait plus qu'à officialiser les fiançailles et presser un peu la cérémonie. On l'enverrait accoucher en Charente pour minimiser les médisances et on la ferait revenir vers Noël, un beau poupon joufflu dans les bras, que Fernand, niais comme il était, regarderait avec fierté, persuadé de l'avoir engendré. Un nouveau spasme lui tordit les entrailles, sans qu'elle sût si elle devait le mettre sur le compte de la grossesse ou de l'horreur de cette vision. Ne pas se laisser aller. Une seule solution était envisageable. Pour quelqu'un qui, toute sa vie, avait souhaité apporter santé et guérison aux autres, elle s'avérait d'une grinçante ironie. Une vague de dégoût la souleva. Posant les mains sur son ventre, elle s'examina d'un œil froid dans le miroir.

Te voilà devenue un monstre, Marthe. Es-tu sûre de vouloir sacrifier cet innocent ?

Des visions de chambre mansardée, exiguë et glaciale traversèrent son esprit. Enveloppé dans un vieux châle, le bébé hurlait, seul, couché dans un tiroir. Six étages plus bas, elle trimait, vêtue d'une humble robe noire et d'un petit tablier blanc, au service de bourgeois hautains et bienséants, tout pénétrés de leur importance et de leur mansuétude d'avoir recueilli cette fille de rien et son rejeton braillard et souffreteux. Dès qu'elle avait une minute, elle remontait donner le sein au bébé, mais fatiguée comme elle l'était, ne pouvait le nourrir en suffisance. Elle le voyait dépérir de jour en jour. Finalement, elle se réveillait, un funeste matin de mars, pour le trouver mort dans son petit tiroir.

Les mains plaquées sur le visage, elle secoua violemment la tête. Non, non et non ! Elle ne mettrait pas au monde un malheureux de plus. Cet enfant ne connaîtrait que la souffrance, l'abandon, le rejet. La société n'était pas tendre pour les bâtards. Quant à vivre avec Fernand… C'était tout bonnement impossible. Se suicider ? Mais qui donc prendrait soin de Lucie ?

D'un pas las, elle retourna dans sa chambre. Il fallait cesser de tergiverser, et prendre une décision avant qu'il ne soit trop tard. Saisissant sa valise, elle commença à jeter dedans quelques vêtements et produits de toilette. Passant une main déjà nostalgique sur les soies et les velours de ses toilettes de couturier, elle referma la porte de son armoire. Eh bien voilà, elle s'en allait. Elle n'irait pas dire au revoir à Gilbert, ni à Lucie, cela serait trop douloureux. Ouvrant sa porte avec précaution, elle s'assura que la voie était libre, descendit l'escalier à pas de loup et se jeta dans la rue comme une voleuse. Les yeux brouillés de larmes, elle se hâta jusqu'au métro, craignant à tout instant de sentir la lourde patte de son père s'abattre sur son épaule.

Elle s'engouffra dans le wagon, aspirant l'air à grandes bouffées douloureuses. La voiture s'ébranla, le quai se mit à défiler, la station disparut et Marthe plongea dans l'obscurité d'un tunnel. Les yeux grand ouverts dans le noir, Marthe se sentit, peu à peu, émerger de tout ce qui avait été elle. Dépouillant confiance, naïveté, tendresse et optimisme, elle se caparaçonna de froideur, de détermination et de dureté. C'est la tête froide et l'œil sec qu'elle émergea à la lumière, bien décidée à ne plus jamais se laisser prendre au piège de la confiance et de l'impulsivité. Tenant sa valise d'une main ferme, elle prit la direction de l'avenue Malesherbes.

*

Malgré toute sa bravoure, Marthe hésitait à presser la sonnette. Certes, les Tellier s'étaient toujours montrés bienveillants à son égard, mais comment accueilleraient-ils une fugitive mineure, enceinte et sans projets d'avenir ? Une boule se forma dans sa gorge. Avisant un homme bien mis, d'un certain âge, qui la lorgnait avec insistance de l'autre côté de la rue, elle se décida enfin à sonner. Si la bonne fut surprise de trouver Mlle Marthe flanquée d'une valise sur le pas de la porte, elle n'en laissa rien paraître et s'en fut aussitôt chercher Mlle Jeanne, après avoir prié Marthe d'attendre un peu dans le petit salon.

Une porte s'ouvrit à la volée, des pas précipités se firent entendre et enfin Jeanne fut là, les bras grands ouverts, la serrant contre elle dans une étreinte farouche et rassurante.

—Ma chérie, ma chérie, que se passe-t-il ? Tu trembles ! Marthe, dis-moi, qu'y a-t-il, tu me fais peur !

D'une voix monocorde, Marthe lui répondit :

—Je suis enceinte, Jeanne. Enceinte d'un mois et demi. Et je me suis enfuie de chez moi.

Médusée, Jeanne considéra son amie sans dire un mot. Puis, elle passa une main tendre sur sa joue où les larmes avaient tracé un sillon plus clair.

—Eh bien, maintenant il nous faut aviser, dit-elle d'une voix douce. Tout problème a sa solution, et celui-ci comme tout autre. Viens, assieds-toi sur ce fauteuil, je vais demander du thé et puis nous allons établir un plan de bataille.

Éperdue de reconnaissance, Marthe releva la tête et sourit à Jeanne :

—Je n'ai jamais douté de ton accueil, tu sais, mais tout de même, ça fait chaud au cœur de ne plus se sentir seule, démunie, persuadée que dès le premier mot, je deviendrais une paria méprisable et méprisée. (Un rictus amer tordit sa bouche et elle reprit :) C'est à ma mère que j'aurais dû pouvoir parler. C'est d'elle qu'auraient dû me venir le réconfort, la protection, l'inconditionnel amour. Mais il semble que je n'aie plus de parents.

Prenant les mains de Marthe entre les siennes, Jeanne se pencha vers elle :

—Te connaissant, ma douce, je suppose que tu as déjà envisagé plusieurs solutions, non ?

Marthe soupira et ferma un instant les yeux. Lorsque les mots auraient été prononcés, elle le savait, ils prendraient poids et consistance. Cette abominable décision, qui lui ressemblait si peu, et qui, déjà, barbouillait de gris son univers, oppressait ses poumons, lui mettait aux lèvres un goût de fiel, allait s'animer, devenir vivante, et déployer toute son atrocité dès qu'elle parlerait.

—Je vais me faire avorter Jeanne.

Jeanne ne put retenir un hoquet de surprise.

—Oui, je sais, reprit Marthe d'une voix coupante, je sais tout ce que tu vas me dire, crois-tu que je ne me le suis pas répété cent fois ? Moi qui respecte tant la vie, je m'apprête à l'ôter à l'être le plus innocent du monde, un être fait de ma chair et de mon sang ! C'est un crime, c'est abject, c'est odieux, je sais, je sais, mais oh mon Dieu, Jeanne, que puis-je faire d'autre ? Que puis-je faire d'autre ?

Marthe cacha son visage dans ses mains, et gémissant entre deux sanglots berça sa peine dans un mouvement de balancier lancinant. Interdite, Jeanne se leva et la prit dans ses bras.

—Ma chérie, ma chérie, calme-toi, tu sais bien que jamais je ne te jugerai. C'est pour toi que je m'inquiète surtout. Tu n'ignores pas qu'il s'agit d'une pratique on ne peut plus dangereuse. Bien des femmes ont payé de leur vie cette décision ; sans compter que légalement, tu risques la prison.

—Je m'en moque totalement, renifla Marthe. Si j'en meurs, au moins, je cesserai de me haïr. Et si je suis condamnée… eh bien… finalement, ce n'est que justice de payer pour son crime, non ?

Jeanne haussa les épaules, agacée.

—Cesse de dire des sottises je te prie. As-tu… considéré l'option Fernand ?

—Évidemment, soupira Marthe. Mais je ne peux tout simplement pas envisager qu'il pose les mains sur moi. Quant à vivre une vie entière à ses côtés ! Plutôt mourir !

—Tu pourrais divorcer, après la naissance du bébé, reprit Marthe.

—J'y ai songé, oui. Mais quelle sera notre vie, à l'enfant et à moi ? On n'est pas plus tendre pour un enfant de divorcé qu'on ne l'est pour un bâtard de nos jours ! Et de quoi vivrions-nous ? Je suis bien certaine que Fernand, tout autant que mon cher père, nous laisserait sans ressources. Ce que je peux affronter pour moi seule, je me refuse de l'imposer à cet enfant. Si je lui laisse la vie, il est destiné à souffrir. Si je le… si je… ne la lui donne pas, c'est moi qui vais souffrir, peut-être même en mourir, mais, je te l'ai dit, ça ne sera que justice !

Jeanne considéra tendrement son amie.

—Je vois que tu as étudié toutes les éventualités ma douce, lui dit-elle. Je ne vais pas te torturer davantage, tu sembles décidée. Promets-moi simplement de ne pas prendre de risques inutiles, veux-tu ?

—C'est bien pour ça que je suis ici, répondit Marthe. J'ai pris mes économies et quelques bijoux, je peux parer au plus pressé, mais… je ne sais où aller. L'hôtel me fait peur, on y rencontre tant de personnes peu recommandables ! Je ne peux pas non plus rendre tes parents complices de mon évasion, ils se trouveraient dans une position intenable par rapport à mon père. Je ne sais que faire… J'avais pensé, peut-être, me rendre en Charente chez mes grands-parents. Mais… toute seule… J'ai peur, j'ai si peur, Jeanne, oh, si tu savais comme j'ai peur !

Les sanglots reprenaient de plus belle. Le thé arriva à point nommé. Les mains en coupe autour de la tasse bien chaude, Jeanne réfléchissait.

—Je pense tenir la solution, dit-elle soudain. Pour cette nuit, et la suivante, pas de problème, Papa et maman sont à Orléans chez ma tante. Et ensuite, nous irons à Milly-la-Forêt. C'est une petite bourgade très sympathique à une cinquantaine de kilomètres au sud de Paris et mes parents y possèdent une petite résidence secondaire. Personne n'y va jamais à cette saison, il faut dire que l'endroit n'est guère riant en hiver. Mais au moins y seras-tu convenablement installée, et à l'abri des ragots.

—Mais… tes parents, que diront-ils ?

—Rien, puisqu'ils ne sauront rien ! reprit joyeusement Jeanne. Nous n'allons bien sûr rien leur dire ! Je vais tout simplement prendre la clé, prévenir le couple au village, qui s'occupe de mettre la maison en état lorsque nous y allons, te faire passer pour une… voyons… oui, c'est cela, tu es ma cousine, toute jeune veuve éplorée, tu as besoin de solitude et de recueillement pour… écrire un livre à la mémoire de ton mari !! N'est-ce pas brillant ?

Les yeux étincelants, Jeanne, toute fière de son plan, joignait les mains en souriant. Marthe, si elle était soulagée d'entrevoir une porte de sortie, n'en était pas moins totalement incapable de se réjouir. *Je ne serai probablement jamais plus heureuse*, se dit-elle avec détachement. *C'est bien tôt pour renoncer au bonheur. Mais je l'ai cherché.*

—Oui, Jeanne c'est une très bonne idée.

—Tu prends ton, ton… rendez-vous, tu fais ce qu'il faut et puis je t'emmène et tu passes ta… convalescence là-bas, reprit-elle, d'un ton plus posé. Ça te va ?

—Bien sûr, ma Jeanne, bien sûr.

Marthe soupira.

—Je t'en impose, des choses, hein, au nom de notre amitié ! Ma pauvre Jeanne, tu es bien mal tombée avec moi !

—Arrête de te fustiger, tu veux ? Ça ne fera pas avancer les choses ! Il faudrait prendre le rendez-vous au plus vite, mais à qui s'adresser pour ce genre de renseignements ? À part dans une maison close…

Les deux jeunes filles se regardèrent. Effarée par ce qu'elle venait, sous forme de boutade, de suggérer, Jeanne se mordait les lèvres. Mais Marthe avait retrouvé sa combativité. La tête droite, le menton haut, elle supputait déjà qu'il lui faudrait emprunter une toilette habillée à Jeanne, se munir d'une quantité suffisante d'espèces sonnantes et trébuchantes, et aplanissait un à un les obstacles que son esprit agile mettait sur sa route.

—Le Chabanais, je pense. C'est le plus select. Je n'ai pas envie de côtoyer n'importe qui, ni d'obtenir une adresse douteuse ! Oui, c'est dit, ce soir, je vais au Chabanais. Pourras-tu me prêter une robe ?

*

Marthe fit arrêter le taxi un peu avant le numéro 12 de la rue Chabanais. Elle ne tenait pas à ce que le chauffeur la vît descendre juste devant le célébrissime bordel ! Tout en parcourant les quelques mètres qui la séparaient de ce haut lieu des réjouissances parisiennes, elle s'efforçait de prendre l'allure désinvolte, assurée, légèrement blasée, de la demi-mondaine à qui on ne saurait refuser l'entrée. Elle était vêtue d'une création de Paul Poiret, à la fois sophistiquée et un peu provocante, que Jeanne avait commandée sur un coup de tête mais n'avait jamais osé porter. La jupe, taille basse, se composait d'une multitude de lamelles d'un satin chatoyant, qui, s'ouvrant délicatement à chaque pas, laissait apercevoir l'éclair rosé de la peau, du genou jusqu'en haut de la cuisse. Profondément décolleté en pointe, le corsage, tendu par les seins de Marthe, interdisait le port de toute forme de sous-vêtement. Brodé de paillettes de jais et de cristal qui accrochaient la lumière, il attirait tous les regards. Marthe en avait caché l'indécence sous un long renard argenté dont la fourrure soyeuse caressait sa peau nue. Indifférente aux regards d'admiration que lui lançaient les hommes qu'elle croisait, elle avançait, sûre d'elle, le regard lointain, laissant derrière elle le sillage capiteux du N° 5 dont elle s'était abondamment parfumée avant de partir.

Parvenue devant le numéro 12, elle n'hésita qu'un court instant, puis pressa le timbre d'une main ferme. La porte s'ouvrit. Interloquée, Marthe contempla le géant africain qui se tenait devant elle. L'homme devait bien mesurer deux mètres. Il était vêtu d'un sarouel chatoyant vert et rouge rebrodé de fils d'argent et d'une chemise assortie, largement ouverte sur la poitrine. Tandis qu'il tirait la lourde porte sculptée à lui, ses muscles puissants roulaient sous la soie du costume. Il fit entrer Marthe, referma la porte, puis se planta devant elle, bras croisés sur la poitrine, la considérant sans aménité. Son lourd regard oriental, bordé de khôl, se promena sans vergogne sur la silhouette de la jeune femme. Soudain, il sourit, et cet éclat de blancheur soudaine, fendant d'un trait la noirceur mordorée du visage, finit de terrifier Marthe. Sans prononcer un mot, il fit signe à la jeune femme de le suivre. Progressant en silence sur ses babouches de cuir souple, il mena Marthe jusqu'à une porte à double battant, capitonnée de cuir. La bouche sèche, la jeune femme le suivait, martelant le sol de ses talons.

La porte s'ouvrit sur un autre monde. Marthe se trouvait dans une grotte. Sur les murs de pierre, des cascades ruisselaient. Des torches fichées dans les parois répandaient une lueur fantomatique ; une odeur douceâtre où se mêlaient l'humidité, le soufre, les parfums flottait dans l'air. Le Maure avait disparu ; ne subsistait de lui que l'éclat des fils d'argent de son costume. Prise d'angoisse, Marthe sentit s'accélérer les battements de son cœur. Elle se ressaisit, et, suivant les traits d'argent qui s'éloignaient, parvint jusqu'à un escalier de marbre dans lequel son mentor la précéda, après avoir ouvert une lourde grille de fer forgé. Marthe gravit les marches comme dans un rêve. Ils arrivèrent bientôt devant une porte fermée sur laquelle était écrit, en lettres d'or, « Salle Pompéi ». Marthe se raidit, prête à recevoir en plein visage les vapeurs âcres et soufrées d'un volcan en éruption. Plus rien ne pouvait, semblait-il, la surprendre. Mais la porte s'ouvrit sur une pièce brillamment éclairée, entièrement tapissée de miroirs dans lesquels se reflétaient, à l'infini, les silhouettes dénudées de quatre jeunes femmes occupées à babiller, tout en se coiffant, relaçant leurs bottines ou retouchant leur maquillage. Un épais tapis, aux riches couleurs chatoyantes recouvrait le sol. Plusieurs sofas, tendus de velours de Gênes, étaient disséminés dans la pièce. De petits guéridons supportaient carafes et verres de cristal. Assise dans un grand fauteuil, une petite dame sèche, vêtue d'une stricte robe de soie noire, considérait l'intruse avec un face-à-main. D'un regard, elle signifia au Maure son congé. D'une main impérieuse, elle fit signe à Marthe d'approcher.

—Veuillez ôter le renard, je vous prie, lui ordonna-t-elle

Marthe s'exécuta. La maîtresse la contempla un instant, l'air satisfait.

—Bien. Tournez-vous maintenant.

Interdite, Marthe la regarda sans réagir.

—Eh bien ! J'attends, reprit l'autre d'une voix coupante.

Marthe retrouva ses esprits.

—Je crains que vous ne vous mépreniez chère madame, lança-t-elle. Je ne suis pas à la recherche d'un emploi, mais d'un… renseignement, pour lequel je suis prête à payer le prix fort.

—Vraiment ? Quel genre de renseignement ?

Marthe eut un sourire désabusé.

—Allons, madame. Quel renseignement peut venir chercher chez vous une jeune fille de bonne famille ?

—Quelques petits tuyaux pour agrémenter ta nuit de noces, peut-être ? lança une des filles d'une petite voix flûtée.

Les autres éclatèrent de rire, et la maîtresse se permit un sourire indulgent.

—Allons, allons, mesdemoiselles, un peu de calme. Laissons parler notre invitée.

Marthe la regarda droit dans les yeux :

—Quel est le prix d'une passe ? demanda-t-elle sans détour.

—Mademoiselle souhaite goûter aux joies de Lesbos ? lui répondit la femme.

—Vous savez fort bien que non. En revanche, pour un renseignement qui ne vous prendra que quelques minutes, mademoiselle est prête à payer le prix d'une passe d'une demi-heure.

Saisissant une pipe qu'elle se mit à téter à petites bouffées gourmandes, Mme Catherine considéra la proposition en silence.

—Écoutez-moi bien, ma petite, reprit-elle au bout d'un moment. Ce sont des informations qu'on ne donne pas volontiers, car vous n'êtes pas sans savoir les risques que l'on encourt. Qu'est-ce qui va me garantir votre silence ?

Marthe sourit :

—Cela me paraît évident. Si tout marche bien, je n'aurai qu'à me louer de vos services, et ne chercherai évidemment pas à vous causer d'ennui, en révélant par là même que je vous ai rendu visite ! Dans le cas contraire, eh bien, je ne serai plus là pour en parler, n'est-ce pas ?

Mme Catherine reconnut dans sa voix ce détachement désespéré dont font preuve ceux qui n'ont plus rien à perdre.

—Fort bien. L'entrée de la maison est à cent francs, la passe simple, à trente. La prestation que vous demandez est à cinquante. Cela vous fera donc cent quatre-vingts francs. Payables d'avance, évidemment ;

Marthe ouvrit son réticule et compta sans sourciller la somme demandée.

—Pour ce prix, j'espère que votre… protégée a un certain savoir-faire ?

Mme Catherine sourit autour de sa pipe :

—Pour ça, pas de souci mon petit. Presque toutes mes filles sont passées entre ses mains ! Bien sûr, elles n'en sont pas toutes revenues, ajouta-t-elle pensivement. Vous connaissez les risques, n'est-ce pas ?

—Oui, répondit Marthe, oui. Je les connais.

S'approchant d'un guéridon, Mme Catherine écrivit rapidement un nom et une adresse sur une feuille de papier.

—Voilà. Vous la mémorisez, puis vous la détruisez. Lorsque vous arriverez chez elle, dites que vous venez de la part de Cathy de Beaumont.

Elle considéra Marthe d'un œil appréciateur.

—Et quand tout ça sera fini, si vous êtes à la recherche d'un gagne-pain, vous pouvez revenir, mon petit. Avec votre air distingué, vous me feriez chavirer bien des clients !

Marthe sourit :

—Je vous remercie, madame, mais je ne pense pas donner suite à votre proposition ! Encore une chose cependant : pouvez-vous me faire appeler un taxi, s'il vous plaît ?

—Mustapha va s'en charger.

Elle claqua dans ses mains et le géant se matérialisa derrière la porte.

—Mustapha ! Un taxi pour la demoiselle ! Adieu, mademoiselle. Ce fut un plaisir de faire affaire avec vous !

Balayant d'un regard la pièce somptueuse, les jeunes filles alanguies sur les sofas, la maîtresse, digne et stricte dans sa robe noire, Marthe inclina la tête en souriant puis se retira, accompagnée de Mustapha.

*

L'adresse donnée par Mme Catherine correspondait à un immeuble un peu défraîchi de la rue de Belleville, dans le 20e arrondissement. Les jeunes filles s'y étaient présentées dès le lendemain matin. On les avait reçues assez fraîchement et on leur avait fait comprendre sans ménagements que ce genre d'activités requérait l'ombre complice de la nuit et qu'il ne saurait être question de traiter le problème en plein jour. Enfin, avait-on ajouté en balayant d'un regard méprisant les jupes en fin drap de laine et les souliers de cuir, il conviendrait de se vêtir de manière un peu plus « populaire » si on ne souhaitait pas se faire remarquer dans le quartier, et on ne le souhaitait pas, pas vrai ? Gênées, les deux jeunes filles avaient rebroussé chemin et s'en étaient allées s'équiper de hardes moins distinguées.

Il était 20 heures à présent et la nuit était complètement tombée. Les rares réverbères peinaient à éclairer le pavé luisant de pluie. Une brume légère était tombée avec le soir ; tout semblait gris, sale, irréel. Des silhouettes patibulaires surgissaient de nulle part et disparaissaient tout aussi vite ; des chats qui se battaient dans la cour d'un immeuble modulaient de longs feulements sinistres, pareils aux cris d'un enfant qu'on maltraite ; un ivrogne passa en titubant, chantant à mi-voix une mélopée pâteuse. Serrée tout contre Marthe, Jeanne jetait autour d'elle de petits coups d'œil apeurés. Elles avaient décidé de faire la majeure partie du trajet à pied, pour rester aussi discrètes que possible, mais maintenant, dans cette rue grise tapissée d'ombres et de brouillard, Jeanne commençait à douter du bien-fondé de la décision.

Enfin on se trouva devant l'immeuble. La porte était entrouverte. Les jeunes filles pénétrèrent dans une cour étroite, encombrée de poubelles. D'âcres relents stagnaient dans le passage. Marthe glissa sur un détritus et faillit entraîner Jeanne dans sa chute. Enfin, elles poussèrent la porte donnant sur l'escalier et entreprirent l'ascension jusqu'au quatrième étage. Chaque marche emportait un peu du courage de Marthe ; un tremblement incoercible commençait à gagner ses membres, sa respiration devenait malaisée. Elle serra convulsivement la main de Jeanne qui lui renvoya un sourire crispé. Encore quelques marches, et elles se retrouvèrent devant la porte de la faiseuse d'anges. Une peinture verdâtre s'écaillait par plaques ; des odeurs de graillon imprégnaient le petit palier. D'une main peu assurée, Jeanne frappa trois coups. La porte s'ouvrit sur un couloir sombre et une silhouette leur fit signe d'entrer. La porte se referma avec un claquement sec. À l'intérieur, l'odeur prenait à la gorge. Cela sentait le renfermé, la cuisine, le moisi, les corps mal lavés. Les larmes aux yeux, Marthe décida de faire face.

—Où allez-vous procéder à l'opération ? demanda-t-elle

La silhouette fit un signe vague et précéda les jeunes filles jusqu'à la cuisine. Elle montra la table, sur laquelle était étendue une vieille couverture feutrée de crasse. Luisant d'un éclat métallique, une aiguille à tricoter attendait de remplir son office.

Réprimant un haut-le-cœur, Marthe ouvrit son cabas, et en sortit une éponge, des produits ménagers, une petite cuvette, de la Listerine et un drap propre. La femme la regardait sans mot dire. Il était impossible de lui donner un âge. Sa silhouette frêle, un peu voûtée, semblait celle d'une femme mûre. Mais malgré les cheveux grisonnants, la peau du visage était lisse et les yeux avaient l'éclat de la jeunesse.

—Vous comme moi avons tout intérêt à ce que tout se passe bien, n'est-ce pas ? dit Marthe. Alors vous allez faire exactement ce que je vous dis. Enlevez-moi cette couverture et nettoyez la table avec ceci.

—Faut voir à m'payer d'abord.

La femme empocha l'argent que lui tendait Marthe d'une main preste, puis entreprit le nettoyage de la table. Pendant ce temps, Marthe avait mis de l'eau à bouillir sur le petit réchaud. Lorsqu'elle se mit à bouillonner, elle y jeta l'aiguille à tricoter. Le drap fut étendu sur la table et Marthe commença à se dévêtir, tout en continuant à donner ses instructions.

—Maintenant, vous allez vous savonner les mains et les ongles, pendant plusieurs minutes, puis vous plongerez vos mains dans cette solution de Listerine, dans la cuvette. N'ayez pas peur, c'est juste un désinfectant.

La femme ouvrait de grands yeux étonnés devant toutes ces excentricités.

—J'sais point c'qu'ya dans vot'cuvette, moi, mamzelle. Pas question qu'j'y mette les mains !

—Je vous dis que c'est juste un dés… un liquide qui permet de… d'éviter les complications dues aux microbes. Tenez, regardez, non seulement j'y trempe les mains, moi, mais je vais même me faire une toilette intime avec.

Et, saisissant le gant de toilette qu'elle avait apporté, Marthe joignit le geste à la parole. La morsure du liquide sur sa chair la préparait à l'intense douleur qu'elle allait bientôt ressentir. Peu convaincue, la bonne femme la regardait, mais ne bougeait pas. Alors Jeanne, la douce Jeanne, prit sa main et la trempa avec la sienne dans la cuvette :

—Là, vous voyez, dit-elle, ce n'est rien, juste un peu froid. Mettez-y l'autre main, maintenant, voilà comme ça, et puis frottez fort. C'est bien ! la félicita-t-elle. Non, non, non, intervint Jeanne *in extremis*, en voyant la femme tendre les mains vers un torchon crasseux, prenez cela plutôt !

Tandis que la femme s'essuyait les mains dans une serviette immaculée, Marthe prit position sur la table. Jeanne, quant à elle, récupéra l'aiguille à tricoter dans l'eau bouillante et la badigeonna de Listerine.

—Tout est prêt, je crois, dit-elle à Marthe.

Celle-ci hocha la tête en silence, et plia les jambes. Ses genoux tremblaient et elle se mordait les lèvres, dans un effort désespéré pour se maîtriser.

—Je suis prête, lança-t-elle à la femme, vous pouvez y aller.

La silhouette se pencha, saisit l'aiguille à tricoter et écarta les cuisses de Marthe d'une main ferme.

Serrant la main de Jeanne à la broyer, Marthe avait fermé les yeux. Elle se représentait l'avancée de l'aiguille dans sa chair et priait, elle ne savait qui, elle ne savait quoi, pour qu'il n'y ait pas de perforation, pour que les mesures d'asepsie soient efficaces, pour que le petit être qui se développait, confiant au creux d'elle-même, ne souffre pas. *Non, ce n'est pas encore un être, c'est juste un groupe de cellules, il ne ressent rien, oh mon Dieu ça y est, j'ai mal, j'ai mal, c'est bien, c'est juste, je le mérite, oh, Dieu, que c'est douloureux !*

Les ongles enfoncés dans la main de Jeanne, Marthe se mordait au sang pour ne pas hurler, tandis que son bourreau, d'une main experte, fouaillait son utérus.

Enfin, l'aiguille se retira et un filet de sang commença à couler entre les cuisses de Marthe.

Jeanne prit une serviette imbibée de Listerine et nettoya son amie avec douceur. Des larmes silencieuses traçaient leurs sillons sur les joues blêmes de Marthe, qui ne bougeait pas.

—Va falloir partir, maint'nant, hein ! J'peux pas vous garder là toute la nuit !

—Mais, elle ne peut pas marcher, je crois, intervint Jeanne.

—Mais si, mais si elle peut marcher, même que ça va aider à la descente, z'allez voir ! Bon, elle va saigner, c'est sûr, mais tant qu'y a pas de fièvre, ça risque rien ! Allez, mamzelle, reprit-elle plus doucement, c'est fini, vous pouvez y aller.

Marthe se redressa. Une douleur fulgurante la plia en deux.

—C'est bon signe, se félicita la faiseuse d'anges, y va sortir !

Épouvantée, Marthe la regarda avec des yeux affolés :

—Co-comment, y va sortir ? Là, maintenant, comme ça, ou dans la rue peut-être ?

—C'est possible, concéda l'autre, mais d'habitude, ça prend quand même un peu plus de temps.

—Allons-y vite, Jeanne, aide-moi à me lever, s'il te plaît, oh mon Dieu, j'ai envie de vomir, je me sens mal !

Jeanne soutint son amie jusqu'à ce qu'elle recouvre quelques forces, puis, à pas menus, elles prirent leur chemin vers la sortie.

Il était évident que Marthe ne pourrait pas marcher bien loin et Jeanne faillit sangloter de soulagement en avisant un taxi en maraude à peine le coin de la rue passé.

Une fois de retour chez Jeanne, Marthe se laissa déshabiller, toiletter et mettre au lit comme une enfant. Jeanne lui porta une bouillotte chaude à poser sur son ventre pour tenter de calmer un peu ses douleurs, et un bol de tilleul pour l'apaiser et la désaltérer. Envahie par le dégoût d'elle-même, Marthe ne disait rien, et refusait d'ouvrir les yeux pour ne pas souiller son amie de son regard.

Jeanne resta auprès d'elle, changeant les linges ensanglantés, rafraîchissant le front, les mains, versant à boire, caressant la chevelure humide de transpiration, apaisant, réconfortant. Elles émergèrent de cette longue nuit, brisées, épuisées, endolories. Voyant que la respiration de Marthe devenait enfin plus régulière et qu'elle semblait avoir sombré dans le sommeil, Jeanne se leva et s'autorisa à quitter la chambre pour aller se rafraîchir un peu. Une longue journée l'attendait, car il fallait maintenant mener Marthe à Milly-la-Forêt, puis revenir à temps à Paris pour que Père et Mère ne se doutent de rien. L'inquiétude la taraudait. Pourvu, pourvu que tout se passe bien, que Marthe puisse se remettre et reprendre le cours de sa vie ! Elle considéra avec étonnement son visage poupin dans le miroir : c'était elle, cette toute jeune fille au regard sage ? Il lui semblait pourtant avoir vieilli de dix ans en une seule nuit ! Ouvrant le robinet d'eau froide, elle entreprit de se débarrasser des miasmes de la nuit.

13

Marthe

La Font-de-Montendre, mars 1926

Bercée par le halètement du train, Marthe somnolait, seule dans le compartiment embué. Sa tête, coiffée d'un petit chapeau cloche d'un gris tristounet qui ne rendait pas justice à ses yeux, dodelinait doucement. Le visage pâle et amaigri, les yeux cernés, toute menue dans son épais manteau d'hiver, Marthe semblait avoir vieilli de plusieurs années en quelques semaines. Elle se déganta, et, d'un geste rapide, porta avidement l'ongle de son pouce droit à sa bouche. Sans hésitation, elle referma en pince ses incisives sur le misérable rognon qui dépassait de quelques dixièmes de millimètres la peau rouge et boursouflée du bout du doigt, et d'un mouvement ample et assuré du menton, trancha proprement l'importun, d'un bout à l'autre de l'ongle. Ce faisant, elle attaqua la chair tendre du doigt et quelques gouttes de sang se mirent bientôt à perler. Elle les considéra avec ennui, et, tout en mâchonnant la rognure, se saisit d'un mouchoir blanc qu'elle enroula en tampon autour du doigt blessé.

C'était miracle qu'elle n'eût pas encore de panaris, se dit-elle. Mais cette pensée médicale, cette pensée d'un autre temps, d'une autre Marthe, fut bientôt chassée par le besoin impérieux de trancher à nouveau, de se faire souffrir, de sentir la légère douleur qui s'installe, insidieuse, et se répand, et permet, pour un instant, d'oublier l'autre souffrance. Ce vide insondable, dans son corps et dans son esprit, ces vertiges de douleur, de honte et de culpabilité, ces abîmes de dégoût qui la jetaient, pantelante, à bas de son lit, chaque nuit, torturée de remords et de chagrin ne cédaient le pas, le jour venu, qu'à un grignotage forcené de tous les lambeaux de peau et d'ongle subsistant sur ses pauvres mains. Fermant les yeux sur la peine qui montait, par vagues, et menaçait d'engloutir toute forme de raison et de dignité, la jeune fille s'obligea à respirer calmement, puis récapitula les étapes de son voyage, pour occuper son esprit. Elle avait quitté Paris deux heures plus tôt, en route pour la Charente. Avec un sourire attendri, elle se remémora Jeanne, sur le quai de la gare, la douce, fidèle, vaillante Jeanne, qui avait si bien su l'assister depuis le début de l'épreuve et qui, jusqu'au dernier moment, s'était employée à aplanir pour elle tous les obstacles.

Après l'opération chez la faiseuse d'anges, Jeanne l'avait veillée comme une mère, toute la nuit ; le matin venu, constatant que Marthe n'avait pas de fièvre, et que les saignements restaient peu abondants, elle avait installé son amie, aussi confortablement que possible, dans la petite Citroën que son père lui avait offerte lorsqu'elle avait obtenu son permis de conduire, quelques mois plus tôt, et avait pris avec elle la route de Milly-la-Forêt.

En à peine plus d'une heure d'un trajet sans histoires, elles étaient rendues. Jeanne avait pris soin de prévenir Toinou, l'homme à tout faire qui gérait l'intendance sur place pour ses parents. Lorsqu'elles étaient arrivées, un bon feu flambait dans la cheminée du salon, des victuailles garnissaient la petite souillarde à l'arrière de la maison, le lit était fait et bassiné. Marthe s'était mise au lit. Jeanne lui avait préparé un léger repas, donné les instructions nécessaires pour gérer la maison ou s'adresser à Toinou en cas de difficulté, puis, la serrant dans ses bras, et l'embrassant à l'étouffer, avait déclaré entre deux sanglots :

—Je te préviens, ma belle, tu as intérêt à être en forme, debout et bien vivante quand je reviendrai. Dès que possible, j'invente un mensonge plausible et j'arrive !

Marthe l'avait regardée avec émotion :

—Sans toi, je serais morte, déjà, dit-elle d'une voix douce et atone. Tu le sais, n'est-ce pas ? Comment pourrai-je jamais te remercier ?

—En guérissant, et vite, avait rétorqué Jeanne dans un sourire.

Puis elle était partie, et Marthe s'était retrouvée seule dans la vieille demeure dont les bois craquaient sinistrement.

Elle avait sommeillé un peu, puis elle s'était levée, pour faire pipi dans le pot de chambre qui se trouvait à côté du lit. Au moment où elle posait le pied par terre, une crampe affreuse l'avait pliée en deux. Le ventre déchiré, se mordant les poings, elle avait attendu en haletant que la douleur reflue. La vague de souffrance s'était enfin calmée et Marthe avait pu se soulager, puis regagner le lit en toute hâte. Pendant la majeure partie de la nuit, les contractions s'étaient ainsi succédé, de plus en plus fortes, de plus en plus rapprochées. Les yeux brouillés de larmes, Marthe gémissait, les mains pressées sur son ventre, et sentait la vie s'écouler d'elle, dans une honteuse souffrance. Recroquevillée au creux du lit trempé de sang et de sueur, elle avait lutté, pour ne pas se laisser aller au désir d'en finir. Pour Jeanne, dont le lumineux sourire avait semblé la guider tout au long de cette horrible nuit.

Enfin une houle puissante, primaire, insoutenable, avait ravagé ses entrailles et l'œuf minuscule avait été expulsé, dans un flot de sang. Inerte, Marthe était restée immobile, des heures durant. Le sang, en séchant, avait collé sa chemise de nuit à ses cuisses. Elle avait froid, elle avait soif, elle avait honte. Elle aurait voulu mourir, mais elle se battait pour rester en vie, pour amener une autre respiration jusqu'à son cœur, puis une autre encore. Il fallait tenir, tenir jusqu'à ce que le jour soit là. Et alors… alors quoi ? Elle ne savait pas, mais elle luttait, et luttait encore pour voir l'aube. Enfin une pâle lueur s'était frayé un chemin dans les ténèbres et avait timidement éclairé un coin de la fenêtre. Passant une langue cotonneuse sur ses lèvres sèches et craquelées Marthe avait eu le temps de penser *Je suis sauvée* puis s'était endormie comme on meurt, d'un sommeil lourd, profond, insondable.

Le train mugit, longuement, dans la brume. Le son lugubre s'accordait à merveille avec les pensées de Marthe. Plus tard – le même jour ? le lendemain ? elle n'aurait su dire –, elle avait ouvert les yeux sur le visage inquiet de Jeanne, penché sur elle. Elle avait tenté un sourire, mais ses lèvres enflées et gercées ne réagissaient pas. Épouvantée par sa faiblesse, Jeanne avait, en toute hâte, mandé le médecin du village. Ce dernier avait très vite compris de quoi il retournait. Il avait prescrit quelques médecines de base mais s'était interdit tout geste ou parole de compassion. C'est au contraire en toisant Marthe d'un œil sévère et méprisant qu'il avait accompli son office, manipulant sans aucune délicatesse la zone meurtrie, et ne lui faisant même pas l'aumône d'un adieu. Marthe reçut ce dédain comme une gifle d'eau sale, la confortant dans l'idée qu'elle n'était qu'un monstre odieux.

Enfin, la médecine, le repos, et les tendres attentions de Jeanne eurent raison de sa faiblesse. En quelques jours elle fut sur pied et put même entreprendre quelques promenades dans le village. Le médecin, toutefois, avait dû rompre son serment de confidentialité car les voilages se levaient discrètement sur son passage et les commérages allaient bon train. Les matrones la dévisageaient sans aménité, la bouche pincée et l'œil assassin, et Marthe, qui d'habitude, passait tête haute en tout lieu, en venait à longer les murs d'un air coupable, emprunter les ruelles les moins fréquentées et baisser piteusement les yeux sitôt qu'il lui fallait croiser quelqu'un. La situation ne pouvait ainsi s'éterniser, d'autant que, très vite, les Tellier allaient avoir vent de l'affaire. Or elle ne voulait en aucun cas les mettre dans l'embarras. C'est alors que lui était venue cette idée pas si folle de se rendre chez ses grands-parents, non sans avoir auparavant informé ses parents de son intention.

De sa plus belle plume, elle avait rédigé, pour son père, une missive où elle expliquait sans mâcher ses mots que, enceinte des œuvres d'un homme qu'elle ne souhaitait pas nommer, elle s'était fait avorter, avait réussi à surmonter physiquement l'épreuve, mais se sentait psychologiquement brisée et n'envisageait plus de revenir à Paris, puisque, bien évidemment, elle ne pouvait plus, dans ces conditions, épouser Fernand, ni retourner vivre chez elle, où sa honte rejaillirait sur tous. Elle comptait donc se rendre, non pas au couvent, mais au château de ses grands-parents, à Montendre, en Charente, afin d'y vivre dans l'isolement et l'anonymat requis par sa triste situation. Elle était certaine que, dans sa grande sagesse, Jules Gaumain-Baucourt ne manquerait pas d'admettre le bien-fondé d'une telle décision, qui mettrait sa famille directe à l'abri de l'opprobre général. Elle terminait en envoyant son souvenir affectueux.

La réponse ne s'était pas fait attendre ! Jules Gaumain-Baucourt, en termes extrêmement blessants, lui disait ce qu'il pensait de sa conduite éhontée, lui faisait savoir qu'il comptait, bien sûr, la déshériter, qu'elle n'était plus son enfant et qu'il lui interdisait de reparaître jamais à son domicile. Il joignait à la missive un ordre de virement à l'intention de ses grands-parents, qu'il voulait « défrayer de la charge qu'elle allait représenter », et terminait en souhaitant ne plus jamais entendre parler d'elle. Pas un mot de Mère.

Les yeux secs, Marthe avait déchiré la lettre en menus morceaux, et enfoui le virement au fond de son sac. Puis elle avait écrit à ses grands-parents pour leur annoncer sa venue, sans en expliquer le motif. Bah ! Elle verrait bien, une fois sur place, quelle histoire elle pourrait leur servir. Et s'ils ne la croyaient pas, eh bien, tant pis ! Elle s'en moquait totalement, comme elle se moquait de tout.

*

C'était le Jacques, l'homme à tout faire du domaine, qui était venu la chercher en gare de Jonzac, avec la calèche que ses grands-parents continuaient à utiliser pour tous leurs déplacements dans la région. Elle le reconnut immédiatement, bien qu'elle ne l'eût pas vu depuis près de dix ans. Il semblait ne pas vieillir. Grand et maigre, toujours un peu courbé, brun de peau, il avait acquis, peut-être par une sorte de mimétisme inexplicable, l'aspect noueux et torturé d'un vieux cep. Ses yeux vifs brillaient sous d'épais sourcils en broussaille. De grosses touffes de poils jaillissaient de ses narines et de ses oreilles. Coiffé, été comme hiver d'un béret bleu marine duquel dépassait une couronne de cheveux blancs, il affichait en permanence une sorte de demi-sourire matois que Marthe subodorait dû à une légère paralysie de la face, mais que la plupart des villageois mettaient sur le compte d'une forte propension à se moquer d'autrui. En conséquence, il n'était guère aimé au village ; on apprenait aux petits enfants à le craindre, et aux jeunes gens à se gausser de lui. Il ne semblait guère s'en soucier, plus préoccupé par ses vignes que par le désir de se faire des amis. Il n'avait de meilleure compagnie que la jument qui menait l'attelage, et c'est à elle qu'il réservait ses encouragements, ses mots de tendresse et ses inquiétudes.

Il n'était point trop satisfait de cette course que les maîtres lui avaient demandé de faire à Jonzac. Voilà qui allait lui faire perdre une bonne heure et demie de travail dans les vignes et Dieu sait que ça n'était pas le moment ! Il lui fallait absolument traiter les pieds ! Depuis la grande attaque de 1872, les vignerons charentais vivaient dans la terreur d'un possible retour du phylloxéra. Chaque hiver, le Jacques badigeonnait amoureusement ses souches avec un mélange à base de chaux, censé détruire le tueur dans l'œuf. Il cracha de dépit sous sa moustache. Qu'est-ce qu'elle venait donc faire ici, cette pimbêche parisienne qu'on n'avait pas vue depuis dix ans ? Cependant, dès qu'il vit apparaître Marthe, toute blanche, malingre, fragile, son cœur s'émut. La pauvre pitchoune, qu'est-ce qui lui était donc arrivé ? Elle avait dû être bien malade pour avoir une si pauvre mine ! Sûr que le bon air de Montendre allait la requinquer ! Il avait marmonné quelques paroles de bienvenue d'un ton bourru, avait saisi le bagage de la demoiselle et l'avait aidée à grimper sur la calèche. Et cela faisait maintenant vingt minutes que l'étrange équipage traversait la maussade campagne charentaise, dans le plus profond silence. Marthe, frileusement serrée dans la couverture que le Jacques avait placée sur elle, regardait ce paysage gris, triste et nu, noyé de brumes, où se dressaient, pareils à des squelettes de gnomes mal formés, les ceps noueux qui faisaient la gloire de la région. On était tout près de Cognac et de son eau-de-vie miraculeuse ! La liqueur des anges !

Le domaine de ses grands-parents, le château de La Font-de-Montendre, se trouvait à une cinquantaine de kilomètres au sud de Cognac. C'est au XVe siècle qu'à la suite d'une manipulation hasardeuse menée par des commerçants hollandais, l'eau-de-vie de Cognac avait vu le jour. Jusque-là, les vignerons charentais s'efforçaient tant bien que mal d'exporter leur vin, une piquette dont la faible teneur en alcool ne permettait pas la conservation, et trop fortement concurrencée par les crus bordelais tout proches. C'est alors qu'on eut l'ingénieuse idée de la distiller pour augmenter sa teneur en alcool. Et les commerçants hollandais y ajoutèrent de l'eau, pour, croyaient-ils, recréer le vin d'origine, avant de stocker le tout. Ils se rendirent bientôt compte que la boisson en question n'avait plus grand-chose à voir avec le petit vin d'origine et se bonifiait extraordinairement en vieillissant. La liqueur des anges était en passe de voir le jour. Les légendes les plus folles fleurissaient quant à la naissance du Cognac, mais celle qu'affectionnait tout particulièrement Marthe était celle du « rêve ». Bien souvent son grand-père la lui avait contée, lors de leurs promenades dans les vignes, et elle ne s'en lassait jamais.

Le chevalier de Segonzac était un homme fort pieux, qui se targuait régulièrement d'avoir une conscience si pure que jamais le Malin ne pourrait rien tirer de lui. Une nuit cependant, il fit un rêve terrible. Par quelque sortilège inexplicable, Satan avait réussi à s'emparer de lui. L'ayant mené aux Enfers, où ronflait un immense brasier, il avait entrepris de le faire cuire dans un chaudron afin de lui faire renier sa foi. Mais celle-ci était si forte et si pure que, malgré l'abjecte souffrance, le chevalier avait résisté. C'est alors que Satan eut la démoniaque idée de soumettre le pauvre chevalier à une deuxième cuisson. Les avis divergeaient quant à l'issue : pour les uns, le chevalier sortait bonifié de cette horrible aventure, sa foi encore renforcée, il avait vaincu Satan. Pour d'autres, beaucoup moins nombreux, Satan avait réussi et la seconde cuisson avait eu raison des dernières velléités de résistance du malheureux chevalier.

Quoi qu'il en soit, au petit matin, inspiré sans doute par Dieu et non plus par Belzébuth, le chevalier de Segonzac eut la « révélation » : il fallait, si l'on souhaitait obtenir la quintessence de la liqueur des anges, la soumettre à une seconde cuisson, c'est-à-dire à une double distillation ! Le cognac était né. Vieilli en fûts de chêne pendant plusieurs années, le cognac doublement distillé continuait d'alimenter la légende ! En effet, pendant le vieillissement, des échanges se créent entre l'eau-de-vie, le chêne de la barrique et l'air ambiant. Une part d'alcool s'évapore toujours ; on l'appelle « la part des anges ». Elle favorise la prolifération d'un minuscule champignon noir qui, se fixant aux murs et aux toits des chais, leur donne une couleur noire. C'est l'explication scientifique, à laquelle Marthe, enfant, préférait celle de Tiennette, la servante : le Diable, mécontent de voir que son idée a servi le chevalier au lieu de le détruire, s'en vient prélever sa part de cognac dans chaque barrique. Son souffle infernal, tandis qu'il visite les chais, laisse sur les murs et les toits une fine pellicule de suie... Marthe sourit en se rappelant son effroi lorsque la grosse femme, roulant des yeux effarés, se signait rapidement par trois fois, pour conjurer le sort. Car il était toujours à craindre qu'un jour le diable prît plus que sa part et laissât entièrement vides les barriques !

On venait de passer La Valade, on était sur le point d'arriver. La calèche emprunta bientôt un petit chemin, serpentant entre les vignes, que Marthe reconnut aussitôt, pour s'y être maintes fois promenée, enfant. Elle se souvint y avoir fait, avec le fils d'un des fermiers, de succulentes orgies de mûres ! Un nouveau sourire vint fleurir sur ses lèvres : bienheureuse enfance, avec ses successions de joies simples ! Le « vert paradis des amours enfantines ». Oh, oui, il était maintenant bien plus loin que l'Inde ou que la Chine ! Soudain, au détour d'un virage, apparurent les toits coniques, recouverts d'ardoise, des deux tours d'angle du château.

Construit au XVIIIe siècle, sur un domaine de dix-sept hectares au cœur des crus prestigieux de Petite Champagne, le château de La Font-de-Montendre appartenait à sa famille depuis des générations. C'était un magnifique édifice en pierres de taille, qui avait été habilement restauré au fil des siècles. On y accédait par un sentier gravillonné, traçant la voie au milieu de chênes et de hêtres centenaires dont la ramure majestueuse procurait, en été, une bienfaisante fraîcheur. On apercevait parfois le doux pelage tacheté d'un daim, broutant tranquillement dans le parc : ils étaient les protégés du baron de Montendre. Des paons prétentieux paradaient au bord du chemin, faisant la roue pour mieux impressionner la visiteuse. Le bleu vert mordoré de leurs plumes se déployait orgueilleusement sous les yeux émus de Marthe. Un petit écureuil roux détala à toute allure sous les naseaux de la jument. Placide et bien habituée, elle ne fit pas le moindre écart.

On arriva enfin devant le château. Au centre, devant le perron, se trouvait une fontaine ronde ornée de sculptures antiques dans laquelle, bien souvent, Marthe avait plongé son visage enfiévré par les courses à travers champs pour en éprouver la vivifiante fraîcheur. Ce n'était pas à cette fontaine, cependant, que le domaine devait son nom, mais à une petite source, à demi cachée au creux d'une haie, à quelques centaines de mètres de là. Protégée par une niche de pierre, toujours ornée de fleurs ou de menus présents, ladite source, prétendument miraculeuse, était supposée apporter apaisement, voire guérison, de toutes sortes de douleurs. Pour y avoir trempé en vain ses doigts écorchés par les ronces ou brûlés par les orties, Marthe avait toujours douté fortement des vertus curatrices de la source !

De chaque côté du perron s'épanouissaient, en été, de magnifiques massifs d'hortensias, pour l'heure réduits à l'état de branches squelettiques. Deux lions sculptés dans la pierre accueillaient le visiteur au sommet des marches.

Marthe descendit de voiture et s'avança lentement vers le perron. Comment allait-elle expliquer sa venue à ces deux vieilles personnes qu'elle n'avait pas vues depuis si longtemps ? Et pourquoi, du reste, être restés si longtemps sans venir, alors qu'on avait coutume d'y passer une bonne partie de l'été ? Pour la première fois, elle se posa la question, interdite : que s'était-il donc passé pour qu'on cessât, brusquement, toute relation avec ses grands-parents ? Et comment allaient-ils la recevoir ? Une brusque appréhension lui serra le cœur.

*

Serrant nerveusement le col de son manteau dans une main, Marthe souleva le lourd heurtoir de cuivre. Le son mat qu'il produisit en retombant se répercuta jusque dans sa poitrine. Les battements de son cœur s'accélérèrent et elle avala fébrilement sa salive. La porte s'ouvrit et la face rougeaude de Tiennette apparut dans l'encadrement. Un large sourire aux lèvres, la bonne femme ouvrit tout grands les bras, comme autrefois, et Marthe vint se loger sans hésiter contre l'ample poitrine, retenant à grand-peine les larmes qui montaient.

—Eh bin, et bin, répétait Tiennette, laissez-moi vous ar'garder, z'avez pas qu'un peu changé mamzelle Marthe, mais zêtes pas bin plus épaisse qu'une cagouillette pardi ! Oh que j'suis beunaise de vous voir !

Émue, Marthe retrouvait avec plaisir les intonations campagnardes qui avaient bercé ses vacances d'enfant.

—Je suis tellement heureuse de te revoir, Tiennette ! Comment vont Bon-Papa et Bonne-Maman ?

C'est tout naturellement que la tendre appellation lui était revenue aux lèvres.

Tiennette pinça les lèvres d'un air mécontent :

—Ah ! Ça ! Pour sûr que c'est pas les nouvelles de Paris qui leur donnent du cœur à l'ouvrage ! ronchonna-t-elle. Mais donnez-moi don' vot' mante et v'nez-vous-en dans le p'tit salon, c'est là qu'y vous attendent !

Marthe la suivit dans le grand vestibule dallé de blanc et bleu. Elle huma avec délice ce parfum unique de feu de bois, d'encaustique et de bonne soupe qui lui rappelait son enfance. Bravement, elle suivit Tiennette dans le petit salon.

Ouvrant par de larges portes-fenêtres sur le parc à l'arrière du château, le petit salon était une pièce intime et chaleureuse. Une cheminée, dans laquelle ronflait un feu de bois, répandait sa douce chaleur ; sommairement mais élégamment meublé d'un sofa et de deux fauteuils Louis XV, tendus d'une tapisserie à ramages blanc et bleu, usée jusqu'à la trame, le petit salon n'était utilisé que pour recevoir les intimes. Une table de trictrac, un petit guéridon supportant quelques verres à liqueur et une carafe de cognac en constituaient le seul ameublement. Tacitement, ses grands-parents, en la recevant ici, entendaient lui faire savoir qu'elle faisait toujours partie de la famille. Cela allégea un peu le poids qu'elle avait sur le cœur. Son grand-père s'était levé à son entrée dans la pièce. Il lui sembla bien plus petit que le souvenir qu'elle en gardait, mais il était toujours droit comme un if malgré ses soixante-dix ans passés. Une grosse moustache blanche, assortie aux favoris qui lui mangeaient les joues, cachait le tremblement de ses lèvres. Mais sa voix chevrota un peu lorsqu'il salua sa petite-fille :

—Marthe ? Marthe, nous sommes si heureux de te revoir !

Ouvrant les bras, il reçut sur son cœur une pauvre créature sanglotante qui ne cherchait plus à contenir son émotion. Se pouvait-il que ce soutien familial qui lui avait toujours si cruellement manqué, elle l'eût enfin trouvé, là, dans ce château à demi oublié, si loin de tout ce qui faisait sa vie ?

Honoré de Montendre lui tapotait le dos à petits coups de main maladroits, plus habitué à claquer la croupe d'un cheval qu'à réconforter une jeune fille en pleurs. Par-dessus l'épaule de Marthe, il lançait de petits coups d'œil désespérés à son épouse, mais celle-ci, le nez dans un fin mouchoir de linon, ne lui prêtait aucune attention. Enfin, après un dernier reniflement sonore, Marthe se détacha de son grand-père pour enlacer sa grand-mère.

—Bonne-Maman, Bonne-Maman, vous sentez toujours aussi bon, dit-elle en reniflant avec délectation le léger arôme de poudre de riz mêlé d'eau de senteur à la lavande émanant de la petite dame qu'elle serrait dans ses bras à l'étouffer.

Arrivant à peine à l'épaule de Marthe, Hermine de Montendre n'en avait pas moins fière allure dans sa robe de soie noire à col montant, avec ses longs cheveux blancs ramenés en chignon sur la nuque. Un trousseau de clés cliquetant à sa ceinture annonçait clairement qui était la maîtresse des lieux. Ses mains, belles encore malgré la peau fripée, s'attardèrent sur les joues de Marthe, suivirent l'arête du nez, dessinèrent les contours du visage. Enfin, un sourire éclaira le vieux visage dont les yeux restaient fixés au loin :

—Ma chérie, ma chérie, oui, je te reconnais, ma petite Marthe, mais tes joues semblent bien creuses, mon enfant, est-ce un chagrin qui t'a malmenée de la sorte ?

Sa cécité semblait lui avoir donné une sorte de prescience : elle voyait désormais avec les yeux de l'âme et ceux-ci sont souvent bien plus clairvoyants.

—Oui, Bonne-Maman, répondit Marthe simplement.

—Assieds-toi mon enfant, lui dit sa grand-mère avec affection. Et donne-nous des nouvelles. Il y a si longtemps que nous en attendons !

Marthe hésita. Allait-elle donner gentiment les nouvelles attendues et passer le pire sous silence ? La vue des deux visages confiants levés vers elle la fit chavirer et elle se décida :

—Bonne-Maman, Bon-Papa, je suis touchée plus que je ne saurais dire par votre accueil à tous les deux. Je dois dire qu'après… une si longue séparation, un si long silence, je ne savais trop à quoi m'attendre et je redoutais un peu notre rencontre. Aussi, je tiens à ce que vous sachiez toute la vérité me concernant. Ainsi pourrez-vous décider en toute conscience si vous souhaitez toujours m'accueillir chez vous. Mais auparavant, et afin que les choses soient tout à fait claires entre nous, je souhaiterais aussi que vous m'expliquiez pourquoi, brusquement, nous avons cessé de nous voir, à partir de l'été 1916. Est-ce à cause de la maladie de Gilbert ? Je ne me suis jamais vraiment posé la question je l'avoue, avant aujourd'hui, et je le regrette. Mais maintenant, je voudrais savoir.

—C'est là un sujet que nous n'abordons pas volontiers, tu sais, lui répondit sa grand-mère. Peut-être serait-il plus judicieux, avant de parler des drames du passé, de refaire un petit peu connaissance, toi et nous ?

—Si je vous parle de moi, reprit Marthe d'un ton désabusé, ce sont les drames du présent que nous allons évoquer ! Mais je sais bien que je vous dois des éclaircissements. Je vous en prie, quelle que soit votre réaction, s'il vous plaît, écoutez-moi jusqu'au bout et rassemblez toute votre tendresse pour moi avant de me juger.

Marthe se mordit les lèvres, puis, frottant l'une contre l'autre ses paumes moites, commença son récit :

—Voilà, dit-elle, tout a commencé à l'automne dernier. Je venais d'obtenir mon baccalauréat et mon plus cher désir était d'intégrer la faculté de médecine. Je n'en avais jamais fait mystère, tout le monde, à la maison, savait que je souhaitais devenir médecin. Mon rêve était de trouver un traitement contre la tuberculose. (Elle eut un petit rire désenchanté.) Mais apparemment, ce n'est pas une carrière suffisamment convenable pour une jeune fille de bonne famille. Père m'a interdit, sous peine de me couper les vivres, de persister dans ce projet. Et Mère n'a rien dit, comme d'habitude, poursuivit-elle amèrement.

Hermine et Honoré l'écoutaient attentivement sans l'interrompre. À la mention de la faculté de médecine, elle avait craint le pire, mais ils étaient restés impassibles et s'étaient contentés d'un léger sourire devant l'expression « jeune fille de bonne famille » qu'elle avait crachée avec un certain dédain.

—Quoique malheureuse, j'étais décidée à ne pas me laisser faire, et peut-être aurais-je eu gain de cause si la finance ne s'en était mêlée.

—Que veux-tu dire ? interrompit son grand-père. Quelle finance ?

—Chut, Honoré, le morigéna Hermine. Laisse-la parler veux-tu ?

Et elle tapota la main de son époux d'un geste affectueux.

Marthe nota l'intimité du geste et du tutoiement. Il existait une vraie complicité entre ces deux vieillards, un attachement qu'elle n'avait jamais vu ses parents se manifester.

—Père s'est mis en tête de me faire épouser le fils de son défunt associé. Ce jeune homme allait hériter des parts de son père, il souhaitait s'associer avec lui, tout en conservant la banque dans la famille. En somme, il me vendait, ricana-t-elle. À une espèce de paltoquet souffreteux, imbu de lui-même et laid comme les sept péchés capitaux !

D'en parler, sa rage revenait, elle s'animait et Honorine de Montendre ne put réprimer un nouveau sourire.

Marthe baissa la voix et reprit :

—Alors, par défi, j'ai fait… j'ai fait la pire bêtise de ma vie.

Elle avala nerveusement sa salive, puis les avertit charitablement :

—Je vous préviens, Bon-Papa, Bonne-Maman, ça va devenir assez dur pour vous de m'entendre. Je vous demande juste de ne pas oublier qu'au fond de toutes ces horreurs, il y a toujours la petite Marthe que vous avez connue, mais qui s'est un peu perdue en chemin.

Sa grand-mère, contre toute attente, lui sourit affectueusement.

—Je pense que je sais ce que tu vas nous dire, Marthe, dit-elle. Entre femmes, nous sentons ces choses-là. Ne crains pas que je te juge, mon enfant, il y a des choses que seule une femme peut comprendre.

Marthe la remercia d'un regard ému, puis poursuivit, cherchant ses mots pour ne pas heurter la pudeur de ces deux vieilles personnes :

—J'ai décidé de... d'avoir des relations... euh... intimes ?

Elle regarda subrepticement ses grands-parents pour s'assurer qu'ils avaient bien compris. Hermine était restée impassible, mais le baron était devenu très rouge ; les yeux baissés, il triturait nerveusement un bouton de son gilet. Bon, ils avaient compris, elle pouvait poursuivre.

—Je voulais juste me prouver que je m'appartenais encore, que je n'étais pas un objet entre les mains de Père ! Mais je n'ai pas eu de chance et je me suis retrouvée enceinte.

À ces mots, Honoré émit quelques raclements de gorge, puis, n'y tenant plus, alla se servir un petit verre de cognac, après s'être excusé auprès de Marthe et de son épouse. Il revint s'asseoir, huma avidement le breuvage, et fit signe à Marthe qu'elle pouvait poursuivre.

—Je n'ai pas voulu faire endosser la paternité à Fernand ; il était impossible d'épouser le père ; et... je ne pouvais pas garder l'enfant. Alors...

Elle se tut, et les regarda tour à tour, les suppliant de comprendre à demi-mot.

Sa grand-mère brisa le silence :

—Tes parents sont-ils au courant de tout cela ?

—Oui. Lorsque je me suis rétablie, je n'avais plus que vous vers qui me tourner. Alors j'ai écrit une lettre à Père, dans laquelle je lui ai tout révélé, ainsi que mon intention de me réfugier chez vous.

—Quelle a été sa réaction ? voulut savoir Honoré.

—Il a accepté mais il m'a reniée. Je ne suis plus sa fille, je n'ai plus le droit de retourner chez lui. Ni de revoir Gilbert ou Lucie, poursuivit-elle d'une voix brisée.

Se ressaisissant, elle fouilla dans son sac :

—Tenez, dit-elle en leur tendant le virement, c'est pour vous. Il ne veut pas que je vous coûte un centime.

Son grand-père se saisit de l'ordre de virement et le déchira vivement.

—Je n'accepterai pas un sou de cet homme ! Je suis encore capable d'héberger et de nourrir ma petite-fille si je le souhaite !

—Calme-toi, mon ami, intervint Hermine. (Puis, se tournant vers Marthe :) Mais ta mère, qu'a-t-elle dit ?

—Mère ne dit jamais rien, Bonne-Maman. Je crois qu'elle nous en veut, à Lucie et à moi, d'être en bonne santé alors que son fils est mourant. Elle suit les directives de Père en tout, et s'occupe de Gilbert. Elle n'a rien écrit pour moi dans la lettre.

À son grand étonnement, sa voix se brisa sur les derniers mots et Marthe se rendit compte que, tout habituée qu'elle fût à l'indifférence de sa mère, ce nouvel abandon maternel l'avait fait terriblement souffrir.

—Voilà, vous savez tout, conclut-elle. Voulez-vous bien quand même me garder ?

Malgré toutes les abominations qu'elle venait de confesser, se dit Honoré, ses yeux clairs fixés sur eux avaient gardé la limpidité et l'innocence de son regard d'enfant. Cette petite avait besoin d'être aidée et guidée, certainement pas d'être rejetée !

—Marthe, tu es et seras toujours ici chez toi, intervint calmement Honoré. Je te remercie de la confiance que tu nous as accordée en nous racontant ce triste épisode de ta vie, et en te tournant vers nous lorsque tu t'es trouvée dans le besoin. J'aime à croire que la tendresse et la chaleur de nos échanges d'antan, lors des vacances, n'ont donc pas été totalement inutiles ! Et je suis heureux d'apprendre que j'ai une nouvelle petite-fille ! Lucie, quel joli prénom ! Parle-nous d'elle. Quel âge a-t-elle ? Et Gilbert, pauvre enfant, comment évolue sa maladie ?

Avec un bon sourire, Bon-Papa l'encourageait à enchaîner. Le pire était passé. Elle était à l'abri désormais. En famille.

*

Le dîner se déroula dans la bonne humeur. Pour la première fois depuis plusieurs semaines, Marthe mangea avec appétit. En l'honneur de la « petite », Tiennette s'était surpassée. Après l'épaisse et odorante soupe de légumes dont Marthe se souvenait si bien, elle avait présenté des grillons de canard et des cailles farcies au foie gras. Juteuses, dorées, dodues à souhait, mêlant avec bonheur le croustillant de la volaille au fondant du foie, ces cailles étaient le premier triomphe de Tiennette. Les yeux fermés pour mieux savourer la magie de l'instant, le baron, sur la poitrine duquel se déployait une large serviette blanche, plongeait ses doigts dans le plat, en retirait un volatile qu'il considérait un instant avec gourmandise, puis les mâchoires et les papilles en action, il croquait, mastiquait, dépiautait, mordillait, suçotait sans répit, en émettant parfois de petits râles de satisfaction qu'Hermine réprimandait gentiment. Après les pommes de terre aux cèpes, Marthe se croyait incapable d'avaler quoi que ce soit de plus. C'était sans compter avec le second triomphe de Tiennette : le soufflé des anges. Elle en tenait la recette jalousement secrète et consentait juste à révéler qu'il contenait du cognac, et même du fort bon cognac, maugréait le baron, qui ne voyait pas toujours d'un bon œil ses meilleurs crus disparaître au fond du moule à soufflé !

Après le repas, on se retira de nouveau au petit salon pour savourer une liqueur digestive. Avec une mine de brigand, Honoré de Montendre s'en fut quérir un « trésor » au fin fond de sa cave à « grands » cognacs : un Font-de-Montendre 1906, un nectar dont les arômes, la riche couleur ambrée, la tenue en bouche n'avaient rien à envier, d'après lui, aux crus de Grande Champagne. Situé sur les terrains calcaires de Petite Champagne, le domaine du baron de Montendre produisait, de fait, d'excellents cognacs. Fin connaisseur, le baron perdait néanmoins toute objectivité lorsqu'il s'agissait de sa propre production. À l'en croire, les crus prestigieux de Grande Champagne usurpaient bien souvent leur réputation et sa production à lui, Petite Champagne ou pas, était de bien meilleure qualité.

Invitée à donner son avis, Marthe, qui n'y connaissait strictement rien, approuva son grand-père avec vigueur, déclara que s'il ne lui avait pas lui-même révélé la provenance du cognac, elle aurait juré qu'il s'agissait d'un Grande Champagne, tempêta contre les dénominations et les frontières hasardeuses qui séparent les grands crus, enfin, s'enhardit, à la grande joie de son grand-père, jusqu'à traiter de chenapans les négociateurs qui achetaient au nom plutôt qu'à la qualité.

Béat, Honoré écoutait sa petite-fille et la mangeait des yeux. Hermine, qui devinait les pensées cheminant derrière le vieux front, s'inquiétait. Oh ! Elle le connaissait son Honoré, et elle pouvait d'ores et déjà décrire le projet qu'il caressait : former Marthe à sa succession, lui remettre les rênes du domaine. Depuis la mort de leurs deux fils à la Grande Guerre, et la rupture avec leur fille, le baron et la baronne de Montendre s'étaient trouvés bien seuls, et elle savait Honoré taraudé par la crainte de voir le domaine sombrer dans l'oubli ou dans les mains d'un étranger. Des générations de Montendre s'étaient succédé sur ce vignoble, il fallait maintenir la terre, coûte que coûte, au sein de la famille. Et voilà que leur tombait du ciel cette petite-fille, point sotte ma foi, reniée par sa famille, et qui n'avait plus qu'eux au monde. Comme il était difficile de se défendre d'espérer ! Hermine elle-même, plus raisonnable qu'Honoré, ne pouvait pourtant s'empêcher d'imaginer un avenir riant, où la propriété reprenait vie entre les mains expertes de Marthe et d'un mari choisi dans le voisinage, tandis que des petits-enfants rieurs s'égayaient dans le parc et venaient quémander des friandises qu'elle ne songeait pas à refuser. Hermine se secoua.

Assez, se réprimanda-t-elle. *Avant toute chose, il convient de remettre cette pauvre enfant sur la route de sa vie.* Mais comment s'y prendre ? Comment effacer la honte, le chagrin, la déception ? *En vivant, tout simplement*, se répondit Hermine. En vivant, jour après jour, dans l'affection, la tendresse et le respect mutuels, cette enfant parviendrait à se reconstruire, car elle avait en elle cette force, cette détermination qui permettent d'aller de l'avant, quels que soient les aléas du chemin. Hermine lui sourit avec tendresse :

—N'es-tu pas fatiguée, ma petite Marthe, après ce long voyage ? Veux-tu te retirer ?

La jeune fille regarda sa grand-mère avec sérieux :

—Bonne-Maman, si j'osais… Je voudrais tant savoir ce qui s'est passé entre mes parents et vous… Si vous préférez ne rien me dire, je n'insisterai plus, c'est promis. Mais… je me disais qu'on pourrait peut-être clore le chapitre des confidences ce soir, et en profiter pour tourner une page sur le passé, ne croyez-vous pas ?

Hermine et Honoré, sans se concerter, poussèrent un profond soupir. Marthe sentait bien qu'elle abordait là un sujet sensible, mais il lui semblait indispensable, pour la bonne suite de leurs relations, de dissiper toutes les zones d'ombre entre ses grands-parents et elle.

Ce fut Hermine qui prit la parole la première :

—Vois-tu, ma chérie, ce que nous avons à te dire à ce sujet n'est guère facile, car cela met en cause ton père, et, quels que soient les griefs qui vous opposent maintenant, nous ne voudrions pas, par nos révélations, entacher l'image que tu as de lui.

—Bonne-Maman, je viens de traverser des moments éprouvants, qui m'ont fait mûrir plus vite que je ne l'aurais souhaité. Vous pouvez me parler, je saurai faire la part des choses et surtout, ne pas faire d'amalgame entre l'homme et le père.

Hermine sourit, satisfaite de la réponse de sa petite-fille, et indiqua à Honoré qu'il pouvait parler.

—Eh bien voilà, commença son grand-père. Le dernier été où vous êtes venus, c'était l'été 1916. Un été meurtrier, comme tu le sais. Des milliers d'hommes tombaient chaque jour dans les tranchées. Nous venions de perdre François et nous n'avions plus de nouvelles de Pierre, nous étions très inquiets. Lorsque nous avons vu arriver ton père, nous n'avons pas compris. Normalement, il aurait dû être au front. Nous avons d'abord pensé qu'il avait eu une permission, mais ta mère nous a détrompés. Arguant du fait qu'il avait un fils tuberculeux, et surtout en graissant les pattes qu'il fallait, ton père avait réussi à obtenir un certificat de démobilisation. Si encore il avait vraiment fait ça pour Gilbert ! Mais non ! C'était pour la banque ! La satanée banque ! Et ta mère le défendait, comme toujours ! Elle semblait se moquer que son frère soit mort, que l'autre soit porté disparu, que le pays soit à feu et à sang ! Mon propre père est mort sous les coups des Prussiens, à la bataille de Saint-Privat, en août 1870 ! La honte et le ressentiment m'étouffaient. Je l'ai traité de lâche et d'embusqué. Si je n'avais pas eu plus de soixante ans, je serais allé m'engager sur-le-champ pour réparer !

Hélas, j'avais passé l'âge, on ne voulait plus moi ! Marie me disait que j'étais un père indigne, que j'aurais dû songer à elle, au besoin qu'elle avait de Jules, pour assurer un quotidien correct à Gilbert ! Je n'en ai pas voulu à Marie, c'était une mère égarée par la crainte, mais ton père, ton père…

Une quinte de toux saisit le baron. Il suffoquait de rage rétrospective. Sa femme lui tendit un verre d'eau qu'il avala à grands traits.

—Après cette scène, vous êtes repartis à Paris, et je ne vous ai jamais revus. Lorsque nous avons appris la mort de Pierre, en 1917, nous avons contacté ta mère : elle n'a pas répondu. Nous lui avons écrit, à plusieurs reprises, pour demander de vos nouvelles, dire combien cette séparation nous était douloureuse, maintenant que nous avions perdu nos deux fils, il ne nous restait plus qu'elle, Gilbert et toi. Jamais elle ne s'est manifestée. A-t-elle reçu nos lettres ? Ton père les a-t-il détournées ? Quoi qu'il en soit, au bout d'un certain temps, nous avons décidé d'abandonner. Cependant, nous n'avons jamais cessé de vous écrire pour vos anniversaires, et de vous envoyer des étrennes, à Gilbert et à toi !

Interloquée, Marthe s'écria :

—Mais nous n'avons jamais rien reçu ! Rien, pas le moindre mot, pendant toutes ces années ! Comment a-t-il osé ? Oh ! Mon Dieu, mon père est un monstre, et je n'en savais rien !

—Ne juge pas tes parents, mon enfant, tu n'en as pas le droit, reprit Hermine d'une voix douce mais ferme. Néanmoins, je mesure le courage qu'il t'a fallu, dans ces conditions, pour t'adresser à nous !

—Oh ! Bonne-Maman, répondit Marthe, les yeux pleins de larmes, c'est la meilleure chose que j'aie faite depuis bien longtemps ! Bon-Papa, reprit-elle, se tournant vers Honoré, je ne pourrai jamais assez vous remercier de l'accueil que vous m'avez réservé, et s'il est en mon pouvoir de réparer un peu le tort que ma famille vous a causé, croyez que…

—Chut, l'interrompit son grand-père, tais-toi donc au lieu de dire des sottises. Essaie de retrouver le chemin du bonheur, mon enfant, c'est ainsi que tu pourras au mieux nous remercier.

Et, très tendrement, il posa ses lèvres sur son front.

14

Marthe

La Font-de-Montendre, été 1926

Marthe descendit l'escalier d'un pas rapide et s'engouffra dans la salle à manger, où ses grands-parents étaient déjà attablés devant un copieux petit déjeuner.

—Bonjour Bonne-Maman, dit-elle en embrassant la vieille dame, avez-vous bien dormi cette nuit ?

—Fort bien, ma petite enfant, fort bien, je te remercie. Cette tisane de tilleul et de lavande que tu m'as recommandé de prendre le soir pour m'apaiser fonctionne à merveille !

—Ah ! J'en suis bien contente, répondit la jeune fille avec un grand sourire.

Puis, se tournant vers son grand-père :

—Et vous, Bon-Papa ?

—Oh ! Moi, répondit-il facétieusement, tant que je ne suis pas dérangé par les sauts de carpe d'Hermine lorsqu'elle n'arrive pas à dormir, je n'ai pas de problème !

Hermine feignit de s'offusquer puis répliqua, mi-figue mi-raisin :

—Dois-je évoquer vos ronflements de grenadier, mon ami ?

—Aïe, aïe, aïe, ta grand-mère me vouvoie, me voici en disgrâce ! Marthe, je t'en conjure, fais quelque chose !

Marthe répondit par un franc éclat de rire puis prenant sa place habituelle à table, se servit un bon café fumant et mordit à pleines dents dans une tartine beurrée.

—Alors, Bon-Papa, quel est le programme aujourd'hui ? demanda-t-elle avec entrain.

Son grand-père la considéra avec tendresse. Depuis qu'elle avait fait irruption dans leur vie, il y avait trois mois, il lui semblait avoir rajeuni de vingt ans ! D'abord un peu timide, discrète, et surtout très triste, elle avait fini par s'apprivoiser, comme les petits écureuils du parc, qui s'enhardissaient, parfois, jusqu'au perron, pour venir chercher quelques miettes que leur donnait Tiennette.

Peu à peu, elle avait repris du poids et des couleurs. Elle avait commencé à sortir, d'abord pour quelques promenades en solitaire, autour du château, sur les traces de ses souvenirs d'enfant. Puis un jour, il lui avait proposé de venir voir les chais, et les vignes. Il lui avait parlé du phylloxéra et de la lutte que le Jacques menait tous les hivers ; il lui avait révélé les mystères de l'assemblage, la différence entre un foudre et une barrique. Il lui avait fait humer les millésimes, lui avait fait goûter quelques crus exceptionnels, avait commencé à lui enseigner comment reconnaître un bon cognac. Et ma foi, la petite apprenait vite !

Avec Hermine, elle se rendait dans les fermes alentour, et commençait à connaître les gens. Elle avait une approche franche, directe, qui plaisait aux fermiers. Et elle était toujours de bon conseil pour les petits bobos !

Depuis que l'été était là, on avait commencé à recevoir un peu et elle sortait de sa réserve, s'épanouissait sous les regards appréciateurs des hommes du voisinage. C'est qu'elle était diablement jolie, cette petite, et elle avait de l'esprit !

—J'avais pensé que nous pourrions aller à Jonzac : tu pourrais faire connaissance avec mes négociants, et peut-être, te rendre avec ta grand-mère chez la couturière pour te faire faire quelques tenues d'été un peu plus légères ? Tu ne t'en souviens peut-être plus, mais juillet et août peuvent être accablants ici, il faut être vêtu en conséquence.

—Ça tombe très bien, Bon-Papa, parce que moi aussi, j'avais envie d'aller à Jonzac.

Elle se tut un instant, puis, n'y tenant plus, lâcha, une note de triomphe dans la voix :

—J'ai un projet !

—Un projet, un projet, voyez-vous ça, s'amusa son grand-père. Et de quoi s'agit-il, jeune fille ?

Marthe s'anima :

—Je voudrais apprendre à conduire ! Une automobile, je veux dire ! Je pourrais prendre quelques leçons, puis passer le permis de conduire et ensuite, avec mes économies, il me sera sans doute possible d'acheter une petite auto et je vous emmènerai promener, Bonne-Maman et vous. On pourrait même aller jusqu'à Bordeaux, ou au bord de l'océan ! Qu'est-ce que vous en dites ?

Hermine se ressaisit la première :

—Eh bien, ma foi, c'est une excellente idée, excellente ! Depuis le temps que je demande à Honoré de s'y mettre, afin que nous puissions sortir d'ici sans avoir à attendre le bon vouloir du Jacques ou de la météo. Oui, vraiment, cela me plaît, reprit-elle. Qu'en penses-tu Honoré ?

—Je ne sais trop, bougonna son grand-père, un peu vexé de passer pour un vieillard rétrograde et pusillanime. C'est tout de même dangereux, ces automobiles !

—Mais pas du tout, Bon-Papa, répliqua aussitôt Marthe. Les constructeurs ont fait d'extraordinaires progrès, que ce soit pour le confort ou pour la sécurité ! Ne craignez rien, tout se passera bien, vous verrez !

—Puisque ça te fait plaisir, soupira son grand-père. Allons, mesdames, hâtons-nous ! Pour le moment, ce n'est pas une voiture automobile qui nous attend dehors, mais une vieille jument poussive qui va bien mettre une heure et demie à nous amener jusqu'à Jonzac !

Les prédictions d'Honoré s'avérèrent, et il fallut, de fait, une heure quarante à la jument pour mener son petit monde à destination. Le bruit, l'animation, la foule qui se pressait, compacte, dans le centre-ville réjouirent Marthe. Certes, on était loin des bruyantes artères de la capitale et les belles dames de Jonzac n'avaient pas le panache et l'élégance innés de la Parisienne, mais tout de même, c'était la ville, et après toutes ces semaines passées en pleine nature, avec pour seul accompagnement sonore le pépiement des oiseaux, Marthe ouvrait des yeux de gamine émerveillée devant le spectacle de la rue.

—Bonne-Maman, Bonne-Maman, si vous pouviez voir, là, cette capeline ! J'adore ces rubans ! On dirait que les robes sont un peu plus longues, cet été ! De toute évidence, les tons pastel sont à la mode ! Oh ! cria-t-elle soudain. Là, là, Bon-Papa, regardez, une Delage, c'est la même que la n… que celle de Père, se reprit-elle plus bas.

—À ce sujet, intervint Honoré, je te propose que nous commencions par rendre visite à ton auto-école. Nous y prendrons les renseignements et les rendez-vous nécessaires. Ensuite, tu pourras aller chez la couturière avec Hermine, pendant que je me rendrai chez Duvignacq, mon négociant. Nous nous retrouverons chez lui, lorsque vous aurez terminé : je tiens absolument à lui présenter ma petite-fille, figure-toi !

Marthe eut un sourire ému. Son grand-père rayonnait de fierté, entre son épouse adorée et sa si jolie, si futée petite Marthe.

—Bien sûr, Bon-Papa, répondit-elle, moi aussi j'ai hâte de voir comment se négocie la liqueur des anges à Jonzac ! Les prix sont-ils fixés d'avance ? Devez-vous batailler ferme ? Vendez-vous toute la production au même négociateur ? Tout ça m'intéresse, vous savez !

—Et j'en suis enchanté, mon enfant, tout à fait enchanté ! Je te promets que tu pourras assister à nos palabres ! Ainsi, tu seras capable de me remplacer le moment venu !

Un large sourire éclairait le vieux visage. L'horizon se découvrait pour Honoré de Montendre, il n'était plus seul dans sa propriété. Hermine lui serra la main, complice.

À l'auto-école, l'affaire fut rondement menée. S'il fut surpris de voir une jeune femme s'enquérir du prix des leçons, le directeur n'en laissa rien paraître. Il les mena voir la Renault 6 chevaux qu'il utilisait pour les leçons, promit de venir de temps à autre jusqu'à Montendre, afin que la jeune fille pût s'habituer à la conduite sur les petits chemins aussi bien qu'en ville, décréta qu'avec quelqu'un d'un peu « dégourdi », c'était l'affaire de quelques semaines, et proposa le premier rendez-vous pour le mercredi suivant. Marthe approuvait, souriait, tout à sa joie de se retrouver dynamique, entreprenante, autonome !

On se sépara sur le trottoir : le baron prit à gauche, en direction des quais ; Hermine et Marthe s'enfoncèrent dans les rues de la vieille ville. La couturière officiait dans une petite boutique discrètement située dans une arrière-cour pavée, ombragée et fraîche. Une porte étroite menait à son atelier. La pièce était vaste, la lumière entrait à flots par deux larges fenêtres ouvrant sur le jardin. Deux ouvrières étaient occupées à piquer, couper, faufiler. Mme Germaine, elle, se réservait les tâches nobles : conseiller la cliente et prendre ses mesures, puis procéder aux essayages. Elle s'avança vers ses visiteuses, les mains tendues en signe de bienvenue :

—Ma chère baronne, comme je suis heureuse de vous revoir ! Et vous nous amenez une bien charmante jeune fille, poursuivit-elle, affable, se tournant vers Marthe.

—Ma petite-fille, Germaine, ma très chère petite fille, qui nous arrive de Paris. L'air de la grande ville ne lui valait rien, elle est venue ici se refaire une santé.

Ayant ainsi, en quelques mots, devancé toute question embarrassante, Hermine en vint tout de suite à l'essentiel.

—Qu'avez-vous donc de beau à nous proposer pour l'été, Germaine ?

—J'espère que mademoiselle ne sera pas trop déçue par nos modèles de province ! Évidemment, je n'espère pas rivaliser avec M. Poiret ou Mlle Vionnet. Mais j'ai tout de même quelques fort jolies tenues à vous montrer !

Feuilletant le magazine que lui avait remis Mme Germaine, Marthe sentit d'un coup tout son passé lui sauter au visage. Ces élégantes jeunes femmes, la mine boudeuse, arborant des tenues de voyage, de cocktail, d'après-midi, posant un fume-cigarette à la main, près d'une automobile, ou dans le salon d'un hôtel particulier, elle les reconnaissait, toutes, témoins de son passé de jeune fille riche et insouciante. Une nostalgie l'étreignit, soudain : où étaient ses belles certitudes, son avenir tout tracé, ses parties de tennis avec Jeanne, ses sorties dans les grands magasins de Paris ? Qu'était devenue sa vie ? Elle surprit le visage inquiet d'Hermine, tourné vers elle. Sa grand-mère, qui ne voyait plus, sentait et savait tout. À la soudaine immobilité de la jeune fille, qui avait cessé de tourner les pages du magazine, elle avait deviné son désarroi. Marthe se ressaisit, et, donnant un ton enjoué à sa voix, interrogea :

—Il y a là un modèle ravissant de robe d'après-midi, Mme Germaine. Pensez-vous que cela me conviendrait ?

Mme Germaine s'empressa, ravie de pouvoir conseiller la jeune dame de Paris. Tandis qu'elles discutaient mousseline, crêpe et taille basse, Hermine poussa un soupir de soulagement. Allons, l'alerte était passée. Une de plus. Petit à petit, l'enfant affrontait les fantômes de son passé et sortait plus forte de chaque rencontre. Elle était de la race des vainqueurs, cette petite ! Une vraie Montendre !

Elles commandèrent plusieurs tenues d'été ; Mme Germaine prit les mesures de Marthe, s'extasia sur sa minceur, et ses proportions idéales, enfin, promit que le premier essayage pourrait avoir lieu dès la semaine suivante, ce qui ravit ses deux clientes. Marthe, soudain, se sentait pressée de faire peau neuve et d'avoir de nouvelles robes, que son père n'aurait pas financées ! Émue et reconnaissante, elle sauta au cou de sa grand-mère :

—Bonne-Maman, Bonne-Maman, merci mille fois ! Grâce à vous et à Bon-Papa, je revis ! Vous êtes ma bonne fée ! Comment vous remercier ?

—En restant toi-même, et en tâchant d'être heureuse, ma petite Marthe. Ta présence nous est un enchantement, tu le sais bien ! Allons voir ton grand-père maintenant, il doit piaffer chez Duvignacq, en se demandant ce qui nous retient !

Pouffant de rire, complices, elles prirent le chemin des quais. Il commençait à faire chaud déjà, et Marthe n'était pas fâchée de pouvoir bientôt abandonner ses lourdes jupes de drap et de laine au profit des tissus légers de Mme Germaine. Heureusement, Jonzac n'était guère étendu, et les deux femmes arrivèrent bientôt à destination.

Le magasin Duvignacq et Fils jouxtait un vaste entrepôt où le négociant stockait sa marchandise. Toutefois, pour recevoir le baron de Montendre, un de ses meilleurs producteurs, Duvignacq ouvrait grandes les portes de son bureau personnel. Outre le bureau lui-même, sur lequel rien ne traînait, l'ameublement se composait d'une vaste bibliothèque, recelant de multiples ouvrages sur le négoce et le cognac, de plusieurs fauteuils confortables et de l'inévitable guéridon supportant carafe et verres en cristal taillé. Peu de touches féminines dans cet environnement exclusivement destiné aux affaires : veuf depuis de nombreuses années, Duvignacq ne s'était jamais remarié, fidèle à la mémoire de son épouse, et avait élevé seul le fils qu'elle lui avait donné.

Un commis introduisit les deux femmes. Chaleureusement accueillie par M. Duvignacq, Marthe prit place dans un fauteuil, déclina l'offre d'un « petit » cognac, accepta de bonne grâce celle d'une orangeade et se prépara à la bataille des chiffres. Amusée, elle écouta son grand-père vanter la qualité de sa production avec éloquence. À l'entendre, on tenait là une liqueur propre à faire pâlir d'envie tous les producteurs de Grande Champagne. C'est en poète qu'il décrivit les nuances d'ambre doré de son cognac ; son bouquet subtil et puissant à la fois ; sa saveur boisée, finement agrémentée d'un parfum de violette et de sarment sec, enfin sa rondeur, sa finesse et sa fierté en bouche. Duvignacq hochait la tête, se gardant bien d'interrompre le panégyrique du baron.

Lorsque finalement Honoré s'interrompit pour reprendre son souffle, Duvignacq déclara :

—Certes, certes, baron, je connais bien la qualité de votre cognac. Mais les temps sont durs, vous le savez, on parle de déséquilibres financiers partout dans le monde, le négoce n'est plus ce qu'il était, allez, si je vous disais les risques que je prends lorsque j'achète ainsi, en quantité, sans aucune certitude de revente, aucune !

—Allons, allons, M. Duvignacq, intervint Marthe, vous savez comme moi que le cognac fait partie de ces produits de luxe, ambassadeurs d'une qualité et d'un savoir-faire typiquement français, qu'on s'arrache dans le monde entier, difficultés économiques ou pas, et pour lesquels les marchés sont sans cesse en expansion !

Bouche bée, Duvignacq regardait cette jeune fille à qui l'on ne donnait pas vingt ans, qui, tout à l'heure, sirotait son orangeade avec des mines gourmandes d'écolière, et qui, maintenant, lui tenait des discours d'économiste sur le commerce international ! Il toussota pour se donner une contenance, pendant que le baron, aux anges, essayait sans succès de dissimuler sa joie et sa fierté.

—En expansion, en expansion, c'est vite dit… Enfin, il faut bien que je vive, moi !

—Mais nul ne songe à vous disputer votre bénéfice, mon cher ami, le rassura le baron. Simplement il n'est pas nécessaire de nous peindre un tableau aussi noir, quand nous savons fort bien, vous et moi, que les débouchés sont aussi nombreux que lucratifs.

S'ensuivit une discussion assez fastidieuse, une valse de chiffres, marges bénéficiaires et autres pourcentages, dont Marthe se désintéressa bien vite. Sa petite passe d'armes l'avait mise en joie ; pour la comptabilité, son grand-père n'avait pas besoin d'elle. Se levant, elle alla inspecter les ouvrages exposés dans la bibliothèque. L'un d'entre eux retint son attention : une histoire illustrée de la ville de Cognac et de ses environs. Elle commença à le feuilleter, essayant de trouver des renseignements sur le domaine de La Font-de-Montendre. Absorbée par sa lecture, elle ne vit pas, tout d'abord, qu'un homme était entré dans le bureau. C'est en entendant M. Duvignacq s'exclamer : « Ah ! Félix, te voilà ! Entre, mon garçon, entre, que je te présente le baron de Montendre et sa famille » qu'elle réagit. Levant la tête, elle rencontra deux yeux bruns, doux, attentifs, un brin étonnés. Lentement, elle abaissa le livre qu'elle tenait encore en main. Un visage s'approchait, les traits se précisaient, mais déjà la tête s'inclinait, une moustache soyeuse frôlait sa main, s'attardait sur ses phalanges, un pouce caressant se promenait sur sa paume. Vivement, elle retira sa main, frissonnant de la douceur du contact. Une voix étouffée lui parvint, de l'autre côté du bureau :

—Félix, voici Mlle Gaumain-Baucourt, à qui tu viens fort impoliment de baiser la main avant de lui être présenté ! Je vous prie d'excuser mon fils, mademoiselle, il n'a pourtant pas pour habitude de se conduire comme un malappris !

Félix s'inclina devant Marthe.

—Veuillez pardonner mon audace, mademoiselle, je vous en prie. J'ai été… saisi, continua-t-il dans un sourire, qui ne laissait aucun doute quant à la nature du saisissement en question.

Rougissante, Marthe inclina la tête, plus sèchement qu'elle l'aurait voulu, incapable de parler. Elle aurait aimé qu'il continuât de la regarder ainsi, l'enveloppant tout entière dans son regard, il lui semblait qu'elle aurait pu s'y noyer pour l'éternité. Mais il se détournait, allait saluer Hermine et Honoré, parlait de traites à honorer, Dieu, que c'était ennuyeux ! Il lui tournait le dos à présent, et elle pouvait le détailler à loisir. Grand et svelte, il portait un costume clair qui mettait en valeur sa carnation. Il avait de belles mains, et ne portait pas d'alliance. Une voix grave et mélodieuse, avec une pointe d'accent du Sud-Ouest, presque imperceptible ; il souriait à présent, et tout son visage s'éclairait de ce sourire, les yeux vifs pétillaient, le menton volontaire s'adoucissait et la fine moustache brune soulignait l'éclat d'une denture irréprochable. Marthe se rendit compte qu'elle le dévisageait sans vergogne, et tenta de se ressaisir. Refermant son livre d'un claquement sec, elle alla le reposer sur l'étagère, renversant au passage un angelot de porcelaine qui ornait le coin du meuble et vint s'écraser en miettes à ses pieds.

—Oh ! Mon Dieu ! Je suis navrée, s'exclama-t-elle. Je crains bien qu'il ne soit pas réparable, je vous prie de pardonner ma maladresse…

—Ce n'est rien ! intervint immédiatement Félix, j'ai toujours haï cette porcelaine, elle était mièvre et de fort mauvais goût, vous nous avez rendu service !

—Vous êtes trop aimable monsieur, mais vraiment, je tiens à réparer. Bonne-Maman, pouvez-vous m'emmener dans un magasin où je pourrai trouver un angelot semblable à celui-ci ?

—Maintenant, mon enfant ?

—Oui, oui, tout de suite, Bonne-Maman, il ne faut pas perdre de temps, allons-y !

Et, saisissant par le bras une Hermine interloquée, Marthe se précipita hors du bureau vers le refuge de la rue.

Après une dizaine de mètres, Hermine, essoufflée, lui fit remarquer qu'elle les menait à un train d'enfer, et qui plus est, dans la mauvaise direction. Honteuse, Marthe ralentit aussitôt et s'excusa :

—Je suis désolée, Bonne-Maman, pardonnez-moi, je ne sais pas ce que j'ai, l'ennui d'avoir brisé cette porcelaine, sans doute !

—Sans doute, sans doute, admit Hermine dans un léger sourire. Bien, tâchons de la remplacer maintenant, et pour te faire pardonner ta bévue, nous allons prier les Duvignacq à dîner un soir prochain, qu'en dis-tu ?

—Oui, oui, pourquoi pas, c'est une, oui, une bonne idée, n'est-ce pas ? bredouilla Marthe, en plein désarroi.

Ses nouvelles tenues seraient-elles prêtes d'ici là ?

*

Le lendemain matin, Marthe s'éveilla de bonne heure, tourna et retourna dans son lit, cherchant, sans succès, à retrouver le sommeil qui fuyait. Pourquoi s'était-elle sentie ainsi troublée par ce garçon ? Il n'avait rien d'extraordinaire après tout, pourquoi cet émoi, cette impatience de le revoir ? Après ce qu'elle venait de traverser, on aurait pu légitimement attendre d'elle qu'elle se conduise de manière un peu plus responsable ! Soudain honteuse, elle enfouit son visage dans les draps. Allons ! Il était temps de se lever et de laisser de côté ces fadaises qui ne mèneraient à rien.

Elle fit une toilette énergique, se vêtit de la première robe de cotonnade qu'elle trouva et descendit à pas de loup à l'office pour n'éveiller personne. Malgré le soin qu'elle prenait à écarter toute pensée inopportune, ses pieds semblaient chanter d'eux-mêmes, sur chaque marche de l'escalier : « Fé-lix, Fé-lix, Fé-lix ». *Oh ! Ça suffit maintenant, s'admonesta-t-elle. Tu m'énerves, ma bonne Marthe, tu m'énerves vraiment ! A-t-on idée de s'amouracher ainsi en deux temps, trois mouvements, comme une écolière ? Mais tu es grotesque, ma pauvre, grotesque ! Ressaisis-toi.* Elle se fit rapidement chauffer une tasse de lait, mordit dans une tartine beurrée, la délaissa, trop énervée pour manger, et décida de filer dehors. Une petite promenade dans les vignes lui ferait le plus grand bien ; elle pourrait rapporter à Bon-Papa des nouvelles sur le développement du raisin, et, avec un peu de chance, le grand air et l'exercice l'aideraient à retrouver ses esprits !

Dehors, une journée magnifique se préparait. L'air avait cette douce fraîcheur des matinées d'été où un voile de brume, insaisissable comme un rêve, estompe les contours et les couleurs, adoucit les sons, trouble les perceptions. Marthe avançait dans le sentier qui menait à la fontaine miraculeuse, les yeux mi-clos, les paumes tournées vers le ciel, elle emplissait ses poumons d'un air revigorant et parfumé et laissait la fraîcheur l'envelopper d'une onde bienfaisante.

Arrivée près de la petite source, elle s'agenouilla, et trempa ses mains dans l'eau transparente. Elle agita ses doigts, fit jaillir des gouttelettes qui s'irisèrent aussitôt dans le soleil levant et une allégresse inconnue, irrépressible, s'empara d'elle. Elle avait envie de rire et de pleurer à la fois ; elle avait peur et elle était soulevée d'un immense espoir ; son cœur, gonflé de l'envie de vivre, lui semblait battre anormalement vite et anormalement fort. Elle remplit ses mains en coupe et y noya son visage. L'eau glacée lui coupa le souffle ; elle laissa ses mains descendre le long de son visage, doucement, passant sur les paupières qui avaient versé tant de larmes, sur les joues rondes et lisses, sur la bouche dont elles effacèrent le pli amer. Des gouttelettes au bout des cils, Marthe ouvrit les yeux sur le paysage de son enfance : des ceps, à perte de vue, semblaient rejoindre l'horizon encore voilé de brume ; derrière elle, un soleil glorieux s'était levé et la campagne charentaise éclatait de couleurs et s'apprêtait à se griser de chaleur ; les oiseaux pépiaient à tue-tête, saluant la journée qui commençait. Et Marthe avait envie de vivre.

—Oui, oui, vivre, cria-t-elle en se levant soudain et en esquissant quelques entrechats, vivre !!! J'en ai le droit ! Je le veux !

Et, jetant au loin son chapeau de paille, elle offrit son visage à la douce caresse du soleil.

*

Vers 10 heures, la faim commença à la tenailler sérieusement et elle prit le chemin du retour. À dire vrai, la promenade n'avait rien arrangé, bien au contraire. Elle avait passé son temps en rêveries et aurait été bien en peine de faire un quelconque compte rendu sur l'état des grappes de raisin. Aussi ne réagit-elle pas, tout d'abord, lorsqu'une silhouette masculine se dessina soudain devant ses yeux au détour du sentier. Pendant une seconde, il lui sembla tout naturel que l'objet de ses obsessions se matérialise, là, soudain, devant ses yeux, et elle sourit benoîtement, avant de pousser une exclamation d'horreur, en comprenant que, un, l'objet de ses fantasmes était, là, bien réel, devant ses yeux, et, deux, maudit deux, elle portait la robe la plus laide qu'elle possédait, celle qu'elle réservait aux travaux dans le jardin ou aux promenades dans les vignes ! Elle se figea, laissant échapper le bouquet de fleurs champêtres qu'elle tenait à la main. Félix ôta son chapeau, et la fixa, en silence, pendant une éternité de quelques secondes. Enfin, il prit la parole :

—Mademoiselle Marthe, je vous prie de pardonner ma brusque apparition, je suis vraiment désolé de vous avoir effrayée. Telle n'était pas mon intention, je vous assure, ajouta-t-il dans un sourire qui fit chavirer le cœur de Marthe.

—Je vous en prie, monsieur, certes, j'ai été surprise de vous voir, mais la… la campagne est à tout le monde, n'est-ce pas ?

Et zut, voilà qu'elle se mettait à bégayer maintenant, c'était complet !

—À dire vrai, mademoiselle, cette rencontre n'est pas fortuite, je me suis permis de me présenter au château tout à l'heure, et ce sont vos grands-parents qui m'ont indiqué vos lieux favoris de promenade. Il toussota nerveusement, puis reprit : Je souhaitais vous entretenir d'une idée qui m'est venue hier, après votre départ. Votre grand-père nous a fait part de votre désir de prendre des leçons de conduite à Jonzac, et du temps que cela allait vous faire perdre de faire ce trajet en calèche, je me suis donc dit que peut-être… si vous n'y voyiez pas d'inconvénient… je pourrais passer vous chercher lorsque vous avez une leçon ? J'ai une Citroën, qui, ma foi, avance plus vite que la jument de votre grand-père. Et puis, naturellement, pour nos affaires, c'est très pratique, n'est-ce pas ? Votre grand-père n'a plus besoin de venir à Jonzac, je peux servir d'intermédiaire entre mon père et lui ici même !

Félix se tut, à court d'arguments. Pétrifiée, Marthe ne disait pas un mot, et soudain, Félix ressentit l'impérieuse envie de disparaître dans le premier trou de mulot venu !

—Pardonnez-moi, je vois que ma proposition ne vous plaît guère, je suis désolé, je vais me retirer, je vous souhaite…

—Non ! s'écria Marthe, véhémente, non, ne partez pas ! Je… C'est la surprise, vous comprenez, je ne m'attendais pas du tout à vous voir, mais votre offre est vraiment très généreuse, je… vous en suis extrêmement reconnaissante, et j'accepte avec joie, si vous êtes certain que cela ne vous cause aucun dérangement.

Félix eut soudain l'étrange impression que son cœur occupait toute la place dans sa poitrine et se mettait à battre comme un tambour :

—Ce sera un honneur mademoiselle, répondit-il cérémonieusement. Et un vrai plaisir, ajouta-t-il en souriant.

Marthe se sentit rougir jusqu'à la racine des cheveux. Remarquant son embarras, Félix enchaîna :

—Me permettez-vous de faire quelques pas avec vous ?

—Oui, bien entendu, répondit Marthe.

Ils parcoururent quelques mètres dans un silence emprunté, puis Félix reprit la parole :

—Il y a longtemps que vous habitez Montendre ?

Marthe hésita un peu, puis répondit à voix basse :

—Voici maintenant trois mois que je vis ici. Certaines… circonstances familiales un peu particulières m'ont…

Félix se tourna brusquement vers elle :

—Non, lui dit-il, non, surtout pas, je vous en prie. Nous nous connaissons à peine, je mesure ce que de telles confidences pourraient avoir de douloureux pour vous. Je vous en supplie, ne mettez pas mon intérêt pour vous sur le compte d'une quelconque curiosité. À vrai dire, poursuivit-il dans un sourire penaud, je ne savais trop comment entretenir la conversation et j'ai posé la première question qui me venait à l'esprit. C'est stupide. Recommençons, voulez-vous ?

Marthe éclata de rire.

C'est rare, un homme qui reconnaît qu'il était à court d'idées brillantes ! Voilà qui me plaît !

Ils se sourirent, et Marthe s'autorisa à se perdre quelques instants dans la douceur attentive du regard posé sur elle. Elle ressentit l'envie absurde de passer sa main sur cette joue lisse, rasée de près, de nicher sa tête au creux de cette épaule toute proche, et s'efforça de reprendre contenance.

—Et vous, monsieur, enchaîna-t-elle, avez-vous toujours vécu à Jonzac ?

—D'aussi loin que je me souvienne, répondit Félix. J'y suis né, comme des générations de Duvignacq avant moi. Je suis certain que les premiers Duvignacq taillaient le silex, vêtus de peaux de bête, au bord de la Charente !

De nouveau, Marthe éclata de rire : la vision saugrenue d'un Félix paléolithique la mettait en joie.

—Que vous êtes jolie quand vous riez ! La joie vous va bien, vous savez ?

Interdite, Marthe ne savait que répondre. Ses brèves aventures avec de timides étudiants ne l'avaient en rien préparée au regard pénétrant, au ton grave de cet homme qui lui faisait la cour avec tant de délicatesse. Tout à coup, elle se sentait infiniment belle et précieuse ; son cœur battait la chamade, mais elle n'avait pas peur. Il lui semblait que près de cet homme, elle n'aurait jamais rien à craindre.

Il saisit sa main, et la porta à ses lèvres.

—Merci de m'avoir permis de faire avec vous cette promenade. Je viendrai vous chercher mercredi, vers 9 heures, pour votre première leçon, cela vous convient-il ?

—C’est moi qui vous remercie, monsieur, de cette généreuse proposition. Mercredi, 9 heures, oui, ce sera très bien.

Ils se séparèrent dans un dernier sourire et elle le suivit des yeux tandis qu’il se dirigeait vers son automobile, garée devant le perron. *S’il se retourne et me regarde, c’est bon, s’il se retourne et me regarde, c’est bon.* Marthe, les mains serrées l’une contre l’autre, les yeux fixés sur ce dos qui s’éloignait, retenait sa respiration en dévidant sa pensée magique. Il n’était plus qu’à deux pas de sa voiture, tout était perdu. Alors, il pivota sur lui-même, et, la regardant en souriant, lui fit un adieu amical de la main.

15

Sonia

Élancourt, hiver 2011-2012

Sonia retoucha une dernière fois son rouge à lèvres, et se contempla, satisfaite, dans le miroir. Elle tenait à se sentir à son avantage pour affronter Sébastien après cette courte séparation. *Courte, mais grave, bien, bien grave*, se dit-elle, étonnée de ne pas ressentir l'habituelle douleur qui accompagnait généralement ce genre de réflexion personnelle.

Se penchant vers le miroir, elle s'examina de plus près : *Est-ce que « ça » se voit ? Est-ce que j'ai une tête de coupable ?* Mais à l'évocation de Roland, ses yeux s'étaient mis à briller et un sourire involontaire décrispa sa bouche. *Non,* décida-t-elle soudain, *non. J'ai juste une tête de femme heureuse. Et ça faisait bien longtemps que ça ne m'était pas arrivé*, se dit-elle en relevant le menton d'un air de défi.

Les gravillons crissèrent dans la cour, et le cœur de Sonia manqua un battement. La bouche sèche, elle sentit un tremblement commencer à agiter ses mains, et les larmes monter. Un hurlement silencieux jaillit au plus profond d'elle-même. *Je ne veux pas le revoir, je ne peux pas, je ne peux pas, je ne peux pas.* Appuyée, chancelante, sur le rebord du lavabo, elle luttait contre les larmes, et mesurait l'emprise que cet homme avait su exercer sur elle. Elle s'efforça de discipliner sa respiration, plaqua un sourire sur son visage et descendit accueillir ses enfants.

Sébastien et elle arrivèrent en même temps dans le couloir. Une bouffée de haine la souleva à la vue de ce visage familier, hautain et froid.

—Bonjour, risqua-t-elle dans un sourire crispé.

Il haussa les sourcils d'un air narquois :

—Oh ! oh ! Madame s'est calmée, je vois ? À quoi devons-nous ce revirement ? Tu as décidé d'être agréable ?

Dédaignant de répondre, elle s'était accroupie, et serrait contre son cœur Léo et Célia. Respirant avec délectation l'odeur familière de ses enfants, elle les serrait, les palpait, les embrassait, mêlant le rire aux larmes.

—Oh ! Mes amours, mes amours, vous m'avez tant manqué !

—Maman, maman, des cadeaux de Pomiel ?

Léo trépignait, les embrassades, c'était bien beau, mais il était temps de passer aux choses sérieuses !

Sonia se releva lentement, et surprit la lueur de commisération dans les yeux de Sébastien. Mais plus rien n'existait pour elle en dehors du bonheur qu'elle s'apprêtait à lire sur le visage de ses enfants. Les prenant chacun par la main, elle les mena dans le salon. Interdits, ils contemplaient cette abondance de déguisements, de peluches, de livres colorés, et n'en croyaient pas leurs yeux ! Poussant un rugissement de joie, Léo se rua sur les peluches de Pongo et Perdita. Célia contemplait avec ravissement un déguisement de Clochette, qui, assurément, allait faire d'elle une vraie fée ! Sonia les prévint :

—Regardez bien les étiquettes sur les cadeaux, elles portent vos noms. N'oubliez pas qu'il y a aussi des cadeaux pour Audrey !

—Lorsque tu auras un moment, tu m'expliqueras comment tu t'y es prise pour te procurer cette débauche de… de… conneries, siffla Sébastien, furieux.

—Pas de problème, répliqua-t-elle d'un ton froid, tout à l'heure, si tu veux bien. Pour l'instant, j'ai à faire.

Assise par terre avec les enfants, Sonia habillait, coiffait, montait l'arc, ouvrait les paquets récalcitrants, suçait en s'extasiant la sucette en forme de Mickey et tirait sur les ficelles qui faisaient bouger les membres de Pinocchio.

Demain ce serait au tour d'Audrey de découvrir ses cadeaux. Elle attendrait que la grande soit là pour donner les billets d'entrée au parc, ça permettrait aux trois enfants de partager une découverte ensemble. Elle soupira d'aise. Ça pouvait être si simple d'être heureux !

Plus tard, une fois les enfants baignés, nourris, couchés, Sébastien avait exigé de connaître la provenance des cadeaux. Sonia avait déjà réfléchi à la question et avait prévu de lui dire qu'elle avait emprunté de l'argent à sa grand-mère, puis s'était rendue au parc pour y faire ses achats. Sur la défensive, prête à se justifier, elle avait tout à coup décidé d'inverser les rôles.

Elle n'était coupable de rien en ce qui concernait les cadeaux, il fallait mettre les choses au point :

—Je vais te dire comment je me les suis procurés… lorsque tu m'auras expliqué de quel droit tu m'as dépouillée de tout ce que j'avais préparé pour eux depuis des semaines, sans même m'avertir, sans me laisser une chance de compenser !

—Hum ! Tu as réussi pourtant, semble-t-il !

—Oui, oui, j'ai réussi, oui ! Et tu ne t'y attendais pas, hein ? Je t'ai gâché ton plaisir ! Ç'aurait été si bien de trouver la pauvre Sonia en larmes, sans un cadeau pour ses enfants, et de jouer le rôle du papa désolé mais providentiel, qui, lui, avait plein de surprises au pied de son sapin le matin de Noël !

Sonia hurlait, au comble de la fureur. Les larmes ruisselaient sur son visage. Les poings crispés, serrés contre son cœur comme pour en contenir les battements fous, elle racontait sa misère et sa détresse, en se balançant d'avant en arrière comme une petite fille :

—Imagines-tu, imagines-tu une seconde dans quel état j'étais, lorsque j'ai compris que tu étais parti avec eux, que tu avais laissé Audrey toute seule ? Puis lorsque j'ai découvert que le placard avait été entièrement vidé de *tous* les cadeaux, que tu n'en avais pas laissé un seul ?

Sébastien la considéra froidement :

—Depuis le temps, tu devrais savoir que lorsque je dis quelque chose, je le fais. J'avais décidé de partir, c'était mieux pour les enfants, donc je l'ai fait. Il valait mieux qu'ils trouvent leurs cadeaux le soir du 24, donc je les ai pris. Je te rappelle quand même que tu les as achetés avec mon argent !

—Avec notre argent, Sébastien, notre argent, pour nos enfants. Mais apparemment, tu as décidé de tout t'approprier ?

—Je crois qu'il faut avant tout se calmer. Comme à chaque fin de trimestre, tu es épuisée, à bout, tu te domines mal et tu rends l'ambiance irrespirable à la maison. J'ai frappé fort cette fois, mais je pense que ça aura été salutaire, et que tu vas peut-être enfin faire un retour sur toi-même et essayer d'arrêter de nous infliger ces périodes de crise…

—Mais tu vas te taire, connard, tu vas te taire ! Je n'en peux plus, de tes leçons, de tes certitudes, de tes accusations ! Tu ne sais pas aimer Sébastien, tu ne sais que détruire. Je veux te quitter.

Un silence lourd, pesant, s'installa. Sonia, les joues marbrées de larmes, hoquetait dans un mouchoir. Sébastien, les mâchoires crispées, ne disait pas un mot. Soudain, il tendit la main vers elle :

—Chérie, voyons, tu dis n'importe quoi. Je crois qu'il faut se calmer, on s'aime, on va s'en sortir, des crises, on en a déjà eu plein…

—Oui, mais là, tu es allé trop loin Sébastien. Il ne fallait pas toucher aux enfants. Tu as failli ruiner leur Noël, à cause de ta méchanceté, de ton égoïsme. Je ne te le pardonnerai pas.

—Ah ! Tu ne me le pardonneras pas ! Tu ne me le pardonneras pas !

Il s'était levé, écumant de rage, et frappait dans les murs. Un porte-plante vola dans la table basse et le pot se brisa. Soudain, il s'élança dans l'escalier, hurlant comme un fou.

—Les enfants, les enfants, réveillez-vous, maman veut me quitter, je ne pourrai bientôt plus vous voir !

Sonia le suivait, en larmes, essayant en vain de le faire taire :

—Je t'en supplie, je t'en supplie, ne les réveille pas, ne les mêle pas à tout ça, arrête, s'il te plaît !

Sébastien fit volte-face :

—Ah, ah ! Je ne suis plus un connard, alors ! On me dit s'il te plaît maintenant !

Désemparée, Sonia le regardait, ne sachant que dire, ni que faire pour calmer cet homme qu'elle avait cru aimer, dont elle avait cru qu'il était un bon père et qu'elle haïssait soudain de tout son être.

—Oui, s'il te plaît, essayons de les préserver.

Il eut un reniflement de dédain et lui lança un regard meurtrier.

—Je dors dans le canapé, annonça-t-il.

Elle n'osa manifester son soulagement.

Après avoir vérifié que les enfants dormaient paisiblement, elle alla se coucher. Elle tremblait de tous ses membres et s'adjurait de ne pas faiblir. La scène de ce soir, une fois encore, avait failli les mener au désastre pour les enfants. Elle n'en pouvait plus, il fallait que tout cela cesse. Jamais il ne changerait, les choses ne pourraient qu'empirer. Et puis, elle n'avait plus ni amour ni estime pour lui. Que pouvait-on construire sur de telles bases ? Les yeux grand ouverts dans l'obscurité, elle attendait le sommeil. Déterminée à agir.

*

Dès le 3 janvier, elle prit rendez-vous chez un avocat. Auparavant, elle avait pris soin d'appeler Roland, pour lui expliquer que, pendant quelque temps, elle serait totalement indisponible, ne souhaitant pas mettre en péril ses chances d'obtenir la garde des enfants. Il l'avait rassurée, il l'attendrait, tout le temps qu'il faudrait ; il comprenait parfaitement l'enjeu ; pour plus de sécurité, il allait demander quelques reportages à l'étranger. Et il patienterait aussi pour déchiffrer plus avant les journaux intimes de Jeanne. Leur histoire s'écrirait en même temps que celle de Marthe se dévoilerait. Elle avait raccroché, émue aux larmes, et plus déterminée que jamais.

L'avocat lui expliqua qu'un divorce par consentement mutuel lui coûterait beaucoup moins cher et serait beaucoup plus rapide. Sonia lui exposa la situation et il convint qu'en effet, il y avait fort peu de chances de pouvoir arriver à un accord. Ils établirent ensemble la première convention. Sonia avait été claire : il lui fallait la garde des enfants. Indépendamment de son amour de mère, elle avait la certitude que Sébastien ne pourrait pas les élever convenablement.

—Pour quelle raison ? s'enquit l'avocat

—Il… disons qu'il manque beaucoup trop de maîtrise de lui-même.

—Les a-t-il déjà frappés ?

—Non, non, ce n'est pas cela, mais… il ; il les instrumentalise, vous comprenez, il les utilise comme des armes contre moi. Ce n'est pas sain.

—Hum… Pouvez-vous me donner quelques détails ? Nous aurons besoin de faits précis pour étayer votre demande.

—Mais… je ne veux pas… enfin, si on pouvait se dispenser de se salir l'un l'autre, j'aimerais autant, voyez vous. Ne peut-on attendre sa réponse ?

—Oui, oui, on peut toujours, répondit maître Duplantier dans un soupir, mais je crains que ce ne soit reculer pour mieux sauter.

—Mais je veux essayer de cette façon d'abord, insista Sonia.

—Bon, alors je prépare les documents pour la requête et je vous contacte dès que c'est prêt !

—Merci maître.

En quittant le cabinet, Sonia emplit ses poumons d'une bouffée d'air froid, piquant, revigorant. Le ciel était d'un bleu limpide, moucheté de quelques nuages blancs ; les arbres dénudés dressaient leurs bras squelettiques vers l'azur indifférent mais bientôt, très bientôt, ils seraient chargés de bourgeons et la vie refleurirait sur leurs branches. Sonia chaussa ses lunettes de soleil et se dirigea d'un pas alerte vers sa voiture. La bataille allait être longue et difficile. Mais elle était convaincue maintenant d'avoir choisi la seule issue possible.

*

Lorsque Sébastien s'éveilla, le samedi suivant, il constata qu'une érection de belles proportions tendait son caleçon à l'extrême. Soulevant un peu la couette, il contempla son sexe avec fierté, en éprouva la fermeté du plat de la main, le frotta un peu, puis n'y tenant plus, se tourna vers Sonia, pelotonnée en boule, repliée sur elle-même, à l'autre bout du lit. Il considéra sans tendresse les boucles brunes éparses sur l'oreiller. Évidemment. Elle persistait à vouloir dormir sur un oreiller, alors qu'elle savait très bien que cela le gênait d'avoir cet obstacle entre lui et son désir matinal. Elle avait encore de belles formes, malgré ses trois grossesses, il devait bien en convenir. Mais cela faisait longtemps déjà qu'elle ne l'excitait plus vraiment. Il pensa à Marina, la petite secrétaire qu'il avait enfin réussi à sauter dans sa voiture l'autre jour. La crainte d'être surpris, dans ce parking souterrain, l'inconfort de la position, et surtout la délicieuse sensation de tromper Sonia lui avaient procuré un des plus puissants orgasmes de sa vie.

À ce souvenir, le sang battit plus fort dans son sexe et Sébastien comprit qu'il devait se soulager au plus vite. Sonia ou la douche ? Il passa une main sous le tee-shirt de Sonia et commença à caresser sa hanche d'un mouvement insistant. Elle grogna dans son sommeil et se mit sur le dos. Tant mieux, le saint des saints serait plus facilement accessible ! Il descendit lentement le long de la peau douce de son ventre, atteignit l'élastique du slip, caressa la toison soyeuse et s'apprêtait à introduire un ou deux doigts dans la délicieuse moiteur maintenant toute proche lorsque Sonia s'éveilla en sursaut, tétanisée de dégoût. Un bond la propulsa hors du lit. Hagarde, elle regardait Sébastien et un frisson de répulsion courait le long de son corps. Il avait voulu quitter le canapé et revenir dormir auprès d'elle hier et elle l'avait laissé faire, pour ne pas provoquer un nouvel esclandre devant les enfants. Elle n'aurait jamais dû. Elle saisit sa robe de chambre d'une main preste. Il était hors de question qu'il continue à la contempler de ce regard lubrique. Il se redressa sur ses coudes et lui sourit :

—Allons, chérie, ne crois-tu pas que ces enfantillages ont assez duré maintenant ? Nous sommes samedi, les enfants dorment encore, et moi, j'ai très envie de me réconcilier avec ma petite femme chérie.

La bouche sèche, Sonia ne savait plus que faire. Avouer que la requête en divorce allait arriver d'un jour à l'autre ? Elle aurait dû le faire, déjà, mais une immense lâcheté l'en avait empêchée. Une paix fragile, provisoire, mais tellement reposante s'était installée à la maison depuis quelques jours ; les enfants, comme elle, avaient besoin de ce répit. Elle savait très bien que dès qu'il serait mis au courant, Sébastien allait tempêter, hurler, se livrer à tous les excès possibles et elle avait retardé ce moment au maximum. Elle considéra un instant l'option qui consistait à se plier à son désir. Cela lui était déjà arrivé, et elle avait eu l'impression de se trahir et de se souiller au plus profond d'elle-même. Non, cette fois-ci, elle ferait face.

—Je suis désolée Sébastien, ce n'est pas possible, j'ai… en fait, j'ai une mycose, j'ai attrapé ça avec des antibiotiques, et je ne voudrais pas que…

—Tu as pris des antibios, toi ? Et pour quelle maladie, peut-on savoir ?

—Une crise de cystite, répondit-elle du tac au tac.

Elle en avait tellement souvent, c'était forcément crédible.

—Mouais… ça t'arrange bien visiblement ?

—Non, non, pas du tout, mais, il faut que je me dépêche, j'ai pris rendez-vous chez le dentiste pour les enfants et j'avais oublié de mettre l'alarme. Alors, euh, bon je vais vite prendre ma douche !

Et sur un dernier sourire crispé, elle quitta la chambre en trombe. Sébastien, se recoucha, dépité. En plus, elle occupait la douche ! Il saisit son iPhone, et s'empressa d'envoyer un message coquin à Marina. Peut-être aurait-il le temps de la voir pendant la visite chez le dentiste ? S'il pouvait convaincre Sonia de faire quelques courses en même temps… Cette idée le rasséréna.

*

Dès qu'elle fut prête, vêtue d'un jean et d'un gros pull qui ne révélaient rien de ses formes, Sonia éveilla les enfants avec douceur et leur expliqua qu'il fallait vite se préparer pour aller chez le dentiste. Audrey la regarda, étonnée :

—Mais maman, j'y suis déjà allée au mois de novembre, et j'avais rien. Pourquoi on y retourne ?

Oh ! Mon Dieu ! Pourvu qu'il n'ait rien entendu ! Non, il était dans la salle de bains, la douche crépitait.

—C'est pour un contrôle ma chérie, pour vous trois à la fois, comme ça, ce sera plus facile pour moi.

Elle se détestait de mentir ainsi à Audrey, mais il le fallait. Profitant des quelques minutes de liberté que lui procurait la douche de Sébastien, elle se saisit du sac de voyage qu'elle avait préparé depuis quelques jours en prévision d'un départ précipité, prit également les cartables des enfants, et alla dissimuler le tout dans le coffre de la Twingo. Fébrilement, elle les fit déjeuner, les prépara, répondit distraitement à Sébastien qui lui demandait de faire quelques achats en rentrant et sortit de la maison comme on s'échappe.

Chemin faisant, elle expliqua aux enfants qu'en réalité, on ne se rendait pas chez le dentiste, mais chez Stéphanie. Collègue et amie de Sonia, Stéphanie s'était depuis longtemps proposée pour les héberger en cas de besoin, si un jour Sébastien devenait trop violent, ou si, simplement, elle avait besoin de faire une pause. Sonia lui avait parlé dès la rentrée de sa demande de divorce, et Stéphanie, adorable comme à son habitude, avait décrété que la chambre d'amis et le canapé du salon les attendraient dès le lendemain.

Les questions fusèrent : Enzo et Léna, les enfants de Stéphanie, seraient-ils là ? Allait-on rester longtemps ? Pourquoi avait-on dit à papa qu'on allait chez le dentiste ? Sonia promit de tout expliquer une fois qu'on serait arrivés. Stéphanie habitait à Maurepas. En quelques minutes, ils se retrouvèrent chez elle.

Stéphanie les accueillit chaleureusement ; très vite les enfants disparurent dans les chambres et les deux amies se retrouvèrent en tête à tête dans le salon.

Les mains serrées autour d'une grande tasse de thé, Sonia s'excusa de cette arrivée intempestive, mais Stéphanie l'interrompit :

—Arrête, tu veux. C'était la meilleure, que dis-je la meilleure, la seule, l'unique solution convenable pour toi et les enfants. Sonia, je n'ai jamais voulu t'en parler tant que tu étais avec lui, mais… au vu de tout ce que tu m'as raconté, je pense que Sébastien a peut-être un problème psychologique.

—Crois-tu que je ne me sois jamais posé la question ? Il n'a jamais voulu consulter, seul ou avec moi. Pour lui, la source de tous les problèmes, ça a toujours été moi, mon sale caractère, ma façon de tout régenter…

—C'est absurde ! Je ne connais personne de plus doux et conciliant que toi ! Tu as bien fait, ma chérie. Même si c'est douloureux, je crois vraiment qu'il n'y avait plus d'alternative.

Sonia eut un pauvre sourire.

—Pour quelqu'un de doux et de conciliant, je réussis bien mal mes mariages ! soupira-t-elle.

—Tu n'as pas eu de chance, voilà tout, tu es tombée sur des phénomènes quand même un peu particuliers, non ? Le premier qui s'échappe en Amérique du Sud en te plantant là avec ta gamine et le second qui te fait la grande scène du départ tous les quinze jours avec scandale devant les gosses !

—Tu sais Stéphanie, j'y suis sans doute pour quelque chose. Je ne suis pas « tombée » sur eux par hasard ; j'ai dû, inconsciemment, me chercher des hommes/bourreaux qui allaient pouvoir me permettre de jouer mon rôle de victime et d'expier, d'expier enfin…

—Quoi, chérie ? Quoi ? C'est quoi, ce crime affreux que tu dois te faire pardonner ?

Sonia secoua la tête, désemparée.

—Je ne sais pas, réellement, je ne sais pas. Mais quand tout ça sera réglé, je crois que j'entreprendrai une analyse. Il est grand temps que j'arrête de faire n'importe quoi de ma vie.

Elle but son thé d'un trait.

—Bon, eh bien j'y vais. Souhaite-moi bon courage, je vais en avoir besoin !

Stéphanie la serra dans ses bras.

—Ne t'inquiète pas, tu seras forte, je le sais. Et je m'occupe de tes petits. Vas-y ma belle, courage !

*

Sonia accomplit le trajet du retour comme dans un rêve. Elle se sentait curieusement détachée, presque dédoublée. La personne qui s'apprêtait à bouleverser sa vie et celle de sa famille n'avait plus grand-chose à voir avec la Sonia qu'elle fréquentait habituellement. C'était à la fois exaltant et un peu effrayant. Ce n'était pas ainsi qu'elle s'était imaginé ce moment. Elle avait pensé qu'elle aurait peur, qu'elle aurait mal, que ce serait atrocement difficile. Mais pour le moment, il lui semblait être dans le même état étrange de détachement qu'à l'hôpital, avant une opération, lorsqu'on vous administrait le sédatif qui vous permettait de tout envisager dans une suprême indifférence. Sans doute cela ne durerait-il pas ; dès qu'il faudrait affronter Sébastien, ce calme volerait en éclats !

En arrivant, elle remarqua une petite 206 dans la cour. Allons bon, quelqu'un était là, il allait falloir se débarrasser de l'importun rapidement, la situation devait être clarifiée au plus vite.

Freluquet vint se frotter contre ses jambes. Elle le prit dans ses bras pour se donner du courage et pénétra dans la maison. Pas un bruit en bas. Où donc était

Sébastien ? Retirant ses chaussures boueuses, elle prit l'escalier pour monter jusqu'à sa chambre. Il devait être en train de pianoter sur son iPhone ou son ordinateur. Un gémissement étouffé l'arrêta au milieu des marches. On aurait dit… Non, ce n'était pas possible ! Silencieuse, elle finit de monter l'escalier sur la pointe des pieds. Derrière la porte de la chambre, la voix de Sébastien lui parvint :

—Oui, oui, chérie, ah ! C'est trop bon, oui, continue !

Pétrifiée, le cœur battant à se rompre, elle n'osait plus faire un geste. Peut-être regardait-il un film porno ? Mais la voiture dans la cour ? Soudain elle se décida et ouvrit la porte à la volée. Une jeune femme blonde, très maquillée, était en train de chevaucher un Sébastien extatique qui lui malaxait les seins. Deux visages ahuris se tournèrent vers elle ; la scène se figea, irréelle. Le silence sembla durer une éternité. Soudain Sébastien se dégagea d'un coup de reins :

—Tire-toi, vite ! lança-t-il à la blonde, tout en enfilant son peignoir.

Menaçant, il marcha vers Sonia, l'attrapa par le bras sans ménagement et lui fit descendre quatre à quatre l'escalier. Arrivé au salon, il la propulsa sur le canapé et s'assit à côté d'elle.

—Bien, je suppose que tu es contente, tu as des armes contre moi maintenant ? Tu vas enfin pouvoir dire avec raison que je suis un salaud ? C'est ce que tu attendais depuis longtemps, n'est-ce pas ? Eh bien oui, voilà tu as gagné, je te félicite !

Éberluée, Sonia le regardait mettre en place ses habituels mécanismes de défense : la mettre, elle, en accusation, quelle que soit la gravité de l'acte qu'il venait de commettre. Généralement, désarçonnée par ses attaques, elle essayait de se défendre, commençait à s'interroger sur elle-même et se sentait très vite coupable.

—Qui est-ce ? se contenta-t-elle de répondre.

Sébastien lui jeta un regard mauvais :

—Qu'est-ce que ça peut bien faire ? C'est quelqu'un, c'est personne, c'est ce qui m'a permis, une minute, de me sentir vivant, de me sentir exister ! Avec toi, je ne suis rien, je suis nié, je suis mort ! Mort, tu m'entends ! Mort !

Tandis qu'il hurlait, debout devant Sonia, une silhouette furtive, talons aiguilles à la main, passa derrière lui. La scène était surréaliste. Sonia sentit un fou rire nerveux la gagner.

—Au revoir, mademoiselle ! lui lança-t-elle. Je ne vous raccompagne pas, vous connaissez le chemin sans doute ?

Puis, revenant à Sébastien :

—Sébastien, tu vas te taire et tu vas m'écouter un peu. Je suis…

—Il est hors de question que je me laisse dicter ma conduite par toi ! Je ne t'écouterai pas ! D'ailleurs, je ne t'entends pas, tu vois ?

Et, les doigts dans les oreilles, Sébastien se mit à chanter, très faux, à tue-tête. Elle avait l'habitude de ce genre de réaction ; il allait être totalement impossible de lui parler pendant plusieurs heures. Résignée, elle se dirigea vers son bureau et rédigea rapidement une lettre :

Sébastien,

Une fois de plus tu te réfugies dans une pantomime grotesque pour fuir l'affrontement. Cette fois-ci, ça ne servira à rien. Je te quitte, Sébastien. J'ai rencontré un avocat, maître Duplantier, mardi. Je demande le divorce et la garde des enfants. Tu recevras la requête sous peu. En attendant, je ne souhaite plus vivre sous le même toit que toi. Je suis hébergée, pour le moment, chez une amie, avec les enfants. Je vais me mettre dès aujourd'hui en quête d'un appartement à louer. Je te suggère de contacter au plus vite un avocat, afin que nous puissions nous mettre d'accord sur les modalités de garde et de visite pour les enfants, ainsi que sur le partage des biens. J'espère que nous pourrons garder des relations suffisamment cordiales pour traumatiser le moins possible les enfants. Et j'espère, que, comme moi, tu feras tout pour que ces moments douloureux se passent le moins mal possible pour eux.

Adieu, Sébastien. Je t'ai follement aimé. Mais maintenant je n'en peux plus.

Sonia

Laissant la lettre en évidence sur la table, Sonia prit son cartable, ses manuels d'anglais, son ordinateur. Balayant d'un regard le salon, théâtre de tant de scènes douloureuses, elle réprima un sanglot.

Là-haut, Sébastien chantait toujours. Elle sortit.

*

Les écouteurs de son iPod vissés aux oreilles, Sonia se déhanchait devant l'évier, au son d'une musique qu'elle seule pouvait entendre. Elle reboucha le bidon de Javel qu'elle venait de reconstituer, agita un peu le mélange et repartit vers la salle de bains. L'odeur prenait à la gorge. Mais il n'était pas question une seconde de laisser les enfants emménager dans un appartement qu'elle n'aurait pas, auparavant, aseptisé au mieux de ses possibilités. « Coco, choco Chanel Coco », chantonnait elle tout en récurant l'émail de la baignoire, un petit sourire aux lèvres. *Dieu ! Que cette chanson est bête ! Mais tellement entraînante ! Exactement ce qu'il me faut !* pensa-t-elle. Pour pouvoir frotter, s'activer, nettoyer, ranger, tout cela sans trop penser. Trouver un appartement n'avait pas été si facile : avec son salaire de prof, même en tenant compte des allocations familiales et des pensions alimentaires, elle ne pouvait guère se permettre de folies ! Elle avait fini par dénicher la perle rare, un beau F3, clair et spacieux, dans un quartier sympathique et familial et pas trop loin de l'école et de Nounou.

Au début, elle s'était sentie prise au piège dans cet univers de béton. Habituée à la quiétude de son petit pavillon, elle trouvait qu'il y avait trop de monde, trop de bruit, trop de fenêtres, trop de voitures… Trop d'inconnus surtout ! Mais bien vite, elle s'était rassurée : tant de vélos, de poussettes et de voitures garnies de rehausseurs ne pouvaient rien augurer de néfaste. C'était clairement ici l'univers des enfants, et elle se convainquit bien vite que Léo et les filles s'y sentiraient rapidement à l'aise. Audrey pourrait aller acheter le pain toute seule à la boulangerie, Sonia l'imaginait déjà, fière comme Artaban, ses pièces de monnaie bien serrées au creux de sa main, faisant ses premiers achats sans maman ! Et puis il y avait un square, tout près, avec des toboggans, des balançoires, tout cela allait ravir Célia et Léo ! Ils habitaient toujours chez Stéphanie, mais ce soir enfin, ils seraient chez eux, installés comme des rois !

Nouvelle vie, nouveau cadre : elle avait emprunté de l'argent à Lucie pour acheter deux lits superposés aux couettes ornées de chats Hello Kitty pour la chambre des filles : entièrement décorée dans des tons de vert et de rose, elle était absolument kitsch, très « fille », et Sonia gloussait d'aise en regardant le tapis shaggy, tout doux, tout vert, sur lequel trônaient deux poufs roses que les filles allaient adorer ! La fenêtre de leur chambre donnait sur le parc, au sud, et la lumière y pénétrait à flot, éclairant les deux petits bureaux sur lesquels se trouvaient déjà leurs bibelots préférés.

Voilà, la salle de bains était nickel, pas une bactérie n'avait pu survivre à ce déluge de chlore. En revanche, l'odeur était suffocante, il fallait absolument aérer et faire des courants d'air ! Elle pénétra dans sa chambre, qu'elle allait partager avec Léo, et sa gorge se serra : avait-elle vraiment le droit de faire ce qu'elle faisait ? *Mon bébé, mon petit garçon, il est si petit, il ne se rappellera jamais qu'un jour il a vécu avec son papa et sa maman, avec ses sœurs, avec son chat...* Sentant les larmes monter, elle se frotta rageusement les yeux et s'admonesta *Tant mieux, au moins, lui ne se souviendra pas des cris, des larmes, et des disputes !*

Soupirant, elle passa dans le living, qu'elle avait orné de meubles clairs et modernes, créant un décor jeune et gai à l'opposé du style très classique que Sébastien avait imposé dans leur maison, et qu'elle avait feint d'aimer pour ne pas l'irriter. Un angle de la pièce était réservé aux jouets de Léo, mais même ainsi, la majorité d'entre eux n'avaient pu trouver place dans cet appartement de 65 mètres carrés. Elle soupira. Tant pis, bientôt, lorsque l'aspect financier serait réglé, elle s'occuperait de trouver une maison, et Léo récupérerait tous ses joujoux ! Un coup de sonnette interrompit ses pensées. Jetant un regard désolé sur son vieux jean taché de rose clair par les éclaboussures d'eau de Javel, Sonia ouvrit la porte. Une jeune femme blonde, souriante, une petite fille de dix-huit mois dans les bras, lui faisait face.

—Bonjour, je suis Céline Rivoire, votre voisine de palier. Et voici Lou, ajouta-t-elle fièrement en désignant son bébé. Je venais juste vous dire que je suis enchantée d'avoir une nouvelle voisine et que si vous avez besoin de quoi que ce soit, surtout, vous n'hésitez pas, d'accord ? La porte en face !

—Merci, c'est vraiment très gentil à vous, répondit Sonia, touchée. Je vous ferais bien entrer mais il règne ici une odeur pestilentielle d'eau de Javel un peu incommodante, je n'ai pas eu le temps d'aérer…

—Non, non, non, on aura tout le temps pour ça plus tard ! Sans vouloir être indiscrète, j'ai l'impression que vous êtes… seule, enfin je veux dire…

Elle s'empêtrait, soudain mal à l'aise, et Sonia s'empressa de la rassurer d'un sourire :

—Vous avez raison. Je viens de me séparer de mon mari. Je récupère mes enfants ce soir. Pour le moment ils sont chez une amie.

—Bon, eh bien alors, à demain peut-être ? Les enfants pourront faire connaissance, comme ça ?

Sonia la remercia et prit congé, tout étonnée de la facilité avec laquelle on pouvait nouer des relations, à peine arrivée dans un nouveau quartier. Lorsqu'ils avaient emménagé dans leur jolie maison toute neuve, cinq ans plus tôt, la méfiance de Sébastien, son attitude froide et distante avaient très vite découragé toute tentative de lier connaissance. Elle soupira, songeant que s'il avait été près d'elle à cet instant, il lui aurait sans aucun doute reproché d'avoir ouvert la porte sans regarder auparavant dans le judas, puis d'avoir donné, si vite, autant d'informations à cette femme, dont on ne savait pas, n'est-ce pas, quels pouvaient être ses véritables desseins, peut-être soutirer des informations pour un éventuel cambriolage, mais bien sûr, Sonia, sotte et crédule comme elle l'était, croyait que tout le monde était beau et gentil et que tout le monde l'aimait…

Stop ! s'adjura-t-elle ! Stop ! Elle passa une main tremblante sur son visage. La scène était si vivace, si réelle, il lui semblait entendre le ton froid, les inflexions coupantes de Sébastien, comme s'il était dans la pièce, à côté d'elle. Elle s'obligea à respirer calmement : il n'était plus là. Il ne serait plus jamais là. Il fallait se calmer, il fallait se défaire de cette emprise malsaine. Elle était libre, libre d'être elle-même de nouveau ! C'était une sensation à la fois grisante et un peu inquiétante. Comme si elle faisait ses premiers pas : allait-elle tomber ? Ou prendre de l'assurance, et avancer d'un pas de plus en plus ferme ? Son téléphone vibra, dans la poche de son jean. Désemparée, elle vit défiler sur son écran ce prénom qui semblait la narguer : *Sébastien, Sébastien, Sébastien…* Que voulait-il ? Curieusement, il ne s'était pas encore manifesté, depuis qu'elle avait quitté la maison, une semaine plus tôt. Inspirant profondément, elle décrocha :

—Allô ?

Une voix étouffée, mouillée de pleurs, lui répondit :

—Sonia, Sonia, chérie. J'ai reçu le courrier de l'avocat. Je… je ne comprends pas, je ne comprends rien ! Je pensais que tu étais partie un peu chez ton père ou chez Steph, pour faire le point, j'attendais que tu m'appelles, pour qu'on puisse enfin discuter, éclaircir ce malentendu. Et là, comme ça, aujourd'hui, cette lettre. Comme un coup de poignard dans le dos. (Il gémit longuement.) Tu me tues, Sonia, tu me tues !

Il s'interrompit, se moucha, puis reprit :

—Où es-tu ? Je dois te voir, il faut que nous parlions ! Et puis je veux voir les enfants aussi, ça fait une semaine maintenant, ils me manquent !

—Oui, je comprends Sébastien, mais enfin, ça ne doit pas être une totale surprise pour toi, tout de même ? Je t'ai laissé un courrier avant de partir !

—J'étais très en colère, Sonia, j'ai jeté ta lettre sans la lire, je ne pensais pas… je croyais…

—J'ai essayé de te le dire, tu es parti sans vouloir m'écouter ; je te l'ai écrit, tu n'as pas lu la lettre. Au moins, maintenant, te voilà au courant, dit-elle d'une voix froide. (À la fois ravie et interloquée par son audace, elle poursuivit :) Je crois que les choses sont assez claires dans la requête de l'avocat. Il faut que nous mettions la maison en vente, que nous nous partagions les biens mobiliers et que nous nous entendions sur la pension alimentaire et les droits de visite. Elle déglutit nerveusement, et attendit l'explosion. Un silence pesant s'installa. Enfin, Sébastien susurra, d'une voix faussement suave :

—Tes droits de visite, chérie ? Mais je pense que tu pourras avoir un week-end sur deux et le mercredi, plus la moitié des vacances. Quant à la maison, je la garde. Je la ferai estimer par un de mes amis agent immobilier et te reverserai ta part. Ah ! bien sûr, ça fera sûrement moins que ce que tu attends !

Elle connaissait cette voix. C'était celle des grandes, très grandes colères, lorsque vraiment elle avait passé les bornes. Cette fausse douceur dissimulait en réalité des abîmes de cruauté et de duplicité. Ses mains moites glissèrent sur le téléphone ; les larmes affluèrent et sa vue se brouilla. Elle s'obligea à rester silencieuse quelques instants, pour le désarçonner, mais surtout pour recouvrer son calme, puis elle reprit :

—Je t'avais conseillé dans mon courrier de contac…

—Je n'ai pas de conseils à recevoir de toi ! hurla-t-il soudain. Tu m'entends bien ? Tu vas te mordre les doigts de ce que tu viens de faire, ma pauvre fille, tu vivras pour le regretter, c'est moi qui te le dis ! Les enfants, c'est moi qui les aurai, tu sais que j'ai des appuis politiques, et que je n'hésiterai pas à m'en servir. Je vais faire de ta vie un enfer, un enfer, pauvre conne, tu vas voir ce qu'il en coûte de s'attaquer à Sébastien Eychebelle, profite, connasse, profite bien de ton dernier week-end avec eux !

Et il raccrocha, sur un éclat de rire dément, glacial, qui laissa Sonia pétrifiée de terreur au milieu du salon.

*

Sonia se tournait et se retournait dans son lit, n'arrivant pas à trouver le sommeil. Sébastien avait-il vraiment le pouvoir qu'il prétendait détenir ? Ingénieur aux télécommunications, il n'occupait pourtant pas un poste clé ! Mais ses fonctions de conseiller municipal à la mairie lui avaient permis de rencontrer quelques notables. Et il était du « bon » bord politique, celui qui tenait les rênes actuellement. Mais peut-être plus pour longtemps, se prit-elle à penser dans un sourire. Cela aussi allait changer : dorénavant, elle pourrait afficher ses opinions politiques socialistes sans craindre de se faire rembarrer ou éreinter de sarcasmes. Elle poussa un profond soupir, se demandant, une fois de plus, quelle curieuse alchimie avait bien pu attirer l'un vers l'autre deux êtres aussi radicalement différents.

Quoi qu'il en soit, elle allait avoir une semaine chargée ; il fallait reprendre rendez-vous chez l'avocat, pour lui exposer les menaces de Sébastien, s'assurer que les enfants s'acclimataient correctement à leur nouvel environnement, aller voir mamie Lucie, et ne pas oublier de préparer l'épreuve d'anglais commune pour les troisièmes, sans compter ce jury d'habilitation… Elle sentit la panique la gagner : allait-elle pouvoir gérer tout cela toute seule ? Certes, Sébastien ne faisait pas grand-chose à la maison, mais au moins, elle savait qu'il était là, pour prendre le relais, si besoin était. Une vibration discrète sur la table de nuit interrompit ses pensées. Elle saisit son téléphone avec appréhension : Sébastien, encore ? Mais un large sourire détendit ses traits : c'était un message de Roland !

Ma puce, je sais qu'il est tard en France, et que j'avais promis de me faire très discret, mais un simple texto ne doit pas être si dangereux que ça ? Je n'en peux plus du manque de toi, ton visage danse devant mes yeux, ton nom chante continuellement dans ma tête, tu m'as complètement ensorcelé, je donnerais n'importe quoi pour te serrer dans mes bras, même une toute petite minute. Je crois que je suis en train de tomber amoureux, pour la première fois de ma vie ! Courage ma chérie, toutes mes pensées t'accompagnent. Je t'embrasse, oh, comme je t'embrasse !

Serrant le téléphone sur son cœur, Sonia se laissa aller sur l'oreiller, le sourire aux lèvres. Amoureux ? Amoureux, vraiment ? N'était-ce pas un peu rapide ? Mais elle continuait à sourire, comme une adolescente, et la joie la soulevait. D'un index impatient, elle commença à taper sa réponse.

Roland, quel bonheur de recevoir ce message, alors que je suis en plein doute…

Elle s'interrompit, soudain alarmée : *Si j'écris que je suis en plein doute, il va en déduire que je ne suis plus sûre de vouloir quitter Sébastien ; il ne faut pas.* Elle reprit :

Roland, quel bonheur de recevoir ce message au milieu de toutes mes appréhensions, mes doutes à faire face, correctement, à ce grand bouleversement dans ma vie et celle de mes enfants ! Ça ne se passe pas très bien avec Sébastien, il semble déterminé à me faire payer le prix fort et je dois investir toutes mes forces dans cette bataille. Penser à toi, c'est bien ; te lire, c'est mieux ! Et savoir que je te manque… me comble de joie, égoïste que je suis ! Tu me manques aussi Roland, ta douceur, ta chaleur, ta tendresse me manquent. Je voudrais tant que tu sois là ! Tu as raison pour les textos, ça ne risque rien, et ça fait tellement de bien !

Je t'embrasse.

Elle cliqua sur Envoyer et attendit fébrilement. Allait-il répondre ?

Au bout de quelques minutes, le téléphone tressauta et ronronna dans sa main crispée.

Ne doute pas de toi, mon cœur, tu es une mère tigresse, et cette bataille, tu vas la gagner ! Je te soutiendrai, de toutes mes forces, à chaque instant. Mais c'est toi, toi seule qui vas gagner, parce que tu es forte et déterminée et qu'aucun coup bas ne pourra te faire reculer. Je suis actuellement aux Philippines dans la région de Pantukan, où un glissement de terrain a provoqué la disparition de plusieurs dizaines d'hommes. La détresse et la pauvreté de ces gens me rendent malade. Le soir, je me réfugie au plus vite dans ma tente, et j'essaie d'oublier les horreurs de la journée. Je n'ai pas emporté les journaux de Jeanne, mais j'essaie d'échafauder des hypothèses sur ce qui a pu se produire dans la vie de Marthe. Malgré mon immense curiosité, je veux t'attendre pour découvrir tout ça. Une fois encore, il me semble que c'est ce que Marthe souhaite : que nous déchiffrions tous les deux le fil de sa vie. Bonne nuit ma puce. Je t'embrasse, très tendrement.

L'index de Sonia se remit aussitôt en marche :

Merci Roland pour ce très long et beau message qui me donne des forces et du courage. J'ai hâte que nous puissions, ensemble, lever le voile sur le mystère de Marthe. Qu'elle soit bénie pour avoir été l'instrument de notre rencontre. Je t'embrasse.

Elle hésita un moment sur la nécessité de faire disparaître ces messages. Il lui serait pourtant bien doux de les relire dans les moments de doute. Mais il était de toute évidence plus prudent de les effacer. Une dernière fois, elle les relut, se gorgeant de la tendresse qui transparaissait derrière les mots, puis d'un geste décidé, les supprima. Il avait raison, elle allait livrer bataille. Et elle allait gagner.

Elle sombra dans le sommeil, aux côtés de Léo qui dormait paisiblement, les bras écartés, la tête sur le côté, dans la position abandonnée du bébé bienheureux.

16

Sonia

Élancourt, mars 2012

La date de la première conciliation avait été fixée au lundi 5 mars, au tribunal de Rambouillet. Sonia avait très mal dormi, et avait tenté de dissimuler cernes et traits tirés sous un maquillage trop discret pour être réellement efficace. Le rendez-vous avec le juge était prévu à 9 heures, elle était arrivée avec dix bonnes minutes d'avance et patientait en compagnie de son avocat, dans une salle d'attente sombre et lugubre, sommairement meublée de quelques chaises en plastique noir et d'une table basse sur laquelle s'étalaient quelques périodiques juridiques dépenaillés. De temps à autre, une silhouette vêtue d'une longue robe noire s'engouffrait d'un pas pressé dans le couloir adjacent. Elle avala nerveusement sa salive et consulta sa montre pour la dixième fois au moins. Évidemment, il était en retard, comme toujours. Elle se remémora son divorce avec Michaël neuf ans plus tôt. Ils étaient arrivés ensemble, d'accord sur tout, simplement désireux que les choses se passent au mieux pour Audrey. Elle était certaine que Sébastien lui donnerait plus de fil à retordre.

Un homme en noir entrebâilla la porte de la salle et Sonia se leva :

—Madame Eychebelle ? Si vous voulez bien vous donner la peine d'entrer, madame le juge va vous entendre.

Sonia remercia et, suivie de maître Duplantier, pénétra dans le bureau du juge aux affaires familiales. Vêtue d'un strict tailleur gris clair, celle-ci les ignora quand ils entrèrent. Ses courts cheveux d'un blond grisonnant, ses lunettes demi-lune perchées sur le bout de son nez et son air sévère impressionnèrent aussitôt Sonia. La juge leva des yeux froids sur elle, et d'un geste péremptoire, la convia à s'asseoir, puis, compulsant le dossier qu'elle avait sous les yeux, entreprit de résumer, en mangeant les deux tiers des mots :

—Voyons, alors époux Eychebelle, nanananana, hum, requête déposée par madame, qui est donc le demandeur.

—C'est cela, intervint maître Duplantier.

—Hum, oui, nananana… Hum, dit-elle en tournant une page, et… le défendeur va-t-il se présenter ?

—Nous l'espérons, madame le juge, nous l'espérons, car depuis deux mois, ma cliente vit séparée de son mari, qui ne lui verse pas un centime pour l'entretien des enfants, soupira l'avocat.

La juge sembla soudain intéressée :

—Tiens donc, tiens donc… Et, a-t-il pu voir ses enfants ?

—Oui, madame, intervint Sonia. Il a pu les prendre un mercredi sur deux et un week-end sur deux.

—Qui occupe le domicile conjugal ?

—C'est lui, madame. J'ai loué un appartement en attendant de toucher la part qui me revient sur notre maison.

—Hum. Le prêt immobilier est à la charge des deux conjoints ?

—Oui, madame.

—Je suppose que vous avez cessé de payer les échéances, puisque vous assumez un loyer ?

—Non, madame. Je craignais que cela ne me porte tort. Je me débrouille, avec l'aide de ma famille.

—Hum. Il est grand temps, effectivement, que nous puissions donner une base plus légale à tout ceci. Êtes-vous bien certaine de vouloir divorcer, madame Eychebelle ?

Sonia inspira profondément. On y était. Un mot, un seul, trois petites lettres, allaient bouleverser tout le cours de sa vie. Était-elle sûre ? Évidemment, non, elle ne l'était pas ! Est-on jamais certain de prendre la bonne décision dans ces cas-là ? N'y avait-il vraiment plus d'espoir ? De l'amour pour Sébastien ? Oui, sans doute, elle en éprouvait encore. Mais de l'espoir ? Non, non, vraiment, il n'y en avait plus.

Regardant la juge droit dans les yeux, elle articula :

—Oui.

—Bien. Je me dois de vous prévenir qu'une fois engagée, la procédure est irréversible. Il va nous falloir trouver un terrain d'entente concernant les droits de garde, la pens…

Un coup à la porte de son bureau interrompit la juge et un avocat passa la tête par l'entrebâillement de la porte :

—Madame le juge, pardonnez-moi, je voulais simplement vous prévenir que mon client, M. Eychebelle, vient d'arriver.

—Hum, il n'était que temps, grommela la juge, congédiant l'importun d'un geste de la main.

Après avoir exposé à Sonia les différentes étapes de la procédure, elle souhaita connaître les raisons qui l'avaient poussée au divorce.

—Cela fait très longtemps déjà que nous nous entendons mal. Les disputes sont fréquentes, et quoique j'aie toujours tenté d'épargner nos cris aux enfants, Sébastien n'a jamais eu les mêmes scrupules, et à la longue, je crois que cela devient vraiment déstabilisant pour eux. J'en suis arrivée, hélas, à la douloureuse conclusion que nous étions à jamais incapables de vivre en bonne intelligence et qu'une séparation serait préférable pour tout le monde.

La juge, ses lunettes à la main, observait Sonia d'un air perplexe.

—Certes, certes, j'entends bien, mais qu'est-ce qui, soudainement a motivé votre départ ? Car enfin, vous auriez pu prendre cette décision de concert, sans que vous ayez à quitter précipitamment votre domicile ?

Embarrassée, Sonia se tourna vers son avocat dont le haussement d'épaules résigné signifiait clairement : « Je vous l'avais bien dit. » De toute évidence, il fallait passer aux aveux. Sonia éprouvait une certaine répugnance à confier, tout de go, à cette étrangère, tous ces détails intimes sur ce qui s'était produit à Noël.

Néanmoins, elle s'exécuta, de manière aussi concise que possible.

La juge n'émit aucun commentaire, se contentant de prendre quelques notes. Puis elle congédia Sonia et son avocat, et fit entrer la partie adverse. Lorsqu'ils se croisèrent, Sonia reçut en plein cœur le regard glacial dont la gratifia Sébastien. Élégamment vêtu d'un costume bien coupé, il semblait rayonnant et très sûr de lui. *Mon Dieu*, pensa Sonia, *que va-t-il lui raconter ? Comment va-t-il se débrouiller pour l'embobiner et tourner la situation à son avantage ?* Elle se rendit compte avec stupeur qu'elle n'éprouvait ni peine ni terreur, comme si Sébastien avait enfin perdu tout pouvoir sur elle. Son avocat se pencha vers elle et chuchota : « Il est représenté par maître Molyneux, une pointure du barreau ! Mais votre dossier est solide, vous ne risquez rien. » Elle le remercia d'un sourire, tout en se demandant qui il cherchait réellement à convaincre.

L'entretien entre Sébastien et la juge semblait à Sonia anormalement long. Mon Dieu, à quelle fourberie devait-elle encore s'attendre ? Qu'avait-il bien pu concocter ? Les jambes croisées, balançant nerveusement et rythmiquement un pied en avant, elle ne cessait de mordiller les petites peaux autour de ses ongles. Maître Duplantier trompait l'attente en pianotant doucement sur ses genoux. Une boule se formait dans la gorge de Sonia. Cette attente était intolérable ! Enfin, la porte s'ouvrit, et on les pria d'entrer. Sébastien l'ignora totalement lorsqu'elle prit place à côté de lui. La juge prit la parole :

—Bien. Si vous êtes tous les deux d'accord sur le fait que la relation de couple était devenue invivable, il n'en reste pas moins que les deux versions qui m'ont été présentées ne concordent pas du tout. Selon madame, sa décision a été motivée par un départ brusque de monsieur avec enfants et cadeaux le jour de Noël et par un adultère de monsieur quelques jours plus tard, au domicile conjugal. Monsieur, lui, soutient que madame lui a demandé de pouvoir souffler un peu, seule, sans mari et sans enfants, au prétexte qu'elle était au bord de l'épuisement nerveux, ce qui lui arrive assez souvent. Elle aurait demandé à monsieur d'emporter les cadeaux, ne se sentant pas capable d'assurer une cérémonie de Noël correcte pour ses enfants. Lorsque monsieur est rentré, il a trouvé madame bien rétablie, trop bien peut-être. Guillerette, très amoureuse, très en demande sexuellement. S'il s'en est d'abord réjoui, il a vite été surpris de ses exigences.

Outrée, Sonia tenta d'intervenir :

—Mais c'est total…

—Veuillez vous taire, je vous prie, coupa la juge d'un ton sec. Vous parlerez lorsque je vous le demanderai. Donc, reprit-elle, madame aurait demandé, comme cadeau de Noël, une partie à trois avec une autre femme. Ce n'était pas, d'après monsieur, la première fois. Elle aurait, de concert avec monsieur, élaboré tout un scénario, où elle devait les « surprendre » au lit puis participer à leurs ébats. Et, pour une raison que monsieur ne s'explique pas, elle a préféré prendre la poudre d'escampette en jouant les épouses outragées et en demandant le divorce. Monsieur pense qu'en fait, elle cherche à obtenir un divorce pour faute, et une substantielle compensation financière. Ce qui, dit-il, lui est bien égal, sous réserve qu'il puisse obtenir la garde des enfants, car il trouve madame trop « cyclothymique » pour assumer seule, de manière satisfaisante, leur éducation.

La juge ôta ses lunettes et les regarda, tour à tour, d'un air sévère.

—De toute évidence, l'un d'entre vous ment, et je n'ai, pour le moment, aucun moyen de savoir lequel. C'est pourquoi je souhaite diligenter une expertise psychiatrique. L'expert entendra chacun de vous, et également les enfants, et me rendra ses conclusions.

Sébastien lui lança un regard surpris et blessé qu'elle soutint sans baisser les yeux.

—Par ailleurs, reprit la juge, et quels que soient les torts de chacun, il apparaît que nous devons au plus vite poser un cadre légal sur vos conditions de vie. À dater de ce jour, l'époux, ayant la jouissance du domicile conjugal, en assumera seul les charges. Les enfants seront, pour le moment, confiés à madame, dont le métier lui permet davantage de disponibilité auprès d'eux. Monsieur pourra avoir la garde des enfants un mercredi sur deux, un week-end sur deux et pour la moitié des vacances scolaires. En outre, monsieur versera à madame une pension alimentaire d'un montant de 300 euros mensuels.

—Madame le juge, voilà des conditions tout à fait inacceptables pour mon client, qui, je le répète, est une victime des manipulations machiavéliques de cette femme.

—Libre à vous de faire appel, maître. J'en ai terminé jusqu'à la prochaine audience. Vous pouvez disposer.

Abasourdie, Sonia n'osait croire à sa chance. Ainsi, cette femme, sous ses dehors si froids, si indifférents, n'avait pas été totalement dupe des mensonges de Sébastien ? Ainsi, sa parole à elle, Sonia, valait donc quelque chose ? On pouvait la croire ? Elle avait tellement l'habitude d'être niée, raillée, décriée qu'il lui semblait incroyable, presque magique qu'on pût accorder un peu de crédit à ce qu'elle avançait. Elle remercia, fit ses adieux, régla avec maître Duplantier quelques détails pratiques, puis sortit dans la rue, où elle reçut comme un cadeau la caresse timide du soleil de mars. Elle avait gagné la première bataille ! Oh ! il y en aurait d'autres, pour cela, elle pouvait faire confiance à Sébastien, mais elle voulait savourer ce premier bonheur, cette première victoire, sans culpabilité, sans inquiétude, être, tout simplement, dans la plénitude de l'instant. Elle parcourut les quelques mètres qui la séparaient de sa voiture comme en rêve. Un oiseau picorait, tout près de son pneu avant droit. Elle se figea, pour ne pas le déranger dans son repas. Soudain, il leva la tête, et, de son petit œil rond, noir et brillant, la fixa avec une intensité déconcertante. Il contenait toute la sagesse du monde. Elle se noya un instant dans ses profondeurs insondables et il lui sembla toucher du doigt l'infini. Bouleversée de joie et de gratitude, elle ferma les yeux un moment. Lorsqu'elle les rouvrit, l'oiseau avait disparu. Mais l'allégresse était toujours là.

17

MARTHE

La Font-de-Montendre, été 1926

Le matin du mercredi suivant, Marthe s'éveilla d'un coup, sans bâillements ni étirements d'aucune sorte, sans ces atermoiements, ces petits paris qu'elle passait souvent avec elle-même, pelotonnée au creux du lit, chassant vainement les images furtives de son dernier rêve. Ce matin-là, point de « Si je peux compter jusqu'à 60 sans entendre aucun bruit, la journée sera bonne » ou autre fadaise. Elle se jeta d'un bond au bas du lit et courut en gambadant jusqu'à la table de toilette. Si, au début, la salle de bains de l'appartement parisien lui avait manqué, elle s'était désormais bien habituée aux ablutions plus rudimentaires, mais tout aussi efficaces, auxquelles on se livrait à Montendre. Elle s'examina anxieusement dans le miroir, se trouva les yeux trop cernés, le teint trop pâle, le cheveu terne et flou, courut jusqu'à la porte, où Tiennette avait déposé un broc d'eau chaude, et se livra à une toilette minutieuse.

Le choix de la tenue l'avait gardée éveillée jusqu'à point d'heure, elle s'était finalement décidée pour un tailleur simple mais bien coupé, qui mettait sa minceur en valeur et n'entravait pas ses mouvements. Elle s'habilla prestement, puis s'installa à la coiffeuse et entreprit de discipliner sa chevelure brune, que le soleil avait agrémentée de chauds reflets ambrés. Le carré à la garçonne avait été un peu délicat à faire accepter au voisinage et même Bon-Papa ne voyait guère en quoi sacrifier ses longues boucles pouvait lui conférer plus de féminité. Mais Marthe s'était obstinée, et avait réussi à imposer ce léger casque brun qui voletait autour de son visage à la moindre brise. Un nuage de poudre de riz, un soupçon de rimmel sur les cils et de carmin sur les lèvres, et hop ! Elle était prête ! Ne pas oublier le parfum !

Elle se leva en virevoltant, un grand sourire aux lèvres. Allons ! Elle n'était pas si mal que ça ! Déjeuner ? S'abstenir ? Ce n'était guère prudent, il ne s'agissait pas de faire un malaise au volant ! Car elle allait conduire, conduire ! Le sésame vers la liberté ! Ne plus dépendre de quiconque pour aller où on voulait ! Elle expédia le déjeuner, retoucha son maquillage et se prépara à tuer le temps pendant la demi-heure qu'il lui restait à attendre l'arrivée de Félix. Ce nom avait tout de même d'étranges effets sur elle ! Une certaine faiblesse l'envahissait, son cœur se mettait à battre de manière irrégulière, sa respiration s'accélérait, elle avait soudain un peu chaud… Et surtout, surtout, elle souriait sottement, à tout et à rien, le nez en l'air ! *Ma pauvre fille, tu es ridicule*, se dit-elle. *Occupe-toi, lis, va voir Bonne-Maman, discute un peu avec Tiennette !* Mais elle restait plantée là, souriant toujours.

Un siècle plus tard, Félix se présenta à la porte, affable, rasé de frais, le chapeau à la main. Il ouvrit la portière de la Citroën et attendit fort galamment que Marthe ait pris place pour la refermer. Bon-Papa et Bonne-Maman, sur le perron, assistaient d'un air bienveillant aux préparatifs de départ. La voiture démarra sans coup férir, et se lança à l'assaut des ornières de l'allée. Retenant son chapeau d'une main, Marthe agita l'autre en signe d'adieu, puis, extatique, offrit son visage à la douce caresse du vent. Elle se tourna vers Félix :

—C'est la première fois que je monte dans une voiture décapotable, je n'imaginais pas que c'était aussi agréable !

—Je suis enchanté de pouvoir vous faire vivre cette expérience ! Mais nous ne sommes que sur les petits chemins. Vous allez voir, sur la route de Jonzac, nous pourrons prendre de la vitesse, les sensations seront surprenantes !

Il lui sourit d'un air confiant, et Marthe se détendit, bien décidée à profiter de la promenade. Il conduisait avec assurance, ses mains fermement posées sur le volant. Ses yeux ne quittaient la route que brièvement, pour sourire à Marthe, ou lui indiquer un détail intéressant. Ils parlèrent peu, le vent de la course rendant les conversations plutôt malaisées. Mais ce silence n'avait rien d'emprunté et Marthe savourait l'instant. L'arrivée à Jonzac surprit la jeune fille par sa soudaineté.

—Déjà ! s'exclama-t-elle dans un sourire. Mais c'est vraiment une invention merveilleuse, cette automobile, vous rendez-vous compte du temps que nous avons gagné ?

—Oui, n'est-ce pas ? Je suis persuadé que ce moyen de locomotion va bientôt supplanter les autres. D'ici quelques années, nous ne croiserons plus un seul cheval dans les rues de la ville, vous verrez !

Félix immobilisa la voiture devant l'auto-école.

—Bon, eh bien, à tout à l'heure Marthe, je reviens vous chercher dans une heure, d'accord ?

Marthe saisit la main qu'il lui offrait pour descendre et son cœur tressauta. Les doigts de Félix étaient chauds, son étreinte, ferme et rassurante. Son pouce se promena un instant sur les phalanges de Marthe, envoyant de délicieux frissons tout le long de son bras. Il lui sourit, puis, se détournant, s'en alla d'un pas assuré. Marthe inspira à fond, secoua la tête puis, estimant qu'elle s'était ainsi débarrassée de toute pensée étrangère à son prochain cours de conduite, pénétra dans le local de l'auto-école.

De toute évidence, les Jonzacais s'étaient donné le mot pour faire de cette première leçon un enfer. Rien ne fut épargné à Marthe ! Alors qu'elle bataillait encore pour éviter de mettre le mauvais pied sur la mauvaise pédale, elle dut éviter *in extremis* un cycliste sorti de nulle part devant le capot de sa voiture. Une vieille dame au couvre-chef surchargé de fleurs ne dut son salut qu'au coup de frein spasmodique que donna le moniteur alors que Marthe s'engageait hardiment sur le passage clouté. Pestant contre les vieillards qui ne se donnaient pas la peine de regarder où ils allaient, elle enclencha la seconde dans un abominable grincement et accéléra. Avançant par à-coups, la voiture hoqueta, eut quelques soubresauts, puis s'immobilisa en plein croisement. Marthe, fébrile, les mains moites, essayait désespérément de redonner vie à cette masse inerte de métal tandis qu'un concert furieux d'avertisseurs derrière elle lui signalait clairement qu'elle était devenue l'ennemi public numéro un. Un piéton qui passait, hautain, jeta un œil dédaigneux sur la voiture et déclara dans un rire narquois :

—Évidemment, c'est une femme !

Piquée au vif, Marthe passa la tête par la vitre ouverte et déclara rageusement :

—Oui, monsieur, une femme. Une femme qui apprend ! Un peu d'indulgence s'il vous plaît !

Interloqué, le moniteur s'employa à faire redémarrer Marthe, distribua à la ronde petits gestes apaisants et sourires d'excuse, et s'empressa de diriger son élève vers des lieux moins fréquentés, non sans lui avoir parlé de la courtoisie au volant. Sans desserrer les dents, Marthe obtempéra, et retrouva peu à peu son calme d'abord, une certaine assurance ensuite ! Le retour se passa sans incident, et le moniteur, très satisfait, lui fixa rendez-vous pour le mercredi suivant.

Toute fière et surexcitée, elle quitta la fraîcheur de la boutique et s'engagea sur le trottoir. Félix n'allait pas tarder, elle avait hâte de lui conter par le menu son équipée ! De fait, il arrivait, un grand sourire aux lèvres. Elle s'empressa vers lui.

—Je vois à votre mine réjouie que tout s'est bien passé, dit Félix.

—Ah ! Détrompez-vous ! s'exclama Marthe. Figurez-vous que l'aller fut un véritable cauchemar ! J'ai failli expédier *ad patres* un cycliste et une mamie et je suppose que tous les automobilistes de la ville sont actuellement en réunion pour tenter de trouver le moyen de m'empêcher de nuire davantage !

Félix éclata de rire et lui prit tout naturellement un bras qu'elle ne songea pas à lui refuser.

—Je vous propose d'aller à la terrasse du François-Ier : on y sert de délicieuses limonades sous une tonnelle ombragée, vous allez pouvoir me conter vos aventures par le menu. Je brûle d'en savoir davantage !

—Avec plaisir ! En échange vous m'en direz un peu plus sur vous et sur la ville de Jonzac.

Félix n'avait pas menti. Dans une arrière-cour fleurie et ombragée, de petites tables rondes, éparses, mettaient une tache de blancheur. Félix en choisit une un peu à l'écart, entre deux allées d'herbes aromatiques. Marthe s'assit et respira avec gourmandise l'air parfumé.

—Que cet endroit est donc agréable ! s'écria-t-elle, ravie. On a l'impression d'être hors du temps, dans un jardin anglais, à l'époque de Jane Austen !

Félix lui sourit :

—Vous ne regrettez donc pas Paris et son animation ? demanda-t-il.

Marthe se rembrunit et Félix reprit aussitôt :

—Pardonnez-moi, j'ai été très maladroit une fois encore !

—Non, non, ne vous excusez pas ! Vous n'y êtes pour rien si de multiples sujets de conversation s'avèrent délicats avec moi ! sourit-elle.

Ils furent interrompus par la serveuse, qui apportait la limonade. La vue de la bouteille glacée, perlée d'eau, mit l'eau à la bouche de Marthe. Elle vida son premier verre goulûment, sous l'œil attendri de Félix.

—Alors, elle vous plaît, la limonade de Jonzac ?

—Ah ! gémit Marthe, c'est un pur délice ! Resservez-moi un verre de ce nectar et vous saurez tout de moi !

Félix, qui s'apprêtait à remplir son verre, interrompit son geste.

—Marthe, nous nous connaissons depuis peu. Ne vous croyez pas obligée de me révéler des choses que vous préféreriez garder pour vous, je peux très bien comprendre…

—Non, l'interrompit-elle d'une voix décidée. Non. Je sens que je peux vous faire confiance, Félix. Je corresponds fréquemment avec ma meilleure amie, mais elle est bien loin, et malgré toute l'affection que j'ai pour mes grands-parents, je me sens très seule, parfois. J'aimerais que nous puissions être amis.

Ému, Félix la remercia d'une pression de la main.

Et Marthe se lança. Paris, la vie insouciante, le bachot, les rêves de médecine ; Gilbert et Lucie ; Père et Mère, si intransigeants, le mariage qu'on avait voulu lui imposer. Félix l'écoutait sans l'interrompre et ne la quittait pas des yeux. Rien ne lui échappait, des ombres qui passaient sur son visage à l'évocation de son altercation avec son père, ou de la tristesse dans ses yeux lorsqu'elle rappelait la faiblesse de Gilbert ou la solitude de Lucie.

Elle eut un pauvre sourire, but un peu de limonade pour se donner du courage, puis reprit :

—C'est maintenant qu'arrivent ces zones d'ombre après l'évocation desquelles vous ne voudrez peut-être plus jamais me revoir, Félix. Sachez que j'en prends le risque sciemment et que je ne vous tiendrai aucunement rigueur de votre attitude si vous décidez qu'il vaut mieux que nous ne nous revoyions plus.

Félix la regarda droit dans les yeux :

—Marthe, à mon tour d'être sincère avec vous. Je pense que vous avez déjà deviné que je souhaite plus qu'une amitié avec vous. Je vous trouve extrêmement séduisante, votre vivacité d'esprit m'enchante, et je crois, non, je suis sûr, que je peux tout aimer de vous. Même vos zones d'ombre, comme vous dites. Ce sont elles qui ont fait de vous la femme unique que vous êtes. Et c'est cette femme tout entière qui m'attire.

Marthe le remercia d'un sourire, et reprit son récit. Elle n'osait le regarder en évoquant Chamonix, Lucien, ce coup de folie qui l'avait précipitée dans son lit. Les yeux fixés sur son verre de limonade, elle torturait entre ses doigts fébriles le feston de la nappe, lorsqu'elle vit glisser sur la toile blanche une main bronzée qui s'empara de la sienne avec douceur. S'agrippant à cette main comme une noyée, elle continua à voix basse, évoqua la merveilleuse Jeanne, l'antre de la faiseuse d'anges, le cauchemar de Milly, puis l'exil forcé en Charente, et l'accueil inespéré de ses grands-parents.

À bout de souffle et de courage, elle s'arrêta et osa enfin le regarder. Il n'avait pas détourné les yeux. Sa main tenait toujours la sienne. Un sourire d'une infinie tendresse vint éclairer son visage.

—Marthe, douce Marthe, comme vous avez souffert déjà ! Il vous a fallu tant de courage pour affronter tout cela et vous reconstruire !

—Mes grands-parents ont été merveilleux ! Une autre fois, je vous conterai le pourquoi et le comment de la brouille entre mes parents et eux. Mais le fait est que, sans leur accueil si chaleureux, je n'aurais pas pu, je crois, reprendre pied.

—Puis-je vous demander, Marthe… Cet homme, ce Lucien, avez-vous toujours des sentiments pour lui ?

—Oh ! Non ! Mais non, absolument pas ! J'ai été séduite comme une adolescente, par un personnage, dans un paysage parfait, au moment adéquat. Mais je regrette, mon Dieu, si vous saviez comme je voudrais ne l'avoir jamais connu ! Il n'est rien pour moi, rien d'autre qu'un mauvais souvenir !

—Eh bien moi, je lui suis reconnaissant ! Sans lui, jamais je n'aurais pu vous rencontrer ! lança Félix dans un grand sourire.

Marthe plongea ses yeux dans ceux de Félix. Un chaud regard brun, qui la fixait avec tendresse. Elle se sentit enveloppée de douceur, de réconfort, de sécurité. Ce regard devenait sa maison. Elle allait s'installer là, s'y abriter, plus rien, jamais, ne pourrait lui arriver. Dans ces yeux-là, elle serait à jamais belle et douce et forte, et unique, comme il l'avait dit. Les yeux s'approchaient. Elle distinguait maintenant les petites paillettes colorées qui parsemaient l'iris, l'inhabituelle longueur des cils ; elle voyait distinctement les sourcils bruns, le nez droit, la bouche charnue qui s'entrouvrait, qui invitait. Bouleversée, elle ferma les yeux et s'abandonna à ce premier baiser qui la ressuscitait. Elle ne savait plus où elle était, et d'ailleurs elle s'en moquait. Plus rien n'existait, que ces mains douces et chaudes qui enserraient son visage, ces lèvres gourmandes qui froissaient sa bouche, cette langue hasardeuse qui venait la frôler et dont la langueur savante déclenchait en elle d'irrépressibles frissons. C'était la vie qui revenait, elle s'abreuvait à la source et le bonheur coulait dans ses veines.

*

La table avait été dressée à l'ombre du grand marronnier, sur la façade ouest de la maison. En cette chaude soirée de la fin du mois d'août, la puissante ramure de l'arbre procurait une bienfaisante fraîcheur. Des lanternes, suspendues un peu partout dans le parc, mêlaient leurs lueurs vacillantes aux premiers feux du couchant. L'air embaumait du parfum des fleurs fraîchement arrosées et des exhalaisons puissantes de l'herbe coupée dans les champs voisins. Une cloche sonna au loin, et Marthe compta huit coups. Allons, il fallait se presser, les invités arriveraient d'un instant à l'autre. Respirant à petits coups, avec gourmandise, tous les parfums que la terre lui offrait, Marthe finit de répandre sur la lourde nappe blanche damassée les pétales de rose que lui avait confiés Bonne-Maman. Un bonheur immense gonflait son cœur, ses yeux brillaient d'anticipation : ce soir, les Duvignacq venaient dîner, de manière tout à fait officielle, et Félix allait demander sa main ! Deux mois leur avaient suffi pour être sûrs de leurs sentiments. Après une dizaine de leçons, Marthe avait obtenu son permis de conduire et Bon-Papa lui avait offert une petite automobile, avec laquelle elle sillonnait allègrement les routes entre Montendre et Jonzac. Sous le prétexte de mettre sur pied une exportation avec l'Angleterre, elle avait réussi à se rendre quasi quotidiennement à la ville. Ses grands-parents n'étaient pas dupes et suivaient d'un œil attendri l'évolution de cette idylle, qui lui mettait le rose aux joues et lui avait redonné le sourire espiègle de son enfance.

Quelques dîners de famille avaient permis de s'assurer que personne, du côté de Félix, ne serait hostile à une éventuelle union. Quant au jeune homme, il avait fait, sur Hermine et Honoré, une excellente impression. Instruit, bien éduqué, il avait clairement le sens de la famille et des affaires ! Ce n'était pas pour déplaire à Bon-Papa, qui imaginait déjà quels horizons pouvait lui ouvrir une alliance familiale avec son négociant, vertement tancé par une Hermine qui ne voulait en aucun cas mêler l'amour et les affaires, et se laissait bercer par le romantisme des récits (parfois un peu édulcorés) que Marthe lui faisait de ses rencontres avec Félix. Et Marthe s'était laissée porter par cet été d'allégresse. La découverte de l'amour, de la confiance, du bonheur en somme, suffisait à occuper son esprit. Le remords et la culpabilité ne la taraudaient plus quotidiennement, et lorsqu'ils revenaient la harceler, elle se répétait comme un mantra cette phrase que Félix lui disait souvent : « Ce sont aussi vos blessures qui vous ont construite, Marthe, et qui ont fait de vous cette femme unique, que j'aime. »

Les projets se multipliaient : Félix l'avait demandée en mariage, une semaine plus tôt, lors d'une promenade dans les vignes. Éperdue de bonheur, elle avait murmuré un « oui » tremblant avant de se jeter dans ses bras. La cérémonie aurait lieu en décembre ou en janvier : il fallait tout de même un peu de temps pour préparer une belle fête ! Il faudrait, bien évidemment, se réconcilier avec la famille de Marthe, cela prendrait peut-être un peu de temps. Mais Marthe était certaine que Félix parviendrait à séduire ses parents : il était si sûr de lui, si fort et en même temps si courtois, si gentil, que personne ne pouvait lui résister ! Ils habiteraient Jonzac, car si Marthe avait repris goût aux charmes de la campagne, l'animation citadine lui manquait parfois. Jonzac serait un bon compromis entre Paris et Montendre. Et puis Gilbert viendrait, l'air des Charentes serait bien meilleur pour lui que l'humidité parisienne ! Enfin, sans doute, un bébé s'annoncerait, un petit être doux et innocent, à qui elle pourrait donner tout son amour et qui la laverait de toutes les horreurs dont elle s'était souillée. Elle était occupée à se demander ce qui, de Pierre ou de François, conviendrait le mieux pour un petit garçon lorsqu'un crissement de pneus sur le gravier l'avertit que Félix et son père étaient là.

Ses grands-parents étaient déjà sur le perron. Honoré, étranglé dans un faux col qui irritait sa peau fraîchement rasée, ne dissimulait pas sa joie ; Hermine, à ses côtés, fine et élégante comme à son habitude, se fiait à son oreille pour diriger son regard et son sourire. Marthe les rejoignit bien vite, et après les salutations d'usage, tout le monde prit place à table. Tiennette porta les rafraîchissements, accompagnés d'une spécialité de la région, une jonchée charentaise. Elle déroula cérémonieusement le jonc dans lequel était enveloppé le fromage, puis l'arrosa d'eau de laurier et de cognac, et présenta de fines tranches de pain. Tout était prêt. Satisfaite, la brave femme adressa un chaud sourire à Marthe avant de se retirer.

Antonin Duvignacq prit la parole :

—Chère baronne, cher baron, je vous suis infiniment reconnaissant de cette invitation qui tombe à point nommé. Je vais en effet la mettre à profit… (S'interrompant, Antonin se leva, puis, s'adressant à Honoré, déclara :) Cher Baron, j'ai en effet l'honneur de vous demander la main de votre petite-fille, Marthe, pour mon fils Félix ici présent.

Honoré se leva à son tour, et, se penchant en avant, saisit les mains de M. Duvignacq dans les siennes :

—Mon cher ami, mon cher ami, commença-t-il d'une voix émue. Rien ne pourrait davantage me plaire que l'union de ces deux enfants, et c'est avec plaisir qu'Hermine et moi-même donnons notre assentiment. Mais Marthe est encore mineure, et c'est l'autorisation de son père qu'il vous faudra obtenir !

—Je le sais, baron, et ne craignez rien, les choses seront faites en règle. Mais il nous importait, à Félix et à moi-même d'obtenir votre bénédiction !

—Eh bien vous l'avez, mon ami, vous l'avez, sans la moindre restriction ! Buvons donc à la santé et au bonheur de ces enfants ! Mais qu'attendent-ils donc pour s'embrasser ?

Au milieu des rires et des félicitations, Marthe, les oreilles bourdonnantes, se sentait à la fois extatique et inquiète. Et si Père allait refuser ? Il lui faudrait alors attendre l'âge canonique de vingt-cinq ans pour se passer de son autorisation ! Il n'allait tout de même pas…

—Allons, ma douce, que se passe-t-il derrière ce joli front ? Pourquoi ce froncement de sourcils ? la questionna Félix

—Je ne peux m'empêcher de craindre la réaction de Père. Nous nous sommes quittés en si mauvais termes !

— N'y songe plus, chuchota-t-il à son oreille.

Et ce tutoiement, qu'il réservait d'ordinaire à leurs moments d'intimité la troubla plus que de raison. Elle posa discrètement une main sur sa cuisse, sous la nappe, et, émue par la fermeté de la chair qu'elle palpait sous le pantalon, avala nerveusement sa salive. Félix lui adressa un sourire triomphant, et d'un doigt léger, caressa lentement son dos, laissé nu par le profond décolleté de sa robe à bretelles. Frissonnante, elle oublia très vite Jules Gaumain-Baucourt et ne songea plus qu'à profiter de l'atmosphère festive. La date des fiançailles, puis du mariage fut longuement discutée. Ces dames tombèrent d'accord sur le fait que confier la confection des toilettes à Mme Germaine était la seule chose raisonnable à faire, mais qu'il faudrait s'y prendre le plus vite possible. Les messieurs discutaient contrat de mariage ; Tiennette, un large sourire aux lèvres, allait et venait de sa cuisine à la table, portant triomphalement les plats succulents dont elle gardait jalousement le secret.

Le soleil s'était maintenant tout à fait couché ; seules les lanternes et les bougies qu'on avait placées sur la table, éclairaient les visages des convives de fugitives lueurs. Dans l'ombre, Félix avait un profil indécis, seule la blancheur de son sourire semblait lui donner vie. Marthe frissonna, saisie d'une crainte irrépressible. *Et s'il lui arrive malheur, comment survivrai-je ?* Ainsi venait-elle, en même temps que l'amour, de découvrir son inséparable corollaire, la peur, taiseuse parfois, présente toujours, de la disparition possible de l'être aimé. Le souffle lui manqua, et la douce nuit d'été, soudain, lui parut hostile et pleine de menaces. Une chouette hulula au loin, et ce cri lugubre résonna en son cœur comme un glas. Tremblante, elle saisit son verre de cognac et y trempa les lèvres. La chaude liqueur, qu'elle avait appris à aimer depuis son arrivée à Montendre la réconforta. Chassant ses noires pensées, elle se ressaisit et prit part avec entrain à la conversation.

*

À dater de ce jour, la vie s'accéléra à Montendre. Il fallut d'abord obtenir l'autorisation de Jules Gaumain-Baucourt. Ce fut Bon-Papa qui se chargea des démarches. Puisqu'à l'évidence, ses courriers n'étaient jamais lus à Paris, il prit sur lui, et malgré son horreur de cet engin moderne et déroutant, décida d'utiliser le téléphone. Pour ce faire, il se rendit un beau matin au bureau des postes de Jonzac. Ayant demandé le numéro de son gendre à la demoiselle préposée, il attendit, la bouche sèche, que sa communication lui soit transmise. Son discours était au point : ils avaient passé une bonne partie de la nuit à répéter avec Hermine :

—Alors s'il te dit qu'elle est encore trop jeune, tu réponds…

—Qu'elle a extraordinairement gagné en maturité depuis qu'elle est arrivée ici, que les épreuves qu'elle a traversées en ont fait une femme adulte.

—Bien. Maintenant, imaginons qu'il mette en doute la probité de Félix ou ses origines.

—Je connais Félix et sa famille depuis toujours et me porte garant de l'excellence de leur éducation, de leur honnêteté, de leur courage…

—Bien, bien. Maintenant la dot. Il va sûrement refuser de lui en donner une. Que lui répondras-tu ?

—Nous avons décidé tous les deux de faire à Marthe une donation de notre vivant et lui léguons le domaine et toutes nos propriétés.

—C'est parfait ! s'était exclamée Hermine, guillerette malgré l'heure avancée. Je ne vois vraiment pas ce qui pourrait ne pas marcher ! Essayons de prendre un peu de repos.

Le baron en était à sa troisième répétition lorsqu'on lui passa l'appel tant attendu. La voix coupante et glaciale de son gendre le ramena bien vite à la réalité :

—Jules Gaumain-Baucourt, que me vaut l'honneur de votre appel, baron ?

—Bonjour, mon cher Jules, s'efforça le baron, malgré l'envie qu'il avait de raccrocher au nez de ce rustre. Tout d'abord, il me faut vous rassurer, Marthe va très bien, et ce n'est pas un souci concernant sa santé qui motive mon appel.

—Je ne m'inquiétais nullement. Donc ?

—Eh bien, il se trouve qu'elle a été demandée en mariage par le fils de mon nég…

—Elle pourrait bien être demandée en mariage par le jardinier que cela ne me concernerait pas davantage, baron. Faites au mieux, je vous délègue toute l'autorité parentale sur cette gourgandine. Je ne demande qu'une chose : ne plus jamais en entendre parler, est-ce clair ?

—Mais enfin, Jules, c'est votre fille, comment pouvez-vous ?

—Je n'ai qu'une fille, baron. Elle se nomme Lucie et elle a sept ans. Je vous souhaite une bonne journée, mes hommages à votre épouse.

Interloqué, le baron conserva un moment encore contre sa joue moite le récepteur qui émettait une série de *bip bip bip* réguliers, indiquant que la communication avait pris fin. Il s'épongea le front, atterré, se demandant comment il allait bien pouvoir faire part de la nouvelle à Marthe ! Comment un père pouvait-il avoir le cœur suffisamment dur pour rayer ainsi son enfant de sa vie ? Peut-être eût-il dû demander à parler à Marie ? Mais sa propre fille était devenue une étrangère pour lui. Il ne la connaissait plus, ne la comprenait plus. Sans doute aurait-elle réagi comme son époux dont elle était l'ombre complice.

De retour à Montendre, Honoré parvint fort heureusement à éviter Marthe et put conférer en privé avec Hermine sur la façon dont il convenait de présenter les choses. Ce fut donc une version édulcorée de la conversation que l'on servit à Marthe le soir même. Elle n'en fut nullement affectée, retenant seulement que l'Autorisation avec un grand A était à sa portée et que plus rien ne s'opposait à son bonheur !

Les invitations furent lancées ; Hermine et Odette Duvignacq, la tante de Félix, se réunissaient quasi quotidiennement pour discuter plan de table, cérémonie civile, repas de noce, vin d'honneur... Bon-Papa voulait à toute force l'entraîner chez le notaire, pour établir l'acte de donation. Elle résistait dans un rire : comment pouvait-on penser à la mort quand on était aussi heureux ? Il serait bien temps, plus tard, beaucoup plus tard ! Il y avait tellement mieux à faire ! Commander le lourd brocart ivoire de la robe, compulser fiévreusement les revues et les croquis soumis par Mme Germaine, s'interroger sur l'opportunité d'un entremets supplémentaire pour le repas du dimanche, mais surtout, surtout, retrouver Félix, le havre de ses bras, son sourire taquin, la douceur de ses mains et de ses lèvres !

Le soir, pelotonnée au creux de son édredon, elle déroulait dans sa tête le film de sa journée, essayait de retrouver l'odeur de Félix, et, déçue, ouvrait le nez sur les effluves de lavande des sachets que Tiennette disposait entre les draps. Ce regard aujourd'hui ! Ce regard sur ses seins et sa taille, ce regard d'homme avide, affamé, comme il l'avait touchée, au plus creux d'elle-même ! Oh ! Comme elle avait envie de laver entre ses bras l'immonde souillure de Chamonix, de s'éveiller neuve à l'amour grâce à la magie de ses yeux et de sa bouche ! Elle se tournait, soupirait, ne pouvait trouver le sommeil, et savait qu'à quelques kilomètres de là, l'homme qu'elle aimait, habité par de lancinantes visions, cherchait désespérément lui aussi le repos. Bientôt, bientôt, elle dormirait dans ses bras ! Et il ne pourrait plus rien lui arriver.

Enfin les jours raccourcirent, la température fraîchit le soir. Puis ce furent les vendanges. Les journaliers arrivaient par dizaines, il fallait les loger dans la grange, et prévoir de pantagruéliques repas pour nourrir ces tablées affamées. Tiennette, assistée d'une armée de gâte-sauces, allait et venait sans relâche et assurait l'intendance avec la maîtrise tranquille que confèrent vingt années d'expérience. Marthe se rendait dans les vignes, tôt le matin, avec Bon-Papa et assistait au cérémonial de la première grappe. Bon-Papa la soupesait, la humait, la mirait au soleil : le grain devait être lisse, ferme et rond sous la pulpe du doigt ; la lumière devait faire chatoyer les pourpres, mais sans excès.

—Vois-tu Marthe, un raisin qui se laisse deviner trop facilement en transparence, on ne peut pas lui faire confiance, grommelait Bon-Papa. Enfin, il détachait un grain, et le faisait rouler sous sa langue, longuement. Puis, d'un coup de dent, il tranchait la peau acide et suçotait le jus à petits coups de lèvres gourmands. Enfin satisfait, il crachait sans plus de cérémonie le grain sacrifié et donnait le signal de la cueillette. Alors, chargés de hottes et de ciseaux, les journaliers commençaient leur dure journée au milieu des ceps. Très vite, la chaleur devenait insoutenable. Sous les grands chapeaux de paille, les visages burinés des hommes se creusaient, devenaient luisants de sueur. On buvait à la régalade pour se donner du cœur au ventre et on chantait la *Chanson du vigneron* :

J'ai planté une arbalète, bon vigneron
Pour y tirer l'alouette,
Bon vigneron,
Dondaine, vignerette,
Gai, gai, gai, vigne, vigne, vigne,
Bon, bon, bon pour le vigneron.

Les hommes coupaient les plus belles grappes avec leur serpette, puis les déposaient délicatement dans leur seau. Lorsque ce dernier était plein, on appelait le porteur qui arrivait, courbé sous le poids de sa lourde hotte. Peu à peu les comportes[1] se remplissaient. Aux heures les plus chaudes de la journée, on s'arrêtait, tant pour ménager les hommes que pour ne pas favoriser une fermentation trop rapide. Le soir, un grand repas réunissait tout le monde devant la grange, on chantait un peu, et puis on se couchait vite, car la journée du lendemain serait dure ! La maisonnée entière vivait au rythme du raisin. Le 12 septembre, de lourds nuages gris amoncelés à l'horizon laissèrent prévoir le pire. Bon-Papa tournait en rond, aussi énervé que les grosses mouches bourdonnantes qui agaçaient les vendangeurs. Marthe, moite et ruisselante de sueur finit par craindre pour lui, à le voir tant s'énerver.

—Bon-Papa, asseyez-vous un peu à l'ombre, je vous en prie, vous me faites peur ! Ce ne sera qu'un petit orage, vous verrez, tout ira bien !

—Enfant, enfant, soupira Bon-Papa, tu n'imagines pas les ravages qu'un petit orage, comme tu dis, peut faire en quelques heures, que dis-je en quelques heures,

1 Sorte de tombereaux où l'on déverse la hotte.

en quelques minutes ! Je me souviens, l'été de mes huit ans, la grêle s'est annoncée. C'était pourtant un bel après-midi, il faisait chaud, et puis soudain, vois-tu, les nuages, exactement comme ceux-ci, les nuages se sont ramassés au-dessus de la vigne. Et, d'un coup, ils ont crevé, et un déluge de grêle s'est abattu. Les grêlons étaient si gros que des gens ont été blessés ! En quelques minutes, la vendange était dévastée. Dévastée. Plus rien, plus une grappe, les feuilles pendaient, déchirées, les grains étaient écrasés, c'était affreux, affreux.

—Allons, Bon-Papa, on dit qu'un obus ne tombe jamais deux fois dans le même trou ! Et puis, regardez le soleil qui revient ! Ce n'était qu'une fausse alerte !

Ah ! Marthe, ma petite Marthe, c'est toi qui me portes chance, sourit Bon-Papa, en la regardant s'éloigner, virevoltante, son panier à la main. Enfin, plus que quelques jours, et le raisin sera à l'abri ! Et nous ferons un beau paillou[1] ! songea-t-il.

De fait, la récolte fut magnifique cette année-là à La Font-de-Montendre. La nature prodigue et généreuse s'était mise à l'unisson du bonheur de Marthe. Rien ne devait ternir de si belles journées !

Le dîner de fiançailles fut fixé au 6 novembre. La campagne charentaise, si triste d'ordinaire à cette époque de l'année, arborait ce matin-là des atours estivaux qui trompèrent jusqu'aux oiseaux. Mis en joie par les pâles rayons qui éclairaient les arbres dénudés du parc, ils se mirent à pépier, à voleter à la recherche d'hypothétiques provendes que ce beau temps inespéré aurait pu

1 Fête pour célébrer la fin des vendanges.

apporter. À la croisée de sa chambre, Marthe souriait, béate. Certes, Père et Mère n'avaient pas souhaité venir. Non qu'elle en ressentît particulièrement le manque. C'était Gilbert qu'elle aurait voulu voir à ses côtés en ce jour de liesse ; et sa petite Lucie. Comme elle devait avoir changé ! Chassant ces sombres pensées, Marthe se consacra à sa toilette. La robe de fiançailles, livrée hier par la petite main de Mme Germaine, était une pure merveille ! En mousseline de soie champagne, elle s'ouvrait, sur le bas, de délicates fentes agrémentées de dentelle vieil or. La coupe simple et droite flattait la silhouette de Marthe, la minceur de ses hanches et sa poitrine généreuse étant subtilement mises en valeur. Un long sautoir de perles fantaisie descendant jusqu'au nombril égayait la sobriété de l'ensemble tandis qu'un turban de velours, assorti d'une aigrette perlée, apportait la touche parisienne indispensable à sa coiffure. Point d'autres bijoux.

Tout à l'heure, Félix passerait à son doigt la jolie bague ornée d'un petit diamant et d'un rubis qu'ils avaient choisie ensemble à Cognac.

Frémissant d'émotion et d'impatience elle descendit dans le hall.

—Que tu es jolie, ma petite enfant ! s'émut le Baron. Et que je suis donc heureux de pouvoir partager cette belle journée avec toi !

Marthe passa une main tendre sur la joue d'Honoré, puis lui murmura à l'oreille avant de l'embrasser :

—C'est à vous que je dois tout ce bonheur, Bon-Papa, à vous et à Bonne-Maman !

—Ah ! Vous êtes là ! s'exclama Hermine qui arrivait. Le photographe ne va pas tarder, Marthe, il faudrait tout de même que ton promis se montre !

—Peut-être s'est-il ravisé au dernier moment, s'esclaffa Marthe.

—Oh ! Non, je ne crois pas, non, répondit Hermine dans un doux sourire. Quand j'entends les inflexions de sa voix lorsqu'il parle de toi, je suis bien certaine qu'il ne changera pas d'avis ! Tu es aimée, mon enfant, tendrement et farouchement aimée. Crois-en mon expérience, conclut-elle, et savoure ce grand bonheur !

Quelques minutes plus tard, le héros du jour se présenta enfin, suprêmement élégant dans son habit noir. Marthe le détailla amoureusement : le veston queue-de-pie, aux grands revers de soie, mettait en valeur ses larges épaules et sa taille bien prise ; le pantalon, aux galons ton sur ton, moulait ses longues jambes et tombait impeccablement sur les richelieus luisants. La chemise blanche, le gilet de même couleur largement échancré, la cravate, immaculée elle aussi, accentuaient son teint mat. Il était magnifique, et n'en avait nullement conscience, occupé qu'il était à dévorer Marthe des yeux, dans un sourire extasié.

—Allons mes enfants, interrompit Bonne-Maman, ne faisons pas attendre l'homme de l'art !

Armé d'un Leïca muni d'un flash électronique, ce petit accessoire qui venait d'être inventé et permettait de faire des photos même lorsque la lumière était insuffisante, le photographe fit plusieurs clichés des fiancés, seuls d'abord, avec les différents membres de la famille ensuite.

Lorsqu'il eut terminé son office, il distribua sa carte aux invités, et prit congé après avoir prévenu Bon-Papa que les épreuves seraient disponibles dans son atelier de Cognac dès la semaine suivante. La suite de la journée se déroula comme dans un rêve pour Marthe. Elle embrassa des joues, serra des mains, avala quelques mets succulents, but un peu, sourit, devisa. Dès que Félix n'était plus à ses côtés, la réception perdait toute saveur, les conversations devenaient ennuyeuses, et elle le cherchait des yeux jusqu'à ce que leurs regards se soudent l'un à l'autre dans une exaltante et muette complicité. Oh ! Quand seraient-ils enfin rendus à ce samedi 8 janvier 1927 qui allait sceller son destin de femme mariée ? Elle n'en pouvait plus de cette attente, de tout ce désir inassouvi, elle voulait cet homme, là, tout de suite, à elle, avec elle, en elle ! Elle rougit de l'audace de ses pensées, et but une gorgée d'eau pour se donner une contenance. Mais déjà Félix revenait, passait tendrement une main sur sa nuque, et Marthe, frémissante, savourait la caresse publique, légitimée par la cérémonie, et regardait les lumières du lustre se refléter dans le diamant de sa bague.

*

Dès le vendredi suivant, la famille se rendit à Cognac pour admirer les clichés du photographe. Éperdue d'émotion, Marthe avait du mal à se reconnaître dans cette magnifique jeune femme au regard fier et assuré, au sourire irradiant le bonheur. Comme elle avait changé en quelques mois ! Et Félix, mon Dieu, quel maintien ! Qu'il était beau ! Des larmes de joie perlèrent à ses paupières. Elle aurait voulu embrasser le photographe. Elle prenait un cliché, le reposait, en serrait un autre sur son cœur, les trouvait tous plus beaux les uns que les autres. Cet homme était un génie ! Il avait su saisir exactement cette petite lueur espiègle qui dansait toujours dans les yeux de Félix ; et elle-même n'avait pas cette allure froide, empruntée, qu'elle se reprochait souvent sur les photographies.

—Monsieur, je ne sais comment vous remercier ! Vous êtes un artiste, un artiste, vraiment ! C'est mon fiancé, c'est moi, mais nous sommes plus beaux, plus vivants que jamais sur ces photos ! Comment faites-vous cela ?

—Je n'y suis pas pour grand-chose, répondit modestement le photographe. J'ai un excellent appareil, et puis… c'est le sujet qui fait tout ! En vous prenant en photo, j'ai photographié le bonheur. C'est toujours beau, le bonheur, conclut-il dans un sourire.

Enthousiasmée, Marthe demanda à revoir le fameux Leïca, se fit expliquer l'ingénieux mécanisme du flash, posa mille et une questions, tant et si bien qu'à la fin, sous le charme, l'homme lui proposa d'essayer l'appareil. Elle fit un cliché de ses grands-parents et l'artiste lui promit qu'il le joindrait aux photographies de la cérémonie. Elle battit des mains comme une enfant, et se fit le serment qu'un jour elle posséderait l'un de ces merveilleux appareils capteurs de bonheur.

De retour à Montendre, l'on se réunit au petit salon, pour décider de la répartition des photographies. Marthe ne pouvait se résoudre à se séparer d'une seule d'entre elles ! Il fallut bien choisir, pourtant, car il était impensable de ne pas en envoyer une à Père et Mère. Elle en choisit une autre pour Gilbert, une pour Lucie et une pour la fidèle Jeanne. Puis s'avisa que, peut-être, ces photos subiraient le même sort que tous les courriers de Montendre que Gilbert et elle n'avaient jamais reçus. Pour plus de sûreté, elle préféra donc envoyer trois épreuves chez Jeanne, à charge pour cette dernière de faire parvenir les leurs à Gilbert et Lucie. *Encore une tâche délicate qui va incomber à la douce et dévouée Jeanne*, se dit Marthe dans un sourire. *Quelle merveilleuse amie j'ai là, que j'ai hâte de la revoir !* Jeanne avait promis, en effet, de venir pour le mariage, bien qu'hélas, elle ne puisse être témoin, n'étant pas majeure. Pressée de lui conter par le menu les merveilles que recelaient à présent ses journées, Marthe saisit son porte-plume, et, photos en main, s'attabla au petit secrétaire pour une bonne heure de correspondance.

18

Roland

Russie, mai 2012

À peine entré dans l'anonyme et peu accueillante chambre d'hôtel que lui avait allouée la direction de *Paris Match*, Roland se jeta sur le lit, éreinté. Toute la journée, il avait fallu piétiner près du Kremlin, montrer patte blanche des dizaines de fois, sourire à des officiels pour qui il n'éprouvait que mépris, tout ça pour prendre quelques clichés du grand Vladimir Poutine, tout de noir vêtu comme un croque-mort, si l'on exceptait le rouge sanglant de la cravate ! Il aurait mille fois préféré pouvoir photographier les centaines d'opposants à ce régime de mascarade qui s'étaient fait arrêter la veille. Mais l'hebdomadaire ne mangeait pas de ce pain-là : il lui fallait du conventionnel, du sensationnel, de la photo officielle ! Tout ce que Roland détestait, en somme. Dépité, il soupira. Il avait l'impression de se trahir lui-même en ce moment, acceptant tout et n'importe quoi, pourvu que ce fût loin. Loin de la France, loin de Paris, loin d'elle ! Une poignante douceur lui monta à la gorge tandis qu'il évoquait le rire de Sonia, la soie de ses cheveux, sa force et sa fragilité dans ce combat qu'elle était en train de mener. Seule, puisque c'était le meilleur moyen pour elle de réussir. En aucun cas, il ne voulait mettre en jeu l'issue de ce divorce. Elle existait par ses enfants, sans eux, elle dépérirait, et tout l'amour qu'il pourrait lui donner ne suffirait jamais à combler le vide. Il fallait qu'elle gagne, et pour cela il fallait qu'il disparaisse. Mais, mon Dieu ! Que c'était dur !

Et en plus, songea-t-il en souriant amèrement, cette nouvelle obsession ne l'avait en rien soulagé de la précédente. Il rêvait toujours de Marthe, ressentait toujours ce besoin, cette urgence d'élucider le mystère qui l'entourait. Il n'avait osé risquer les fameux cahiers de Jeanne dans ses nombreux périples autour du monde. Et puis, ne pas les avoir près de lui permettait de résister à la tentation de se jeter dessus pour tout découvrir. Il avait promis à Sonia de l'attendre, il tiendrait parole. Il regarda l'heure, étonné de constater que le temps passait si lentement, balança un moment entre la tentation d'une douche chaude et celle du roman policier qu'il avait apporté, opta pour la douche, et c'est en caleçon que la sonnerie du téléphone le cueillit à la porte de la salle de bains. Une seconde, il fut tenté d'ignorer l'appel. Puis, soupirant d'agacement, se dirigea vers la table de nuit et, sans même regarder l'écran du portable, aboya un peu amène « Allô » dans l'appareil.

—Roland ? Je… je te dérange ? C'est Sonia.

Les jambes coupées, Roland se laissa tomber sur le lit.

—Sonia, chérie, excuse-moi, je n'ai pas regardé qui téléphonait avant de prendre l'appel, j'étais en train de me déshabiller pour prendre une douche ! Est-ce que tout va bien ? demanda-t-il, soudain anxieux.

—Oui, oui, tout va bien. Simplement, je n'en pouvais plus de cette absence et de ce silence. Les enfants sont avec leur père, je traîne comme une âme en peine dans l'appartement et tu me manques. Tu me manques tellement ! poursuivit-elle d'une voix étouffée.

—Toi aussi, mon amour, je donnerais n'importe quoi pour être auprès de toi et te serrer dans mes bras. Tu sais que je rêve de toi autant que de Marthe maintenant ?

—Tiens donc, répondit-elle dans un sourire. Alors, comme ça, j'ai de la concurrence ?

—Cela dit, ce ne sont pas tout à fait les mêmes rêves. Ceux dans lesquels tu apparais sont nettement plus… déshabillés !

—Tais-toi, malheureux ! Si tu commences à évoquer des scènes torrides, je saute dans le premier avion pour te rejoindre. Où es-tu ?

—Je suis à Moscou, pour l'investiture de Poutine. Ensuite je pars au Kenya, pour le *National Geographic* et en juin, ce sera l'Angleterre pour le jubilé de la reine Elizabeth. Et toi, tu en es où avec la procédure de divorce ?

—C'est dur. Les week-ends sans les enfants sont très difficiles. Je me demande toujours si Sébastien se conduit correctement avec eux, et je ne peux m'empêcher d'imaginer ce que sera ma vie sans eux si jamais il obtient la garde. (Elle sentit sa voix chevroter et s'efforça de se reprendre.) Excuse-moi, je ne t'appelais pas pour me lamenter…

—Chuuut, calme-toi Sonia. Tout ira bien, j'en suis certain. Tu es la meilleure mère qu'un enfant puisse rêver d'avoir, ton expert ne pourra pas manquer de le constater. Que dit-il ?

—Rien, justement, strictement rien ! Il est glaçant ! L'autre jour, j'ai essayé de lui expliquer dans quelle angoisse je vis, il s'en moque totalement, et m'a juste conseillé de m'adresser à un confrère. Cet homme est un mur, je le hais ! déclara-t-elle, soudain véhémente.

—Ah ! Voilà qui est mieux, décréta Roland. Je te préfère en colère que déprimée ! Tu dois avoir confiance, ma Sonia, bientôt ce cauchemar sera derrière toi et tu pourras reconstruire ta vie avec le sourire. Et avec moi, peut-être ? ajouta-t-il, mutin.

—Hum… Alors, il va falloir que tu sois sage, et que tu fasses exactement ce que je dis ! C'est aussi pour ça que j'appelle, Roland. Je trouve profondément injuste que tu sois si près d'apprendre la vérité sur Marthe et qu'à cause de moi…

—Il n'en est pas question ! Je n'ouvrirai pas ces cahiers sans toi ! C'est ton héritage familial, pas le mien ! Je n'ai aucune légitimité pour le faire, si tu n'es pas près de moi ! s'emporta-t-il.

—Écoute-moi, s'il te plaît. L'avocat m'a laissé entendre que mon affaire ne pourrait être résolue avant septembre, août peut-être, dans le meilleur des cas. Nous sommes le 7 mai, Roland ! Ça fait déjà quatre mois que tu attends ! Je te délègue tous mes pouvoirs de petite-nièce, et puis je suis curieuse, moi aussi, j'ai envie qu'on avance, je suis certaine qu'elle l'aurait voulu ainsi. Roland ? continua-t-elle, enjôleuse, c'est d'accord ?

—Comment te résister, petite sorcière ? Oui, c'est d'accord, oui, mais je te préviens, tu auras droit au compte rendu par le menu, il faut que je sache quand je peux t'appeler sans risque pour toi !

—Un week-end sur deux, en prenant celui-ci comme référence, OK ? Si jamais il y a un problème, ou un changement, je t'envoie un texto. Roland…

—Oui ?

—Non, rien. Finalement, cette pause entre nous, même si elle est douloureuse, ce n'est pas si mal, non ? Ça nous permet de…

—Vérifier la solidité du lien ?

—Oui, c'est ça. Et puis moi, je me réhabitue à être moi-même. Je m'étais un peu perdue de vue avec Sébastien, je réapprends à vivre avec la vraie moi et à la laisser s'exprimer. Je crois qu'il me fallait cette parenthèse de solitude pour être prête à vivre une autre histoire.

—J'attendrai le temps qu'il faudra, tu le sais ma puce. Je peux être d'une patience d'ange !

—Merci mon amour. À très vite ?

—Oui, dans deux semaines, premier rapport, promis ! Je t'embrasse.

Dès qu'il eut raccroché, Roland s'empressa d'appeler Air France pour confirmer sa réservation de retour. Il n'allait pas s'attarder ici plus longtemps que nécessaire. Il avait un rendez-vous à Paris, un rendez-vous avec le passé, qui ne pouvait plus attendre. Soudain, de se savoir si près de la découverte, l'impatience le tenaillait de nouveau. Marthe l'attendait, depuis trop longtemps déjà. Il n'allait pas lui faire faux bond plus longtemps.

19

Marthe

La Font-de-Montendre, Noël 1926

Suivant les directives de Bon-Papa, Marthe, perchée sur un escabeau, accrocha l'étoile étincelante au sommet de l'arbre. Haut de trois mètres, paré d'une multitude de guirlandes, boules, anges et pommes de pin dorées, le sapin de Noël avait fière allure, planté au beau milieu du grand salon comme si telle avait été sa place de toute éternité. Marthe recula d'un pas pour mieux admirer son œuvre. N'y trouvant rien à redire, elle adressa un sourire radieux à Bon-Papa.

—Tu t'en es remarquablement bien tirée, remarqua Bon-Papa avec un grand sourire. J'espère que le Père Noël va te gâter ce soir !

—Oh ! Bon-Papa, je suis déjà tellement heureuse ! Bon, je file, j'ai rendez-vous dans une heure avec Félix pour réceptionner les meubles dans la maison, j'ai hâte de voir ce que ça va donner !

—Mais… vous serez seuls ? ne put retenir Bon-Papa

—Non, ne vous inquiétez pas Bon-Papa, les livreurs-monteurs seront là et ensuite, nous avons promis à Antonin de lui montrer le nid quand tout serait fini ! Allons, je me sauve, je ne veux pas le faire attendre !

—Va mon enfant, va !

—Et sois prudente sur la route ! renchérit la voix de Bonne-Maman depuis le hall.

—Promis, promis, chantonna Marthe, tout en fixant son chapeau d'une main et en envoyant des baisers à la ronde de l'autre. À tout à l'heure !

Elle arriva à Jonzac plus vite que prévu, ce qui lui permit d'affronter plus détendue la circulation urbaine. Elle ne s'était jamais tout à fait remise du choc de sa première leçon ! *Quel idiot celui-ci tout de même*, se dit-elle, se remémorant le moniteur. *Me faire prendre l'avenue du Château dès la première leçon,* ça n'était pas très malin ! Heureusement, la maisonnette qui allait abriter leur foyer se trouvait à l'écart de ces artères très animées, dans un petit quartier résidentiel, à la fois proche du centre et très calme. La façade donnait sur la rue, mais à l'arrière, un charmant petit jardin offrait l'ombre parfumée d'un grand tilleul et de ravissantes bordures fleuries. Avisant la Citroën de Félix devant le perron, la jeune fille manœuvra et se gara juste derrière lui. Allons, pas de livreurs en vue, elle n'était pas en retard !

Souriante, elle toqua pour s'annoncer et ouvrit la porte. Félix accourut.

—Ta ta ta ta ta ! Surprise ! s'exclama-t-il en la prenant dans ses bras. La future Mme Duvignacq est priée de bien vouloir fermer ses jolis yeux, voilà, très bien, et de suivre son fiancé sans regarder. On ne triche pas ! ajouta-t-il d'une voix de stentor.

La tenant fermement par la main, il la guida jusqu'au salon.

—Un, deux, trois, ouvrez !

Marthe ouvrit les yeux sur un salon de rêve. Les larges fenêtres étaient ornées de voilages blancs, les lourdes draperies satinées, du même bordeaux profond que les motifs de la tapisserie, étaient retenues par des embrasses de cuivre. La table ronde, au pied ouvragé, était entourée de ses quatre chaises tapissées de velours bordeaux. Sur le dessus de marbre du buffet, paradaient déjà quelques verres en cristal ; les portes d'acajou verni, sculptées de grappes de vigne, luisaient doucement dans la lumière. Face à elle, un canapé club de cuir patiné et mordoré, invitait clairement au repos, flanqué, sur chaque accoudoir de moelleux coussins drapés en velours. Bouche bée, Marthe tournait sur elle-même et voyait son rêve prendre forme sous ses yeux. Dans un coin, une haute horloge comtoise au lourd balancier de cuivre égrenait les minutes.

—Oh ! Félix ! L'horloge ! J'en avais tellement envie ! Tu l'as commandée, finalement ? Tu avais dit qu'il n'y aurait pas la place !

—Je voulais te faire la surprise. Je fais parfois quelques petites entorses à la vérité, mais mes intentions sont toujours pures ! se récria-t-il comiquement, une main sur le cœur.

Marthe éclata de rire.

—Je vois, oui ! C'est comme le rendez-vous avec les livreurs ! Si j'ai bien compris, ça fait déjà un petit moment qu'ils sont partis ?

—À quoi bon t'imposer l'assemblage, les jurons, les coups de marteau, quand tu peux profiter d'un seul coup du produit fini ? Mais bien sûr, s'inquiéta-t-il soudain, si tu souhaites que nous changions la disposition de…

—Non ! Surtout pas ! l'interrompit Marthe. C'est parfait, juste parfait comme ça ! Oh ! Félix, je suis tellement heureuse !

—Et attends, tu n'as pas vu le plus beau ! Les yeux ! ordonna-t-il

Docile, les paupières closes, Marthe le suivit. Ils tournèrent à gauche dans le couloir, firent quelques pas, puis Félix poussa une porte.

Trônant au beau milieu de la pièce, un immense lit de noyer, haut sur pattes, recouvert d'un épais matelas et d'un couvre-lit satiné, indiquait clairement à quel usage la pièce serait destinée. Sur la tête de lit sculptée, un angelot joufflu, armé d'un arc, dardait sur Marthe ses prunelles impavides, la mettant au défi de rougir. Elle détourna bien vite le regard, le posa sur les deux tables de nuit recouvertes de marbre, dont la porte recélait le vase aux honteuses destinations. Soudain, Marthe s'avisa que désormais, il lui faudrait faire pipi devant Félix ! Mon Dieu, non, c'était impossible ! Et faire sa toilette, aussi ! Toute cette intimité soudain dévoilée, comment pourrait-elle ? Éperdue, elle regarda Félix. Tout à coup il lui semblait qu'elle avait devant elle un étranger. Que faisait-elle, avec cet homme, dans cette maison ? C'était une erreur, une monstrueuse erreur, elle n'était pas prête !

La prenant aux épaules, doucement, Félix la conduisit devant la grande armoire à glace, dont il ouvrit les portes.

—Ici, murmura-t-il à son oreille, plaqué contre son dos, les robes de madame ; et là, les costumes de monsieur.

Il referma la porte et Marthe se trouva face à leur reflet dans la glace. Plus grand qu'elle, Félix la dépassait d'une tête. Ils semblaient ne faire qu'un, lui plaqué contre elle, son menton reposant sur ses cheveux. Il regardait Marthe dans le miroir, ses yeux et sa bouche souriaient. Petit à petit, noyée dans ce regard qui était devenu sa vie, Marthe s'apaisait, chassait ses folles idées. Un sourire se forma sur ses lèvres. La retournant vers lui, Félix effleura ce sourire de sa bouche, tendrement puis avidement. Ses mains froissaient le tissu de la robe de Marthe, le désir faisait trembler ses jambes contre les siennes. Elle sentait son excitation durcir contre sa cuisse, mais au lieu de s'écarter élégamment, comme il le faisait d'ordinaire, il se pressait contre elle et elle se sentait défaillir de ce poids contre sa jambe. Nouant ses mains autour du cou de Félix, elle lui caressa les cheveux, la nuque, osa passer sous le veston, s'enhardit à défaire un bouton de chemise. Là, sa peau, chaude et dure contre ses doigts. Une étrange faiblesse l'envahissait, en même temps qu'une onde humide se propageait dans son ventre. Son cœur lui semblait battre dans des parties d'elle-même où elle ignorait qu'il y eut tant de sang ! Le souffle court, Félix avait enveloppé son sein gauche dans sa main, et le massait doucement, lui arrachant un gémissement de plaisir. Il plaqua sa bouche contre son cou, envoyant dans le corps entier de Marthe de délicieux frissons. Sa main, au creux de ses reins, la brûlait. Elle se cambrait ; son corps, répondant à un atavique appel, épousait celui de Félix, et par de délicats mouvements, lui faisait comprendre le besoin qu'elle avait de lui. Il se détacha d'elle brusquement, aspirant l'air comme un homme qui se noie.

—Marthe, mon amour, pardonne-moi, souffla-t-il. Je... je n'ai pas pu résister, toi, dans cette chambre, dans notre chambre, là...

Sa voix s'étrangla et son regard sembla chavirer. Loin de s'écarter, Marthe refit un pas vers lui.

—Félix, j'ai tellement, tellement envie d'être à toi ! J'ai besoin que tu me purifies, Félix, que tu me laves de tout ce que j'ai vécu. Fais de moi ta femme, là, maintenant, qu'importe ce qui peut arriver, dans quinze jours nous serons mariés. Aime-moi Félix, je t'en supplie, aime-moi.

Dans un gémissement rauque, il la ploya sous lui et prit sa bouche avec une ardeur renouvelée. Marthe sentit qu'on la soulevait et qu'on l'allongeait sur le lit. Les yeux mi-clos, elle se laissait embrasser, caresser, déshabiller. Un souffle d'air frais sur sa peau l'avertit qu'elle était nue. Agenouillé à ses côtés, Félix la dévorait des yeux.

—Dieu ! Que tu es belle mon amour, souffla-t-il.

Délicatement, il saisit un sein, en pressa le mamelon durci, puis, se penchant sur Marthe, l'aspira doucement entre ses lèvres et l'agaça de sa langue. Marthe modula une longue plainte et se cambra sur le lit, tétanisée de désir. Soudain, la passivité n'était plus de mise. Elle arracha la chemise de Félix et son caleçon, avide de sentir son plaisir pulser entre ses mains. Elle s'en empara, malhabile et impatiente, et Félix, sentant la paume de Marthe l'enserrer, crut qu'il ne pourrait se contenir. Leur bouche leur peau, leur corps tout entiers se mêlaient, se découvraient avec ivresse, inlassablement. Puis Félix s'allongea sur Marthe et prit son visage entre ses mains. Sans la quitter des yeux, il la pénétra, très lentement, tandis qu'elle haletait de bonheur. Il s'immobilisa un instant en elle, murmura « Je t'aime », puis reprit sa bouche et, pressant son corps contre le sien, habita son ventre d'un mouvement régulier, de plus en plus profond, de plus en plus martelé. Marthe se lançait à la rencontre des assauts, enfonçait ses ongles dans le dos de Félix ; les reins cambrés, elle s'offrait tout entière dans un long feulement de bonheur, la tête renversée et les yeux clos. Soudain un spasme la tordit, une houle de plaisir la souleva et elle jouit longuement, profondément, en murmurant son nom comme une litanie. Félix s'abandonna à son tour, sa propre jouissance décuplée par cette extase qu'elle lui offrait sans retenue.

Ils reprirent souffle et vie, lentement. La joue de Félix reposait entre les deux seins de Marthe. Il suivait d'un doigt très doux le tracé d'une veine bleue sur son bras mince, elle caressait tendrement son dos humide de sueur. Ils étaient prêts à s'abandonner au sommeil lorsque l'horloge, dans le salon, sonna cinq coups.

—Nom de Dieu, jura Félix, en se levant comme un diable sur ressorts, papa ! On a oublié papa, il doit venir à 17 heures !

Gloussant comme des écoliers, ils se vêtirent à la hâte, prirent le temps d'un nouveau baiser avant de retaper le lit, de se recoiffer tant bien que mal, et de regagner le salon.

Lorsqu'Antonin Duvignacq arriva, il trouva les fiancés sagement assis sur le canapé ; ils l'attendaient bien gentiment, en discutant porcelaine et argenterie.

*

À dater de ce jour, les rencontres se multiplièrent au 13 rue Pesance. Faisant fi des médisances, Marthe et Félix se ménageaient dès que possible des rendez-vous clandestins dans la maison, et ce sentiment de contrevenir à la bienséance rendait les étreintes plus exaltantes encore.

Le 31 décembre, l'on se réunit chez les Duvignacq pour fêter la nouvelle année. Félix et Marthe s'embrassèrent sous le gui et la façon dont leurs corps se cherchaient, se reconnaissaient et s'épousaient ne pouvait laisser aucun doute sur la nature de leurs relations.

Félix s'approcha de Marthe, une coupe de champagne à la main :

—Plus que huit jours, ma tendre Marthe, et j'aurai enfin le droit de te manger de baisers en public, ailleurs que sous le gui ! lui susurra-t-il à l'oreille.

—Peut-être n'en auras-tu plus envie, lorsque ce sera permis ?

—Il faudrait que je sois mort pour n'avoir plus envie de toi, lui répondit-il gravement. Je t'aime, Marthe, au-delà de tout ce que tu peux imaginer.

S'agenouillant près d'elle, il lui prit la main.

—Et je t'aimerai encore, lorsque tu seras vieille et chenue et que nous regarderons ensemble nos petits-enfants s'embrasser sous le gui !

Le remerciant d'un sourire, elle s'était jointe ensuite aux conversations de ces dames, laissant les messieurs discuter politique et exportation. Les toilettes du mariage étaient prêtes, Mme Germaine l'avait fait savoir ce jour même. Seule la robe de la mariée requérait un tout dernier essayage, prévu l'avant-veille du mariage. D'un commun accord, il fut décidé que Félix mènerait les Montendre à Jonzac dès mardi pour récupérer leurs tenues de cérémonie. La robe de Marthe serait livrée vendredi 7 au château. Les derniers détails se réglaient. Le destin de Marthe était en marche, plus rien ne pouvait l'entraver.

Le dimanche 2 janvier, une tempête de neige s'abattit sur tout le pays charentais, rendant toute sortie impossible. Les lignes téléphoniques furent coupées, et un froid glacial s'installa en maître. Dès lundi, pourtant, on recommença à circuler, et Étienne, le facteur, put remettre à Marthe la lettre de Jeanne, confirmant son arrivée en gare de Jonzac pour le jeudi 6. Dansant de joie, Marthe s'en fut porter la bonne nouvelle à ses grands-parents. Jeanne arrivait ! Jeanne serait là pour l'essayage de la robe ! Jeanne serait à ses côtés pour le plus beau jour de sa vie, comme elle l'avait été dans les heures sombres ! Hermine et Honoré se réjouirent avec elle mais l'adjurèrent de renoncer à prendre l'automobile si l'état des routes ne s'était pas amélioré d'ici là. Marthe, tout à sa joie, promit tout ce qu'on voulait.

Le lendemain matin, Marthe s'éveilla, en proie à une atroce migraine. Le ciel était bas, plombé, annonciateur d'une nouvelle bourrasque neigeuse. Marthe s'obligea à se lever et à déjeuner, mais ne put rien avaler, ses tempes battant jusqu'à l'écœurement. Elle but un peu d'eau, constata que sa gorge piquait, et s'épouvanta à la perspective d'une angine à quatre jours du mariage. Elle pria Tiennette de lui préparer une camomille, prit un cachet de cette aspirine des usines du Rhône dont on disait le plus grand bien et remonta s'allonger dans l'obscurité. Deux heures plus tard, lorsque Félix s'annonça, elle dormait profondément. D'un commun accord, Félix et ses grands-parents convinrent de s'esquiver sans la réveiller et prirent la route de Jonzac sous un ciel menaçant. De fortes bourrasques faisaient tanguer la voiture sur la route, et Félix, pourtant conducteur émérite, commençait à se demander s'il était bien prudent de continuer. De lourds flocons se mirent bientôt à tomber en rangs serrés.

L'essuie-glace manuel de Félix n'était pas suffisamment efficace pour nettoyer convenablement le pare-brise. Mais Honoré, assis à côté du conducteur, s'émerveillait de tout comme un enfant inconscient du danger, et posait mille questions qui troublaient la concentration de Félix. Hermine sentit monter la tension de ce dernier. De sa voix douce et posée, elle demanda :

—Cher Félix, je vous sens inquiet, que se passe-t-il ?

—Pour ne rien vous cacher, la route devient de plus en plus impraticable. La visibilité est quasiment nulle, le vent déséquilibre la voiture et elle a tendance à chasser : la route est froide, la neige tient bien et va finir par nous faire glisser. Je suis assez inquiet.

—À votre avis, sommes-nous plus près de Montendre ou de Jonzac ? demanda Honoré.

—Je dirais à peu près à égale distance, nous devons être aux abords de Villexavier. Mais avec toute cette neige, c'est difficile à dire, je ne reconnais pas le paysage, répondit Félix tout en continuant à batailler avec l'essuie-glace.

—Il serait sans doute plus judicieux de faire demi-tour dès maintenant, ne pensez-vous pas, mon ami ? demanda Hermine d'une petite voix angoissée.

—Oui, oui, certainement, c'est ce que nous allons faire, n'est-ce pas Félix ? s'enquit le baron, enfin conscient du péril.

Félix ne répondit pas, occupé à négocier une méchante ornière. Soudain un chevreuil fit irruption devant la voiture. Pendant un instant interminable, la scène parut se figer. Il semblait à Félix qu'il distinguait les moindres détails du pelage de la bête, ses pattes fines rassemblées pour le bond, son museau tendu vers la fuite et le salut, son œil rond, lisse, dénué de toute expression. Le choc fut soudain. L'animal rebondit contre le pare-brise, qui explosa en mille miettes acérées. Propulsé en avant, le corps de Bon-Papa vint s'encastrer dans cet espace béant au-dessus du tableau de bord. Son mouvement fut arrêté par un morceau de verre en forme de triangle, qui se ficha net dans sa jugulaire. La voiture fit une embardée et se dirigea droit vers le fossé. Elle percuta de plein fouet un chêne qui se trouvait là. Une force irrépressible souleva Hermine. Éjectée de son siège, elle sembla, un instant, voler gracieusement au-dessus du désastre, puis retomba à terre avec un bruit sourd et ne bougea plus. Félix, lui, était resté à sa place : le volant et la colonne de direction, ayant avancé de près d'un mètre sous la violence du choc, le maintenaient cloué à son siège ; la rate broyée, la cage thoracique enfoncée, il se vidait lentement de son sang. Sa tête, au bout de quelques minutes, retomba sur sa poitrine. Ses yeux étaient toujours ouverts, et pleins d'étonnement. À quelques mètres de là, le chevreuil gisait dans la neige ; autour de son pelage sombre, une large tache écarlate s'élargissait. Dans un silence irréel, les flocons continuaient à tomber en rangs serrés, recouvrant peu à peu les corps du plus blanc des linceuls.

20

Paris, juin 2012

Dimanche 16 janvier 1927

Marthe prend enfin un peu de repos, j'en ai profité pour me retirer dans ma chambre et écrire rapidement une lettre à mes parents pour les rassurer tant bien que mal. Ici, la tempête fait rage, comme si la nature avait à cœur de se mettre à l'unisson du désastre qui balaye la vie de ma pauvre Marthe. Depuis une semaine que je suis arrivée, Marthe n'a pour ainsi dire pas desserré les lèvres, que ce soit pour s'alimenter, pour parler ou pour pleurer. Elle va d'un pas mécanique, le teint cireux, hoche la tête à tout ce qu'on lui dit et semble vivre dans un autre monde. Ses parents, alertés par mes soins ont refusé de se déplacer ! J'ai dû me débrouiller comme je pouvais pour organiser les obsèques, avec l'aide de ce pauvre M. Duvignacq. Il est totalement effondré, lui aussi, il a tout perdu. Si seulement ces deux solitudes pouvaient s'appuyer l'une sur l'autre ! Mais ils sont chacun muré dans leur douleur, et rien ne semble les atteindre. Tout de même, aujourd'hui, Marthe m'a parlé un

peu. Nous sommes allées ensemble au cimetière, fleurir les tombes. Tout en s'activant pour regarnir le vase, elle m'a demandé, d'une voix étouffée : « Ne trouves-tu pas d'une ironie grinçante que toutes ces fleurs commandées pour mon mariage fleurissent maintenant la tombe de mon fiancé ? »
Sa voix s'est brisée sur les derniers mots, et enfin, enfin, sa peine a crevé, à gros sanglots déchirants. Je l'ai prise dans mes bras, car ses jambes ne la soutenaient plus, et, lui tapotant le dos comme à une petite enfant, l'ai encouragée à se laisser aller.
« Oh, Jeanne, ma Jeanne, si tu l'avais connu ! Il était tout ce que j'attendais de la vie, il faisait de chaque journée une aventure merveilleuse. Nous n'étions pas toujours d'accord sur tout, mais il savait si bien écouter, comprendre, partager ! Il avait toujours un mot tendre à me dire, je sentais que je pourrais compter sur lui, ma vie durant, qu'il serait le roc sur lequel je pourrais m'appuyer pour tout affronter. Le soir, je m'endormais son image au cœur. Le matin, je m'éveillais, pressée de le voir, et toute la journée, son nom chantait dans ma tête ! J'étais heureuse, si heureuse ! J'ai l'impression de vivre un cauchemar, un atroce cauchemar, Jeanne, Jeanne, dis-moi que c'est un rêve, que je vais me réveiller, oh Jeanne, je ne veux plus vivre !! »
Ce désespoir me fouaillait le cœur. Impuissante à la consoler, je ne pouvais que caresser doucement son dos, et pleurer avec elle. Enfin, j'ai réussi à la ramener au château. Cette crise de larmes l'avait épuisée, et elle a demandé à rester seule un moment pour se reposer. Mon Dieu, quel gâchis !

Roland, gêné par la pénombre qui commençait à envahir la pièce, releva la tête et s'étira voluptueusement. Cela faisait des heures maintenant qu'il était penché sur les vieux cahiers de moleskine. L'écriture élégante de Jeanne, avec ses pleins, ses déliés, et la couleur délavée de l'encre violette, passée par le temps, rendaient la lecture malaisée pour qui était habitué aux caractères Times New Roman de l'ordinateur. Il frotta ses yeux fatigués, et prit sa tête entre ses mains. Quel destin ! Mon Dieu ! Comment imaginer tout ce que cette si jeune femme avait dû traverser, bravant les convenances, luttant pour sa liberté, pour le droit d'aimer, et rencontrant embûche sur embûche ? Il songea à Sonia : finalement, les choses n'avaient guère évolué, se dit-il. Quand elles ne sont pas sous l'emprise d'un père, les femmes sont sous celle d'un mari, mais il leur est toujours difficile de faire reconnaître leurs droits.

Renversant la tête sur le dossier du fauteuil, il s'autorisa enfin à penser à elle. C'était un week-end sans aujourd'hui. Sans appel téléphonique, sans texto, sans mail, sans aucun de ces fils ténus qui les reliaient habituellement l'un à l'autre et leur permettaient, vaille que vaille d'attendre des jours meilleurs. Il sourit en imaginant sa surprise lorsqu'il lui ferait le prochain compte rendu de lecture ! Quoi qu'il en soit, il commençait à mieux comprendre les différents visages de Marthe. Fouillant dans les albums que Damien lui avait laissés, il avait retrouvé des photos de Marthe, radieuse, dans sa tenue de fiançailles, avec ses grands-parents. Il avait eu beau chercher, il n'en avait pas trouvé une seule de Félix, ce qui était pour le moins surprenant. Avait-elle souhaité l'oublier, l'éliminer de sa vie ? Il ne pouvait le croire, l'amour passionné qu'elle lui avait porté ne collait pas avec cette hypothèse. Avait-elle voulu les cacher, comme un pan secret de sa vie, auquel nul autre qu'elle ne devait avoir accès ? C'était plus probable. Il fut soudain torturé par le désir de trouver au moins un cliché de Félix, voir à quoi ressemblait cet homme capable de se faire aimer de la tendre et douce et forte Marthe. Dans les journaux d'époque, peut-être trouverait-il une mention de l'accident et une photo ? Son statut de reporter allait s'avérer utile !

*

La Font-de-Montendre, dimanche 16 janvier 1927

Jeanne releva la tête, intriguée par un bruit sourd, qui semblait avoir retenti tout près, et tendit l'oreille. Mais le mugissement du vent dans les grands arbres du parc s'amplifia soudain et couvrit tout. Posant son porte-plume, Jeanne frissonna et se dirigea vers la fenêtre. Un spectacle de désolation s'offrit à ses yeux. Dépouillés de leurs feuilles, les chênes tendaient vers le ciel leurs bras squelettiques, en une supplique muette. Mais le vent furieux soulevait à grands tourbillons les quelques feuilles mortes qui n'étaient pas prises dans la neige durcie, et semblait vouloir faire payer à cette nature gelée la résistance qu'elle lui opposait. Une bourrasque plus violente que les autres eut raison d'une des branches du vieux marronnier : le bruit sec d'une fracture retentit dans le parc et la branche tomba. Mais rien ne semblait pouvoir apaiser le vent. Soufflant, rugissant, tourbillonnant, il se jetait déjà à la recherche d'une nouvelle proie.

Frissonnante, Jeanne se munit de sa lampe à pétrole et décida d'aller voir si Marthe reposait paisiblement. Progressant à pas lents dans le couloir, elle regardait d'un œil inquiet les ombres fantasmagoriques que la lumière de sa lampe dessinait sur les murs. Oppressée, elle se sentit soudain très seule et très vulnérable. Elle entrouvrit doucement la porte de la chambre de Marthe : celle-ci reposait, calmement, un bras pendant hors du lit. Mais Jeanne ne se résolvait pas à refermer la porte. Quelque chose n'allait pas… Était-ce la posture abandonnée de Marthe, bien différente des positions fœtales recroquevillées qu'elle adoptait jusqu'alors ? Était-ce le bruit des gouttes, tombant une à une sur le plancher, avec une effroyable régularité ? Ou bien l'éclat métallique du rasoir abandonné tout près du lit ? Soudain Jeanne comprit. Poussant un hurlement, elle se précipita sur Marthe, et comprima de son mieux ses poignets. Criant à pleins poumons, elle réussit à alerter Tiennette, à lui demander de faire prévenir un médecin, vite, par tous les moyens possibles, et de lui trouver des linges propres pour compresser les plaies. Marthe respirait très lentement et doucement, mais enfin, elle respirait, elle était vivante.

—Marthe, Marthe, ma chérie, ne fais pas ça, ne t'en va pas, ta vie n'est pas finie, Marthe, tu as des choses à vivre encore, Félix n'est plus là mais tu pourras rencontrer un autre bonheur, Marthe, je t'en supplie, bats-toi, ne te laisse pas aller !

Poursuivant sans relâche sa litanie, Jeanne ne consentit à s'éloigner un peu de Marthe qu'à l'arrivée du médecin, qui, par miracle, se trouvait dans le secteur au moment du drame. Il félicita Jeanne pour sa présence d'esprit, administra les premiers soins, mais se déclara extrêmement préoccupé par l'état de la malade et s'arrangea pour la faire transporter à l'hôpital le soir même.

Dès le lendemain, la tempête s'apaisa. Il fut de nouveau possible de circuler normalement, de s'éclairer et de téléphoner. Jeanne décida de se rendre au bureau de poste pour appeler les parents de Marthe, et les prévenir de l'acte désespéré de leur fille.

La sonnerie retentit plusieurs fois. Jeanne imaginait l'appartement parisien des Gaumain-Baucourt, lugubre et silencieux, déchiré par cette sonnerie. N'entendaient-ils donc rien ? Elle pianota nerveusement sur le comptoir. Enfin, on décrocha.

—Marie Gaumain-Baucourt, j'écoute ?

—Bonjour madame Gaumain-Baucourt, c'est Jeanne. Je suis actuellement à Montendre, avec Marthe.

Jeanne fit une pause, espérant un signe d'intérêt au bout du fil. Il ne vint pas. S'éclaircissant nerveusement la voix, elle poursuivit :

—Je voulais vous prévenir que Marthe ne va pas bien du tout, madame. Elle a été transportée à l'hôpital, hier soir.

—De quoi souffre-t-elle ?

—Eh bien… voilà, elle… elle a tenté de mettre fin à ses jours

—Ou d'attirer l'attention sur elle, la coupa sèchement son interlocutrice.

—Oh ! Madame, non, c'est un miracle qu'elle s'en soit sortie, elle s'est coupé les veines, voyez-vous, et normalement je n'aurais pas dû la trouver à temps, c'est un miracle, je vous assure, un miracle ! Et maintenant elle est à l'hôpital et elle est très très mal, je... je crois qu'elle aurait besoin de vous, enfin je suis sûre que moi, à sa place, j'aurais besoin de ma mère et...

—Il est hors de question que je me déplace, intervint Mme Gaumain-Baucourt. Il est temps que cette fille apprenne un peu à assumer les conséquences de ses actes. À ce sujet, vous serez bien bonne de lui faire une commission, ma petite Jeanne. Le notaire de Jonzac nous a écrit. Je suis la seule héritière de mes parents, et je compte au plus vite mettre en vente la propriété. Vous direz à Marthe qu'elle peut y rester tant qu'on n'a pas d'acheteur, mais qu'elle devra débarrasser les lieux dès que nous aurons trouvé quelqu'un.

Bouche bée, Jeanne ne réagissait pas

—Eh bien ? M'entendez-vous, Jeanne ? M'avez-vous comprise ?

—Mais, madame, où ira-t-elle ? La tombe de Félix est ici, avec tous ses souvenirs, je sais qu'elle s'occupait avec son grand-père de la gestion de la propriété, elle pourrait certainement devenir votre gérante, cela lui permettrait...

—Inenvisageable. Mon mari a besoin d'argent frais pour la banque, cet héritage tombe à pic. Que Marthe se débrouille, ici ou ailleurs, ce n'est plus mon problème ! Bonne journée Jeanne. Au revoir.

Une sonnerie continue. La mégère avait raccroché. Atterrée, Jeanne se mordait les lèvres, et se demandait comment annoncer à Marthe ce nouveau coup du sort !

Mais Marthe prit la nouvelle avec une grande indifférence.

—Ma pauvre Jeanne, ce n'est pas une sinécure d'avoir une amie comme moi ! Mais franchement, qu'attendais-tu de ce vieux démon ? Qu'elle accoure à mon chevet, comme une mère aimante ? (Marthe eut un rire amer.) Quant à son projet de vendre Montendre… Je crois que je m'en moque. Je n'aurais pas eu l'énergie nécessaire pour reprendre en main la propriété, de toute façon… Voilà. Je suis ruinée, je suis à la rue. Mais tout ça a si peu d'importance, Jeanne ! Ma vie ne m'intéresse plus.

—Marthe, je t'en supplie, promets-moi que tu ne recommenceras pas !

—Je te le promets ma douce Jeanne. Mais ce n'est pas pour moi que je fais ce serment, c'est pour toi : plus jamais je ne veux t'infliger ce à quoi tu as dû faire face dimanche. Je ne ferai plus rien pour provoquer la fin… (*Mais rien non plus pour l'éviter*, pensa-t-elle, farouche.) Je ne veux pas que tu vives dans l'angoisse.

Et un timide sourire, le premier depuis le drame, vint éclairer ses traits.

—Merci Marthe. Je te propose de revenir avec moi à Paris. Tu sais que tu peux loger à la maison aussi longtemps que tu le désireras !

—Je te remercie, ma douce. Mais il faut que je fasse mes adieux ici. Aux gens, aux paysages, à la vigne. À mes souvenirs. Je suppose que les acheteurs ne vont pas se bousculer, en plein hiver ! Alors je vais faire mon deuil ici, doucement. Cela me laissera aussi le temps de penser à ce que je peux faire. Ensuite, bien sûr, j'accepterai avec joie ta proposition. Il va bien falloir que je m'installe quelque part et que je trouve un métier !

—Tu pourrais entreprendre des études d'infirmière, ne crois-tu pas ? C'est moins long que la médecine et…

—Je n'ai pas envie d'y penser maintenant, tu sais, l'interrompit Marthe, avec un sourire las. Il faut juste… que je tienne une heure, et puis encore une heure, et puis une autre… Voilà. C'est ça, ma vie, pour le moment : tenir une heure. Elle ferma les yeux et une larme perla au coin de sa paupière et roula doucement sur sa joue.

Jeanne l'essuya tendrement.

—Mais je ne peux te retenir indéfiniment ici Jeanne. Promets-moi que dès qu'on me permettra de rentrer au château, tu retourneras à Paris, promets !

Jeanne sourit devant ce petit accès de véhémence, caractéristique de l'ancienne Marthe.

—Oui, c'est vrai qu'il va falloir que je retourne à la fac ! Mais tu dois jurer de m'appeler et de m'écrire souvent, très souvent ! Sinon, je te préviens, je débarque !

*

Les médecins permirent à Marthe de rentrer chez elle le 23 janvier. Le Jacques vint la chercher, avec la calèche. Elle eut un sourire triste en regardant son vieux visage, ravagé par le chagrin. Qu'allait-il devenir ? Le nouvel acheteur serait-il conscient de ce que le Jacques représentait pour Montendre ? Et surtout, de ce que Montendre représentait pour le Jacques ? Le trot cadencé de la jument la berçait doucement. *Clip, clop, clip, clop*, ne pas penser, ne pas regarder tous ces endroits où elle était passée avec Félix, juste *clip-clop*, rythmant les secondes, les minutes, les heures, et tenir, tenir.

Et la vie s'écoula doucement, ainsi que Marthe le souhaitait. Elle se levait, déjeunait, faisait semblant de lire un peu, répondait aux questions de Tiennette, allait faire quelques pas dehors, revenait vite au coin du feu, s'absorbait dans ses souvenirs. Des ombres passaient, des gens parlaient. Puis la nuit tombait. Elle allait au lit, pour quelques heures d'oubli miséricordieux, et tout recommençait. Parfois, une visite au cimetière mettait quelque animation dans sa journée.

Un jeudi de février, alors qu'elle revenait, à pas lents, de sa visite quasi quotidienne sur les tombes, des hurlements vengeurs attirèrent son attention, suivis du cri perçant d'un enfant et d'aboiements surexcités. Sortant de sa torpeur, elle se dirigea vers l'endroit du vacarme. Une bande de garnements, assistés d'un roquet teigneux, entouraient un gamin dépenaillé, peu vêtu malgré la rigueur du temps. Agenouillé dans la poussière du chemin, il tentait, tant bien que mal, de protéger sa tête et son visage des cailloux que lui lançaient les autres.

Mais je rêve, je rêve ! se dit Marthe, au comble de l'indignation. *Ces sots sont en train de le lapider !*

—Arrêtez immédiatement ! lança-t-elle d'une voix forte. Où vous croyez-vous, bande de vauriens ? Savez-vous que vous risquez de le blesser gravement avec ce jeu idiot ?

Ricanant sottement, les gamins ne répondaient pas. La regardant par en dessous, un grand, coiffé d'un béret et qui avait un léger duvet au-dessus de la lèvre, ce qui justifiait sans doute son statut de chef, lança :

—Ici, on n'aime pas les bâtards !

—Tu parles du chien, j'imagine, reprit Marthe, froidement.

—Non, m'dame, j'parle pas du chien. L'bâtard, c'est lui, énonça-t-il clairement, en pointant du doigt le gamin toujours agenouillé. On veut pas d'ça ici.

Marthe s'avança vers le petit et le releva. Retrouvant ses réflexes d'antan, elle l'examina rapidement, mais ne trouva que quelques éraflures

—C'est rien qu'des menteries, j'suis pas un bâtard, mon papa il est mort, c'est tout ! lança l'enfant, entre deux reniflements.

—Ton père, il existe pas, rétorqua durement le chef. Et ta mère…

—Ça suffit, coupa Marthe. Rentrez chez vous, maintenant, tous. Je ne veux plus rien entendre ! Non, toi, tu restes, intima-t-elle à l'enfant qui faisait mine de les suivre. Où habites-tu ?

S'essuyant le nez d'un revers de manche, le gosse tendit le bras vers un chemin qui partait sur la droite.

—Très bien, on y va, décida Marthe. Je te raccompagne chez toi. Comment t'appelles-tu ?

—Maurice, souffla l'enfant.

—Bien Maurice. Ta maman est à la maison ?

—C'que j'en sais, moi !

Mais Marthe ne se laissa pas rebuter. Elle devinait la crainte et la honte derrière cette apparente hostilité, et, tenant bien serrée la menotte de l'enfant, ne lui laissa pas le loisir de s'échapper. Ils arrivèrent enfin en vue de la maison de Maurice. Une pauvre cahute, dont la porte et les fenêtres jointaient mal. Il y régnait un froid polaire, qui ne semblait guère incommoder la jeune femme, assise sur un tabouret, en train de peler des pommes de terre.

—Ah ! Te v'là, quand même ! lança-t-elle sans même lever la tête. Faut qu't'ailles en forêt, m'faire du bois !

—Bonjour madame, intervint Marthe.

Saisie, la femme laissa échapper sa pomme de terre, qui roula sur le sol de terre battue.

—Pardonnez-moi de faire ainsi intrusion chez vous, mais j'ai tiré votre fils d'un mauvais pas tout à l'heure, les gosses du village lui jetaient des pierres en l'insultant.

Mal à l'aise, Maurice triturait le sol du pied, tout en tordant son béret entre ses mains crasseuses. La femme soupira, et attira le petit contre elle, d'un geste tendre qui émut Marthe. Passant la main dans les cheveux de son fils, elle regarda Marthe d'un air de défi :

—Ben oui, voilà, il a pas d'père, ce drôle, qu'est-ce que j'y peux, moi, s'il a pris ses jambes à son cou dès qu'il a su que j'l'attendais ? Vous pouvez m'juger, mam'zelle, mais c'est pas facile tous les jours pour moi non plus, vous savez…

—Oh, non, madame, détrompez-vous, je ne vous juge pas, ou plutôt si, je vous juge très courageuse et très aimante, et je pense que votre fils a bien de la chance de vous avoir. Mais je me disais… peut-être, vous pourriez vous installer ailleurs, où personne ne vous connaît ? Vous seriez simplement une veuve, avec son fils.

La femme eut un sourire désabusé.

—Dans une grande ville, peut-être. Mais j'ai pas les moyens pour ça. Dans les p'tits villages, mam'zelle, tout finit toujours par se savoir. On sait pas comment, c'est magique la rumeur, mais une fois qu'elle est lancée, y'a plus rien qui peut l'arrêter, plus rien. Et ça s'ra partout pareil. Faut qu'on fasse avec. En tout cas, merci de m'l'avoir ram'né. Et merci aussi pour c'que vous m'avez dit : c'est pas souvent qu'j'ai des compliments.

Un sourire juvénile vint éclairer son visage et Marthe, soudain, se rendit compte qu'elle n'avait guère plus de vingt ans, et qu'elle était jolie.

Marthe rentra au château, préoccupée d'une autre détresse que la sienne. Se pourrait-il qu'elle pût de nouveau, s'intéresser à la vie, même si ce n'était que celle des autres ? Un timide espoir commençait à naître.

Hélas, dès le lendemain matin, il fallut se rendre à l'évidence : le temps des épreuves n'était pas terminé. La nausée la prit à la vue de son bol de café au lait. Elle ne vomit qu'un filet d'eau et se sentit mieux ensuite. Se recouchant lentement, elle ferma les yeux et cessa de respirer. Non ! Nooooon ! S'il y avait un Dieu, là-haut, il ne pouvait pas vouloir cela pour elle, ça n'était pas possible, pas possible. D'une main hésitante, elle tâta ses seins. Pas de doute, ils semblaient bien plus lourds et plus sensibles. Elle se livra à un rapide calcul. Elle n'avait pas eu ses règles depuis le… en tout cas, c'était bien avant Noël, oui, elle se souvenait, c'était pour la Sainte-Lucie, elle s'en était rendu compte en écrivant à sa petite sœur pour sa fête, donc… le 13 décembre. La cruelle arithmétique lui mordit le cœur. Sa respiration s'emballa. Tout recommençait ! Que faire ? Que faire ? Elle se mordit les lèvres au sang. *Félix, Félix mon amour, nous aurions été si heureux.* Elle joua un instant à se faire très mal, imaginant la scène, eux deux s'éveillant dans leur jolie chambre toute neuve, elle, malade, et Félix, qui la contemple, bouleversé de joie, n'osant comprendre, et elle qui le regarde et qui acquiesce, très tendrement, la main posée sur son ventre. Alors il vient à elle et la prend dans ses bras avec infiniment d'amour et infiniment de respect, et il embrasse ses cheveux et…

Haletante, elle s'interdit de projeter plus avant le film, sous peine une fois encore de ne plus maîtriser ses pulsions suicidaires. Un sanglot rauque la secoua tout entière, la douleur habita son corps, son âme, elle n'était plus rien, plus rien que cette peine immense qui l'écrasait, l'asservissait, l'oppressait au-delà du supportable. Pour ne pas hurler et ne pas alerter Tiennette, elle mordait son oreiller, y roulant sa tête dans un mouvement de dénégation furieux, les yeux brouillés de larmes, le corps tordu de spasmes. La crise s'apaisa enfin, la laissant épuisée, trempée de pleurs et de sueur. Une chose était claire. Une seule. Mais de cela elle était sûre : elle ne tuerait pas l'enfant de Félix.

Cela lui laissait à la vérité peu d'options : accoucher et élever l'enfant, seule. La scène de la veille, dans son innocente et juvénile cruauté, lui revint en mémoire. La vision d'une réplique enfantine de Félix, se faisant injurier et frapper par ses semblables, vint immédiatement la torturer. Jamais ! Jamais elle n'imposerait ça à son enfant !

Attendre qu'un homme soit suffisamment épris pour lui proposer de l'épouser et de reconnaître l'enfant ? Un seul aurait eu cette noblesse et il n'était plus là.

Elle pouvait aussi aller accoucher dans une grande ville, en maison maternelle, et confier son enfant à l'adoption. Elle ferma les yeux, déchirée. Comment pourrait-elle abandonner l'enfant de Félix entre des mains étrangères ? Ne pas le voir grandir ? Ne pas recevoir ses premiers sourires, ses premiers mots ?

C'était insoluble, atrocement insoluble. Mais il lui restait un peu plus de sept mois pour réfléchir. Elle resterait cloîtrée à La Font-de-Montendre. Nul ne s'en étonnerait, et ni Tiennette ni le Jacques ne colporteraient quoi que ce soit sur elle. Le moment venu, elle aviserait. La main posée sur son ventre et la promesse qu'il contenait, elle se laissa couler tout au fond d'elle-même, et pour la première fois depuis la funeste journée, s'autorisa à penser à l'avenir, avant de sombrer dans un sommeil réparateur.

21

Sonia

Rambouillet, août 2012

— En conséquence de quoi, la garde des enfants est définitivement attribuée à Mme Sonia Linéac. M. Eychebelle jouira d'un droit de visite le week-end lorsqu'il sera en métropole et d'un droit d'hébergement qui pourra s'exercer pendant l'intégralité de ses séjours sur notre territoire, sauf à ne pas dépasser une durée d'un mois pour chaque séjour. M. Eychebelle s'engage en outre à verser à Mme Sonia Linéac, au titre de l'entretien et de l'éducation des enfants mineurs Célia et Léo, la somme mensuelle de 500 euros. Cette pension sera payable le premier de chaque mois au domicile du…

Le reste se perdit dans un bourdonnement aux oreilles de Sonia. Terrassée par le soulagement, elle n'entendait plus nettement, distinguait à peine le rictus haineux de Sébastien, le sourire ravi de maître Duplantier. L'expert avait tranché, et avait même conseillé à Sébastien de consulter un psychiatre. Elle gardait ses petits, c'était la fin de l'angoisse, des doutes, des interrogations sans fondement. Comme mamie Lucie aurait été heureuse de ce dénouement, si elle avait pu lui en faire part dans un de ses rares moments de lucidité ! Hélas, la vieille dame s'était éteinte, le 18 avril dernier, emportée par une tumeur à la vessie qui avait miséricordieusement mis fin à des années d'errance mentale. Mais Sonia s'était sentie complètement abandonnée et démunie à la mort de sa grand-mère. Prenant cruellement conscience qu'elle ne pouvait compter que sur elle-même dans l'épreuve qu'elle traversait, s'accordant tout juste le droit d'un appel téléphonique épisodique à Roland, elle avait traversé ces derniers mois dans une ouate d'angoisse et de solitude oppressante.

Et voilà qu'on lui offrait la liberté ! La liberté de vivre, enfin, au grand jour, avec ses enfants, sans être sous l'emprise de qui que ce soit ! Elle s'autorisa un regard sur Sébastien. L'homme la fixait, le menton haut, le regard méprisant, glacé. Malgré elle, Sonia frissonna. Allons, il faudrait du temps encore, pour se libérer tout à fait de la crainte, de la sourde culpabilité rampante, du chagrin des années passées et du bonheur gâché. En tout cas, elle n'aurait pas à le rencontrer trop souvent ! Sébastien avait, en effet, obtenu une mutation pour la Guadeloupe, où il arriverait vierge de « toute médisance et toute injustice à son égard », comme il disait ! Mon Dieu ! Cet homme aurait-il un jour le courage de se regarder en face ? Elle en doutait mais ne voulait plus y penser. À présent, seuls ses enfants et Roland allaient occuper son esprit. Elle s'entendit remercier, se vit serrer des mains et sortit du tribunal comme une somnambule. On était en août et il faisait beau ; une chaleur poussiéreuse, accablante, nourrie de goudron, de métal et de béton paralysait la ville. Sur un coup de tête, Sonia décida de fêter l'événement en s'évadant. Aujourd'hui, elle emmènerait les enfants à la mer ! La Normandie n'était pas si loin après tout ! Mais avant… D'un doigt fébrile elle composa le numéro de Roland.

—Allô, Roland ?

—Mon amour ! Alors, dis-moi vite !

—J'ai les enfants Roland ! L'expert a tranché en ma faveur ! Il ne les verra que lorsqu'il sera en métropole et jamais plus d'un mois ! Oh ! Roland, je suis si heureuse, j'ai eu si peur !

—Je savais bien, moi, que ton expert ne se laisserait pas rouler et qu'il verrait clair en toi !

—Roland, aujourd'hui, j'emmène mes petits à la plage, veux-tu venir avec nous ? Vous pourrez faire connaissance, je crois qu'il est temps maintenant ! Et puis comme ça, j'aurais tous mes amours autour de moi !

—Chérie, ma puce, mon cœur, je suis très très touché, et oui, bien sûr, je veux venir ! J'arrive, à tout de suite mon amour !

—À tout de suite !

Sonia raccrocha, le sourire aux lèvres. La vie allait pouvoir recommencer.

La journée à Deauville fut un miracle d'équilibre, de bonheur serein, de perfection. Sonia regardait les petits s'ébattre dans le sable, pousser des cris de joie dès qu'une vague les éclaboussait, et elle sentait, tout près d'elle, la chaude et rassurante présence de Roland. Il avait été parfait avec les enfants, n'en faisant ni trop ni trop peu. « Je suis un ami de maman », leur avait-il annoncé, tout simplement, dans un sourire. Léo, intrigué par le Leïca avait demandé ce que c'était, et la conversation s'était engagée, tout naturellement, suivie de quelques clichés. Plus tard, Roland avait régalé toute la petite famille d'une tournée de crêpes au Nutella et s'était ainsi gagné la considération des filles quant à ses choix culinaires. Ils étaient rentrés ensemble à Paris, dans la sérénité d'une journée douce et simple qui s'achevait.

Quelques jours plus tard, Sébastien, arguant du fait que d'ici quinze jours, il aurait quitté le territoire, demanda à emmener les enfants en vacances à Nantes, chez sa sœur, pour deux semaines. Audrey était déjà partie, la veille, avec son papa. Lorsque les dernières embrassades eurent claqué, que les derniers bisous eurent été envoyés à travers les vitres de la voiture, Sonia remonta chez elle, le cœur lourd d'une peine qu'elle connaissait déjà, l'ayant expérimentée à chaque départ d'Audrey, mais à laquelle, décidément, elle ne s'accoutumait pas. Tournant comme une âme en peine dans l'appartement, elle finit par aller se coucher sur le lit d'Audrey, serrant contre elle une poupée de Célia et une peluche de Léo. De gros sanglots la secouèrent. Pourquoi, mais pourquoi tout avait-il toujours si mal tourné ? Elle n'était pas complètement idiote, pourtant, alors pourquoi avait-elle si mal choisi ses compagnons de route ? Quel horrible gâchis pour les petits, pour elle, pour tout le monde ! Qu'est-ce qui ne tournait pas rond chez elle ? Était-elle trop exigeante ? Ou tout simplement, pas faite pour la vie de couple ? Auquel cas, sa relation avec Roland serait donc, elle aussi, vouée à l'échec… Accablée de tristesse, elle gisait dans ce lit, incapable de faire quoi que ce soit, lorsque la sonnette retentit. Sa première impulsion, ne pas répondre, céda bien vite le pas à son anxiété latente habituelle : et s'il était arrivé quelque chose aux enfants ?

Elle découvrit sur le pas de la porte un Roland hirsute, vêtu d'un tee-shirt douteux, un sac de voyage à ses pieds et son appareil photo autour du cou. Interloquée, elle le dévisagea pendant de longues secondes sans rien dire.

—Mais… je te croyais au Venezuela ! finit-elle par articuler

—Absolument ! J'y étais encore il y a quelques heures ! J'arrive tout droit de Roissy ma puce, et j'ai grand besoin d'une douche et d'un petit repas ! Peux-tu gérer l'un pendant que je m'occupe de l'autre ? demanda-t-il dans un grand sourire.

Éperdue de joie, Sonia se jeta contre lui, le serrant à l'étouffer.

—Tu… tu es venu ! Tu savais que j'allais déprimer à mort avec le départ des petits, et tu es venu… du Venezuela… pour moi ! termina-t-elle d'un ton incrédule.

Roland l'embrassa tendrement.

—Tu ne pensais tout de même pas que j'allais te laisser traverser seule un moment pareil ? demanda-t-il

—Mais… et ton travail ?

Je me suis arrangé, trancha-t-il, désinvolte.

Elle n'avait nul besoin de savoir que, ce faisant, il s'était fâché avec le responsable du magazine et avait renoncé à une substantielle prime.

Une douche, un dîner et quelques câlins reconstituants plus tard, Roland proposa à Sonia d'en terminer enfin avec le suspense des carnets de Jeanne.

—Comme tu le sais, j'ai fort peu avancé dans ma lecture, obsédé que j'étais par le désir de trouver une photo de Félix. J'ai épluché tous les albums de Damien, fouillé les archives des quotidiens de la région… Rien ! À croire que l'homme n'a jamais existé !

—Il y a bien une tombe pourtant, non ? À Montendre ?

—Oui, sans doute. Mais j'avoue que je ne m'y suis pas rendu. J'aurais eu l'impression d'être… une sorte de voyeur. Après tout, ces gens-là ne font pas partie de ma famille, mais de la tienne, et il y a des choses que je ne me sens pas le droit de faire sans toi.

—Je comprends Roland, et je te remercie de cette délicatesse, mais tu te trompes. Je ne sais pas pourquoi, mais je sens, je sais que tu as autant de droits que moi sur cette histoire, et je suis heureuse que nous puissions en déchiffrer la fin ensemble.

—Allez, on lit, d'accord ?

—C'est parti !

Paris, 1er février 1927

Et voici un nouveau mois qui commence. Studieux pour moi, avec les examens qui approchent. Se rendre à la fac sous la pluie glaciale qui arrose Paris depuis quelques jours n'est pas une partie de plaisir. Impossible de rester coiffée correctement dans ces conditions ! Ce matin Armand m'a souri à trois reprises pendant le cours de droit public.

J'en étais toute retournée. C'est incroyable le pouvoir que ce garçon a sur moi. Tiens, une lettre de Marthe sur le bureau !
Oh ! Mon Dieu ! Comment puis-je me lamenter sur la pluie et l'état de mes cheveux quand mon amie vit de si terribles épreuves ? Mon Dieu, mon Dieu, il faut que j'arrive à l'aider mais comment ? Garder le bébé peut être une option si ses parents ou le père de Félix acceptent de l'aider. Elle dit qu'elle ne repassera jamais par l'épreuve de l'avortement, et comme je la comprends ! Quel cauchemar que ces journées de l'hiver dernier ! Oh, mon Dieu, que faire, que faire ? Si j'en parle à Mère, malgré toute sa bienveillance, elle va se fâcher, c'est sûr !

Paris, 16 février 1927

Marthe a tenté de faire appel à la générosité d'Antonin, le père de Félix. Il refuse de la voir ! Il dit qu'elle a apporté le malheur sur sa famille, qu'à cause d'elle, il a perdu son fils unique, et qu'il ne veut plus jamais entendre parler d'elle. Quant à ses parents, elle ne veut même pas essayer de leur en parler, et au fond, je la comprends, ce serait une humiliation bien inutile. Elle dit qu'elle attend un miracle, que Félix ne va pas la laisser tomber, et qu'une solution va arriver avant le mois de septembre. J'ai bien peur qu'elle ne sombre tout doucement dans la folie !

Suivaient plusieurs entrées sans grand intérêt, jusqu'à celle du 12 août 1927.

Paris, 12 août 1927

Mon Dieu ! La propriété est vendue ! Un acquéreur s'est présenté, ma pauvre Marthe n'y croyait plus, à quelques semaines des vendanges. Elle a négocié pour qu'il garde le Jacques et Tiennette, mais doit quitter les lieux dès demain. Elle est enceinte de huit mois ! Elle veut se rendre à Bordeaux, en maison maternelle. Le signe qu'elle attendait ne s'est toujours pas manifesté. Je ne sais que faire, je voudrais aller la voir, mais il me faudrait demander à mes parents de l'argent pour me loger. Comment leur expliquer la situation ?

Bordeaux, 29 septembre 1927

Je me suis arrangée pour ponctionner mes économies sans que Père et Mère soient au courant. J'ai un peu honte de leur cacher tout ça, mais je ne peux faire autrement. Je suis à Bordeaux, dans une petite pension de famille, pas trop loin de l'Hôtel-Dieu. Marthe y a été admise ce matin, après les premières douleurs. L'accouchement s'annonce long et difficile. Et toujours pas de solution !

22

Marthe

Bordeaux, 29 septembre 1927

Marthe serra les dents sur le hurlement qui montait. Il fallait accueillir cette souffrance comme juste, et bonne, et surtout, rédemptrice du péché qu'elle avait commis, disaient les sœurs autour d'elle. Toute plainte des parturientes était sévèrement réprimandée. Mais une houle de douleur soulevait son corps, la nausée lui tordait l'estomac, et elle vomit, en jet, sur le tablier de sœur Marie-Angèle. S'attendant à une remontrance, elle fut surprise par la fraîcheur d'une main sur son front et une voix douce qui murmurait :

—Ce n'est rien ma chérie, ne t'inquiète pas. Tu t'en tires magnifiquement !

Tournant la tête vers la voix, elle reconnut, à travers ses yeux brouillés de larmes, le doux visage de Jeanne. Jeanne la fidèle, toujours là aux heures les plus sombres !

—Ils… elles t'ont laissée entrer ? parvint-elle à balbutier

—Bien sûr !! Je suis tout de même ta sœur, non ? lança Jeanne avec un sourire appuyé.

Marthe sourit faiblement, passa sa langue sur ses lèvres sèches et prit la main de son amie dans la sienne.

—Bois un peu ma chérie, ça va te faire du bien !

—Pas d'eau ! intervint sœur Marie-Angèle. Pour qu'elle la vomisse dans quelques minutes !

—Laissez-moi au moins humecter ses lèvres, vous voyez bien qu'elles sont toutes sèches !

—Cessez immédiatement d'interférer, jeune fille, ou je vous fais expulser de la salle de travail ! tonna la sœur.

Jeanne se le tint pour dit et se contenta de serrer très fort la main de Marthe. Bientôt celle-ci fut soulevée par une nouvelle douleur, intense, inhumaine ! On lui déchirait les entrailles au fer rouge !

C'était… c'était juste intolérable, elle ne pouvait plus… plus… elle se sentit glisser dans l'inconscience. Une forte claque, assenée par sœur Marie-Angèle, la ranima.

—On se réveille, clama la sœur. Croyez-vous que le travail va se faire tout seul et que votre innocent peut s'en tirer sans vous ?

Cette dernière remarque galvanisa Marthe. Oui, ce petit était innocent, et oui, il n'avait qu'elle au monde. Et surtout, surtout… c'était l'enfant de son Amour, de son Félix. Alors, bandant ses muscles et sa volonté, la jeune fille, dans un hurlement de bête sauvage, poussa de toutes ses forces. Sœur Marie-Angèle manifesta enfin une ombre de satisfaction.

—C'est bien mon enfant, se laissa-t-elle aller. Continuez ainsi. À la prochaine douleur, vous refaites la même poussée et vous serez délivrée.

Haletante, Marthe, acquiesça. Elle avait abdiqué toute volonté. Elle était la chose de sœur Marie-Angèle et elle… La douleur revenait. Marthe serra les dents, attentive à conserver des forces le plus longtemps possible. Mais l'ordre de pousser ne venait pas… il ne venait pas… il le fallait pourtant ! Mais non, sœur Marie-Angèle secouait la tête et disait :

—Non, non, pas encore.

Soudain, elle s'exclama :

—Là ! Poussez !

Et Marthe, s'arc-boutant dans un hurlement, le ventre en feu, le sexe écartelé, sentit l'enfant de Félix quitter le havre de son corps. Sœur Marie-Angèle le saisit dans ses grandes mains agiles et le fessa vigoureusement. Un piaillement lui répondit.

—C'est un garçon, ma fille. Il doit bien faire ses huit livres, le bougre, pas étonnant qu'il nous ait donné du fil à retordre !

—Il va bien ? demanda Marthe

—Oh ! Ma chérie, il est magnifique, il a tout à fait tes yeux, assura Jeanne.

—Je veux le voir, je veux le tenir !

—Un peu de patience, intervint sœur Marie-Angèle. Je dois d'abord procéder à la délivrance du placenta, puis vous faire une toilette. Ensuite, vous pourrez l'allaiter.

Épuisée, Marthe ferma les yeux et se laissa faire. La sœur touchait son corps, appuyait sur son utérus encore sensible, posait des compresses, nettoyait, aseptisait… Aseptisait-elle ? se demanda Marthe, saisie fugacement de ses anciennes préoccupations. Mais cette pensée disparut aussi vite qu'elle était venue, et Marthe s'abandonna aux soins diligents de sœur Marie-Angèle.

Enfin, on lui amena son bébé. Emmailloté de bleu, il avait le visage rouge et gonflé. Ses petits doigts roses étaient repliés. Sa bouche formait un arc parfait. Quelques cheveux bruns, soyeux, s'échappaient du bonnet qui lui couvrait la tête. Émerveillée, Marthe le dévorait des yeux et en elle, un chagrin immense le disputait à l'allégresse : *C'est mon fils, mon tout-petit, mon Dieu qu'il est beau, Félix ne le verra jamais, jamais il ne verra son père, mon Dieu je l'aime, je l'aime déjà, comment vais-je pouvoir... ?*

Elle tendit des bras avides et la sœur plaça son fils contre son sein. La petite bouche s'entrouvrit, et chercha le mamelon, sur lequel elle se referma goulûment. Attentive à cette sensation étrange et délicieuse, Marthe caressait d'un doigt léger la courbe des joues, la peau soyeuse du bébé.

—Comment allez-vous l'appeler, ma fille ?

Marthe regarda la sœur :

—Il s'appelle Pierre-François.

Et son nom de famille ?

—Je… faut-il lui donner le nom de son papa ou le mien ?

—Le papa n'est pas là pour signer l'acte, n'est-ce pas ? Alors ce sera votre nom, ma fille !

—Mais il est mort, cinq jours avant notre mariage !

—C'est ça, bien sûr. Et moi, je m'appelle Alfred ! Alors, ce nom ?

—Gaumain-Baucourt, cracha Marthe. Il s'appelle Pierre-François Gaumain-Baucourt.

Et, se renversant sur l'oreiller, elle savoura l'infini bonheur de tenir son fils dans ses bras et de le nourrir, une présence amicale à ses côtés.

23

SONIA

Élancourt, août 2012

Bordeaux, 30 septembre 1927

Je suis anéantie. Marthe m'a dit ce qu'elle comptait faire. Je sens bien qu'elle est déchirée, mais je la connais, elle ne renoncera pas. Elle est persuadée que c'est ce qu'il y a de mieux pour l'enfant, et j'ai beau être certaine qu'elle commet une terrible erreur, je ne sais quelle solution lui proposer. Car il n'y en a pas. Il faut être lucide, elle est seule au monde, sans parents, sans ressources. La vie qui l'attend va être une suite de labeurs ardus ne laissant aucune place à la maternité. Elle n'a pas le choix, la logique est de son côté. Mais mon Dieu, quelle douleur atroce ! Quand je vois l'amour infini qu'elle porte déjà à ce petit enfant, je me demande où elle va pouvoir puiser la force de l'abandonner.

Sonia et Roland se regardèrent, interdits : l'abandonner ? C'était donc ça, la solution venue du ciel que Marthe attendait ?

—Mon Dieu ! souffla Sonia. C'était donc cela ! Le secret, la tristesse ! Ça explique tout !

—Oui, mais pas les voyages continuels à partir de la mort de son mari, intervint Roland. À moins que…

—À moins qu'elle n'ait voulu, alors, récupérer l'enfant ! Oui, bien sûr, c'est sûrement ça !

—Mais qu'est-il devenu, ce petit ?

—Attends, ne tirons pas de conclusions hâtives, continuons avec le journal de Jeanne, d'accord ?

Bordeaux, 10 octobre 1927

Nous voici de retour à Paris. Je me sens accablée de tristesse, vieille et lourde d'un fardeau qui jamais ne disparaîtra. Plus jamais, me semble-t-il, je ne pourrai rire comme avant, me soucier de détails sans importance, être une innocente jeune fille.

Marthe a gardé Pierre-François près d'elle pendant cinq jours. Les sœurs, il faut leur accorder cela, ont tout fait pour la convaincre de renoncer à son projet. Mais Marthe n'en démordait pas. Elle ne voulait pas, pour cet enfant, d'une vie d'opprobre et de misère. Elle souhaitait qu'il fût entouré d'amour, et de respect. Elle avait fait ses recherches, déjà, quand elle avait compris que le fameux signe du ciel ne viendrait pas. Et elle avait trouvé, à Bordeaux, une famille de négociants en vins tout à fait respectables, dont l'épouse ne pouvait pas avoir d'enfants. Elle s'était mise en relation avec eux, leur avait conté son histoire, qui les avait émus. Et puis, le mari était fils et petit-fils de négociant en spiritueux ! Cela créait des liens. Au fil des semaines, elle avait appris à estimer et apprécier cette famille. Ils habitaient une belle demeure, dotée d'un grand jardin où le petit pourrait jouer. Les parents avaient déjà préparé une chambre, ils avaient trouvé une nourrice, sur les instances de Marthe, qui ne pouvait envisager que son enfant fût nourri au biberon, dans des conditions d'hygiène parfois douteuses, d'un lait de vache peut-être frelaté ! Les parents adoptifs en avaient convenu et avaient battu la campagne pour trouver la nourrice idéale, qu'ils avaient installée chez eux, avec son enfant.

Malgré leur insistance, Marthe a refusé de les recevoir les premiers jours. « Ils auront toute la vie pour profiter de Pierre-François, disait-elle, farouche. Moi, je n'ai que ces quelques jours. » Elle le dévorait des yeux, continuellement, se retenant de dormir pour mieux le contempler. Enfin, le 5 octobre arriva. Je n'en pouvais plus de toute cette tension, il fallait que cela cessât ! Marthe était livide. Elle a fait la toilette de Pierre-François, en lui chantant une comptine, puis elle lui a donné le sein. Elle fredonnait toujours sa petite comptine et de grosses larmes coulaient sur ses joues. Elle a caressé le front du petit, qui s'était endormi au sein. Puis elle l'a couché très douce-

ment dans son petit couffin. Elle s'est penchée sur lui, l'a embrassé, puis elle a quitté la chambre, sans dire un mot. Les Feldman sont arrivés et je leur ai remis l'enfant. J'avais le cœur brisé pour ma pauvre Marthe mais je savais que sa décision était irrévocable, et que, en toute logique, le bonheur de Pierre-François était à ce prix. Un notaire était venu la veille, tous les papiers étaient en règle. Pierre-François Gaumain-Baucourt n'existait plus et c'est Charles Feldman qui quitta la chambre avec ses parents adoptifs à 10 heures ce matin-là.

J'ai récupéré Marthe dans la buanderie de l'hôpital, complètement hébétée. Elle serrait une couche entre ses mains et ne disait pas un mot. Nous sommes parties tout de suite pour Paris, car, m'avait-elle confié, il lui fallait s'éloigner au plus vite du lieu de son malheur.

Dès que nous sommes arrivées, elle s'est présentée dans les hôpitaux de Paris, et a réussi à se faire embaucher comme fille de salle à l'hôpital Tenon, dans le XXe arrondissement. Ils lui paient un salaire de misère, qui lui permet tout juste de louer une chambre de bonne au septième étage d'un immeuble près de la porte de Bagnolet. Elle compte faire des heures supplémentaires pour financer ses études d'infirmière. Elle prétend que ce travail est parfait pour elle, il ne lui laisse pas le temps de penser, le soir, elle est épuisée et s'endort rapidement. Mais les cernes sous ses yeux racontent une autre histoire.

Elle a revu Lucie, en cachette, et le bonheur de la petite qui retrouvait sa « Marthounette » faisait plaisir à voir !
Je reprends les cours de droit dans quelques jours. Je vais revoir Armand, sans doute, mais ne ressens curieusement aucune exaltation. C'est comme si toutes les souffrances dont j'ai été le témoin ces derniers jours avaient tué en moi l'envie d'aimer. Je suis vieille, te dis-je, cher journal ; j'ai cent ans ce soir.

24

Marthe

Paris, 1930

D'un geste las, Marthe se débarrassa de la coiffe blanche qui lui serrait les tempes. Ouvrant le robinet de l'évier situé dans la petite salle de repos des infirmières à Tenon, elle se brossa vigoureusement les mains et les ongles et laissa un filet d'eau froide couler sur ses poignets pour les rafraîchir. La journée avait été rude. Huit heures d'affilée, à panser, réconforter, nettoyer, sous l'œil acéré de la surveillante, une revêche matrone à qui rien n'échappait. « Soyez professionnelle, petite, pro-fes-sion-nelle ! » C'était son leitmotiv. Compassion, douceur, petites attentions étaient aussi sévèrement réprimandées qu'un manquement à l'hygiène. Marthe soupira. Ce n'était pas ainsi qu'elle avait envisagé ce métier d'infirmière lorsqu'elle avait entrepris ses études trois ans plus tôt. Au moins n'était-elle plus obligée de récurer le sol de la grand'salle, les mains crevassées, les reins moulus, comme à l'époque de son embauche !

Un sourire amer joua sur ses lèvres. C'était si loin déjà ! Cette arrivée fiévreuse à Paris, écrasée par le chagrin, essayant à toute force de s'abrutir de travail pour ne plus penser, ne plus penser... *Stop*, s'intima-t-elle ! Il était des chemins qu'il valait mieux éviter si elle voulait continuer à avancer. Mécaniquement, elle changea de tenue, revêtit ses vêtements « civils », échangea quelques mots avec ses collègues puis franchit enfin le portail de sortie. Le soleil la cueillit par surprise. Elle était arrivée au petit matin, alors qu'il faisait encore gris, froid et humide. Il était 14 heures et un soleil printanier réchauffait Paris. Les passants avaient l'air moins maussades ; les arbres semblaient frémir dans l'attente du miracle qui bientôt ferait éclore les bourgeons gorgés de sève. Marthe se pressa vers son arrêt de métro. C'était jeudi aujourd'hui, Lucie n'avait pas classe, et elles avaient rendez-vous toutes les deux non loin de la demeure paternelle. Marthe n'y avait jamais remis les pieds, malgré son désir de revoir Gilbert. Il était impensable de devoir affronter Père et Mère dans leur réprobation tempêtueuse et déstabilisante. Auraient-ils seulement accepté de la recevoir ? Elle en doutait ! Elle secoua la tête, désenchantée. Et elle ? Aurait-elle pu poser les yeux sur eux et leur pardonner cet abandon, cette lâcheté qui l'avaient conduite à la plus désespérée des décisions ? Les larmes perlèrent à ses paupières. Cette blessure-là ne pourrait jamais cicatriser.

Lucie l'attendait déjà, poussant un caillou du bout du pied, l'air maussade. Toujours grande pour son âge, elle arborait quasiment en permanence une mine renfrognée qui ne l'avantageait guère.

—Marthounette ! Enfin te voilà !

Elle se jeta dans les bras de sa sœur, la serrant à l'étouffer. Habituée à ces transports débordants d'affection, Marthe, toutefois, s'émut des soubresauts qui agitaient le frêle thorax de sa sœur. Tentant en vain de dénouer les mains agrippées à son cou, elle questionna :

—Lucie ? Lucie, que se passe-t-il ? Pourquoi pleures-tu, ma chérie ? Lucie ! Réponds-moi, pour l'amour du ciel, qu'y a-t-il ?

—C'est Gilbert, répondit la petite entre deux hoquets. Il… il est en train de mourir, acheva-t-elle dans un sanglot rauque.

Un poids immense s'abattit sur Marthe. Son frère bien-aimé s'en allait. Elle n'aurait pas la possibilité de lui faire ses adieux, de le serrer une dernière fois dans ses bras. La douleur la suffoqua. Courbée en deux, elle vomit, spasmodiquement, au pied d'un arbre, puis s'essuya la bouche d'un geste mécanique. Elle devait le voir, il le fallait.

—Lucie, écoute-moi, il faut que je voie Gilbert il le faut, tu m'entends ? Je ne peux pas le laisser partir comme ça, je dois lui dire au revoir !

—Père et Mère ne te laisseront jamais entrer, tu le sais bien.

—Écoute-moi Lucie, je n'ai jamais voulu me servir de toi pour contrevenir à leurs ordres, mais aujourd'hui c'est différent, il faut que tu m'aides ! D'une manière ou d'une autre, il faut que tu les attires hors de la chambre de Gilbert et que tu laisses les portes ouvertes. Prétexte un malaise, fais semblant de t'évanouir et fais-les appeler d'accord ?

—Oui, Marthe, je vais me débrouiller, promis ! (La perspective de pouvoir rendre service à sa grande sœur vénérée redonnait un peu d'allant à la petite.) Ne t'inquiète pas, suis-moi, tu entreras juste derrière moi, je suis sûre que Léonie ne dira rien.

La main dans la main, le cœur lourd, les deux sœurs se dirigèrent vers l'avenue Hoche.

Lorsqu'elles atteignirent la porte Lucie sonna comme à son habitude et Léonie vint lui ouvrir. La regardant d'un air désespéré, Marthe mit un doigt sur ses lèvres. Léonie l'enveloppa d'un regard compatissant et fit signe que la voie était libre en direction de la cuisine. Marthe y fila sans demander son reste. Maintenant c'était à Lucie de jouer. Mécaniquement, sans y penser, elle remettait ses pas dans les traces d'autrefois. Les odeurs et les bruits si familiers, le toucher doux et poli des meubles encaustiqués, l'atmosphère toujours un peu lugubre de cette grande maison aux plafonds hauts, aux persiennes à demi closes… Un cri, des portes qui claquent, des voix qui s'élèvent… la voie était-elle libre ? Saisie d'appréhension, elle s'avança à pas prudents jusque vers la chambre de Gilbert. Pas un bruit. Peut-être était-il déjà mort ? Cette idée la précipita, haletante, dans la pièce.

L'odeur lourde de la maladie la prit à la gorge. L'atmosphère était confinée, les persiennes, closes. Une respiration faible, embarrassée, s'élevait du grand lit de noyer, haut sur pattes, dans lequel Gilbert gisait, enfoui sous les édredons. Son visage pâle et hâve luisait de sueur. Une mèche de cheveux barrait son front cireux d'une virgule noire. Ses narines pincées, diaphanes, se soulevaient spasmodiquement pour laisser pénétrer un filet d'air dans ses poumons ravagés. Une main d'albâtre, squelettique, reposait, entrouverte, sur la courtepointe. Pétrifiée, Marthe retenait sa respiration et n'osait avancer. Qui était ce moribond, allongé dans ce lit ? Où était Gilbert, son Gilbert rieur, frondeur, son grand frère chéri ? Un sanglot sec la secoua tout entière. Gilbert ouvrit les yeux et sourit.

—Marthe, chuchota-t-il, Marthe ! Enfin ! Il y a si longtemps...

Une toux caverneuse lui coupa la parole et Marthe se précipita pour le soutenir. Elle étreignit le torse frêle, et posa sa joue sur les cheveux de Gilbert. La quinte résonna jusqu'au tréfonds de son être, comme un glas sinistre. Elle passait une main caressante, inutile, dans les cheveux de son frère et priait pour que cela cessât, vite ! Enfin, la toux s'apaisa et Gilbert se rejeta, épuisé, sur les oreillers. Un sourire léger jouait sur ses lèvres exsangues.

—Je savais que tu serais plus forte qu'eux, ma Marthe. Ils ne t'abattront pas.

—Gilbert, oh Gilbert, balbutia-t-elle, j'aurais tellement voulu, tellement voulu...

Comment lui dire ? *J'aurais tellement voulu te guérir, j'aurais tellement voulu profiter de toi plus longtemps, j'aurais tellement voulu que tu puisses m'aider dans cette atroce bataille que j'ai menée, j'aurais tellement voulu que tu connaisses Félix et Pierre-François...* Le cœur au bord des lèvres, elle ne disait pas un mot et se noyait dans le regard de son frère. Une étrange communion se mettait en place, il semblait à Marthe que Gilbert savait, comprenait, partageait. Et elle-même recevait en confidence muette la souffrance de son frère, cette lutte vaine et épuisante, et le soulagement que ce soit enfin fini. Leurs doigts entrecroisés s'étreignaient, et ils se souriaient, muets et émus.

—Je te bénis sœurette, murmura enfin Gilbert. Je ne sais pas trop où je vais, mais sache que s'il y a une possibilité, je ferai en sorte de veiller sur toi. Non, ne pleure pas s'il te plaît. Tu sais bien que c'est mieux ainsi. (Il sourit et ajouta :) Je voudrais emporter de toi l'image de ma Marthe gaie et heureuse avec qui je faisais les quatre cents coups. Allez sœurette, ce sera ton dernier cadeau : tu vas sortir de cette pièce à reculons, comme tu faisais autrefois, en m'envoyant des baisers papillons, dans un grand sourire. Ils m'aideront à m'envoler.

Bouleversée, Marthe acquiesça et le serra une dernière fois dans ses bras. Puis, se relevant doucement, elle lui dédia un sourire éclatant, le sourire de ses dix-huit ans ; et sortit doucement, sans le quitter des yeux, en lui envoyant les baisers papillons des jours heureux.

Elle referma la porte, hébétée, et se laissa glisser à terre avec un gémissement rauque. Ce fut Léonie qui vint la secourir.

—Venez, mademoiselle Marthe, venez vite. S'ils vous trouvent ici, vous savez bien le chambard que ça va faire et ça va pas être bon pour M. Gilbert.

Effondrée, Marthe la suivit, jusqu'à sa petite chambre de bonne sous les toits. Léonie l'aida à s'allonger sur le lit étroit, lui donna un verre d'eau et lui intima l'ordre de se reposer, et surtout de rester cachée là jusqu'au soir.

—Merci Léonie, merci. Oui, promis, j'attendrai que tu reviennes me chercher pour sortir. Mais peux-tu m'envoyer Lucie s'il te plaît ?

—Oui, pauvrette, oui, je vais vous envoyer votre sœur.

La compassion de Léonie lui faisait du bien. Elle mesura l'ironie de la situation et sourit, amère : cachée, dans sa propre maison ! Et puis, de nouveau, le chagrin la submergea et creva en gros sanglots libérateurs.

25

MARTHE

Paris 1930

Après l'immense chagrin causé par la mort de Gilbert, la vie avait repris son cours monotone pour Marthe. Elle accomplissait son labeur d'infirmière mécaniquement, sans joie, le visage sombre. Sans cesse habitée par une douleur qui ne lui laissait pas de répit, elle s'efforçait d'avancer, jour après jour, elle ne savait trop comment ni pourquoi. Était-ce la promesse faite à Jeanne de ne plus jamais attenter à ses jours ? Était-ce le lien très fort qui l'attachait à Lucie et le sentiment qu'il fallait absolument qu'elle pût être là, présente, en cas de défaillance de ses parents ? Plus mystérieusement, il lui semblait qu'elle continuait de parcourir le chemin de la vie, au cas où, un jour, peut-être… Elle s'interdisait de formuler plus clairement l'idée, mais au fond d'elle-même, le cuisant besoin de retrouver son enfant ne s'était jamais tari.

Marthe était toujours aussi belle, mais sa mine farouche, son air sombre faisaient fuir les éventuels prétendants.

Jeanne, pourtant, la douce, fidèle, tendre Jeanne, s'évertuait à lui présenter des partis « convenables » lors de ces dîners qu'elle organisait, chez elle, avec son notaire de mari et les relations de ce dernier. Oh ! certes, Armand était sympathique se disait Marthe, et ses amis, souvent intelligents et courtois, ne manquaient pas d'intérêt… le temps d'une conversation. Il était strictement impossible pour Marthe d'envisager une relation suivie avec un homme. Son cœur était mort en Charente, un soir de janvier neigeux. Et c'était très bien ainsi !

Justement Jeanne avait prévu un nouveau dîner ce soir, et Marthe, pour qui la journée avait été plutôt dure, ne se sentait guère d'humeur à échanger des banalités sur la situation économique catastrophique des États-Unis, les risques encourus par l'Europe ou les derniers amendements prévus sur telle ou telle loi. Mais pas question d'esquiver ! Jeanne savait se montrer ferme. Et puis, elle lui devait bien ça !

Marthe lissa ses courts cheveux bruns du plat de la main et coiffa son chapeau cloche. Se lançant un regard indifférent dans le miroir, elle constata qu'elle était présentable et se mit en route.

La soirée était déjà animée lorsqu'elle parvint chez Jeanne. Celle-ci l'embrassa affectueusement et lui chuchota discrètement :

—Ma chérie, ce soir, tu vas enfin pouvoir t'intéresser à la conversation ! Je t'ai placée à côté d'un client d'Armand qui est médecin !

—Ah ! Très bien, répondit Marthe, distraitement, tout en acceptant une coupe de champagne. Je vais pouvoir parler plaies et bosses !

—Restez discrets quand même ! plaida Jeanne. Tout le monde n'a pas le même goût que toi pour les histoires de sang et de pus !

—Promis, je serai irréprochable, assura Marthe dans un sourire.

On passa à table. Un homme brun, élégamment vêtu d'un costume bien coupé, s'assit près de Marthe. Il avait un visage avenant, sans être beau, et portait de petites lunettes rondes cerclées d'écaille. Jeanne intervint :

—Ah ! Justement, mon cher Paul ! Nous parlions de vous !

—J'en suis flatté, mesdames ! Et que me vaut cet honneur ?

—Je vous présente mon amie, Marthe. Apparemment, vous partagez la même passion !

—Mademoiselle s'intéresse aux cigares ? demanda Paul, interdit.

Jeanne éclata de rire.

—Non, Paul ! À la médecine !

—À la bonne heure, répondit-il d'une voix chaude, en enveloppant Marthe d'un regard appréciateur, c'est si rare, une jolie femme qui s'intéresse à un sujet aussi…

—Sérieux ? Intelligent ? Scientifique ? coupa Marthe, cinglante. Une jolie femme ne doit-elle donc s'intéresser qu'aux vêtements que lui taille son couturier ? Aux ordres qu'elle doit donner à la cuisinière ? Ou, si elle a une once d'intelligence, à l'éducation à apporter à ses enfants ?

—Vous êtes très belle quand vous défendez ainsi votre point de vue, répondit-il sans se démonter. Non, je voulais simplement dire « aussi masculin ». Mais je me rends compte que c'était également une sottise, ajouta-t-il, penaud. Et plus je vais essayer de me disculper, plus je vais m'enferrer, hélas ! Peut-être pourrions-nous essayer de reprendre sur de meilleures bases ? Après tout, nous allons devoir passer au moins deux heures l'un à côté de l'autre, nous pourrions faire en sorte que ce ne soit pas tout à fait un enfer ?

—Vous avez raison, admit Marthe. Et je suis désolée, je me suis emportée un peu rapidement. Mais c'est un sujet qui me tient à cœur.

—Une femme sans passion serait bien ennuyeuse ! Euh, je veux dire, un être humain dépourvu de passion serait bien ennuyeux, se reprit-il très vite, devant le froncement de sourcil de Marthe.

Celle-ci éclata de rire :

—Suis-je donc si terrible ? Si vous devez tourner sept fois votre langue dans votre bouche avant de prononcer la moindre phrase, la conversation ne sera guère animée !

—Puis-je vous parler franchement Marthe ? Je crois que oui, je le peux. Et puis ma foi, si vous prenez mal ce que je m'apprête à vous dire, nous en serons quittes pour un repas indigeste, mais rien de pire !

Il but une gorgée de vin, regarda fixement son verre comme pour y trouver l'inspiration, puis se lança :

—J'aime beaucoup Jeanne et Armand. J'ai fait la connaissance de ce dernier lors d'une affaire de succession un peu compliquée, et puis nous sommes devenus amis. Et ce n'est pas la première fois que je suis invité à dîner ici.

—Jusqu'ici, rien qui puisse me froisser, intervint Marthe. Jeanne est ma meilleure amie depuis des années, je l'adore, et son mari est une perle ! Où voulez-vous en venir ?

—Eh bien, voyez-vous, le problème de ces couples heureux en mariage, c'est qu'ils n'ont de cesse de pousser leurs amis à convoler eux aussi en justes noces ! Et je me trouve ainsi, au minimum deux fois par mois, obligé de faire la conversation à de jolies demoiselles avec lesquelles je ne partage pas le moindre intérêt. J'ai donc, à cet effet, une batterie de phrases toutes prêtes, passe-partout, qui me permettent de m'en sortir élégamment… la plupart du temps. Il semble qu'aujourd'hui… je doive faire preuve d'un peu d'originalité, termina-t-il dans un sourire.

Marthe pouffa.

—Nous allons très bien nous entendre, mon cher Paul. Moi, ce sont les hochements de tête faussement intéressés que j'ai peaufinés pour ces dîners !

—Ils cherchent donc aussi à vous placer ? chuchota-t-il d'un ton de conspirateur. Mais quelle abominable tare dissimulez-vous pour n'être pas encore mariée, jolie comme vous êtes ?

Le visage soudain fermé de Marthe l'avertit de son erreur.

—Décidément, je m'y prends très mal, reconnut-il. C'est plus fort que moi, chassez le naturel, il revient au galop. Si je vous promets solennellement de ne plus faire allusion à votre physique de toute la soirée, m'accorderez-vous un sourire ?

—Parlons donc médecine, voulez-vous, demanda Marthe. Où exercez-vous ?

—Oh ! Rien de bien original, j'ai repris le cabinet de mon père, rue Dantzig, dans le XVe. J'avais d'autres ambitions, soupira-t-il mais… la vie en a décidé autrement !

Marthe le considéra avec un regain d'intérêt. Un homme qui admettait avoir des fêlures, peut-être des échecs… Ça n'était pas si courant et demandait à être creusé.

—Dites-m'en davantage, je vous en prie. Que souhaitiez-vous faire ?

—Ce que l'on souhaite à dix-huit ans, quand on a des rêves plein la tête ! Faire de la recherche, trouver le moyen de combattre ces maladies tueuses comme la poliomyélite, le cancer, la tuberculose. Devenir célèbre, pourquoi pas ?

—Et puis ? insista-t-elle. Pourquoi n'avoir pas persévéré ?

—Les aléas de la vie, répondit-il avec un sourire amer. Mon père qui meurt d'une attaque cérébrale soudaine ; ma mère qui se retrouve seule, quasiment sans ressources. Alors j'ai fait ce que le devoir filial me dictait, j'ai repris le cabinet de mon père. Oh ! Je ne me plains pas ! Au moins j'exerce la médecine, et c'est une chance que certains n'ont pas eue !

—Certains… ou certaines, murmura-t-elle.

Il la regarda d'un air songeur.

—Vous auriez souhaité entreprendre des études de médecine ?

—Oui. Mais je n'ai pas pu. (Elle leva la main, comme pour se protéger, et ajouta d'une voix tremblante :) S'il vous plaît ne m'en demandez pas davantage, le sujet est… douloureux. Parlons plutôt de vous ; quel genre de patients recevez-vous ?

Il la régala d'anecdotes amusantes sur la mamie qui venait les jours de marché, et prétendait régler sa consultation en poireaux et en poulets, sur cet hypocondriaque qui arrivait, presque chaque matin, à l'article de la mort, et ne repartait, rassuré, qu'après une bonne demi-heure de consultation.

—Parfois, heureusement, j'ai tout de même le sentiment d'être utile ! Je suis quelquefois arrivé juste à temps pour sauver une vie… et là, voyez-vous… soudain, tout se justifie ! Les rêves avortés, les poireaux et le poulet ! Mais finalement, si vous n'avez pas… enfin, je veux dire, que faites-vous dans la vie ?

—Je suis infirmière à l'hôpital Tenon, dans le XXe.

—Ah ! Ainsi, vous n'avez pas tout à fait abandonné la médecine ! Il m'arrive souvent de me dire que les infirmières sont plus au fait que nous de ce qu'est la maladie. Vous êtes au plus près des patients, vous soulagez, vous écoutez, vous aidez. Le chirurgien, lui, accomplit un acte brutal. Nécessaire, bien sûr, mais violent, rapide, dépersonnalisé. Il traite une plaie, une tumeur, une maladie. Mais ce sont les infirmières qui soignent les personnes.

Émue, elle le remercia d'un sourire :

—Merci Paul, c'est très beau, ce que vous me dites là. Et extraordinairement humble de la part d'un médecin ! Ceux que je côtoie à l'hôpital sont généralement de vieux messieurs bedonnants furieusement imbus d'eux-mêmes !

Le dîner passa très vite. Pour la première fois depuis bien longtemps, Marthe avait conversé avec un véritable intérêt ! Mais la fatigue tomba comme une chape. vingt-trois heures déjà, il était grand temps de rentrer, elle devait travailler le lendemain !

—Me permettrez-vous de vous raccompagner ? lui demanda Paul.

—Non, Paul. Ce serait… malhonnête de ma part de vous laisser espérer quoi que ce soit. J'ai passé une très agréable soirée. Mais ça n'ira pas plus loin.

Le ton était ferme, définitif. Paul sentit qu'il n'y avait rien à tenter.

—J'en suis désolé, vraiment. J'aurais aimé vous connaître mieux.

—Lors d'un autre dîner peut-être ? lança-t-elle dans un sourire.

Et ajustant son chapeau cloche, elle ouvrit la porte et se fondit dans la nuit.

26

Marthe

Paris, 1931

Les nouvelles des journaux étaient alarmantes. Le monde s'acheminait vers une crise économique sans précédent. La vague qui avait balayé les États-Unis en 1929 était en train de ravager l'Europe. Dès 1931, la faillite autrichienne, suivie de celle de l'Allemagne, avait précipité l'Europe dans le marasme. En juin, le Royaume-Uni épuisa ses dernières ressources à venir au secours de l'Allemagne. En août, les Britanniques firent appel à la générosité de la France pour les sortir de l'impasse, mais les quarante millions de livres prêtés par les Français s'avérèrent impuissants à éviter l'effondrement de la livre sterling. Le Royaume-Uni, contraint d'abandonner l'étalon or, dévalua la livre de plus de trente pour cent, ce qui représentait pour la France une perte de plus de soixante millions. La Banque de France s'essoufflait ; les petites banques luttaient vainement contre la faillite. Le chômage, d'une ampleur considérable en Allemagne, devenait un fléau. Les masses populaires grondaient, la bourgeoisie tremblait, soudain consciente de la fragilité de ses privilèges. La classe politique, discréditée par la valse des gouvernements et son incapacité à faire face, perdait toute crédibilité. On se méfiait des étrangers. Quiconque n'était pas de votre race, de votre religion, de votre classe sociale était un ennemi potentiel. Le monde s'acheminait de toute évidence vers une catastrophe sans précédent, et les peuples, impuissants à enrayer la mécanique en marche, se laissaient porter par cette houle de haine, de méfiance et de désespoir.

Ces nouvelles n'atteignaient guère Marthe. Le malheur, elle le côtoyait au quotidien, à l'hôpital, et la pneumonie du lit 42 lui importait bien plus que les désordres économiques européens.

Comme elle était célibataire, elle acceptait souvent de remplacer les gardes de nuit et celles des jours de fête. Dans les lueurs blafardes des néons, la détresse de tous ces corps souffrants n'était que plus poignante. Marthe avait fait sien depuis longtemps l'adage d'Hippocrate, « Guérir parfois, soulager souvent, consoler toujours ». Face à ces visages blêmes, ces corps tendus, ces respirations sifflantes, le monde et ses problèmes rapetissaient jusqu'à disparaître complètement.

Qu'importait la livre sterling pour ce jeune patient atteint de tuberculose osseuse, immobilisé depuis des mois dans son lit, n'ayant pour tout horizon que le plafond de la salle commune ? Pour cette maman de trois enfants qu'une septicémie allait emporter sous peu ? Lorsqu'elle arrivait avec son chariot à pansements, elle voyait les visages se tourner vers elle, résignés. Oui, souvent les soins étaient douloureux, il ne fallait pas l'oublier. Diligente, efficace, elle prenait néanmoins toujours le temps de rassurer, d'écouter, de consoler.

Ce soir du 1er novembre 1931 était particulièrement sinistre. Il avait plu toute la journée, un petit crachin froid, pénétrant, incessant qui enveloppait les gens et les choses d'une lourde chape grise, humide, suintante. Il y avait eu beaucoup de visites aujourd'hui, car c'était la Toussaint. Avant d'aller au cimetière, les gens passaient à l'hôpital. Les morts et les mourants dans la même journée. Malgré les poêles qui ronflaient à plein régime, il semblait à Marthe que l'atmosphère s'était refroidie dans la salle. Inquiète, elle circulait entre les lits, tâtant un front moite, remontant une couverture, réconfortant d'un sourire. La petite mamie du 26 la retint d'une main tremblante.

—Ils ne sont pas venus, vous avez vu mademoiselle Marthe ? Ils avaient promis, et puis ils ne sont pas venus, chuchota-t-elle d'une voix essoufflée par l'emphysème. Je vais mourir, et je ne les aurais pas revus !

—Allons, allons la sermonna Marthe, voulez-vous bien cesser de dire des bêtises ? Personne ne va mourir, et je suis sûre que votre fils a eu un empêchement, mais qu'il va tout faire pour venir très vite !

La patiente lui dédia un pauvre sourire reconnaissant, mais Marthe savait qu'elle n'était pas dupe. Dans quelques jours, quelques semaines tout au plus, ce serait la phase terminale. Il faudrait bien alors que son vaurien de fils se décide à lui rendre visite ! Ils étaient si poignants, ces malades, qui attendaient inlassablement, à l'heure des visites, le regard fixé sur la porte, guettant une silhouette familière qui n'apparaissait jamais. L'espoir, parfois, les redressait sur leur lit : une démarche, une inflexion de voix, dans un demi-sommeil, leur avait laissé croire que… et puis non, ce n'était pas pour eux. Le jour tombait peu à peu, il y avait moins d'affluence, mais jusqu'à la sonnerie indiquant la fin des visites, ils restaient tendus de tout leur être vers cet espoir, cette attente, du fils, de la sœur, du fiancé… Le cœur de Marthe se serrait devant les regards fiévreux, déçus, les larmes silencieuses, la détresse digne de ces abandonnés. Elle s'employait de tout son être à consoler, à compenser, à amuser, à faire oublier pour un instant à ces pauvres êtres qu'ils étaient devenus un fardeau, et que la vie, à l'extérieur, ne voulait plus d'eux.

La petite mamie du 26 s'était rendormie. Marthe dégagea doucement sa main. Elle allait se diriger vers le lit suivant lorsqu'elle remarqua que la surveillante l'appelait à grands signes de la main. Étouffant un soupir, elle se rendit à son bureau. Elle allait encore se faire morigéner parce qu'elle passait trop de temps auprès des malades au lieu de briquer le chariot à pansements !

*

Ébahie, Marthe regardait fixement la bouche de la surveillante former des mots qui semblaient n'avoir aucun sens. Lucie avait téléphoné : Jules Gaumain-Baucourt s'était donné la mort dans la soirée. Son épouse était effondrée et ne pouvait rien gérer. L'enfant était au bord de l'hystérie. Marthe devait au plus vite se rendre là-bas et s'occuper d'elle.

—Comprenez-vous ce que je vous dis Marthe ? Réagissez, enfin !

Hébétée, Marthe se leva.

—Puis-je avoir l'autorisation quitter mon service, madame ? demanda-t-elle.

—Bien évidemment ! tonna la surveillante. Allons, filez ! Et prenez le temps qu'il vous faudra.

Tiens, se dit Marthe, le vieux dragon possède donc une once d'humanité !

Soudain la réalité la frappa de plein fouet. Père, mort, probablement dans une mare de sang ; Mère, incapable d'assumer quoi que ce soit. Et sa petite Lucie, seule dans ce cauchemar ! Sans prendre le temps de se changer, elle se précipita dehors et héla un taxi. Les ongles enfoncés dans les paumes, elle se mordait les lèvres pour ne pas incendier le chauffeur.

Plus vite, plus vite, plus vite, se répétait-elle comme une incantation. L'essuie-glace rythmait ses pensées, des lumières passaient derrière les vitres, des silhouettes se hâtaient sur les trottoirs. La pluie donnait à toutes choses un aspect flou, fantasmagorique, cauchemardesque. Pourquoi Père avait-il commis le pire ? Que s'était-il passé ? Sans doute avait-il laissé une lettre, expliquant son geste. Les yeux fermés, Marthe s'étonnait de ne rien ressentir. De l'appréhension pour Lucie, oui, et de la… oui, de la curiosité. Mais aucun chagrin, aucune tristesse. L'homme était devenu pour elle un étranger. Elle soupira, se dédouanant de son indifférence : ils avaient fait tout ce qu'ils pouvaient, Mère et lui, pour qu'on en arrive là, se dit-elle. Enfin le taxi se rangea le long du trottoir. Marthe paya sans sourciller la somme exorbitante qu'il lui réclama. Elle avait perdu l'habitude de ce mode de transport.

Elle sonna, mais n'attendit pas qu'on vînt lui ouvrir, et se précipita à l'intérieur. Léonie apparut, en pleurs.

—Ah, mademoiselle Marthe, vous êtes là, ah mon Dieu, mademoiselle, quel terrible drame !

—Où est Lucie ? demanda Marthe

—Je suis là Marthe ! Je suis là, s'écria l'enfant, arrivant en courant dans le corridor.

Elle se jeta dans les bras de sa sœur, agitée de tremblements convulsifs. Marthe la serra contre elle, la berçant, chantonnant la litanie de l'enfance, « Ma chérie, ma plume de paon, ma perle de l'océan, mon petit rayon de soleil », pour essayer de la calmer. La petite était clairement en état de choc.

—Léonie, un médecin a-t-il été prévenu ?

—Je ne sais pas mademoiselle, je ne crois pas. Madame votre mère est enfermée dans le bureau avec… avec…

—Bon, coupa Marthe, j'y vais. En attendant, Léonie, vous allez faire chauffer un peu de lait au miel pour Lucie, la déshabiller et la mettre au lit.

—Non ! hurla cette dernière ! Non ! Je veux pas aller dans ma chambre toute seule, j'ai trop peur !

—Chérie, tu ne risques rien du tout ! Je suis là maintenant, tout va s'arranger, tu vas voir. Sois gentille, va avec Léonie, si tu ne veux pas aller au lit tout de suite, tu pourras attendre un peu, c'est promis. Il faut que j'aille parler à Mère.

—Non ! Non ! cria l'enfant. Elle va te jeter dehors, et moi, je vais rester seule avec elle, c'est pas possible, c'est pas possible, hoqueta-t-elle.

Marthe prit la petite à bout de bras, et, la regardant droit dans les yeux, lui déclara solennellement :

—Écoute-moi bien, Lucie, je te fais le serment qu'à partir de maintenant, nous ne serons plus séparées. Soit je resterai ici avec toi, soit je t'emmènerai. Mais je ne te laisserai pas seule, je te le jure ! Tu me crois ?

—Oui, renifla Lucie, oui, je te crois. Mais dépêche-toi quand même ! Je voudrais dormir avec toi cette nuit, ajouta-t-elle d'une toute petite voix.

—C'est promis ma chérie. Léonie, vous ferez mon lit et vous y coucherez Mlle Lucie, s'il vous plaît. Emmenez-la maintenant, je dois voir ma mère.

D'un pas décidé, Marthe se dirigea vers le bureau. Elle s'attendait à le trouver fermé à clé et fut étonnée de sentir la porte s'ouvrir sans difficulté. Assis devant son bureau, Jules Gaumain-Baucourt, rasé de frais et vêtu d'un smoking, aurait pu sembler prêt à sortir pour quelque soirée mondaine, n'était le petit trou sanguinolent sur sa tempe droite. Son bras droit pendait le long de son corps ; les doigts, détendus, avaient laissé échapper l'arme à terre. Sa tête avait basculé en arrière ; ses yeux vitreux semblaient fixer Marthe et sa bouche était légèrement entrouverte. Marthe enregistra tous ces détails sans ressentir la moindre émotion.

Une voix coupante s'éleva :

—Que fais-tu ici ? demanda Marie Gaumain-Baucourt.

Assise dans le fauteuil Voltaire à droite du bureau, rigoureusement immobile, toute de noir vêtue, le teint blafard, elle considérait sa fille d'un œil froid. On eût dit la Faucheuse elle-même, se reposant après avoir accompli son œuvre.

—Je suis venue à la demande de Lucie, madame.

Un reniflement de dédain anima la face de cire :

—Madame ! Voilà que tu m'appelles madame, maintenant ! Sors d'ici, gourgandine, il est hors de question que tu profites de la situation pour retrouver ta place dans cette maison ! hurla-t-elle soudain

Marthe la considéra froidement.

—Je vous crois totalement incapable de gérer convenablement la situation. Vous avez…

L'indignation jeta Marie hors de son fauteuil. Folle de rage, les mains en avant, elle avançait sur sa fille, comme pour l'étrangler.

—Je t'interdis, m'entends-tu, je t'interdis, vermine… m'insulter… sous mon toit… pars, pars avant que je…

—Avant quoi, madame ? Vous comptez étrangler de vos mains l'enfant que vous avez mise au monde et qui vient rendre hommage à son père défunt ? Ou me faire expulser par la police ? Savez-vous bien que d'après la loi, j'ai maintenant le droit, moi, de vous jeter hors de cette maison, qui m'appartient plus qu'à vous ?

Interloquée, Marie ne disait plus rien ;

—Asseyez-vous, ordonna Marthe. Il ne manquerait plus que vous nous fassiez un malaise, je serais obligée de vous ranimer. Bien, avez-vous appelé le médecin ?

—Je ne sais pas, non, je n'ai rien fait, il faut s'en occuper…

—De toute évidence, oui. Il faut également prévenir la police.

—Mon Dieu, non, pas la police, que vont dire les voisins ?

Marthe la considéra sans aménité, puis, s'emparant du téléphone et du répertoire téléphonique passa les appels nécessaires.

Le docteur Galabert confirma le suicide, établit l'heure du décès, présenta ses condoléances et s'enfuit dès qu'il le put. Les formalités policières furent rapidement réglées, grâce au certificat du médecin. Du début à la fin, Marie Gaumain-Baucourt avait opposé un silence farouche et un visage fermé à toutes les questions ou remarques qui lui étaient adressées.

—Bon, je ne peux rien faire de plus ce soir, il est trop tard, constata Marthe. Dès demain, je m'occuperai des obsèques. Pour l'heure, je vais au lit.

—Je ne peux pas supporter l'idée de te savoir sous le même toit que moi, à te gausser de mon malheur, siffla Marie

—La haine vous égare, madame. Si je dois confesser me sentir relativement peu touchée par ce décès, il ne me viendrait pas pour autant l'idée d'en rire ! Me prenez-vous pour un monstre ?

Les lèvres pincées, Marie ne répondait pas.

—Savez-vous au moins, ce qui a motivé ce geste désespéré ? A-t-il laissé une lettre ?

—C'est ta faute, cracha sa mère. Tout est de ta faute ! Si tu avais accepté d'épouser Fernand ! Déjà, à l'époque, la banque connaissait quelques difficultés. Jules n'a pas pu redresser la situation. L'apport des capitaux de ton mariage avec Fernand aurait permis de remettre la banque à flot. Mais tu as préféré… (Un rictus de haine tordit sa bouche.) Bref, la situation s'est aggravée. Et ton père a pris peur devant les faillites américaine, puis anglaise. Mal conseillé, il s'est lancé dans des spéculations désespérées et s'est fait escroquer. Ce matin, il m'a appris que nous étions ruinés. La banque a été mise en liquidation. Nous n'avons plus rien ! Plus rien, tu m'entends ! Nous ne sommes plus rien !

—Et le produit de la vente de Montendre ? voulut savoir Marthe

—Englouti. Je ne suis même pas sûre que nous puissions garder la maison.

—Que comptez-vous faire ? demanda Marthe

—Cela ne te regarde pas ! cria Marie.

—En fait, vous n'en savez rien, rétorqua Marthe. Eh bien, reprit-elle avec un plaisir perfide, je pense qu'il va falloir vous mettre au travail, après tout, vous avez encore une fille à élever, n'est-ce pas ? Que savez-vous faire ? À quoi pourriez-vous être employée ?

Si les circonstances n'avaient pas été aussi tragiques, la mine atterrée de Marie aurait fait sourire Marthe. Travailler ! Quelle abomination ! Autant dire déchoir ! Marthe soupira, lasse de ce petit jeu :

—Allez vous coucher madame. Nous aviserons demain. Au fait, au cas où il vous importerait de savoir ce qu'il advient de votre cadette, j'ai trouvé Lucie en état de choc quand je suis arrivée, et lui ai permis de dormir avec moi cette nuit.

Marie Gaumain-Baucourt ouvrit la bouche pour protester, mais le regard glacial de Marthe la stoppa net.

Les lèvres pincées dans un rictus méprisant, elle sortit du bureau, sans un regard pour Marthe.

*

Les jours suivants passèrent comme un mauvais rêve. Il y avait tant à faire, tant de décisions à prendre et Marie Gaumain-Baucourt, prostrée, se montrait incapable de faire quoi que ce soit. Lucie suivait sa sœur comme une ombre, terrifiée à l'idée qu'elle puisse repartir.

Les obsèques eurent lieu trois jours plus tard. Marie Gaumain-Baucourt avait fini par entendre raison et renoncer au cercueil d'acajou à poignées d'argent, ainsi qu'au repas de funérailles préparé par un traiteur.

—Je vous l'ai dit, je vous le répète madame, vous êtes ruinée. Vous devez changer votre façon de vivre, l'argent ne tombera pas du ciel.

—Quelle vulgarité, avait sifflé la mégère. Et quelle bassesse ! Refuser à ton père les derniers honneurs.

—Ça suffit, avait coupé Marthe… Je ne dois rien à cet homme, non plus qu'à vous, d'ailleurs !

—Tu nous dois la vie, avait rétorqué Marie, grandiloquente.

—J'aurais préféré que vous ne me la donniez pas, étant donné ce que vous m'avez contrainte à en faire !

—Tu ne peux t'en prendre qu'à toi-même, nous n'y sommes pour rien si tu avais le vice dans la peau ! siffla sa mère.

—Taisez-vous, reprit Marthe d'une voix lasse. Taisez-vous. Vous ne savez rien, vous ne comprenez rien et vous ne servez à rien. Taisez-vous, ou je pars avec Lucie et vous laisse régler seule vos problèmes !

Mesurant ce qu'elle avait à perdre, Marie Gaumain-Baucourt s'était inclinée. Murée dans un silence réprobateur, elle ne s'était plus opposée à rien.

Il y avait eu peu de monde aux obsèques. Il ne faisait pas bon afficher des relations trop cordiales avec un spéculateur en faillite, même décédé. Et puis, c'est bien connu, les rats quittent rapidement le navire lorsqu'il sombre.

Dès le lendemain, Marthe avait pris rendez-vous avec le notaire de son père. Jules Gaumain-Baucourt avait effectivement laissé une lettre dans laquelle il expliquait ne pouvoir faire face au déshonneur que lui infligeait sa situation financière désespérée. Sa banque mise en liquidation, il ne voyait plus aucune issue et préférait tirer sa révérence dignement.

—En abandonnant sa fille à la misère, oui ! Drôle de conception de l'honneur, ne put retenir Marthe.

—Ne soyez pas trop dure avec lui, mademoiselle. Par les temps qui courent, ils sont nombreux, ceux qui se suicident parce qu'ils se sentent complètement aux abois et ne savent plus quoi faire, répondit le notaire.

—Sans doute, sans doute, concéda Marthe, pressée d'en terminer. Bref, sur quoi puis-je compter pour faire vivre ma sœur ?

—Il ne vous reste pas grand-chose, hélas ! Vous pourrez conserver la maison ; dans un sursaut de lucidité, votre père l'avait mise au nom de votre sœur. Elle lui appartient donc en propre. Pour le reste… eh bien je suis au regret de vous annoncer que vous ne pouvez disposer que du fonds de pension de votre mère, qui s'élève à peu près à mille francs par an, sachant que l'entretien de la maison couvre plus ou moins l'intégralité de cette somme…

—Il serait donc plus judicieux de la vendre ?

—Oui, sans doute, mais quel crève-cœur pour votre mère ! Et votre sœur aura besoin de son autorisation, tant qu'elle est mineure…

—Je vois. Autant dire que les choses s'annoncent bien difficiles. Eh bien je vous remercie maître, je vais aviser.

Marthe était sortie du bureau du notaire, songeuse. Ainsi, c'en était fini de l'opulence des Gaumain-Baucourt ! Plus de maison de maître, plus de domestiques, de voitures de luxe, de grands couturiers ! La chose l'eût fait sourire, voire lui eût procuré une certaine satisfaction, si elle n'avait été taraudée par l'inquiétude pour Lucie. Il était clair que sa mère était incapable de faire quoi que ce soit pour les sortir de l'impasse. Inconsciente des réalités, elle allait s'accrocher à la maison, seul vestige de sa situation d'antan. Comment nourrir, habiller Lucie ? Lui payer des études ? Ce n'était pas son maigre salaire d'infirmière qui allait leur permettre de vivre à deux. Non, à trois, se reprit-elle, amère. Elle ne pouvait tout de même pas laisser sa mère mourir de faim !

Elle marchait, le regard vague, échafaudant des plans, quand elle s'entendit héler par une voix joyeuse. Tournant la tête vers les cris, elle avisa Paul qui lui faisait de grands gestes de l'autre côté du boulevard. Elle le salua et attendit qu'il traverse pour la rejoindre.

Depuis ce premier dîner chez Jeanne, un an plus tôt, ils s'étaient revus assez fréquemment, chez Jeanne et Armand tout d'abord, puis Paul s'était enhardi à l'inviter au restaurant ou au cinéma. C'était un compagnon charmant, attentionné, plein d'humour, et passionné par son métier, ce qui convenait parfaitement à Marthe. Il avait très vite compris que pour avoir une chance de continuer à la voir, il valait mieux parler abcès, toux ou gastrite qu'échafauder de romantiques et hypothétiques projets. Elle s'était laissé, non pas séduire, mais apprivoiser, et Paul était devenu un très bon ami, sur qui elle savait pouvoir compter. Parvenu près d'elle, il l'embrassa chastement sur la joue.

—Comment vas-tu ? Arrives-tu à surmonter le choc, à gérer les problèmes ? demanda-t-il, prévenant. Tu sais que si je peux faire quoi que ce soit…

—Je sais bien Paul, merci. Non, vois-tu, il n'y a rien que tu puisses faire, rien que personne puisse faire ! À moins de me sortir un lingot d'or de ton chapeau, ajouta-t-elle dans un sourire.

—Tu as des soucis d'argent ? demanda-t-il, inquiet.

Marthe lui brossa un rapide tableau de la situation. Il la regardait fixement, notait une fois encore le velouté de la peau, l'éclat transparent des yeux bleu glacier, la courbe parfaite des lèvres. Sachant qu'il prenait le risque de se faire gifler, il ne tergiversa pourtant pas davantage et plongea.

—Marthe, veux-tu m'épouser ?

Interdite, Marthe se tut, peinant à réaliser ce qu'elle venait d'entendre. Levant les yeux sur Paul elle vit tant d'amour dans ce regard chaud et attentif posé sur elle qu'elle en fut touchée. Oui, il l'aimait, c'était évident. Il savait qu'elle n'avait rien de plus à lui offrir que son amitié, mais cela lui suffisait. C'était un homme bon et généreux. Mais il ne faisait pas battre son cœur.

—Oh ! Paul ! Je te reconnais bien là ! Preux chevalier, comme toujours !

—Non, Marthe, non ! Je t'aime, tu le sais, ou tu t'en doutes au moins. Et je ne peux pas supporter ce nouveau coup du sort qui t'accable !

—Paul, soupira-t-elle, tu mérites tellement mieux que moi ! Je ne pourrai jamais t'offrir plus que ce que nous partageons déjà, en es-tu conscient ? Es-tu prêt à sacrifier ainsi toute possibilité de bonheur ?

—Marthe, nous vivons une époque troublée, les gens deviennent fous, je crains que bientôt nous n'ayons à faire face à un nouveau conflit. Je ne veux pas te laisser seule dans ce maelstrom qui s'annonce. Et, puis, ajouta-t-il dans un sourire, égoïstement, je voudrais profiter de quelques années avec toi, avant que tout, peut-être, ne doive s'arrêter brusquement.

Marthe resta silencieuse. Certes, elle avait déjà parlé à Paul de sa situation, lui décrivant la rupture avec sa famille, la mort de Félix. Mais les sujets graves et brûlants n'avaient jamais été abordés.

—Paul, tu ne me connais pas. Tu ne sais pas quel… monstre je suis en réalité.

À sa grande horreur, elle sentit ses yeux s'embuer. *Allons bon*, se dit-elle, *voilà que je vais me mettre à sangloter en pleine rue*. Paul la saisit par le bras et l'entraîna d'autorité vers le bar de l'hôtel de Crillon, tout près. Une fois qu'ils furent confortablement installés dans les profonds fauteuils de cuir, à l'abri des regards indiscrets, sous la lumière tamisée des lampes d'opaline, Paul avait commandé deux thés et attendu patiemment que Marthe surmonte son émotion. Elle l'avait remercié d'un sourire.

—Toujours tendre et prévenant, Paul, n'est-ce pas ? Je ne peux accepter ta généreuse proposition et je vais maintenant t'expliquer exactement pourquoi. Elle prit une profonde inspiration, la gorge serrée par l'appréhension et le chagrin. Pour ouvert d'esprit et généreux que tu sois, il est possible que… que tu ne veuilles plus jamais me revoir après ce que tu vas entendre. Cela me coûterait beaucoup de perdre ton amitié, mais sache que je comprendrai, et ne t'en voudrai pas si cela doit se produire. Je te demanderai simplement, dans ce cas, de partir sans rien me dire, sans même me regarder. Je ne supporterais pas de voir du dédain dans tes yeux, acheva-t-elle dans un pauvre sourire.

Paul avait pris ses mains dans les siennes, la rassurant du regard :

—Tu peux me parler, Marthe. Quoi que tu aies à dire, je suis certain que cela ne pourra rien changer à l'opinion que j'ai de toi. Mais si cela peut te donner du courage, alors, oui, je promets, je promets tout ce que tu voudras.

Marthe plongea le nez dans sa tasse de thé, et ferma les yeux un instant. Les images qu'elle s'obligeait à refouler depuis des années surgirent en bloc, se télescopant les unes les autres. La faiseuse d'anges, Chamonix, Félix, Pierre-François… Un sanglot sec la souleva. Non, c'était impossible, elle ne pouvait pas ! Elle ne pouvait pas affronter ces souvenirs-là, elle ne pouvait pas en parler, elle allait s'effondrer comme une loque, là, sur le beau tapis du Crillon, et Paul ne saurait plus quoi faire d'elle ! Elle leva sur lui des yeux noyés de larmes.

—C'est impossible, Paul. Je voudrais pouvoir tout te dire, mais c'est tellement douloureux… (Sa gorge se serra dangereusement.) Je ne peux pas, pas en public, du moins. Mais je te dois la vérité, non, ne dis rien, je sais que tu serais prêt à me prendre comme je suis, avec tout ce fardeau inconnu, mais il me reste encore un peu d'honneur, vois-tu, je ne peux pas envisager cela. Et je sais que si je parle, je vais me noyer dans mes larmes, et ce sera très embarrassant pour toi, acheva-t-elle en tentant de sourire. Alors je te propose ceci : je vais t'écrire une lettre dans laquelle je te raconterai tout, sans complaisance. Tu me répondras, ou pas. Ce sera ton choix et je le respecterai. Sache que seule Jeanne est au courant de tout, je n'ai jamais parlé de rien à personne.

—Marthe, Marthe, je suis extrêmement ému et touché par ta détresse. Je t'assure…

Doucement, Marthe posa un doigt sur les lèvres du jeune homme puis, récupérant ses gants et son sac, elle quitta le bar sans ajouter un mot.

Paul la recontacta trois jours plus tard. Il avait lu la lettre, et souhaitait lui parler. Il avait eu, au téléphone, les mêmes inflexions chaleureuses que d'habitude, mais Marthe se refusait à en déduire quoi que ce soit. Et, si elle ne souhaitait pas le perdre, elle avait beaucoup de mal à envisager un mariage d'amitié. Toutefois, il était clair qu'il fallait rapidement trouver une solution. Mère, bien entendu, avait refusé de donner son accord pour la vente de la maison, prétendant que Marthe noircissait le tableau à loisir et que ses revenus suffiraient bien à les faire vivre, Lucie et elle, surtout si Marthe consentait à les aider, ce qui, après tout, était son devoir. Marthe s'était émerveillée de l'audace de cette femme, qui après l'avoir rejetée lorsqu'elle avait cruellement besoin d'aide, se permettait de considérer comme acquis, et normal, de bénéficier de son appui financier. « Sommes-nous du même sang ? » s'était-elle demandé, interloquée. Puis les visages de Bon-Papa et Bonne-Maman étaient venus flotter devant ses yeux, avec leurs sourires tendres, leurs yeux pleins d'amour. *Oui*, avait-elle conclu, *oui, je suis du même sang qu'eux. C'est elle, l'anomalie de la nature.* Un soudain intérêt scientifique l'avait animée : pouvait-on expliquer ce comportement aberrant par une mutation génétique ? Voilà qui mériterait d'être creusé, plus tard, quand elle aurait un peu plus de temps.

Marthe s'était donc apprêtée avec soin, mais sans farder ses yeux. Quelle que soit l'issue de la conversation, des larmes allaient probablement couler. Se doutant que l'émotion serait au rendez-vous, Paul avait demandé à Jeanne si la rencontre pouvait avoir lieu chez elle. Celle-ci avait, bien entendu, immédiatement accepté. Elle souhaitait de tout cœur que Marthe trouve enfin le bonheur, et l'amitié croissante entre les deux jeunes gens n'avait pas manqué, depuis un an, de la réjouir.

Lorsque Marthe arriva chez son amie, Paul était déjà là. Il l'accueillit comme à son habitude, d'un tendre baiser sur la joue. Jeanne s'affaira un moment, apporta le thé, les pâtisseries, tapota un coussin, puis s'en alla en marmonnant qu'elle avait à faire. Un silence embarrassé s'installa alors. Puis ils se lancèrent, tous deux en même temps :

—Je...

—Toi d'abord, s'il te plaît, dit Marthe.

Paul la considéra attentivement.

—Certes, je savais que tu avais souffert, mais je n'imaginais pas à quel point. Comme une vie peut basculer rapidement, comme les événements peuvent s'enchaîner, comme la malchance peut frapper encore et encore ! Et, mon Dieu, quelle force, quel courage, quelle détermination il t'a fallu pour surmonter tout cela ! Tu es la femme la plus admirable que je connaisse, Marthe. Des erreurs de jeunesse, nous en faisons tous, mais nous ne les payons pas aussi cher que toi. Et puis, l'injustice de ta situation me bouleverse : si tu avais été un homme, tout aurait été si différent ! Pouquoi tant de difficultés sur votre chemin à vous, les femmes ? Au nom de quoi ? Je suis bouleversé, Marthe, par la cruauté de tes parents, par tous ces pieds de nez que t'a fait le destin, par tout l'amour et toute la force qu'il y a en toi. Je voudrais te demander pardon, au nom des hommes, au nom de notre société inique. Tu es une femme merveilleuse Marthe. Je le pressentais déjà, j'en suis maintenant certain. Et, poursuivit-il en s'agenouillant devant elle, et en prenant ses mains entre les siennes, je considérerais comme un très grand honneur que tu acceptes ma demande en mariage.

Le visage levé vers elle était souriant. Il y avait tant d'amour, tant de bonté et de tendresse dans ce regard !

Marthe fondit en larmes. Le chagrin qu'elle s'était tant bien que mal interdit d'accueillir jusqu'à ce moment déferlait enfin, à gros sanglots libérateurs. Marthe hoquetait, gémissait, roulait sa tête dans l'épaule de son ami et semblait ne jamais pouvoir cesser de pleurer. Paul attendit patiemment, caressant doucement ses cheveux, murmurant de tendres paroles de réconfort. Enfin, la crise s'apaisa. Marthe se moucha vigoureusement, et essuya ses joues.

—Mon Dieu ! Quel spectacle je te donne ! soupira-t-elle. Est-il besoin de te dire à quel point je suis touchée par tes paroles ? Je ne croyais pas possible qu'on pût ainsi me comprendre. Je te remercie du fond du cœur, Paul, pour ta bonté, ta générosité et ton manque d'a priori. Tu es un homme bon et courageux, et je serai… je serai très honorée d'être ta femme. Mais il faut que tu saches…

—Chut ! Je sais déjà. Mais je t'apprendrai à m'aimer, parce que je le veux si fort ! Patience, Marthe, douce et tendre Marthe. Le bonheur va venir, il est en marche. Laisse-moi prendre soin de toi !

Le mariage eut lieu quelques semaines plus tard. Mère avait tenté de faire valoir que les conventions n'étaient pas respectées, qu'on ne pouvait, décemment, célébrer un mariage lorsqu'on était en plein deuil. Marthe lui avait alors fait savoir que, de toute façon, sa présence n'était pas souhaitée à la cérémonie. Celle-ci se déroula dans la plus stricte intimité, en présence de la mère de Paul, et de Jeanne et Armand, qui étaient les témoins. Paul garda son cabinet rue Dantzig, mais vint habiter avenue Hoche, car Marthe ne souhaitait pas abandonner Lucie à l'influence de sa mère. Marie Gaumain-Baucourt, réprouvant cette union, passait le plus clair de son temps dans sa chambre ou son petit salon, ce qui convenait fort bien à tout le monde. Lucie, bien entourée, réapprenait à sourire, et surmontait peu à peu le traumatisme causé par le suicide de son père. Enfin, dès le début de l'année 1932, Marthe se découvrit enceinte, et l'allégresse de Paul l'emplit de joie. Enfin, elle pouvait lui rendre un peu de toutes ces prévenances, ce bien-être dont il l'entourait, et ce n'était que justice. Un sourire aux lèvres, les mains posées sur son ventre et la promesse qu'il contenait, elle se permettait enfin d'envisager l'avenir.

27

Sonia et Roland

Été 2013

Sonia s'assit sur la valise béante et entreprit de boucler la fermeture Éclair. Elle emportait toujours trop d'affaires, mais ne pouvait se résoudre à se séparer des pulls au cas où il ferait froid, des deux paires de baskets, parce qu'il faudrait beaucoup marcher, des shorts, parce qu'il allait sûrement faire chaud, des jolies robes pour les soirées au restaurant et les sandales élégantes qui les accompagnaient… Goguenard, Roland, qui avait l'habitude de faire son sac en deux temps, trois mouvements, la regardait s'échiner, enlever un sweat-shirt, le remplacer par une tunique, tasser, déplacer, recommencer…

—Ma puce, je te rappelle que nous avions décidé de partir vers 10 heures, lança-t-il dans un sourire.

Sonia le regarda, étonnée. Elle n'avait pas encore acquis le réflexe de trouver normal qu'on ne lui fasse pas de réflexions acerbes, qu'on ne s'énerve pas autour d'elle, en criant que voilà, bien sûr, elle était incapable de faire correctement une valise, qu'on allait partir en retard par sa faute, se retrouver dans les embouteillages, mais bien sûr, madame s'en moquait, que ce n'était pas elle qui conduisait… Elle secoua la tête, revint à son présent et se jeta au cou de Roland

—Je t'adore, ô homme calme et indulgent ! Je te promets que je serai prête à temps !

Les enfants étaient partis chez leur père respectif quelques jours plus tôt et Roland et Sonia avaient décidé d'entreprendre enfin ce pèlerinage qui leur tenait à cœur depuis un an, sur les traces de Marthe, Félix et Pierre-François. Les carnets de Jeanne, en effet, les avaient laissés sur leur faim. Ils s'achevaient sur le mariage de Marthe avec Paul et l'espoir d'un enfant à venir. Étant donné les dates, il s'agissait sans aucun doute de Marcelle, la tante de Damien. Ils s'étaient rendus chez la fille de Jeanne, pour lui rendre les carnets, comme promis, et tenter d'obtenir la suite. Mais la vieille dame n'avait plus rien. Soit Jeanne avait arrêté d'écrire à ce moment-là, soit les carnets ultérieurs avaient disparu. Quoi qu'il en soit, l'énigme restait entière. Pourquoi ces voyages incessants de Marthe à la mort de son mari ? Qu'était devenu Pierre-François ?

Sonia et Roland avaient décidé d'en avoir le cœur net et de mettre à profit ce mois de juillet pour tenter d'en découvrir davantage. Ils se rendraient tout d'abord à Montendre, puis enchaîneraient sur Bordeaux, où ils se lanceraient à la recherche de la famille adoptive de Pierre-François. En outre, ce serait leur premier voyage en amoureux depuis la séparation de Sonia ! En effet, pour ne pas brusquer les enfants, Roland s'était fait très discret depuis un an, attendant que la petite famille retrouve ses marques après ce grand bouleversement. Mais ils avaient décidé de vivre ensemble à partir de la rentrée de septembre, et l'annonceraient aux enfants dès leur retour. Sonia réussit enfin à boucler sa valise. Pleine d'allégresse, elle lança un retentissant « J'y suis ! », vérifia une dernière fois portes et fenêtres, s'empara du panier de Freluquet qui partait en villégiature chez son amie Stéphanie et quitta son appartement le sourire aux lèvres. Elle partait en vacances avec son amoureux ! Et elle allait découvrir ce qui était arrivé à l'enfant de Marthe !

Remerciements

Je voudrais tout d'abord remercier les merveilleuses équipes soignantes françaises. On ne dira jamais assez le professionnalisme, le dévouement et la compétence de ces gens qui vous arrachent au pire. Je veux rendre ici un hommage tout particulier à l'institut Bergonié de Bordeaux, et au docteur Marion Fournier. Grâce à eux j'ai pu reprendre le cours de ma vie, et ce livre, quelque part, leur est dédié.

En convalescence, j'ai ressenti le besoin irrépressible de me replonger dans mon histoire familiale, de me reconnecter à mes racines, à mon identité. Tout naturellement s'est imposée à moi la nécessité de réhabiliter la mémoire de ces femmes si fortes et si fragilisées, qui, comme Marthe, ont dû subir le vent tempétueux des années folles.

Pour moi la parfaite incarnation en était ma grand-mère maternelle, dont la vie m'a inspiré le personnage de mon héroïne. Puisse ce livre rendre hommage à son courage, sa ténacité, et réhabiliter sa mémoire, malmenée par les diktats bien-pensants de l'époque.

Et il m'est apparu que malgré tous les progrès faits par la cause des femmes depuis les années 1930, de nombreux parallèles existent malheureusement toujours. Elles sont encore nombreuses, trop nombreuses, de nos jours, à mourir sous les coups d'un conjoint violent, à s'étioler sous la coupe d'un mari, d'un père tyrannique ou dépréciateur, à subir les injonctions diverses et variées d'une société qui exige qu'elles soient des mères parfaites, des épouses parfaites, des working women parfaites. Il leur faut donner la vie, continuer à séduire leur compagnon, arborer des mensurations de rêve, un teint de pêche, une coiffure impeccable, assister aux conseils d'école, courir emmener le premier chez le dentiste, le second au rugby, entretenir la maison, s'épanouir dans un métier valorisant et rémunérateur, surtout ne pas oublier de faire du sport, honte à celle qui ne « pratique » pas !

Alors ce livre est aussi dédié à toutes les Sonia du monde, qui font de leur mieux pour maintenir l'harmonie dans le quotidien de la cellule familiale, dans des conditions parfois bien difficiles.

J'ai toujours été passionnée par notre histoire, l'histoire de France, comme on disait à l'école primaire. Quelle merveilleuse épopée ! Que de leçons à en tirer, de parallèles à établir ! La France des années folles est-elle finalement si différente de la France d'aujourd'hui ? Mêmes tensions économiques, sociétales, même soif de liberté… Il y a tant de points communs !

À travers un roman, l'histoire prend vie, s'anime. Je n'ai pas la prétention d'égaler le talent d'un Ken Follett ou d'une Jeanne Bourin, mais j'espère avoir contribué à mieux faire connaître le quotidien de

ces femmes de la IIIe République. Hommage leur soit rendu.
Et puis, merci à ma maman, qui m'a ouvert les portes d'un monde magique lorsque j'avais quatre ans, en m'apprenant à lire. D'où tu es maman, j'espère que tu es fière de moi.
Merci à mes trois enfants, Aurore, Cynthia et Tristan, mes trois lutins qui enchantent continuellement ma vie. Vous êtes mes petits rayons de soleil et vous inspirez chacune de mes pensées et de mes décisions.
Merci Renaud, mon Roland à moi, d'être devenu l'homme que j'ai toujours rêvé que tu sois et de nous avoir permis de réinscrire notre histoire dans la durée.
Merci à mes merveilleuses et fidèles amies, pour les fous rires partagés, le soutien indéfectible, la complicité qui perdure malgré l'éloignement géographique. Maïté, Carole, Marie-Madeleine, Martine, Véro, Laure, vous êtes des perles !
Merci à City Éditions, de m'avoir fait confiance pour ce premier roman et de m'avoir donné la chance d'être publiée. Merci Morgane !
Enfin, merci à tous les lecteurs qui ont donné ou donneront une chance à cette auteure inconnue. J'espère que vous aurez autant de plaisir à découvrir Marthe et Sonia que j'en ai eu à les imaginer !
À la mémoire de Marcelle Simon, ma grand-mère, partie trop tôt à cause de la folie des hommes.

Retrouvez-nous sur les réseaux sociaux :

City éditions

www.city-editions.com
@cityeditions
www.facebook.com/cityeditions/
@CityEditions
@cityeditions

Achevé d'imprimer en août 2023
sur les presses de la Nouvelle Imprimerie Laballery
58500 Clamecy
Numéro d'impression : 307435

Imprimé en France

La Nouvelle Imprimerie Laballery est titulaire de la marque Imprim'Vert®